岩波文庫

32-254-2

# 月と六ペンス

モーム作
行方昭夫訳

岩波書店

W. Somerset Maugham

# THE MOON AND SIXPENCE

1919

# 目　次

# 月と六ペンス

# はしがき

この小説はポール・ゴーギャンの生涯にヒントを得たものである。そのころ私は何年間かロンドンで暮らしていて、一生懸命はたらき、ほんのわずかな金銭しか稼いでいなかったけれど、けっこう人生を楽しんでいた。すでに四、五冊の小説を刊行していて、その中の二冊は、ある程度の評判を得ていたと思う。一般の読者に知られているというのではなかったが、私のことを前途有望な作家であると考えてくれる識者が少しはいた。才能ある若者をパーティーに招くのを趣味とする年配の婦人たちの間では持て囃《はや》されていたものだ。また、クラブの夕食に招待してくれる老紳士にも事欠かなかった。毎日のように昼食会に招待されたし、週末には郊外の邸《やしき》に泊まりがけで招かれて楽しいパーティーに出た。文学者の集まるお茶会にも出かけた。舞踏会を催す様々な貴婦人の招待客名簿には私の名が載せられていた。このような事情で、収入はわずかであるのに、当時の私はある程度注目される存在であったのだ。戯曲の処女作が演劇協会によって上演され、台本が『隔週評論』に載るという、大変な栄誉を受けた。ちょうど三十歳だった。当時の私には、自分が一生の重大な時期にさしかかっていると感じられ、決定的な一歩を踏み出すべきだと考えたのであった。

マンネリに陥っていたのだ。自分が穏やかで品行方正な毎日を送っているのにうんざりした。富裕階級の邸での週末の滞在にも、メイフェア地区でのいつ終わるとも知れぬ豪華な晩餐会《ばんさんかい》への招待にも、飽き飽きした。舞踏会も、もうたくさんだった。どんどん年齢を重ねていくのに(そう思えた)、貴重な年月が意味もなく指の間から流れていくような気がした。充実した生を送りたいという意欲が強かった。そこで、時間を浪費する元凶である親切な友人との交友や紳士淑女から与えられる単調な楽しみに、訣別《けつべつ》を告げようと心を決めた。一時はとても誇りにしていたヴィクトリア駅近くのこぢんまりとしたマンションを引き払い、家具を処分し、パリに向けて出発した。これは、無謀なことでは決してなかった、と今の私なら思うが、何しろ一九〇四年のことで、無謀だと思う人も多かった。しかし、当時はまだパリが文化の中心だと考えられていたのだし、パリに暮らしていた画家の友人が伝えてくれるラテン地区の生活に心をそそられていたのである。私は心の冒険以外の俗っぽい冒険もしたいと切望した。私はパリ生まれなので、子どもの頃にはそこに住んでいたし、両親の死亡のためイギリスに移り住んだ後も、パリを通るときは、長期短期を問わず、何度も滞在したものである。しかし、私の知っていたのは、シャンゼリゼや大通り《ブールヴァール》のパリであった。だからモンパルナスのパリは新鮮だった。「ベルフォールの獅子像」に程近いアパートの六階に、共同墓地が一望のもとに見渡せる、三部屋続きの部屋を借りた。当時のモンパルナスには、まだ田舎町《いなかまち》のような雰囲気が多分にあった。今でも想像力を逞《たくま》しくして観察すれば、昔の心地よい面影がいくぶんは見出せると思う。現在では縦横に伸びる綺麗な大通りが何本も通っているが、当時はそんなものは存在せず、ラスパイユ大通りでさえ、まだ半分しか出来ていなかった。乗合馬車がレンヌ通りを走っていた。今でこそ、歓楽街を求める外人と土地っ子が、半分ずつくらいの割合で、夜のモンパルナスを賑《にぎ》わせているが、そんなことは夢にも考えられなかった。今なら誰もが知っているカフェの「ドーム」「ロトンド」「クロズリ・デ・リラ」などは当時からあったけれど、客はパリっ子だけだった。三頭立ての乗合馬車でセーヌ川の向こう岸に行くのは、遠足に出かけるようなものだった。だからルーヴルや美術展覧会とか、たまに劇場に行く場合以外は、向こう岸には出かけなかった。芝居が観たければ、近くのゲーテ・モンパルナス座に行けば事足りた。レンヌ通りには何軒かまともな店もあったが、ちょっと裏通りに入ると、百年前からあるような不快な臭《にお》いのする、汚い、同じようなちっぽけな店がずらりと並んでいた。モンパルナスでの生活は熱気を帯びていたが、それは芸術がこの世でもっとも重要なものとされていたからだ。また、私も仲間もみな若いので、恋愛が――それも深刻にまでならない淡いものだった――生活を味わい深いものとしていた。それでも、穏やかで、素朴で、のんびりした毎日だった。そのうえ、信じ難いほど安く暮らせた。どれほど忙しいといっても、たっぷり余暇があった。大気は大通りの周辺よりもすがすがしく、人混みも静かだった。いま振り返ってみると、もっとも記憶に鮮明なのは、何かが起こりそうな期待感を常に抱いていたことだ。期待感が、日光の中で舞う埃《ほこり》のように心の中で舞っていた。その頃、私はセザンヌ、ファン・ゴッホ、ゴーギャンを知るようになった。三人の中ではセザンヌが飛び抜けて優れた画家だと思ったが、ゴーギャンには作家の心に訴える独特のものがあった。今の私はゴーギャンの作品をそれほど高くは買わないけれど、作品に文学者の想像力を刺激するものが多いのはよく分かる。私は当時、ポンタヴァン*で彼と一緒に制作をして彼をよく知っていた数人の人たちと出会い、彼に関して多くの逸話を聞いた。聞いた話は小説になりそうだと思われたので、当時出ていた唯一の伝記を読んだりした。その後、十年以上もの間、彼をモデルにした作品を書こうという計画を抱き続けた。タヒチを訪れたときも、ゴーギャンの生涯に関して何か発見できるのではないかという期待があった。そしてタヒチでも、彼と多少とも関係のあった数人と接触できた。ようやく長年構想を温めてきた作品を書く時が来た。作品を執筆したのは一九一八年の夏のことで、私は大戦の初期に患った肺結核の回復期にあり、まだサリー州の丘の上の邸にいた。

＊　ブルターニュの村で、ゴーギャンは仲間と共に「ポンタヴァン派」を設立した。〔訳注〕

チャールズ・ストリックランドのマルセイユでの経験を描くに当たって、ハリー・フランクの『世界放浪記』という面白い旅行記の数節を利用した。小説の中で、かくかくの書物を参考にしたなどと述べると興ざめなので、それは控えた。もっとも、注意ぶかい読者には、それとなくこの事情を知らせられたと思う。主人公のマルセイユでの体験を物語るニコルズ船長が、その話をある雑誌の中で見出したのかもしれない、と書いたからである。しかし、どうもこれだけでは充分ではなかったようだ。というのは、ある読者が、私が盗作したと非難する長い文章を書いたからである。しかし、私は動揺しなかった。ハリー・フランク氏の著書を参考にしたのは事実である。何を隠そう、『世界放浪記』は大変読みやすい本で、そこに描かれているいくつかの出来事は、想像力や性格描写力、文章力や創作衝動さえあれば、物語に発展させ得るものである。元来、小説家というものは、すべてを知っていることなどあり得ないのだ。創作に必要な知識は、他人や書物から得るのである。自分の書くすべてを自分の頭で創作しようと心掛けるべきだというのは、ごく最近の考えである。愚かしい考えだ。過去の作家たちは、必要なものを相互に利用し合っていた。それにとどまらず、他人の書いた何節かを平気で丸写しする者さえ少なくなかった。これは、本を書くことに金銭が絡《から》むようになった今では確かに許されぬことであるが、作家が他の作家の書物で見つけた出来事を利用したからといって、文句をつけるのはナンセンスだ。出来事を自分の作品で充分に生かすことができれば、自分のものにしたと言える。元来、事実を述べた書物は小説家が利用しても許される、いわば公《おおやけ》の採石場である。小説家がホテルのバーや、クラブの喫煙室で耳にした出来事を創作に利用して構わないのと同じく、他人の作品に載っている出来事も利用して悪いわけはない。こういう事柄についての私の考えは、さらに先鋭的である。どの作家も、自分に役立て得るいかなることも他の作家から借用して差し支えない、と信じるのだ。これまで自分の戯曲の色々な場面が盗用されるのを何度も見てきたが、私は常に平然としていた。仲間の劇作家がそれほど私の作品を子細に検討したのなら、むしろ光栄ではないか。少し前、ある青年が「マルセイユ零落記」というエッセイを書いた。よい文章だった。ところが、このエッセイは、『月と六ペンス』のある章を、ほとんど丸写ししたものだと判明した。このエッセイを載せた新聞社は憂慮した。エッセイには、私がハリー・フランク氏の著書から借用した数節のみならず、昔のマルセイユのいかがわしい地区(残念ながら、経済事情により、この地区のかつての華やかで活気あふれる雰囲気は今では失われてしまった)について私自身の見聞に基づいて書いた箇所も載っていた。新聞社は版権侵害で訴えられるのを恐れたようだが、私は、訴える気はないと伝えた。さらに、エッセイを執筆した青年の文才を称《たた》えるように依頼したのである。

一九三三年

W・M

# 1

初めてチャールズ・ストリックランドと知り合ったときは、これっぱかりも世間一般の人と違うなどとは思わなかった。だが、今日《こんにち》では、あの男が偉大であると認めぬ者はまずいない。偉大さといっても、運に恵まれた政治家とか、成功した軍人のことではない。その種の偉大さは地位に付随するものであって、人間の価値とは無関係であり、事情が変われば、偉大でも何でもなくなってしまう。退職した途端に、名宰相が屁理屈ばかりこねる尊大な男になりさがるとか、退役した将軍が市《いち》の立つ都市の平凡な名士にすぎなくなるといったことは、誰もがよく見聞するところである。そこへゆくと、チャールズ・ストリックランドの偉大さは本物だった。彼の芸術を好まぬ人もいるかもしれないが、それでも、何の興味も示さぬということはあり得ない。彼の絵は見る者の心を掻き乱し、とらえて離さない。かつて彼は嘲笑《ちょうしょう》の的であったが、もうそんな時代は終わった。今では彼を弁護するのは風変わりではないし、賞賛するのもつむじ曲がりではない。彼の短所は、長所に必然的に付随するものとして、容認されるほどの有様だ。芸術家としての彼の地位については、まだ議論の余地があるだろうし、賞賛する者たちの絶賛は、批判者の非難と同じく、もしかすると当てにならぬものなのかもしれない。しかし、絶対に確かなのは、ストリックランドが天才だということだ。さて、僕が芸術というものを考える場合、もっとも興味があるのは芸術家の個性である。世にも稀《まれ》な個性さえあれば、いくら短所が多くても、そんなものは大目に見ようと思う。例えば、画家としてはベラスケスのほうがエル・グレコより優れているのであろうが、ベラスケスのことは誰も彼もが褒めそやすものだから、褒める気がしない。その点、官能的でありながら悲劇的でもあるエル・グレコは、自らを常に生け贄《いにえ》にするかのごとく、魂の神秘を人前にさらけ出している。それゆえ、僕にはこのクレタ島生まれの画家のほうが興味ぶかい。およそ芸術家というものは、画家であれ、詩人であれ、音楽家であれ、作品に華麗な、あるいは荘厳な装飾をほどこして、人の審美感を満足させるものである。だが、審美感には性的本能と類似なところがあり、粗野な部分がある。しかし芸術家は、それに加えて自分の内面の秘密という、より優れた贈り物を提供してくれるのだ。芸術家の内奥を探り出す喜びは、推理小説を読む快感にどこか似ている。いくら探り出そうとしても永遠の答えが得られぬ点で、宇宙の謎を追究するのに似ているのだ。ストリックランドの作品には、たとえどんなにつまらぬ作品でも、彼の特異な、苦悩に満ちた、複雑な個性が窺《うかが》える。だからこそ、彼の作品を好まぬ者さえも無関心ではいられなくなるのだ。人は彼の生涯、彼の性格に対して、異常なばかりの好奇心を掻き立てられざるを得ない。

ストリックランドの死後四年目に、モリス・ユレが『メルキュール・ド・フランス』に一文を寄せ、ストリックランドを絶賛し、彼を忘却から救ったのである。これが先鞭《せんべん》となって、後代の批評家たちはユレと大体同様の高い評価を彼に与えたのであった。何しろ、フランスではユレほど長い期間にわたって不動の権威を持ち続けた批評家はいないのだ。ユレの主張したことに従わぬというのは不可能であった。当時は過分な評価のように思えたが、後代の批評はユレの判断が正しかったことを裏づけているようだ。今やストリックランドの名声はユレの敷いた路線にそって確立されていると言ってよい。ユレの一文が契機となり、ストリックランドが一躍有名人になった経緯は、美術史上のもっともロマンティックな挿話である。だが、僕が彼の作品を取り上げるのは、彼の性格との関連においてであり、それ以外に作品のよし悪《あ》しなどに触れるつもりはまったくない。素人《しろうと》には絵画は分からないとか、作品が気にいったなら、ただ黙って小切手を出して買えばいいなどと主張する思い上がった画家がよくいるが、同意できない。それは、芸術作品というものに玄人《くろうと》の芸術家しか理解できない技巧だけを見ようとする、誤った見解である。実際は、芸術というものは感情の表現であり、感情というものは万人の理解できる言語で語りかけてくるのだ。この点は譲れないが、その一方で、絵画の技術的な面について無知な批評家には、絵についての確実な批評などまず無理だというのも真実である。何しろ、僕の絵画についての無知は呆れるばかりなのだ。だがこの点、好都合なことに、僕はそんな危ない橋を渡る必要はない。というのも、僕の友人で優れた画家であり、しかも才能ある作家でもあるエドワード・レガット氏が、ストリックランドの作品について、ある小著*で徹底的に論じつくしてくれているからだ。なお、この小著は、どちらかというとイギリスよりもフランスで尊ばれている美しい文体の魅力的なお手本である。

＊　王立アイルランド美術院準会員エドワード・レガット著『現代芸術家——チャールズ・ストリックランドの作品に関する覚書』マーティン・セッカー社刊、一九一七年。(原注)

モリス・ユレはかの一文の中で、絵画を論じただけでなく、読者の好奇心を掻き立ててやろうと巧みに計算して、ストリックランドの生涯の概略を語っている。ユレの執筆の動機が純粋な芸術愛にあり、まだ世に知られぬ独創的な天才画家に識者の注意を向けようと計ったのは確かだが、その一方で、勘《かん》の働くジャーナリストであるレガットは、その目的を達成するのにはストリックランドの生涯における「人間的な興味」を強調するのがよい、と気づいていたのである。ユレの一文が評判になると、フランスやアメリカの諸雑誌に、かつてストリックランドと接触のあった人々の文章が続々と発表されるようになった。それは、ロンドンで彼と知り合っていた作家とか、モンマルトルのカフェで会ったことのある画家などで、ストリックランドのことを、そこらにいくらでもいる挫折した絵描きにすぎないと思っていたのに、じつは正真正銘の天才が自分たちのすぐそばにいたのだと知らされ、今になってあわてたのであった。思い出を寄せる者もあれば、絵の鑑賞を発表する者もあるというように、次々に回想記や評論が出た。ストリックランドの知名度は上がる一方であり、一般の人びとの好奇心は一段と掻き立てられた。いかにも誰でも論じたくなるような話題だったのだ。結果として、研究熱心なヴァイトブレヒト＝ロトルツの分厚いストリックランド研究*には、巻末に驚くべき数の参考文献が掲げられることになった。

＊　フーゴー・ヴァイトブレヒト＝ロトルツ博士著『カール・ストリックランド――その生涯と芸術』シュヴィンゲル・ウント・ハニッシュ社刊、ライプチヒ、一九一四年。（原注）

神話を好む素質は人間に生来のものだ。だから、一般人と多少とも異なる人間が見つかろうものなら、何か意外な逸話とか不思議な事件が過去にないものかと鵜《う》の目鷹《たか》の目で探し、うまく見つかると、それを基にして神話を作る。そして、出来た伝説、神話が絶対的に真実だと信じ込むのだ。これは人生の平凡さに対するロマンスの反抗と言えるかもしれない。神話化された逸話によって、主人公は不滅の名声を確実に獲得することになる。皮肉な識者なら、苦笑を浮かべて言うかもしれないが、あのウォルター・ローリー卿にしても、後世に確実に名を残しているのは、祖国イギリスのために未開の地に遠征を試みたからではなく、エリザベス女王が踏んでお通りになるように自らのマントをさっと敷いたという逸話のせいなのである。ストリックランドは無名のままに生涯を閉じた。味方よりも敵をつくった。だから彼を論じた者が、わずかばかりしかない回想を勝手な空想で補ったとしても不思議はない。また、ほんの少しだけ判明していた事柄の中に、ロマンティックな書き手に想像をほしいままにさせるような事実がかなりあったのも明らかである。彼の生涯には奇妙なことや恐ろしいことが無数にあったし、性格には常軌を逸したところがあった。運命には少なからず悲愴な部分があった。それゆえ、やがて彼についての伝説が生まれたのも自然であった。伝説とはいっても多くの事件や逸話の裏づけがあるものなので、賢い伝記作者なら覆《くつがえ》すのをどうしてもためらわざるを得なかった。

ところが、ストリックランドの息子のロバート・ストリックランド牧師は、まさに賢い伝記作者とは正反対の人だったのである。牧師は、父親の後半生に関して、「広く世に流布していて、まだ生存する関係者に多大の苦痛を及ぼしている誤解を取り除くため」と称して、伝記*を執筆したのだという。ストリックランドの生涯に関して世に受け入れられている記述には、世間体を気にする遺族を困惑させるような部分が多くあるというのは、その通りである。僕はこの伝記をそれなりに面白がって読んだものの、何しろひどく無味乾燥で退屈な本なので、よく通読したものだと、我ながら感心する。ストリックランド牧師の描いた父親像は、父としても夫としても申し分なく、他人に思いやりがあり、仕事熱心で、道徳心が厚いというようなものなのだ。だいたい近頃の牧師というのは、聖書解釈学とかいうものをきちんと学んでいるせいか、どんなことでも呆れるほど巧妙に説明できてしまうのである。息子の描くストリックランド伝では、孝行息子から見て、後世に残っては不都合だと思える、父親の生涯のもろもろの出来事はすべて手際よく「解釈」されてしまっている。これほどまでに解釈学に長じた牧師なら、必ずやいずれ国教会の最高の地位にまで上《のぼ》ることが可能であろう。あの男のがっちりしたふくらはぎが、主教職専用のゲートルで飾られている姿が、今からもう僕の目に浮かぶ。この伝記は、父親に孝養を尽くしたという点ではよく頑張ったと思うが、危ない仕事でもあった。というのは、ストリックランドの評判が高まったのは、一般に受け入れられている伝説のおかげという面が少なくないのだ。ストリックランドの絵画に惹《ひ》かれた者たちの中には、彼の性格が憎むべきものだからだとか、悲惨な死に方に対して憐憫《れんびん》を覚えるからだとか、色々な人がいたのだ。父親のそういう賛美者に対して、息子の孝行は頭から冷水を浴びせるようなものだった。ストリックランドの代表作の一つである『サマリアの女』** が、牧師の伝記の出版が世間を騒がせた直後、クリスティー商会で競売に付されたとき(有名なコレクターの急死により再び競売に出されたのである)、落札価格が、九カ月前にそのコレクターが購入したときの価額に比べて二百三十五ポンドも安かったというのは偶然のせいではない。人間には神話を好むという例の特質があるため、非凡なものに対する人間のロマンティックな憧れや期待を裏切るような牧師の説は、やがて、つまらぬ戯言《たわごと》として一切しりぞけられてしまった。さもなければ、ストリックランドほどの独創的な画才をもってしても、ひょっとすると劣勢を挽回することはできなかったかもしれない。この伝記の出版後まもなくヴァイトブレヒト＝ロトルツ博士の大部のストリックランド伝が出版されて、世の芸術愛好家たちの懸念に終止符が打たれたのである。

* 息子ロバート・ストリックランド著『ストリックランド——人と作品』ウィリアム・ハイネマン社刊、一九一三年。(原注)

** クリスティー商会の競売目録には、「ソサイアティ群島の原地人の女のヌード。小川近くで

地面に横たわる。背景は椰子《やし》、バナナなどのある熱帯風景。横六十インチ、縦四十八インチ」とあった。（原注）

ヴァイトブレヒト＝ロトルツ博士は、人間を一般に悪と考えられている以上に邪悪だと考える歴史家の一派の一人である。こういう立場の人の書くものなら、必ず面白いと読者は期待できる。小説の主人公を家庭道徳の模範か何かのように描いて、意地悪く冷笑している小説家などよりずっと面白いのだ。僕にしても、あのアントニーとクレオパトラの間に経済的な利害関係の他は何もなかったと考えるのは面白くない。またあの悪名高いローマのティベリウス皇帝が、わがジョージ五世陛下と同じく非の打ち所がなかったなどとは信じたくない。今後よほど動かし難い証拠でも発見されない限り――有難いことにどうやらその可能性は低いらしいのだ――僕は決して信じない。ストリックランド牧師のきれいごとずくめの伝記を、博士があまりに激烈な言葉で叩いたので、この不運な牧師が気の毒になるほどであった。良識によって控え目に表現すれば偽善だと烙《らく》印《いん》をおされ、遠回しに述べれば嘘だと言われ、触れないでおいた事実があれば誤魔化しだと罵《ののし》られる有様だった。おまけに、伝記作者としては許されないが、息子としては無理もないというような牧師の過失を種《たね》にして、ヴァイトブレヒト＝ロトルツ博士はイギリス人全体のことまで、気取っているとか、ペテン師だとか、見栄っぱりだとか、嘘つきだとか、狡猾《こうかつ》だとか、さらには料理が下手だとか、こき下ろしたのである。確かにストリックランド牧師には行き過ぎもあったと、僕は見ている。両親の間に「不和」があったというのはすでに定説になっていたのだが、これをも否定しようと謀《はか》り、そのため父親がパリから第三者に出した書簡の中で、妻について「立派な女だ」と述べているというのだが、これは明らかに軽率であった。問題の書簡を博士が複写で示したところによると、その前後はこうなっている。「女房なんかくそ食らえだ。あいつはご立派な女だよ！　地獄にでも堕《お》ちりゃいいんだ」全盛時代のカトリック教会といえども、自分に都合の悪い証拠をまさかこのようには扱えなかっただろう。

ヴァイトブレヒト＝ロトルツ博士はチャールズ・ストリックランドの熱烈な賛美者だった。だが、ストリックランドの人柄を実際より良く見せようとする恐れはまったくなかった。それどころか、表面上はごく無害に見える行為にも悪辣《あくらつ》な意図を見抜く確かな目を持っていた。美術研究家であるだけでなく、精神病理学者でもあったのだ。本人でさえ意識していない心の秘密も、博士の鋭い目を逃れることはできなかった。ありふれた事柄に深い意味を見出すことにかけては、どんな神秘家も博士にはかなわなかった。神秘家が、口にするのを憚《はばか》るほど神聖なものを見出すのに対して、精神病理学者は、言語に絶する醜悪なものを見つける。ストリックランドの名誉を傷つけるようなどんな些《さ》細《さい》な事柄でも次々に探り出してゆく熱心さには、読む者の心をとらえて離さぬ迫力がある。主人公の残酷さや心の卑しさの実例を暴くたびに、博士はますます主人公に愛情を覚えるのである。何か忘れられていた逸話のようなものを持ち出して、ストリックランド牧師の孝行の欺瞞《ぎまんせい》性を暴くときの博士は、邪教徒を火刑に処する異端審問官かと見紛う喜びようである。調査における熱心さは驚異的としか言いようがなく、どんな些細なことでも見逃さない。もしストリックランドが洗濯屋の請求書を踏み倒していたとしたら、詳しく発表されたろうし、もし半クラウンの借金を返していなければ、経緯のすべてが細部にいたるまで公表されたことであろう。

## 2

チャールズ・ストリックランドに関してすでに多くが語られ尽くされているような今、僕がさらに何かを付け加えることなど不要にも思えよう。いずれにせよ、画家の場合、後世に名が残るのは作品によってである。僕が大多数の人よりも彼を身近に知っていたのは確かだ。彼が画家になろうなどとまったく考えてもいない頃に知り合ったのだし、パリで貧乏暮らしをしていた時代にもかなりよく顔を合わせていた。けれども、戦争というような偶然によって僕がタヒチを訪れるというような予想外なことがなければ、よもやストリックランドの回想など書くにはいたらなかったと思う。今では知られているように、彼はタヒチで晩年を送ったのであり、僕はそこで彼と親しくしていた人たちの何人かと出会ったのである。というわけで、僕は彼の悲劇的な生涯の中でもっとも不明とされている時期に光を当てられる数少ない人間なのである。世の多くの人が信じるようにストリックランドが偉大であるとするならば、直接彼を知っていた者の個人的な回想が無駄であるはずがない。仮にあのエル・グレコについて、僕がストリックランドを知っていたほど知っていた人が思い出を書いたとしたら、どんなに大金を出しても読みたいと思うのではなかろうか。

だが、僕がストリックランドのことを書くのは、このような口実があるからではない。人は自分の魂の平穏のために毎日ふたついやなことをせよ、と勧めたのが誰であったかは忘れた。それは間違いなく賢い人だったので、僕はこの教えを忠実に守ってきた。毎日床《とこ》を離れ、そして床についてきたのが、それである。だが、僕にはちょっと禁欲主義的なところがあり、毎週一回、自分の肉体にさらにつらい苦行を強いてきている。『タイムズ』の文芸付録を欠かさずに読んでいるのが、それだ。おびただしい数の本が書かれ、著者は明るい成功の希望を持つのだが、一体いかなる運命が待ち受けていることか、それを考えるのは健全な鍛錬になる。おびただしい数の本の中にあって、自分の著書が成功する可能性など、どれほどあるだろうか。万が一評判になったところで、せいぜい一時の間にすぎない。気まぐれな読者に数時間の気晴らしを与えたり、旅の退屈しのぎをさせたり、そんなことのために、著者はいかに骨を折り、いかに不快な経験に耐え、いかに心痛に悩まされたことか。しかも書評から判断する限り、大多数の本は入念に書かれており、考え抜かれたあげくに構成されているし、中には生涯かけての労作すらあるのだ。こういう状況から得られる教訓は、作者たる者は、創作すること自体の喜びと、鬱積《うっせき》する心のしこりをはき出す解放感とに酬《むく》いを見出すしかないということである。それ以外は、失敗も成功も、賞賛も非難も、まったく関心を向けないのが肝要である。

戦争が勃発《ぼっぱつ》し、それとともに新しい動きが現れてきた。若者たちは、僕ら旧世代の人間の知らぬ神々に従うようになった。こういう後輩たちが今後どのような方向に進んでゆくかは、もはや目に見えている。新世代の連中は、自らの実力に気づいて威張り出し、礼儀正しくノックするのはすっとばし、ドカドカと雪崩《なだ》れ込んできて、僕らの席にどっかと腰をおろすのだ。今はこういう輩《やから》の騒々しい声で満ちている。旧世代の人間の中には、若者の道化ぶりを模倣し、自分たちの時代はまだ終わっていないと自分自身に言い聞かせようとしている者もいる。張り切って元気いっぱいにさけんでいるのだが、その雄叫《おたけ》びは空虚に聞こえる。これではまるで、青春の幻影を取り戻そうと、派手な化粧をし、甲高い声をあげ、陽気に振る舞う浮気女と同じではないか。旧世代の人間でも、賢い者は落ち着いて品よく我が道を歩んでいる。控え目なその微笑には、大目に見つつも嘲笑《ちょうしょう》するというような姿勢が窺《うかが》える。振り返ってみれば、自分たちも、今の若者とまったく同じように生意気かつ傲慢《ごうまん》な態度で自己満足に慣れた先輩たちを踏みつけにしたのであり、今は元気いっぱいの連中にしたところで、いずれは席を譲ることになるに決まっているのだ。最後の勝利者になれる者など誰もいない。ニネヴェの都が栄光を天高くまで築きあげたときには、その新しい福音はもはや古くさいものになっていたのだ。女を口説《くど》くときのせりふにしても、それを口にする男には新鮮な言葉であるにしても、大昔から同じ文句が、ささやく口調までまったく変わらず、何度も何度も繰り返されてきたにすぎない。時の振り子はただ前後に揺れるのみであり、人間は同じ円周を行きつ戻りつするにすぎないのだ。

人はときに平均以上に長生きして、自分が活躍した時代から馴染《なじ》みのない時代まで生き残ることがある。このような場合は、人間に関心を抱く者には非常に面白い人間喜劇の一場面が展開する。一例としてあのジョージ・クラッブの場合を考えてみよう。今では忘れ去られているだろうが、当時は有名な詩人だった。誰もが異口同音にその天分を認めていたものだが、こういうことは今日《こんにち》のような複雑化した社会ではめったにあり得ない。クラッブは作詩法をアレクザンダー・ポープ一派から学び、押韻対句形式で教訓的な物語詩を書いていた。やがてフランス革命が勃発し、ナポレオン戦争が始まり、若い詩人たちは新形式の詩を書くようになった。しかし、クラッブは相変わらず押韻対句形式で教訓的な物語詩を書き続けた。若い詩人たちは当時大評判になっていたのだから、おそらくクラッブも読んでみたのであろうが、つまらぬ詩だと思ったのではあるまいか。もちろん、多くはつまらぬものだったが、キーツやワーズワスの頌詩《しょうし》とか、コウルリッジの一、二の詩やシェリーのもう少し多くの詩について言えば、それらは前代の詩人たちの及びもつかぬ広大な精神世界を新たに発見したものなのである。これと比べれば、クラッブのごときは詩人としてはいわば死に体であった。それでも彼は押韻対句形式で教訓的な物語詩を書き続けた。僕自身について言うと、今の若い詩人の作品をこれまで漫然と読んできた。もしかすると、こういう若者たちの中には、キーツ以上に情熱的な詩人や、シェリー以上に霊妙な詩人がいて、もうすでに後世に長く残る名詩を発表しているのかもしれない。僕が知らないだけのことかもしれないのだ。確かに彼らの洗練ぶりには感心する。まだ若いのにすっかり熟達しているので、前途有望などと言うのは不適切であろう。彼らの見事な文体には脱帽するしかない。あれほど華麗で豊富な言葉を用いながら(あたかも幼少の頃からロジェの『類語辞典』で遊んでいたかのようであった)、僕の心にはまったく訴えてくるものがない。彼らはあまりに多くを知り過ぎ、派手に感じ過ぎるように、僕には思われるのだ。気安くこちらの背中をポンと叩いてきたり、感動してこちらの胸に身を投げかけてくるなど、僕には我慢がならない。彼らの情熱はいささか貧血症のようだし、その夢はいささか平凡に感じられる。どうも好きになれない。だが僕は売れ残りの身だ。クラッブと同じく、いわば押韻対句形式でこれからも教訓的物語を書き続けるつもりである。ただし、あくまで自分自身の楽しみのために書き続けるのであって、それ以外の目的など考えたとしたら、とんだ馬鹿者になってしまうだろう。

## 3

しかし、ここまでの話はすべて主題から外《はず》れる。

処女作を書いたとき、僕はまだごく若かった。幸運にも世に注目され、様々な人が僕に交際を求めてきた。

気が小さいくせに憧れの強い若き日の僕が、ようやくロンドンの文壇に出入りを始めた頃の思い出に浸《ひた》るのは、少し淋《さび》しいような気がする。何しろ、出入りしていたのはもう遠い昔であり、今の文壇のことを描いたとされている小説の描写が正確だとすれば、文壇も相当変わってしまっている。存在する場所だって変わった。今はチェルシーやブルームズベリーらしいが、僕の頃は、ハムステッド、ノッティング・ヒル・ゲイト、ケンジントンのハイ・ストリートが中心だったようだ。あの頃は年齢が四十歳前といえば大したものだったが、今は二十五歳以上だと恥ずかしいらしい。当時は誰もが自分の感情を外に出すのを遠慮したものであり、世間で笑われないかと心配で、思い上がったことをはっきり言ったりするのは遠慮したものだ。あの時代のすまし込んだ文壇人が、とくに純潔の美徳を発揮していたなどとは少しも信じないが、それでも、今日《こんにち》のような露骨な性関係の乱れはなかったように記憶している。以前は不倫行為などがあっても、慎み深く話題にはせず、それが偽善だとは思わなかった。何でもそのものズバリに言うのがいいとは考えなかった。それから、文壇では、女性たちは当時まだ充分に地位を認められていなかったように思う。

僕はヴィクトリア駅の近くに住んでいて、パーティーを開いてくれる文人の家々に、遠い道のりをバスで出かけたのを思い出す。何しろ気弱なので、呼鈴《よびりん》を鳴らす勇気が出るまで、訪問する家の前の道を行きつ戻りつしたものである。不安のあまり気分が悪いような状態で、いよいよ大勢の人のいる風通しの悪い部屋の中に招じ入れられ、名前を聞いたことのある作家に次々に紹介される。この先輩たちが、僕の本について何か親切なことを言ってくれたりすると、ひどく居心地が悪くて仕方がなかった。先輩作家は僕が気の利いた言葉で応対するのを待っているようだったが、そういう言葉を僕が思いつくのは、決まってパーティーが終わってしまってからだった。照れ隠しに僕は来客たちに紅茶と不器用に切ったバター付きパンを手渡して回ったものだ。僕としては、誰にも構われたくなかった。そうすれば、有名作家の様子を落ち着いて観察したり、彼らの口から出る気の利いた言葉に耳を傾けたりできるからだ。

記憶をたどってみると、大柄で、背筋をぴんと伸ばした、大きな鼻の、人を食ってしまいそうな感じの婦人たちが浮かぶ。まるで服を鎧《よろい》でもつけるように着ていた。それから、鼠《ねずみ》のような感じのする小柄な独身女たちもいたが、こちらは声は優しいが、目付きが鋭い。この女性客がバター付きパンを手袋をした手で食べている様子はいつ見ても飽きなかった。食べて汚れた指を、誰の目にも触れないと思うと椅子《いす》の背でぬぐうのも、よくもまあと感心して見とれたものだ。椅子こそさぞ迷惑だったろうが、その家の女主人がそういう客の家に招かれたときに、今度は自分がそこの家具にちゃんと仕返しをしていたのだろう。女性の中には流行の服装をしている者もいたが、こういう人は、小説を書いたからといって野暮《やぼ》な服装でいいなんてことはあるものですか、スタイルがよいのだったら、それを活用すべきよ、可愛い足にスマートな靴を履《は》いたからって、まさか編集者がそれを理由に執筆を断るなんてことは、絶対にあり得ないもの、こんなことを言っていた。しかしこうした考えを軽薄だとしりぞける女性もいて、そういう連中は芸術家らしい趣味の変わった織物の服装をし、無骨な装身具を身につけていた。男性作家は服装の面で風変わりな者はめったにいなかった。そして、できるだけ作家らしく見えないようにしていた。世間一般の人と見て欲しいと思い、事実、どこに出しても都会の商事会社の重役として通ったであろう。いつもややくたびれているように見えた。僕は作家という人種に会ったのは生まれて初めてで、とても奇妙だと思った。それにしても、僕には、彼らが普通の生活をしている生身の人間とはどうしても思えなかった。

作家同士の会話は、才気ばしっているように思えた。仲間の一人がその場からいなくなった途端に、笑顔を浮かべたままで徹頭徹尾その男をこき下ろすのを聞き、どんなに驚嘆したことか。考えてみると、芸術家には一般人にない有利なところがあるようだ。仲間を風刺しようとするとき、外見や性格だけでなく、作品がやり玉にあげられるのだ。あんな適切な言葉を、あんなに即妙に発言するなんて、自分にはいつになっても無理だと落胆した。あの頃は、会話というものがひとつの嗜《たしな》みとしてまだ修められていて、気の利いた応答が、無意味に愚かしく笑うのより高く評価されていた。警句も、今のように愚か者が才人に見えるようにと格好をつける手段ではなく、洗練された都会人の世間話に活気を与えるものだった。あのころ耳にした才気煥発な応酬をひとつ残らず忘れてしまったのが、残念でならない。ところで、金儲けというのも作家の仕事の一面なのだが、会話がこの面の内情に及んだときには、誰も彼もそれは楽しそうに落ち着いてしゃべり合うのだった。最新刊の本の長所についてあれこれ論じ合い、それが一段落すると、いったい何部売れたか、前渡し金をいくらもらったか、今後いくら儲かるかという話題へと移るのが自然なことだった。そこからさらに、出版社の比較になり、この社は気前がいいとか、あの社はけちだとかを論じる。たくさん印税をくれる社と、作品の価値がどうであれ何がなんでも熱心に売り込んでくれる社と、どちらで出版するのが得か。宣伝のうまい社とへたな社、近代的経営と古臭い経営の良否、いい仕事を世話してくれる代理人の噂、編集者と、編集者の歓迎する原稿の種類、一千語あたりの稿料、支払いの遅い早いなど、話題はとどまるところを知らなかった。僕にはすべてがロマンティックだった。自分がどこかの秘密結社か何かの一員にでもなった気分がした。

## 4

当時、誰よりも親切にしてくれたのは、ローズ・ウォータフォードだった。男性的な知性と女性的な頑固さを兼ね備えた人で、作品としては、独創的で、読者の気持を落ち着かなくさせるような小説を書いていた。ある日、彼女の家で僕はチャールズ・ストリックランドの妻に初めて会った。ミス・ウォータフォードがお茶会を開いていたのだが、小さめの客間にはいつもより大勢の客がいた。誰も彼もおしゃべりに夢中のようで、僕は気後《きおく》れがして黙って坐っていた。前から知っている人同士でしゃべっている中に割り込んでゆくなんて、気が小さい僕にはとうていできなかった。ミス・ウォータフォードはよく気のつく人だから、そういう僕の困った様子を見て取ると、すぐに僕の所にやって来てくれた。

「ミセス・ストリックランドにご紹介するわ。あの人、あなたの本のこと、とても褒めているのよ」

「何をしている方ですか」僕は尋ねた。

自分が文壇情報にうといのに気づいていたので、もしその人が著名な作家だとすれば、話し掛ける前にそれを確かめておくべきだと思ったのだ。

ローズ・ウォータフォードは返答に重みを与えるかのように、取り澄まして視線を下げた。

「あの人、昼食会をよくなさるのよ。あなたも少し売り込めば、きっと招待されるわ」

ローズ・ウォータフォードは皮肉屋だった。小説を書くための機会として人生を捉え、世間の人びとを小説の題材と見ていた。彼女の才能をよく理解しているような人がいれば、自分の家に招待してかなり気前よくご馳走していた。世間の人が流行作家を崇拝するのをちゃんと知り、笑いながら、なかば世間の人を軽蔑していた。それでも、人前では有名な女性流行作家らしく、期待通りの役をそつなく演じていた。

僕はミセス・ストリックランドの所へ連れて行かれ、二人で十分ほどおしゃべりをした。感じのよい声だと思う以外には、特にこれという印象を受けなかった。当時まだ建築中だったウェストミンスター聖堂を見下ろすマンションに住んでいるというので、近所ですね、というような話をしているうちに、互いに親しみを覚えた。テムズ川とセント・ジェイムズ公園に挟まれた一画に住む者は皆、「陸海軍デパート」を利用していることで連帯感を覚えていた。ミセス・ストリックランドは僕の住所を尋ね、それから数日して彼女から昼食会への招待状が届いた。

まだ暇だった僕は、喜んで応じた。当日は、早く着き過ぎてもみっともないので、わざと寺院のまわりを三回まわって少し遅れて着いたが、そのときにはもう全員が揃《そろ》っていた。ミス・ウォータフォードがいたし、他にミセス・ジェイとか、リチャード・トワイニングやジョージ・ロードもいた。みんな作家だった。早春のよく晴れた日で、みんな上機嫌だった。ありとあらゆることを話題にしていた。ミス・ウォータフォードは、唯美主義を奉じていた若い頃は、水仙を一本手にしてセイジ・グリーンの服でパーティーに出席していたが、熟年の今は派手好みになり、ハイ・ヒールにパリ風のフロック・コートというでたちに変わっていた。だが、この日はどちらがよいか迷ったらしく、新調の帽子をかぶっていた。そのせいで彼女は意気軒昂《いきけんこう》になっていて、このときくらい、共通の友人について意地の悪い批評をするのは聞いたことがなかった。一方、ミセス・ジェイは、みだらな話が機知の証《あかし》だと心得ているのか、純白なテーブル・クロスまでが頰《ほお》を赤く染めそうな話を、内緒話に近いような小声で、しきりにしていた。リチャード・トワイニングは、風変わりな馬鹿話をしては、一人ではしゃいでいた。その一方、ジョージ・ロードは、自分の頭のよさはもう知れ渡っているのだから、いまさら披瀝《ひれき》するまでもないというので、口は食べ物を入れるのに用いていた。ミセス・ストリックランドは、口数は少ないが、話題を全員が加われるものに導くという気持のよい才能に恵まれていた。会話が途切れると、必ず巧みな言葉を何か挿《はさ》み、また会話をよどみなく進行させるのだった。年齢は三十七歳、背は高いほうで、肥《ふと》っているというのではないが、肉づきはよかった。美人というのではないが、人好きのする顔であり、これは茶色の目が優しいせいかもしれない。肌は血色があまりよくない。黒髪をなかなか凝ったふうに結っていた。三人いる女性の中で化粧をしていないのは彼女だけであり、その対照によって清楚《せいそ》で気取らぬ人に見えた。

ダイニング・ルームはあのころ流行《はや》った渋い趣味のもので、とても地味だった。白木の高い腰羽目板を張り、壁紙は緑色で、その上にウィスラーのエッチングが黒い額縁に入って掛かっていた。孔雀《くじやく》模様のカーテンがまっすぐに垂れ、うっそうと茂る木々の間を白兎《しろうさぎ》がはね回る図柄の緑色の絨毯《じゆうたん》は、ウィリアム・モリスの影響を感じさせる。炉棚には青いデルフト陶器が置いてあった。当時のロンドンには、これとまったく同じ装飾のダイニング・ルームが五百はあったに違いない。清楚で、趣《おもむき》があり、それでいてどこか退屈だった。

帰りはミス・ウォータフォードと一緒になった。天気はいいし、彼女も新調の帽子をかぶっていたので、何となく公園を散策する気になった。

「楽しいパーティーでしたね」僕が言った。

「お料理は気に入った？　作家に気に入られたいのなら、おいしい料理を出すにかぎるって、教えたのよ」

「それはよい助言ですね。それにしても、一体どうして作家なんか招くのでしょうか」

ミス・ウォータフォードは肩をすくめた。

「作家を面白いって思うのでしょうよ。世の動きに遅れまいとしているつもりなのね、きっと。まあ、どちらかというと単純な頭の人だから、作家を素晴らしい人種だなんて考えているんでしょうね。とにかく、作家を昼食会に招いて喜んでいるようだし、それでこちらが迷惑するわけじゃないし。それに、いつもわたしを招いてくれるので、あの人には好意を持っているわ」

振り返ってみると、ハムステッドに住む著名作家からチェイニー・ウォークのアトリエの貧しい芸術家にいたるまで、様々な芸術家に憧れて追っかけをする人種の中で、ミセス・ストリックランドはもっとも罪のない一人であったようだ。娘時代を田舎《いなか》で静かに送ったので、ロンドンのミューディー巡回文庫から届く小説は、ロマンティックな物語だけでなく、ロマンティックな大都会の雰囲気をも伝えてきた。根っからの読書好きで（こういう娘には珍しいことで、大体は本自体よりも作者に、絵自体というよりも画家に関心をよせるものなのだ）、読書をしながら自分の空想の世界を作り上げ、その中で、日常生活ではとうてい得られない自由な生活を味わっていた。時を経て作家たちと知り合うようになると、それまで観客席に坐って眺めていただけの舞台に、自分も登場したような気分を味わった。彼女は作家たちを劇の登場人物のように眺めた。彼らをもてなしたり、彼らの隠れ家を訪問したりすると、何だか自分まで日常を越えた充実した生活を送っているような気がするのだった。作家たちの演じる人生という芝居の法則を、彼らにとっては有益なものだと認めていたが、同じ法則を彼女自身の生き方にまであてはめようなどとは、一瞬たりとも思わなかった。作家たちの道徳面での非常識な生き方は、奇妙な服装とか、無茶な見解や逆説などと同じく、彼女にとって興味ぶかいものではあったが、そうかといって、彼女の考え方に少しでも影響を与えるようなものではなかったのだ。

「あの人にはご主人はいるのですか」

「ええ、もちろんよ。たしか金融関係の人だったわ。そう、証券会社の経営者だったと思うわ。とても退屈な人なのよ」

「で、夫婦仲はどうなのです？」

「とてもいいわよ。晩餐会《ばんさんかい》に招《よ》ばれれば、会えるのだけれど。あの人、晩餐会にはあまり招いてくれないのよ。ご主人、それはおとなしい人なの。それに文学とか美術とか、そういうものには全然関心がないみたいね」

「いい方が退屈な男と結ばれるなんて、一体どうしてなのでしょう」

「頭のいい男がいい女と結婚しようとしないからに決まってるわ」

これに反論する言葉を思いつかなかったので、ミセス・ストリックランドには子どもがいるのかと聞いてみた。

「いるわよ。男の子と女の子が一人ずつ。二人とも学校に行っているわ」

これで話題はつきてしまい、他のことを話し始めた。

## 5

その夏、僕はかなり頻繁《ひんぱん》にミセス・ストリックランドに会った。彼女のマンションで開かれる、感じのよいささやかな昼食会にも、いくぶん堅苦しいお茶の会にも、ときどき出席した。夫人と僕は互いに気が合ったようだ。当時の僕はまだとても若かったから、もしかすると、作家志望の若者が、おずおずと文学者の仲間入りをしようと頑張っているのを見て、少し手を貸そうとしたのかもしれない。僕の側からも、何かちょっとした問題があったときなど、相談に行けば必ず親身になってくれ、適切な助言をしてもらえるというのは有難かった。何しろ同情心の深い人だった。同情心というのは魅力的な才能ではあるが、そういう才能に恵まれていると自負している連中が、しばしばそれを乱用するのは考えものである。この才能を発揮できる機会はないかと、友人知人の不幸を探して飛びつく貪欲さは、ひとの不幸を楽しんでいるかのようであり、ぞっとする。同情心が、油田からあふれ出るオイルのように噴出して、たっぷりと注がれ、同情されている側がどぎまぎしてしまうのだ。これまであまりに多くの人がその胸にすがって泣いてきたので、僕など悩みを打ち明けたくてもその気になれない人が世間にはけっこう多い。その点、ミセス・ストリックランドは同情心の使い方が巧みだった。彼女の同情をこちらが受け入れることで、こちらがあちらに恩恵をほどこしているような、そんな錯覚によく陥ったものだ。僕は若者特有の率直さで、ローズ・ウォータフォードと話しているとき、この点に触れてみた。するとこんな答えが返ってきた。

「ミルクはとってもおいしいわ、特にブランデーでも一滴垂らそうものならね。でもね、乳飲み子のいる牝牛にしてみれば、搾《しぼ》ってもらいたくてしょうがないのよ。お乳が張るのって、とっても苦しいものなのよ」

ローズ・ウォータフォードは恐るべき毒舌家だったのだ。彼女くらい辛辣《しんらつ》なことの言える者はいない。だがその半面、彼女くらい魅力ある言葉を口に出せる人もいない。

ミセス・ストリックランドには、もうひとつ美点があった。家の調度品のととのえ方がとても優雅だった。夫人のマンションはいつでも整頓されていて明るく、花々で美しく飾られ、客間の更紗《さらさ》は、地味な模様なのに、明るい色彩で美しかった。趣味のよい、こぢんまりした食堂での食事は楽しかった。テーブルの飾りつけはいいし、二人のメイドもきちんとしていて、顔立ちがよかった。出される料理も上等だった。ミセス・ストリックランドが主婦として優れているのは、誰の目にも明らかだった。それに加えて、母親としてもさぞ立派であろう、と思わざるを得なかった。客間には、息子と娘の写真が何枚か飾ってあった。息子はロバートという名で、ラグビー校の在校生で十六歳だった。運動着にクリケット帽姿の写真と、もう一枚、燕尾服《えんびふく》に立ち襟《えり》姿のものもあった。清潔で、健康的で、真面目《まじめ》な率直そうな額《ひたい》と綺麗な内省的な目は母親ゆずりであった。少年に見えた。

「頭が特別いいかどうかは分からないんですけどね、でも、いい子なのは間違いないわ。性質はいいんですよ」ある日ぼくが息子の写真を眺めていると、彼女が言った。

娘は十四歳だった。母親似の豊かな黒髪が肩にふさふさと垂れ、美しかった。優しい表情とおっとりした澄んだ目は、やはり母親ゆずりだった。

「二人とも、お母様そっくりですね」

「そうなのです。父親よりもわたしに似ていますわ」

「ご主人には会わせて下さらないのですね？」

「お会いになりたいの？」

夫人はそう言いながら微笑《ほほえ》んだ。その微笑はじつに柔和なものであったが、さらに彼女は少し頬を赤らめた。あの年齢の婦人がそんなにすぐ赤面するというのは、珍しいことだった。彼女の最大の魅力は、もしかすると、うぶなところだったのかもしれない。

「あのね、主人は文学は全然だめなんですの。まるで教養がないものですから」

こう言ったものの、非難するようではなく、どちらかというと愛情がこもっている感じだった。まるで、夫の一番の弱点を公表することで、自分の友人の批判から夫をかばおうとしているかのようだった。

「証券取引所で働いているのよ。ごくありきたりの証券マンというところね。だから、あなたもうんざりするんじゃないかしら」

「奥様は、ご主人にうんざりしないのですか」

「だって、わたしはあの人の妻ですもの。とても愛していますわ」

照れくささを隠すように彼女は微笑を浮かべた。このような告白をした場合に、ローズ・ウォータフォードなら冷やかすに決まっているので、僕も同じように冷やかすのではないかと気がかりだったらしい。それから彼女は言いよどんだ。目付きが優しくなった。

「あの人、自分に何か才能があるなんて態度は、いっさい見せませんの。証券会社にいるのに、たいして儲けたりすることもできないのよ。でも、とてもいい人で気持も優しいの」

「そういう方なら、仲良くなれそうです」

「でしたら、いつか小人数の晩餐会《ばんさんかい》をするときに、お招きするわ。でもね、一晩じゅう退屈なさっても知りませんよ。ご自分が出てみたいというので、お招きするのですからね」

## *6*

こうしてようやくチャールズ・ストリックランドに会うには会えたのだが、そのときは、ただほんの挨拶《あいさつ》を交わす程度であった。ある朝、夫人から手紙が来た。今夜、晩餐会を予定しているのだが、招待した客の一人が急に来られなくなった、ついては代わりに出てくれないか、という内容だった。次のように書いてあった。

前もってお断りしておくのが礼儀だと思いますが、きっと死ぬほど退屈なさるわ。ひどく退屈なパーティーになるのはあらかじめ分かっていますけど、もし、いらして下さるなら、とても有難く思います。あなたとわたしだけでおしゃべりもできますわ。

誘いに応じるのが当然の礼儀だった。

ミセス・ストリックランドが僕を夫に紹介すると、相手はあまり気がなさそうに握手の手を差し出した。夫人は明るい態度で夫のほうを向いて、軽い冗談口をたたいた。

「わたしにもちゃんと夫がいるってことを、お教えするためにお招きしたのよ、だって、この方、その点を疑い出したんですもの」

ストリックランドはお義理で軽く笑った。どこが面白いのか、自分には分からないときに人のよく取る態度だった。しかし何も言わなかった。彼は次々にやって来る客の対応に追われ、僕はひとり取り残されてしまった。ようやく客の顔も揃《そろ》い、食事の知らせを待つ間、僕は、お相手を仰せつかった女性とおしゃべりしながら、文明人というものは、一体どうして短い一生の数時間を退屈なパーティーなどに浪費しようとして、あれこれ妙に工夫を凝らすのだろうかと考えていた。その夜のパーティーは、招待主がどうしてわざわざ客を招くのか、また、客も客でなぜわざわざやって来たのかと、訝《いぶか》しく思わざるを得ないようなものだったのだ。客は十人で、みな感激もなく顔を合わせ、散会になればほっとするのだろう。もちろん、単なる社交上の集まりだった。つまりストリックランド夫妻が、もともとあまり関心すらない人たちから以前招待を受け、晩餐会の「借り」が出来たというので、お返しに招待したのである。相手がそれを受けて、ここに来ているだけの話である。どうして来ているのか？　夫婦だけの食事にうんざりしているから、あるいは召使いに休暇をやりたいから、あるいは断る理由がないから、あるいは晩餐会の「貸し」があるから、というわけである。

食堂は出入りも窮屈なほど立て込んでいた。顔ぶれは、勅撰《ちょくせん》弁護士夫妻、官吏夫妻、ミセス・ストリックランドの姉とその夫のマカンドルー大佐、下院議員の妻だった。この下院議員がどうしても議会を休めなくなったというので、僕が招かれたのだ。ばかにお上品ぶった集まりだった。婦人連はとても上品なので、人目に立つような派手な服装はしないし、地位の高さに安住して、人を楽しませるような話をしようともしない。男連はまっとう過ぎる。全員、裕福なことにすっかり満足しているようだった。

パーティーを成功させようと本能的に望んだので、誰もが普段より少し声高《こわだか》にしゃべり、そのために部屋はかなり騒がしかった。しかし全員が加われるような共通の話題は出てこなかった。各自が隣の人とだけ話をしていた。右隣とはスープから魚料理を経てアントレまでの間、左隣とはローストからデザートと口直しまでの間しゃべった。話題としては、政局、ゴルフ、子ども、最新の芝居、王立美術院出品の絵、休暇の計画などだった。会話が途切れることはなく、話し声はやかましいほどだった。ミセス・ストリックランドは、パーティーが成功したと得意になってもいいところだ。夫も礼儀正しくホスト役を務めているようだったが、どうやら口数が少なかったようだ。彼の両隣の女性客の顔には、終わり頃に疲労の表情が浮かんだような気がする。どうやら彼にうんざり始めたようだ。一、二度、夫人の目が気ぜわしそうに、ときどき夫のほうに向けられた。

ようやく夫人は立ち上がり、女性たちを食堂から別室へと案内した。ストリックランドは妻の出て行った後、ドアを閉め、テーブルの向こう側に移動し、弁護士と官吏の間に坐った。あらためて皆にポート・ワインを回し、シガーを勧めた。弁護士がワインの味を褒めると、ストリックランドはどこで手にいれたかを話した。しばらくワインとタバコの話題が続いた。それから弁護士は、いま担当している事件を話題にし、大佐がポロの話をした。僕は提供できる話題もないので、礼儀上、一応その時どきの話に興味があるような顔をして黙って坐っていた。そして客たちが誰一人作家の卵などに関心がないと思い、ゆっくりとストリックランドを観察した。予想していたよりも大柄だった。どうして会う前に、痩《や》せていて目立たぬ人だと想像していたのかは、分からない。とにかく、実際は、肩幅が広く、がっしりしていて、手足も大きかった。夜会服の着方がいかにも不器用であり、御者が慣れない盛装をしたような感じだった。年齢は四十歳で、ハンサムではないが、醜《みにく》いというのでもない。目鼻立ちはむしろよいほうであるが、そのどれをとっても、異常に大きいから、全体としてぶざまな印象を与える。ひげを立てていないので、もともと大きな顔が気味が悪いほどむき出しに見える。頭髪は赤味がかっていて、とても短く刈ってある。目は小さく、青色とも灰色ともつかない。とにかく外見はごく平凡というところである。ミセス・ストリックランドが夫を僕たちに紹介したがらないのも無理はないと思った。美術や文学の世界で顔になろうと望んでいる女性にとって、とても名誉となる存在ではあり得ないのだ。社交性がないのは明白だが、男ならそれがなくとも何とかなる。しかし彼には、並みの人間と違う風変わりなところすら何ひとつない。お人好《よ》しで正直だけが取り柄の、退屈な、さえない男だった。彼の長所は認めるにしても、親しくなろうと思う者はいない。いてもいなくても構わない人物なのだ。それなりに立派な社会人なのだろうし、善良な夫、よき父親であり、誠実な証券業者であろう。だが、こんな男を相手に時間を浪費する理由はなかった。

## 7

社交シーズンもようやく盛りが過ぎ、僕の知り合いたちも、そろそろ避暑のための準備を始めた。ミセス・ストリックランドも、一家そろってノーフォークの海岸に行く予定にしていた。子どもたちは海水浴、夫はゴルフができた。僕たちは別れの挨拶《あいさつ》を交わし、秋の再会を約した。ところが、ロンドンにいる最後の日のこと、「陸海軍デパート」から出たところで、息子と娘と一緒のミセス・ストリックランドにばったり出くわした。

夫人も僕と同じように、ロンドンを発《た》つ前に最後の買い物に来ていて、二人とも暑くて疲れていた。そこで僕は、どうです、みんなで公園に行って、アイスクリームでも食べませんか、と提案してみた。

どうやら夫人は子どもたちを僕に見せるよい機会だと思ったらしく、提案にとびついた。子どもたちは写真で見たよりも可愛くて、母親が誇りに思うのも当然だった。子どもたちは、僕が若いので遠慮しなくてよいと思ったのか、色々な話を楽しそうにした。とても感じのいい、健康そうな子どもたちだった。木陰にいると快適だった。

一時間して一行は帰宅のためタクシーに乗り込み、僕はゆっくりとクラブまで歩いた。少しばかり淋《さび》しい気分だったせいか、先ほどちらっと覗《のぞ》いた仲睦《むつ》まじそうな家庭生活を羨《うらや》ましく思った。母親と子どもたちはとても仲良しだった。彼らだけに分かる罪のない冗談があり、僕にはさっぱり分からないのだが、母子はうれしそうに大笑いしていた。チャールズ・ストリックランドは、知的で気の利いた会話ができることを第一とする尺度で測れば、おそらく退屈な人間だったろうが、彼くらいの知性でも、周囲の環境には事足りていたのであり、むしろそれこそが、世間並みの成功のみならず、幸福をつかむ確実な保証なのだ。夫人は魅力的な女性だし、何よりも彼を愛している。何ひとつ波乱のない、まっとうで陰日向《かげひなた》のない夫婦の生活を思い描いてみた。あの二人の善良な感じのよい子どもたちがいるおかげで、イギリスの民族と階級の正当な伝統を継続させていくのは明白であり、それは有意義なことだ。夫婦はいつの間《ま》にか年齢を重ねてゆき、息子と娘が成人し、いずれ結婚するのを見届けるだろう。可愛い娘は健康な子どもの母親となるだろうし、ハンサムで体格のいい息子は軍隊に入るだろう。そして夫婦は名誉ある引退後も裕福で、子や孫に慕《した》われながら、幸福で有益な生涯を、天寿をまっとうして遂《つい》に終え、墓に入ってゆく。

これは無数の夫婦の物語であり、こういう一生の意匠には、地味ながらもある種の美しさがある。静かな小川に喩《たと》えてもよい。緑の牧場の間をゆったりと蛇行し、さわやかな木立の下を通り、最後に大海に流れ込むのだ。だが、その海があまりに穏やかで、あまりに静かで、あまりに無表情なので、急によく分からぬ不安に襲われるのだ。こういう世間の大多数の人がたどる生き方に、僕がどことなく物足りないものを感じたのは、あの当時からすでに胸の中にはっきりと息づいていた、ひねくれ根性のせいだけなのかもしれない。僕とて無難な人生に社会的価値があるのは認めたし、それが落ち着いた幸福に満ちたものであるのも分かっていた。しかし、僕の血の中にある情熱がもっと波乱に満ちた人生を求めていた。平凡な喜びには、どこか恐ろしいところがあるようにさえ、僕には感じられたくらいだ。もっと危険な生き方がしてみたいという欲望が抑えられなかった。変化と、未知のものの与える興奮と――それさえ味わうことができるのなら、危険な浅瀬も鋭くとがった暗礁も厭《いと》わなかった。

## 8

ストリックランド一家について、以上自分の書いたことを読み返してみて、我ながら、四人ともあまり生き生きとは描かれていないと思わざるを得ない。作中人物があたかも実人生で生きているように読者が感じるには、この人ならではという特徴を与えるべきなのに、僕はそれをしていない。悪いのは僕なのかと思って、一家の誰彼を生き生きと鮮明に印象づけるような特徴は何かないものかと、頭をしぼって思い出そうとした。しゃべり方の癖とか、一風変わった習慣とか、そういうものを描けば、まぎれもなくその人だという個性を与えられると思った。今のままでは、一家の者は古めかしいタペストリーに描かれた人物と同じだ。つまり、背景の中に埋没してしまっている。少し距離をおいて眺めれば、姿形も薄れて、綺麗な色にしか見えない。でも、彼らは僕に対してそれ以外の印象を何ひとつ与えなかった、というのが唯一の弁明だ。社会という集団の一部であり、集団の中でのみ存在し、集団によってのみ存在している人には、存在感の希薄なところが見受けられるが、あの夫妻はまさにそういう人間なのだ。身体の細胞のようなもので、不可欠なものだが、健康でありさえすれば、大事な有機体の中に埋もれてしまって目立つことはまったくない。そういうわけで、ストリックランド一家はイギリス中産階級の平均的な一家であった。夫人は二流どころの作家に罪のない熱を上げている、親切で愛想のよい人だし、夫はといえば、恵み深い神の摂理で与えられた身分で自分の義務を果たしている退屈な男だ。それに、子どもは可愛くて健康だ。これくらい平凡なものはない。いくら好奇心の強い者の関心でも、引きつけるのは無理だ。

その後に起こったことを考えてみると、チャールズ・ストリックランドに、少なくとも普通人と違う何かがあるのを見逃すほどに、若き日の自分は鈍感だったのかと反省している。そうだったかもしれない。あの頃と今との年月の間に、人間についてかなりの知識なり経験なりを、自分は獲得したと思う。だが、初めてストリックランド夫妻に会ったあの時点で、仮に今の僕が持っている経験があったところで、あの二人を違ったように見られたかどうかは疑わしい。だが、その後、人間というものがどれほど予測不可能な生き物であるかを知った今なら、あの初秋、ロンドンに戻ったときに聞いたニュースに、あれほど驚きはしなかったと思う。

戻ってからまだ二十四時間にもならぬとき、ジャーミン通りでローズ・ウォータフォードにばったり出くわした。

「ばかに元気な様子じゃありませんか。一体どうしたのです?」僕は言った。

彼女はニヤリとした。目にはお馴染《なじ》みの皮肉な光が輝いている。彼女は友人の誰かについて何かスキャンダルでも聞いたところで、女流作家としての本能が鋭敏に動き出したという感じだった。

「あなた、チャールズ・ストリックランドに会ったこと、あったわね?」

顔だけでなく、体全体がどんな情報も逃すまいと張りつめているような感じだった。僕はうなずいた。てっきり彼が証券会社で除名処分にでもなったか、乗合馬車に轢《ひ》かれたのかと想像した。

「ひどい話じゃありませんか。あの男、奥さんを棄てて家出したのよ」

さすがのミス・ウォータフォードも、こういう話をジャーミン通りの街頭で詳しくするわけにはいかないと思ったらしい。いかにも作家らしく、その事実だけをぽんと投げつけるように言うと、詳しいことは何も知らないときっぱり言った。知らないからというだけの理由で、彼女ともあろうものが事件の論評を控えるはずがなかった。だが、とにかく彼女は口を割らない。

「本当に、何も知らないのよ」僕が驚いて、食い下がって尋ねても、そう言った。でもそれから、いたずらっぽく肩をすくめて、「シティーのある喫茶店の若い娘で、最近やめた娘《こ》がいるそうよ」と言った。

彼女はちらっと微笑を投げかけると、歯医者の約束があるから失礼するわ、と言って勢いよく行ってしまった。僕はけしからぬ話だと思うより、むしろ面白いと思った。小説で読むような出来事が、直接知っている人の身に起こるのに出くわして胸が高鳴った。白状してしまえば、今ではこの種の出来事が自分の知り合いに起こるのには慣れてしまっている。だが、あのときはショックだった。何しろ、ストリックランドは間違いなく四十歳になっており、こんな年齢の人間が色恋沙汰《いろこいざた》に関与するなど、とても不快に思えたからだ。当時の僕は、若さの思い上がりから、恋におちても世間に笑われないのは、せいぜい三十五歳までだと決め込んでいたのだ。さらにこの情報は僕個人にとって少し具合が悪かった。というのも、僕は田舎《いなか》からミセス・ストリックランドに手紙を出し、帰京の日を伝え、そちらからご連絡がなければ、これこれの日時にお茶をいただきに伺《うかが》いますと書いていたのだ。今日がまさにその日だったのだが、夫人からは返事が来ていなかった。どうなのだろうか。一体、僕に会いたいのか、会いたくないのか。事件で気が動転して僕の手紙など忘れてしまったということも、あり得ないことではなかった。とすれば、もしかすると、訪問しないほうが気が利いているのかもしれない。その一方、この事件は、夫人としては伏せておきたいのだろうから、僕がもう知っているという態度を少しでも示すというのは、ひどく心ない仕打ちだ。とすれば、知らん顔で訪問すべきだが、そうかといって、取り込み中に邪魔になるのもいやだった。きっと悩んでいるに違いない。僕が力になってあげられない苦痛を見るのはいやだ。けれども、僕の心には、不謹慎だと自覚しつつも、彼女が事件にどう対処しているのかを見てみたいという気持があった。どうしたものか迷った。

ようやくのことで、いい案が浮かんだ。知らぬ顔で訪ねて行き、メイドに、奥様のご都合の如何《いかん》を聞いてきてもらえばいいと思いついたのだ。これなら、会いたくないのなら、断ることができる。しかし、いざ考えてきた口上をメイドに言ったときには、何だかひどくどぎまぎしてしまった。暗い廊下で返事を待つ間、逃げ出さないように自分を抑えるのに精いっぱいだった。やがてメイドが戻って来た。過敏になっている僕の目には、メイドが事件の真相をすっかり知っているように映《うつ》った。

「どうぞこちらへ」

客間に通された。部屋を暗くするためにブラインドが少し下ろしてあった。夫人は灯《あか》りに背を向けて坐っていた。義兄のマカンドルー大佐が、背中を暖めているような姿勢で、火のついていない暖炉の前に突っ立っていた。我ながら、ひどく間の悪いときに、のこのこ現れたような具合だった。僕が訪ねて来て、不意打ちを食わされているのだ。

夫人が僕を招じいれたのは、断り状を出すのを忘れたので仕方がないからなのだろう。特に大佐は邪魔者が来たのを怒っているような気がした。

「お待ちいただいているかどうか、はっきりしなかったものですから」僕はさりげなく言った。

「もちろん、お待ちしていましたわ。アンがすぐお茶を持って参ります」

暗くした部屋の中でも、夫人の顔が涙ですっかり腫《は》れているのが見えてしまった。夫人は、もともと肌が美しいほうではなかったが、今は土気色《つちけいろ》だった。

「こちらは義兄《あに》ですの。夏休みのすぐ前に、晩餐会《ばんさんかい》でお会いになっていらしたわね」

大佐と僕は握手を交わした。あまりに狼狽《ろうばい》してしまい、僕は何を話していいのか、まごついてしまった。夫人が助太刀《すけだち》して、夏休みはどうしていましたか、と聞いてくれた。おかげで、お茶が出されるまで何とか間を持たせることができた。大佐はハイボールにすると言った。

「エイミー、君も一杯どうだね」大佐が言った。

「いいえ、わたしはお茶にしますわ」

不都合な事件が起こったことを暗示する、これが最初の言葉だった。僕は素知らぬ顔で、ミセス・ストリックランドと熱心に話をしていた。大佐は、相変わらず暖炉の前に立ち、一言も発しない。僕は早くいとまを告げようと機会をねらっていたが、それにしても、一体全体どうして夫人はこんなときに僕を招じいれたのかと、訝《いぶか》しく思った。部屋には花が飾ってないし、夏の間かたづけてあった色々な置物もまだ戻っていない。いつもはあんなに明るい雰囲気の部屋なのに、今日ばかりは、どこか陰気で堅苦しいところがある。あたかも壁の向こう側に誰かの死体が転がっているとでもいうような気味の悪い感じがする。僕はお茶を飲み終えた。

「タバコはいかが」夫人が尋ねた。

彼女はあちこちタバコ入れを探したが、見あたらなかった。

「あら、ないみたいね」

そう言うと、突然わっと泣き出し、あわてて部屋から出て行った。

僕は、はっとした。普段は夫が持って来るタバコがないことから、夫人は否応なしに夫を思い出し、当然と思っていた人生のささやかな安楽さが消え失せてしまったという思いがまた襲って、胸に悲しさがこみあげてきたのだ。今までの生活はすっかり失われたと悟ったのだ。そうなると、世間体を取りつくろう余裕など、なくなるのが当然だ。

「もうおいとましたほうが、よろしいでしょうね?」立ち上がりながら、大佐に言った。

「あのろくでなしが義妹《いもうと》を棄てたのは、聞いたでしょう?」大佐が割れるような大声で言った。

僕はためらった。

「いろんな噂をする人がいますからね」僕は答えた。「何か具合の悪いことがあったと聞きましたが」

「奴は消えた。どこかの女とパリに駆け落ちしたんです。エイミーは一文無しなんですよ」

「それはいけませんね」何と言ってよいか困り、それだけ言った。

大佐はウイスキーを一気に飲み干した。彼は背の高い、痩《や》せた五十男で、垂れた口ひげを生やし、白髪頭だ。薄青色の目で、口もとは弱々しい。このまえ会ったときには、愚かしい顔をし、退役するまでの十年間はポロを週に三回やっていたもんですよと自慢していたのを思い出した。

「僕がいてはお邪魔だと思いますので、これで失礼いたします。奥様によろしくお伝え下さい。僕に何かできることがありましたら、何でもしますと、おっしゃっておいて下さい」

そう言っても、聞こえないような態度だった。

「義妹がこれからどうなるんだか、見当もつかん。それに、子どももいることだしな。霞《かすみ》でも食って生きろというのか？　十七年にもなるのに」

「十七年と言いますと？」

「結婚生活のことですよ」大佐は嚙《か》みつくように言った。「私はもともと、あの男が嫌いだった。もちろん、義弟《おとうと》になったので、これまでは我慢してきましたがね。あいつのこと、紳士だと思っていましたかな？　そもそもあんな奴と結婚したのが間違いだったんですよ」

「もう絶対に取り返しがつかないのでしょうか」

「義妹にできることはただひとつです。奴と別れることですよ。さっき、あなたがいらしたとき、ちょうどそれを話していたのです。『すぐに離婚訴訟をするんだ。そうするのが、お前はもとより子どもへの義務なのだ』と言い聞かせました。あいつめ、私の前に現れるのはやめたほうが身のためだ。半殺しにしてやるからな」

これを実行に移すのは、大佐にとって、けっこう骨が折れると思わざるを得なかった。何しろ、ストリックランドはなかなか逞《たくま》しい男だったはずだと思ったからだ。しかし黙っていた。不正を悲憤慷慨《ひふんこうがい》する者に、悪人を直接こらしめるだけの腕力がないということはよくあるものだが、いつも見ていて気の毒になる。とにかくもう失礼しますと僕が申し出ていると、ミセス・ストリックランドが戻って来てしまった。涙をぬぐい、化粧を直してきた。

「ごめんなさいね、泣き出したりして。お帰りになっていなくてよかったわ」

夫人は坐った。僕は何と言ったらいいのか困ってしまった。自分に直接関係のないことを話題にするのはどうも憚《はばか》られた。女性というものが、自分の私生活について、聞いてくれる人がいればいくらでも話したがるものだというのを、当時の僕はまだ知らなかったのだ。夫人は何とか感情を抑えようとしていた。

「ねえ、皆さんが噂しているのかしら？」

僕が彼女の内輪の悲劇について、とうぜん何でも知っていると彼女が決め込んでいるのには驚いた。

「僕はまだこちらに戻ったばかりなんですよ。会ったのは、ローズ・ウォーターフォードだけです」

夫人は両手を握りしめた。

「あの人が言った通りのことを、教えていただけないかしら」僕が躊躇《ちゅうちょ》していると、「ぜひ、知りたいの」と迫った。

「噂というものがどんなものだか、ご存じでしょう？　それに、あの人はいい加減なことを言いますしね。なんでも、ご主人があなたを棄てたとか言ってましたが」

「それだけ?」

ローズ・ウォータフォードが別れ際に喫茶店の小娘について言ったことを、告げる気にはなれなかった。僕は嘘をついた。

「あの人、夫が誰かと駆け落ちしたとか、言いませんでした?」夫人が尋ねた。

「ええ、言いませんよ」

「その点をうかがいたかったの」

僕はちょっと困惑したが、とにかく、もういとま乞いをしてもいいのだと了解した。彼女と握手しながら、僕でお役に立つことがあれば何でもしますので、と言った。彼女は弱々しく微笑《ほほえ》んだ。

「ご親切に有難うございます。でも、どなたかに何かしていただける状況ではなさそうですわ」

同情心を見せるのが恥ずかしいので、僕は大佐のほうに向かって握手の手を差し出した。しかし、彼は握手しようともしない。

「私も帰るところです。ヴィクトリア通りを行くのなら、そこまでご一緒しましょう」

「ええ、参りましょう」

# 9

「いやあ、ひどい話ですよ」大佐は通りに出ると、すぐに言った。

義妹と何時間も話し合っていたことを僕と話したくて一緒に来たのだと、すぐに気がついた。

「相手の女については何も分かっていないのですよ。はっきりしているのは、あいつがパリに行ったということだけです」

「夫婦仲は良いとばかり思っていましたが」

「いや、その通りなんですよ。ついさっき、あなたがいらっしゃるすぐ前にも、結婚してからただの一度だって口喧嘩さえしたことがないと、エイミーは言っていました。エイミーのことはご存じですな？　あんな立派な女はいませんからな」

こういう打明け話を次から次へと聞かせられるので、それならこちらからあれこれ質問したところで構うものかと思った。

「でも、そうすると、夫人は何も気がつかれなかったということなのでしょうか」

「ええ、何も。あいつは、夏はエイミーと子どもたちと一緒にノーフォークで過ごしました。いつもと少しも変わらなかったのです。私と家内も二、三日合流しましてね。

私は奴とゴルフをやりました。奴は相棒に休暇をとらせるからといって、九月にロンドンに戻ったのです。エイミーはしばらく田舎《いなか》に残りました。彼らは六週間家を借りていまして、その期間が終わる頃、エイミーがロンドンに戻る日時を奴に手紙で知らせました。ところが、返事はパリから来たのです。もう、君と一緒に暮らす気はまったくない、と書いてあったのですよ」

「理由は書いてあったのですか」

「それが、あなた、何も書いていないんですよ。私は手紙を見ましたが、十行にも満たない短いものでした」

「でも、それは異常じゃないですか」

ちょうどそのとき、道路を横断しなければならず、会話が中断した。大佐が話したことは、どうも合点《がてん》がいかない。夫人が何かの理由で大佐に隠している事実がありそうだ、と思った。十七年間も連れ添ってきた夫が妻を棄てるからには、それ以前に何かしらの出来事があり、そのため妻も、夫婦生活が必ずしもうまくいってないと、うすうす気づいていたに違いない。そんなことを考えていると、大佐が追いついてきた。

「女と駆け落ちしたという以外に、何の理由もあり得んですよ。きっと、エイミーが自分でその事情を発見するとでも考えたのでしょう。あいつはそういう男です」

「で、夫人としては、これからどうなさるおつもりでしょう?」

「まず第一に、証拠をつかむことですな。私がパリに渡ります」

「で、会社のほうは、どうするのですか」

「その点、あいつはなかなか抜け目がないのです。ここ一年の間は仕事を縮小していたようでしてね」

「共同経営者には、辞めると言っていたのですか」

「いいえ、一言も」

マカンドルー大佐は、証券業のことは、ごく大体のことしか知らず、僕はまったく無知だったから、ストリックランドが一体どういう状況で仕事を投げ出したのか、さっぱり理解できなかった。それでも、相棒に逃げられた共同経営者がカンカンになって怒り、訴えると言っているのは、理解できた。収支をすべて清算すると、四、五百ポンドの欠損になるようだった。

「マンションの家具がエイミーの名義になっていたのは幸運でしたよ。とにかく、あれだけは義妹《いもうと》のものになる」

「夫人が一文無しになると言われましたが、本当なのでしょうか」

「もちろんですとも。二、三百ポンドの現金と家具だけですからな」

「では、これからどうやって生活してゆくのでしょう?」

「まったく分かりませんな」

話が次第に面倒なことになり、それとともに大佐はますます怒り狂い、罵《ののし》りの言葉を吐くばかりになった。説明によって、事情が解明されるどころか、かえって不明になってきた。だから彼が、「陸海軍デパート」の大時計をちらと見て、クラブでトランプをやる約束を思い出し、僕を残してセント・ジェイムズ公園を横切って行ってしまったときには、ほっとした。

## 10

それから数日して、ミセス・ストリックランドから手紙が来た。できたらその日の夕食の後に会いに来て欲しいという。行くと、夫人以外には誰もいなかった。これ以上ないほど地味な黒服を着ていて、それが見棄てられた境遇をそれとなく物語っているようであった。夫に対する怒りは隠して、今の立場にふさわしいと彼女の考える上品な服装で世間体をつくろえるということに、僕は無邪気に驚くだけだった。

「お願いしたら、何でも私のためにやって下さるって、おっしゃいましたわね?」夫人は言った。

「本心からそう申しました」

「パリに行って、チャーリーに会って下さらない？」

「え、僕がですか」

すっかり驚いた。考えてみると、ストリックランドには一度しか会っていないのだ。夫人が何をしてくれというのか、僕は解《げ》しかねた。

「フレッドは、自分が行くと決めていますのよ」フレッドというのはマカンドルー大佐のことだった。「でも義兄《あに》はこの場合、ふさわしくありません。かえって事態を悪化させるだけです。他に頼める人がいませんの」

彼女の声が少し震えた。ここで躊躇《ちゅうちょ》するなど、紳士として許されない。あわてて答えた。

「お引き受けしますとも。ただ、僕はご主人とはほとんど口を利いたことがありません。きっと僕のことをご存じないでしょう。出て行けと言われるかもしれませんね」

「そう言われたら、かえってちょうどいいじゃありませんか」彼女は微笑《ほほえ》みながら言った。

「具体的には僕にどうしろとおっしゃるのですか」

夫人は直接的な言い方は避けた。

「主人が存じ上げていないのが、かえって役に立つと思いますのよ。あの人、前から義兄を嫌っていましたしね。間抜けだと思っていたみたい。まあ、軍人のことはよく分からなかったのでしょう。義兄が出向いたとしたら、すぐ頭に血がのぼって喧嘩になり、事態はよくなるどころか、ますます悪くなりますわ。あなたがいらして、わたしの代わりに来たとおっしゃれば、まさか断りはしないでしょう」

「奥様とお知り合いになってから、まだ日が浅いのです。こういう問題に対処するのには、問題の真相をよく心得ていないと無理ですね。僕は元来、自分に関係のないことを詮索《せんさく》するのは好みません。でも、どうして奥様ご自身でパリにいらして、あの人にお会いにならないのですか」

「主人が一人でないのを、お忘れのようね」

これを聞いて、僕は口をつぐむしかなかった。そして、自分がパリのストリックランドを訪問するところを想像してみた。名刺を差し出すと、彼が名刺を二本の指の間に挟んで客間に入って来る姿が目に浮かんだ。

「わざわざご訪問いただいたのは、なぜですかな」

「奥様のことでお訪ねしたのです」

「なるほどね。あなたももう少し年をとれば、他人のことに首を突っ込むことの愚かさが分かるんだがなあ。あなた、ひとつ、頭を少しばかり左に回してみてくれませんか。戸口が見えるでしょう。さっさと引き上げるんですな」

これでは、堂々とした態度で部屋を出て行くのは難しいだろうと思った。こんなことに巻き込まれるのなら、ミセス・ストリックランドが問題を始末するまではロンドンに戻らなければよかったと、つくづく思った。夫人のほうをちらっと見た。考えに耽《ふけ》っているようだ。まもなく顔を上げて僕を見、深いため息をつき、それから微笑んだ。

「今度のことは、すべて予想もしなかったのです。結婚して十七年にもなるのです。どんな相手にもせよ、夢中になる人ではないと思っていましたから。夫婦仲もとても良かったし。もちろん、わたしは趣味が多いのに、あの人と共通の趣味があまりなかったというのは事実ですけど」

「ご主人がパリに、その」僕は、駆け落ちと言いそうになり、つまってしまった。「一緒に出かけた相手が、どういう人なのか分かったのでしょうか」

「いいえ。誰にも見当がつかないのですよ。それが不思議なのです。普通、男が誰かと恋におちれば、その人と食事をしているところなど、一緒のところを誰かしらに目撃されるものでしょう。そうして、妻の所に友人がやって来て教えてくれるわ。その点、今回は何の噂もなかったのです。ですから、あの人の手紙はものすごくショックでした。

あの人、わたしとの生活にすっかり満足しているものと考えていましたのに！」

可哀そうに彼女は泣き出した。とても気の毒に思ったが、しばらくすると、彼女は冷静さを取り戻した。

「取り乱しても仕方がないわ」涙をぬぐいながら彼女は言った。「どうするのが一番いいか、それを決めるのが先ですわね」

彼女は話し続けたが、どちらかというと、とりとめのない感じで、ついこの間のことを話していたかと思うと、二人の初めての出会いとか、その後の結婚についてとか、とびとびに話すのであった。それでも、やがておぼろげながらも、この夫婦のそれまでの生活がかなり鮮明に見えてきたような気がした。どうやら僕が推測していたのと、あまり違わないようだ。夫人はインド駐在の官吏の娘で、父親が引退すると、一家はイギリスの片田舎《かたいなか》に引きこもった。しかし、毎年夏になると、父親は家族を連れてイーストボーンに転地するのが習慣になっていた。二十歳《はたち》になった彼女は、この地でチャールズ・ストリックランドに出会った。彼は二十三歳だった。二人はテニスをしたり、海岸を散歩したり、黒人楽団に耳を傾けたりした。彼が求婚する一週間前に、彼女はそれに応じる決心がついていたのだった。新婚夫婦はロンドンで暮らした。最初はハムステッド、それから収入が増えると、市内に住んだ。やがて子どもたちが生まれた。

「主人は子どものことが、いつだって大好きでしたの。わたしにうんざりしたのだとしても、よくもまあ子どもを棄てるなんてことができたと不思議です。何もかも分からないことだらけです。いまだに、今度のことが本当に起こったとは信じられないでいるんですよ」

最後に、夫からの問題の手紙を見せてくれた。ぜひ見たいと思っていたのだが、さすがに見せて欲しいと言い出すわけにはいかなかったのだ。

親愛なるエイミーへ

マンションでは万事ととのっていると思う。アンに君の言いつけを伝えておいた。だから、帰宅したときには君と子どもたちの夕食は出来ているはずだ。僕が君を出迎えることはない。君とは別れて暮らすことにした。明日の朝、パリに出発するつもりだ。この手紙もパリに到着したときに投函《とうかん》する。もう戻る気はない。決意は変わらない。

草々

チャールズ・ストリックランド

「言い訳もないし、詫《わ》びる言葉も一言もない。ひどすぎませんか」夫人が言った。

「こういう場合の手紙としては、とても奇妙なものですね」僕が言った。

「それというのも、狂ったせいなのでしょう。それ以外に納得ができません。あの人を虜《とりこ》にした女が誰だか知りませんけど、とにかくその女のせいで、主人は別人になってしまいました。関係はきっと長いこと続いていたのでしょう」

「どうして分かるのです？」

「フレッドが探り出しました。夫は週に三、四回クラブにブリッジをしに行くと言っていました。フレッドがクラブの会員を知っていて、チャールズが大のブリッジ好きだと、何かの機会に言ったのですって。相手は驚いたそうです。チャールズがカードの競技室にいるところなんて見たことがないって。これではっきりしましたわ。あの人がクラブにいるものとわたしが思っていたとき、じつは女と一緒だったのです」

僕はしばらく黙っていた。それから子どもたちのことを考えた。

「ロバートに事情をお話しになったときは、さぞかしお困りになったことでしょうね」

「子どもには、どちらにも話していませんわ。じつは、わたしたちがロンドンに戻ったのは、子どもが寄宿舎に戻る前日でしたの。そこで、わたし、動揺を隠して、お父様はお仕事で今は外国なのよ、と申しました」

青天の霹靂《へきれき》のような不幸を隠して明るく振る舞い、学校に戻るに際しての細々《こまごま》とした世話をして子どもを送り出すのは、さぞかし大変だったに違いない。夫人はまた涙声になった。

「これから、あの子たちはどうなるのでしょう、可哀そうに。一体どうやって暮らしていけばいいのかしら」

何とか気持を抑えようと努めたのか、無意識に両手を握りしめたり、ゆるめたりした。見ていてとても痛々しかった。

「僕がパリに行くのがお役に立つというのでしたら、もちろん喜んで参ります。ただ、具体的に何をするのか、おっしゃっていただきませんと」

「あの人に戻って来て欲しいのです」

「マカンドルー大佐のお話では、離婚を決意されたということでしたが」

「いいえ、離婚する気など毛頭ありません」夫人は急に語気を強めた。「それが、わたしの気持だと、あの人に伝えて下さいませ。他の女との結婚なんて許しません。わたしだって、あの人に負けないくらい頑固です。決して離婚などしません。子どものことも考えますし」

最後の言葉は、離婚しない説明を僕にしたのだと思う。でも、そのときは、離婚の拒否は子どもへの親としての愛情からというより、ごく自然な嫉妬心《しっとしん》から出たのだと、僕は思った。

「ご主人をまだ愛していらっしゃるのですか」

「分かりません。わたしはあの人に戻って来て欲しいのです。もし戻ってくれれば、今度のことは水に流します。何といっても、十七年も連れ添ってきたのですからね。わたし、これでも寛大なつもりです。もしわたしに気づかれずに浮気をしていたのなら、事を荒立てたりはしなかったと思います。今は夢中でも、長続きするはずなんてないってことを、主人も気づくべきですわ。いま戻って来さえすれば、何とか言いつくろうこともできますし、誰にも知られないで済みます」

ミセス・ストリックランドがそれほどまでに世間体を気にしているのには、少し鼻白《はなじろ》む思いがした。当時の僕は、世間体が女性の日常にとってどれほど大事か、まだ知らなかったのだ。女性が、どれほど心の奥底から何かを感じていても、それが多少とも嘘のように見えてしまうのは、この世間体への気兼ねからなのである。

ストリックランドの居場所は分かっていた。というのは、共同経営者が怒りの手紙を彼の銀行宛に出し、彼が住所を隠しているのを糾弾《きゅうだん》したのに対して、ストリックランドは皮肉で滑稽な返事をよこして、正確な住所を知らせてきていたからだった。ストリックランドはパリのとあるホテルで暮らしているという。

「わたしの聞いたことのないホテルです。でもフレッドがよく知っていましてね。何でも、とても高級な所のようです」

夫人の顔は怒りのために紅潮していた。夫が豪華なひと続きの部屋に泊まり、気の利いたレストランを食べ歩いている姿や、昼は競馬、夜は観劇の日々を送っている姿を想像したりしているのだろう、と僕は思った。

「あの人の年齢ではいつまでも続くはずがないわ。何といっても、もう四十歳なのですからね。こういうことは青年の場合なら理解もできましょうけど、成人した子どものいる、ああいう年齢の男が、こんなことに関わるなんて見苦しいものです。どうせ体力の面でも持たないわ」

彼女の胸の中は、怒りと悲しみで煮えくり返っていた。

「家族の者があの人の帰りを待ち望んでいる、と言って下さいませ。すべては前と同じようなのですけれど、でも、やはりすべてが変わりました。わたし、あの人なしでは生きられません。いっそ死んだほうがましです。昔のことや、夫婦で経験してきたことなどを話してみて下さい。子どもたちから聞かれたら、何と答えたらいいのでしょう？夫の部屋は出て行ったときのままにしてあって、夫の帰りをじっと待っています。わたしたちみんなであの人を待っているのです」

それから彼女は、僕があちらで言うべき事柄をひとつずつきちんと授けてくれた。彼のほうから言いそうなことをすべて想定して、それへのよく練った答えも用意してくれた。

「できることは何でもやって下さいますわね。わたしが今どんな様子かも、話して下さいね」彼女は哀れっぽく言った。

僕に可能な限りの手を用いて彼の同情心に訴えるようにして欲しい、と望んでいるようだった。ついに彼女はこらえきれずに泣き出した。僕はひどく心を打たれた。ストリックランドの冷酷な仕打ちに憤《いきどお》りを覚え、連れ戻すために全力を尽くしますと約束した。あさって出かけて、それなりの成果があがるまでパリに留まりますと誓った。次第に夜も更けてきたし、二人とも興奮して疲れたので、僕は彼女にいとまを告げた。

## 11

パリへの途上、依頼された使命を思い返しては不安になった。ミセス・ストリックランドの嘆き悲しむ姿が目の前から消えたので、冷静に事態を考えてみることができた。彼女の振舞いには矛盾したところがあって、僕は頭を悩ませた。彼女は確かに不幸のどん底にあったのだが、同情を引こうとして、不幸な女を僕の前で演じることもできたのだ。たくさんハンカチを用意していたところを見ると、大いに泣くつもりでいたのは明白だ。準備がいいのには感心する一方で、後で考えると、ひょっとするとそのために彼女の涙の効果は弱まったのではなかろうか。それに彼女が夫の帰宅を望むのも、それが愛情からなのか、それとも、世間体のためなのか、僕には分からなかった。裏切られた愛の苦悩が、彼女の失意の心の中で傷ついた虚栄心の痛みと混じり合っているのではないかという気がして、いやな気分だった。若い僕には、彼女の心には何だか不純なところがあると感じた。一般論として、人間性というものがいかに矛盾したものであるのかを、まだ知らなかったのだ。誠実な人にもどれほど多くの見せかけがあるか、上品な人にもどれほど多くの卑しさがあるか、逆に、悪人にもどれほど多くの善があるかを、まだ知らなかったというわけだ。

それはともかく、パリ行きには、どこかアバンチュールのようなところがあり、パリに近づくと元気が出てきた。また自分自身を芝居の登場人物か何かのように眺めてもいた。信頼された友人が、道を踏みはずした夫を寛大な妻のもとに連れ戻すという役目もまんざら悪くない、などと満足していた。ストリックランドを訪ねるのは翌日の夜にしようと、初めから決めていた。こういう場合、時間については慎重に考えなくてはならないと本能的に思った。相手の感情に訴えるには、昼前では効果が薄い。あの頃の僕は男女の愛のことで頭がいっぱいだったが、それでも、お茶の時間も過ぎぬうちから夫婦愛のことなど考えられなかったのだ。

自分の泊まっているホテルで、チャールズ・ストリックランドのホテルの場所を聞いてみた。「オテル・デ・ベルジュ」という名前だった。意外にも、管理人は聞いたことがないという。夫人からは、リヴォリ通りの裏手にある豪華な大ホテルと聞いていたのであった。管理人と一緒にホテル案内を調べてみた。そういう名前のホテルはモアン通りに一軒あったが、そのあたりは高級とは言えないどころか、むしろいかがわしい地区であった。僕は首を横に振った。

「それじゃないと思う」と言った。

管理人は肩をすくめた。パリにはこれ以外にそんな名前のホテルはありませんよ、と言うのだ。もしかすると、ストリックランドは結局、居所を誤魔化したのかもしれないのだ。彼の共同経営者にでたらめなホテルの名を教えた時点で、相手をかついでやろうとしていたのかもしれない。憤慨している共同経営者をパリまで来させたあげく、いかがわしい通りの怪しいホテルまでようやくたどりついてみたら無駄足だったという、そんな目にあわせるのを面白がるようなところが、ストリックランドにはあるような気がした。どうしてそんな気がしたのか分からないが、とにかく、そう思った。それでも、そこまで行って確認してみようと考えた。翌日の夕方六時頃、モアン通りまで貸馬車を走らせ、角で降りた。ホテルまで歩いて行き、中に入る前に外から見たいと思ったのだ。その通りは貧しい人びとの生活用品を扱う小さな商店が立ち並び、そこを通って行くと、通りの中ほどの左手に、オテル・デ・ベルジュがあった。僕のホテルはかなり質素であったが、これと比べれば豪華といえる。みすぼらしい高い建物で、もう何年も塗り替えていないようで、両隣の店が清潔に見えるほど汚れ切っていた。薄よごれた窓はすべて閉ざされている。チャールズ・ストリックランドが謎の美女のために名誉と責任を放棄して、こんな所で派手な不倫の日々を送っているはずはない。てっきり馬鹿にされたと感じたので、どうすべきか迷った。そのまま引き返そうとさえ考えた。それでも、夫人にベストを尽くして探しましたと言うためだけでもいいと思い、とにかくホテルに入った。

入口は店の横にあった。開けっぱなしになっていて、入ってすぐのところに、「窓口は二階《ビュロー・オー・プルミエ》」という掲示板があった。細長い階段を昇って行くと、踊り場にガラス張りの詰め所のようなところがあった。中に机と椅子《いす》がいくつか置いてある。外にもベンチがあり、そこに夜警が坐って寝ずの番でもすればちょうどいいといった感じだった。

誰もいなかったが、呼鈴《よびりん》の下に「ガルソン」と書いてあった。ベルを鳴らすと、しばらくしてボーイが姿を見せた。落ち着かぬ目をした、ふくれっ面《つら》の若者だ。シャツ姿で、毛織りの室内ばきを履いている。

このボーイに尋ねるのに、自分でもなぜだか分からないが、できるだけさりげない態度をよそおった。

「ひょっとして、ストリックランドという人がここに住んでいますか」

「七階の三十二号室です」

あまりびっくりしたので、一瞬、何も言えなかった。

「いま、いらっしゃるのでしょうか」

ボーイは詰め所の掲示板を見た。

「鍵を預けていませんね。上がって行って、ご自分で確かめて下さい」

もう一言聞いておこうと思った。

「奥さんはいらっしゃるでしょうか《マダム・エ・ラ》」

「あの方はお一人《ムシュー・エ・スール》です」

僕が階段を上がって行くと、ボーイがうさんくさそうに見上げていた。階段は暗く、風通しが悪くて、不潔な、かびくさい臭《にお》いがした。三階まで昇ると、部屋着でもしゃもしゃ髪の女が、ドアを開けて、通り過ぎる僕を眺めた。ようやく七階に着き、三十二号室のドアをノックした。中で音がして、ドアが少し開いた。チャールズ・ストリックランドが目の前に立った。一言も発しない。僕が分からないようだ。

名を告げた。できるだけ気軽な態度をよそおった。

「覚えていらっしゃらないようですね。この七月にお宅の晩餐会《ばんさんかい》でお目にかかったのですが」

「どうぞ、入って下さい」彼は明るく言った。「よく来ましたね。まあ、坐って下さい」

中に入った。狭い部屋で、フランスでルイ・フィリップ風と呼ばれている様式の家具であふれていた。赤い羽根布団がだらしなく掛けてある大きな木製のベッドがあり、その他に、大きな洋服ダンス、丸テーブル、ちっぽけな洗面台、二脚の布張りの椅子などがあった。何もかも汚らしく、みすぼらしかった。マカンドルー大佐があんなに自信ありげに言っていた贅沢《ぜいたく》な不倫の生活を匂わせるものは、何ひとつない。ストリックランドが椅子のひとつに掛かっている服を床の上に放り投げたので、ようやく僕はそこに坐った。

「それで、どういう用件ですか」

部屋が狭いせいか、このまえ会ったときよりも、もっと大柄に思えた。古ぼけたラフなジャケットを着て、何日もひげを剃《そ》っていなかった。このまえ会ったときは小ざっぱりした身なりをしていたが、どこか落ち着かない様子だった。今はだらしない格好だが、ゆったりと落ち着いていた。僕が準備してきた言葉をどう受け取るか、見当もつかなかった。

「奥さんの用事で参りました」

「夕食前に一杯やりに出ようとしていたところです。どうです、一緒に来ませんか？

君はアブサンはやりますか」

「まあ、飲めますが」

「じゃあ、来たまえ」

彼は汚れた山高帽をかぶった。

「一緒に食事でもどうです。君は一食分、俺に借りがあるでしょう？」

「いいですとも。で、あなた一人ですか」

こんな面倒な質問をじつにさりげなく出せたものだと、我ながら得意だった。

「もちろん。じつは、この三日ばかり誰とも口を利いてないんだ。フランス語があまり得意じゃないんでね」

喫茶店の小娘は一緒にいないのかなと思いながら、僕は彼に先立って階段を下りた。二人はもう喧嘩別れでもしたのだろうか？　彼の熱が冷めたのか？　しかし、一年もこの駆け落ちのために準備をしてきたという話が本当だとすれば、そんなことはあり得ないだろう。僕たちはクリシ街に向かって歩いた。大きなカフェの外の舗道に並んだテーブルに席を取った。

## 12

クリシ街はこの時刻、混雑していた。想像の翼を羽ばたかせれば、行き交う人々がわびしいロマンスの登場人物だと思えるかもしれない。会社員や女店員がいたり、バルザックの小説から抜け出してきたような老人もいる。人間の弱みにつけ込んで儲けるのを生業《なりわい》とする男女もいる。パリのこういう貧民街には、血を沸き立たせ、予期せぬ何かを求めようと心を向けさせる活気がみなぎり、当然、群衆が集まるのである。

「パリのことはよくご存じで？」

「いいや。新婚旅行で一度来ただけだから。あれいらい来てないいな」

「どうやってあのホテルを見つけたのですか」

「勧められたのだ。安い所と頼んでね」

アブサンが来た。僕らは相応の格好をつけて、解けかけた砂糖の上に水を垂らした。

「なぜパリまであなたに会いに来たのか、それをまず言ったほうがいいと思ったんですよ」僕は多少どぎまぎしながら言った。

彼の目がキラキラ光った。

「いずれ誰かがやって来るんじゃないかと思っていた。エイミーから何度も手紙をもらったからな」

「では、僕の用向きはだいたい分かっておいでですね」

「一通も読んでない」

僕はちょっと態勢をととのえようと、タバコに火をつけた。どうやって使命を実行に移すべきか、分からなくなった。哀れっぽいもの、怒っているもの、あれこれせりふを準備してきたつもりだったが、クリシ街では場違いに思えてしまうのだ。急に彼がくすくす笑いだした。

「これは君にはやっかいな役目じゃないか、え?」

「え、まあ」僕はそう答えた。

「さあ君、さっさと片づけたまえ。そうすれば、のんびりと夜を楽しめるじゃないか。どうだね?」

僕はためらった。

「奥さんがとても不幸だってこと、あなたは考えたことがあるんですか」

「なに、あの女はあきらめるさ」

この返事の仕方の異常なまでの冷やかさは、うまく伝えられない。ぎょっとしたが、表《おもて》に出さないようにした。牧師のヘンリー伯父が、親類の誰かに副牧師特別支援会への寄付を頼んでいるときの口調を真似てみた。

「それじゃあ、ひとつざっくばらんに言いますがね、よろしいですか」

相手は、いいともと言うように、うなずいた。

「奥さんは、こんな仕打ちをうけても当然と言えるようなことをしたんでしょうか」

「いいや」

「奥さんに何か不満でもあるんですか」

「ないよ」

「それじゃあ言語道断じゃないですか。何の落ち度もない妻を十七年もの結婚生活のあげくにこんなやり方で棄てるなんて！」

「言語道断さ」彼が言った。

驚いて彼を見た。こちらの言うことに何でも愛想よく同意してしまうので、足をすくわれるようだった。おかげで僕の立場は、滑稽とは言わぬまでも面倒になった。なだめすかしたり、勧告したり、下手《したて》にでたり、高飛車《たかびしゃ》にでたり、嫌味を言ったり、泣き落としたり、必要とあれば怒鳴りつけたりと、僕はいろいろ作戦を立てていたのだ。ところが、彼のように罪人が自分の罪を何でも平気で認めてしまったら、助言者たるもの、一体全体どうしたらいいのだろうか。僕自身は、人に文句を言われると絶対に認めないほうなので、こんな相手には困惑するのみだった。

「他に言うことは?」ストリックランドは催促した。

僕は軽蔑するように、唇をゆがめようとした。

「そう認めているのなら、僕としては、もう言うことなんてないじゃないですか」

「まあ、そんなところだろうな」彼が言った。

こんな調子では、自分が使命を上手に遂行しているとは、とうてい思えなかった。自分でもはっきり分かるほどいらいらしてきた。

「そりゃないでしょう! 女を一文無しで棄て去るなんて、あり得ないことだ!」

「そりゃまた、どうしてかね?」

「奥さんはこれから、どうやって暮らしていくのです?」

「十七年も食わしてやったんだ。これまでと違って、自分で食っていくのも悪くないさ」

「それは無理というものです」僕が言った。

「やらせてみるさ」

もちろん、これに反論しようと思えばいくらでもやり方はあったろう。例えば、女性の経済的な立場とか、結婚によって、公然にも暗黙のうちにも男が認める扶養義務とか、その他いろいろ言い得たと思う。しかし、一番肝心なことは次の一点だと感じた。

「奥さんを、もう愛していないのですか」

「これっぱかりも」彼はきっぱりと言った。

これは当事者たちにとってきわめて深刻な事柄なのだが、彼の口調にはあまりに陽気であっけらかんとしたところがあるので、笑うのをこらえるために唇を噛《か》まねばならなかった。彼の態度は許し難いものだと一生懸命に思い込もうと努めた。さらに義憤を覚えているような状態に自分を持っていった。

「ちゃんと聞いて下さいよ。お子さんのことも考えなくてはいけません。子どもさんたちはあなたに何ひとつ悪いことなんかしてないじゃありませんか。生んでくれと頼んで、この世に出て来たのでもない。あなたが、こんなふうに何もかも放り出してしまったら、お子さんたちは路頭に迷いますよ」

「もう何年も贅沢《ぜいたく》な暮らしをしてきたんだ。あんな暮らしをした子どもは、世間にそうはいまい。それに、誰かがあいつらの面倒はみるだろうよ。いざとなれば、あのマカンドルーの家で学費くらい払ってくれるさ」

「でも、可愛いとは思わないのですか。とてもいい子たちじゃありませんか。もうあの子たちとも一切かかわりたくないと、本気で言うのですか」

「まあ、あいつらが小さかった頃は可愛いと思ったがね。でも、大きくなった今は、特別の気持なんてものはないね」

「でも、そんなことは人の情けに悖《もと》るでしょう?」

「そうかもしれんな」

「自分を恥じてないみたいですよ」

「そうだ、べつに恥じてはいない」

別の角度から攻めてみた。

「世間の人は、あなたを人間のくずだと思いますよ」

「思わせておけ」

「世間の人があなたを嫌い、軽蔑しても、平気なのですか」

「ああ」

彼の短い答えはあまりにも嘲笑的《ちょうしょうてき》だったので、僕のまっとうな質問が馬鹿らしく思えた。僕は一、二分かんがえた。

「自分が世間の非難の目にさらされていると気づいているのに、気分よく生きていけるのでしょうか。気になりだしはしませんか。誰にだって少しは良心があるもので、いつかは良心の呵責《かしやく》に悩むなんてことはありませんか。仮に奥さんが亡くなるようなことになれば、後悔しませんか」

彼はこれに答えなかった。彼が口を開くのをしばらく待ち、とうとう僕が言った。

「質問に答えて下さい」

「君がひどい間抜けだというだけさ」

「とにかく、あなたは否応なしに家族を扶養するように強制されることもあり得るのですよ。家族には法的な保護があり得ますからね」僕は少し癪《しやく》にさわったので言った。

「いくら法律があっても、石から血を絞れんだろう。いいかね、俺は一文無しだ。せいぜい百ポンドしかないんだ」

僕はますます事情が分からなくなった。確かに、彼の泊まっているホテルから考えれば、困窮しているとしか思えなかった。

「それを使ってしまったらどうします？」

「少し稼ぐさ」

彼は冷静そのものであり、目には常に嘲笑的な薄笑いが浮かんでいるため、こちらが何を言っても、すべて間抜けに響いてしまう。次にどう言おうかとぐずぐずしていると、彼のほうが言った。

「エイミーの奴、再婚したらどうだろうな？　まだ若いし、女としてはけっこう魅力的だ。妻としては申し分なしと推薦できる。再婚のために正式離婚するというのなら、必要な離婚理由をでっち上げてやるよ」

今度は僕がニヤリとする番だった。彼は僕を相手に巧みに事を運んでいるつもりなのだが、離婚こそ、じつは彼の狙いなのだ。女と駆け落ちしたのを、こちらには分からない理由で隠しているし、女の居場所を知られぬように妙に気を使っている。だが結婚したいのだ。きっぱり言ってやった。

「あなたが何をしたって、絶対に離婚はしないと奥さんは言っています。どうあってもその決意は動かないって。離婚の可能性は、きっぱり忘れたほうがいいですよ」

彼はびっくりした様子で、こちらを見つめた。本当に驚いたのは明白だった。薄笑いは口もとから消え、真面目《まじめ》な口調で言った。

「君、君、俺にはそんなこと、どうだっていいんだ。どうなっても、これっぱかりも構わん」

　僕は笑った。

「誤魔化そうとしても、そうはいきませんよ。僕らだって、そんなに間抜けじゃない。あなたが女と来ているのは、突き止めてありますからね」

　また少し驚いたようだったが、それから急に大声で笑い出した。あまりげらげら笑うものだから、近くにいた人たちがこちらに振り返り、中にはつられて笑い出す人もいた。

「そんなに笑うことはないじゃありませんか」僕が言った。

「エイミーも間抜けだなあ！」彼はニヤリとした。

　それから、軽蔑するしかないという渋面になった。

「女っていう奴は、何て馬鹿なんだ！　愛だと。ふん。いつだって愛だなんてぬかす。男が女を棄てるのは他の女への愛のため以外にないというのだ。俺がこんなことをしたのが女への愛のせいだと、君も思うのかね？」

「というと、奥さんを棄てたのは他の女のためではない、と言うのですか」

「もちろんさ」

「名誉にかけてそう言えますか」

　なぜそんな言い方をしたのか、自分でも分からない。何とも青くさいことを言ったものだ。

「名誉にかけてだ」

「じゃあ、一体なんのために奥さんを棄てたのです？」

「絵が描きたいからだ」

ずいぶん長いこと、僕は彼の顔をまじまじと見つめていた。理解できなかったのだ。正気の沙汰《さた》とは、とうてい思えなかった。何しろ、当時の僕はまだまだ若造だったから、ストリックランドを中年男だとみなしていたのだ。あっけにとられてしまい、使命のこともすっかり忘れてしまった。

「でも、あなたはもう四十歳でしょ」

「だからこそ、やるなら今しかないと思ったのだ」

「これまでに絵を描いたことはあるのですか」

「子どもの頃は絵描きになりたいと思っていたがね。でも親父《おやじ》が商売にむかわせたのさ。絵描きじゃ食えないというんでな。今から一年ほど前から、少し絵をやりだした。夜間の絵画教室に通ったのだ」

「あなたがクラブでブリッジをやっていると奥さんは思っていたのに、そんな所に行っていたのですか」

「そうだ」

「どうして奥さんに黙っていたのですか」

「胸にしまっておきたかったのだ」

「描けるようになりましたか」

「まだだ。だが、いずれ何とかなる。パリに来たのも絵のためだ。ロンドンじゃ、求めている物が見つからなかった。ここでなら、もしかすると、見つけられるかもしれん」

「あなたの年になって始めて、多少とも成功するかもしれないなどと思っているのですか。絵をやるなら、みんな十八歳くらいからですよ」

「十八歳のときよりも、今のほうが早く身につくさ」

「自分に絵の天分があると、どうして考えられるのですか」

彼は一瞬黙っていた。通りを行く群衆を眺めていたが、見えていなかったと思う。答えはしたが、答えになっていなかった。

「どうしても描かねばならないのだ」

「危険な賭《かけ》ですよ」

彼は僕を見た。彼の目には異様なものがあり、見つめられると不安になった。

「君はいくつだったかな？　二十三歳か？」

この質問は見当はずれだった。二十三歳の者が一か八《ばち》かやってみるのなら、それはごく自然なことだ。だが、彼はもはや青年ではなく、地位も妻子もある証券会社の経営者なのだ。だから僕にとって自然なことでも、彼には愚かな選択になる。そう思ったが、僕は公正な発言をするように努めた。

「もちろん、奇跡も起こり得ますからね。あなたは偉い画家になるかもしれませんよ。しかし、そんなことは万に一つです。もしも最後になって失敗だったと分かったら、取り返しがつかないし、とんでもない失望を味わいますよ」

「どうしても描かねばならないのだ」また同じことを言った。

「三流どころの絵描きにしかなれなかったと分かったら、すべてを投げ出す価値などなかったという結果になりませんか。他の職業なら、一流である必要はないかもしれません。世間並みの実力で、けっこう楽しく暮らしていけます。でも、絵描きの場合は違います」

「君は呆れた間抜けだ」

「火を見るより明らかなことを言うのが間抜けなら、間抜けでしょうよ、僕は」

「絵を描かなくてはならんと言ってるのが分からんのかね。自分でもどうしようもないのだ。いいかね、人が水に落ちた場合には、泳ぎ方など問題にならんだろうが。水から這《は》い上がらなけりゃ溺《おぼ》れ死ぬのだ」

彼の声には真実の情熱がこもっていて、僕は我にもあらず魂をゆさぶられた。彼の内部で何か激しい力が苦闘しているように感じられた。とても強力な圧倒的な力であり、彼は自分の意志とは無関係にその力に支配されているように感じられた。僕にはしかとは理解できなかった。悪魔的なものに取りつかれていて、彼が突然ひっくり返され、引き裂かれるとしても、おかしくはなかった。それなのに、外見上はごくありふれて見えるのだ。僕が好奇の目でじろじろ眺めても、彼はまったくたじろがない。鬚《ひだ》つきのゆったりした上着を着て、粗末な山高帽をかぶって、そこに坐っている彼を見た人は、彼を何だと思うだろうか。だぶだぶのズボンをはき、汚れたままの手だ。あごには赤い無精ひげが生え、目は小さく、鼻ばかりが大きく攻撃的で、顔はぶざまで粗野だ。口は大きく、唇は分厚くて好色そうだ。これでは、外部しか見ない者には、まったく見当もつかないだろう。

「では、もう奥さんの所へは戻りませんね?」とうとう僕が言った。

「ああ、絶対に」

「奥さんは、これまで起きたことはすべて忘れて、新しく出直したい、とおっしゃるのですがね。非難の言葉など一切あびせないということです」

「勝手にしやがれ！」

「世間の人に唾棄すべき悪者と思われても構わないのですね。奥さんとお子さんが路頭に迷っても構わないのですね」

「その通りだ」

僕はしばらく口を閉ざし、これから言う言葉に重みを持たせようとした。できるだけゆっくりした口調でぶつけてやった。

「あなたという人は、まったく見下げ果てた下司《げす》野郎だ」

「さあ、これで君も言いたいことはすべて吐き出したのだろう。だったら、飯を食いに行こうじゃないか」

## *13*

こんな提案は、すぐ断るほうが筋だったのであろう。僕は心の底から彼に腹が立っていたのだから、怒りをぶつけてもよかったのだ。あなたのような下劣な人とはとても食事する気になどなれないと面と向かって拒絶してやりました、と後で伝えられたとしたら、あのマカンドルー大佐などは、よくやったと褒めてくれたことだろう。しかし、道徳的見地から毅然《きぜん》たる態度を取るなら取ったで、最後まで同じ態度を貫くことなど、僕には無理だと常々思っていた。特に今の場合、僕の怒りなど、ストリックランドに示したところで、蛙《かえる》の面《つら》に水であるのは分かっていた。結局、極《きま》り悪くて、拒絶の言葉は飲み込んでしまった。百合《ゆり》の花がいつかは咲いてくれると確信をもってアスファルトの舗道に水をやるなどというのは、詩人や聖人にしかできないことなのだ。

飲み物代は僕が支払い、一緒に安レストランに行った。混雑して活気のある店で、二人とも気持よく食事をした。僕には若者の食欲が、彼には図々しい者の食欲があった。それから、コーヒーとリキュールを飲みにバーに行った。

僕にしてみれば、わざわざパリにやって来た用向きについては、もう充分に打ち明けたのだ。さらに追及しないのは夫人への裏切りになるかもしれないと感じたが、もはや彼の冷淡さを相手に戦う気力はなかった。同じことを三度も同じ熱意を込めて繰り返すには、女性特有の根気が要る。ストリックランドの内面を何とか探り出すことができれば、作家たる僕にとっては有意義だと考えて、自分を慰めた。それに、夫人に託された使命よりも、そっちのほうがずっと興味がある。とはいえ、彼は極端に口数が少ないので、心の奥を探ることは容易な業《わざ》ではなかった。言葉は自分にとって内面を表現する手段としてはふさわしくないのだと言わんばかりに、彼は自己を語るのがとてもへただった。仕方なく、彼の使う俗語とか、陳腐《ちんぷ》な言い回しだとか、あいまいで中途半端な身振り手振りなどから、彼の真実の心の動きを推測するしかなかった。大変な口べたなのだが、話が退屈ということは決してなかった。その個性には何かしら見逃せぬものがあるからだ。はっきりはしないが、それは誠実さと呼べるものだったのかもしれない。パリは新婚旅行を除けば初めてなのに、誰でも好奇心を掻き立てられる名所旧跡には少しも関心を抱いていない様子だった。僕など、もう何百回もパリを訪れているが、いつだって胸がときめく。通りを歩けば、何か素敵なことが起こるような気分に誘われる。ところが、ストリックランドは平静だった。いま振り返ってみると、当時の彼は、心を揺さぶられてやまぬ何か、夢とか幻とか、そういうもの以外には関心を寄せる余裕がまったくなかったのだと思う。

その晩いささか滑稽な事件が起きた。バーには数人の売春婦がいた。男と一緒のもいれば、女だけでいるのもいた。ふと気がつくと、中の一人がこちらを見ていた。女はストリックランドと目が合うと、微笑《ほほえ》んだ。彼は気づかなかったと思う。しばらくして女は店を出たが、じきに戻って来た。僕らのテーブルのそばを通るとき、とても丁重な口調で、何か飲み物を買ってくれませんかと頼んだ。女はそのまま坐ったので、僕が話し掛けてみた。だが、彼女の目当てはストリックランドであるのは明らかだった。この男はフランス語は全然しゃべらない、と説明してやった。女は身振りを使ったり、片言のフランス語を使ったりして(なぜか片言のほうが彼に通じると思い込んでいるらしい)、何とか話しかけた。少しは英語もしゃべれた。そしてフランス語でしか言えない内容は、僕に通訳してくれと頼んだ。彼が何か返事をすると、どういう意味だと熱心に尋ねてきた。彼は怒りもせず、少し面白がったようだが、女に気がないのは見え見えだった。

「女を虜《とりこ》にしたようですよ」僕は笑いながら言った。

「べつにうれしくないがね」

僕が彼の立場だったら、もっと狼狽《ろうばい》し、彼のようには落ち着いていられなかっただろう。この女は愛想のいい目付きで、とても魅力的な口をしていた。若くもあった。ストリックランドのどこに惚《ほ》れ込んだのか、僕には分からなかった。女は自分の欲情を隠さず、僕に通訳しろと言う。

「あなたと一緒に泊まると言ってますよ」

「いや、女なんかに用はない」

僕はこれを可能な限り愛想よく通訳した。この種の誘いを無下《むげ》に断るのは、ちょっと無礼に思えたのだ。金がないので断るというように通訳しておいた。

「構わないのよ。こっちが好きなんだから。お金なんて要らないわ」

これを通訳してやると、彼はいらいらして肩をすくめた。

「犬にでも食われろと言ってくれ」彼が言った。

通訳しなくとも彼の態度で返事が分かったらしく、女は急に頭をそらせた。化粧の下で赤面したのかもしれない。さっと立ち上がった。

「失礼な男ね《ムシユー・ネ・パ・ポリ》」彼女が言った。

女はバーから出て行った。僕は少し腹が立った。

「なにも女を侮辱することはないじゃありませんか。あなたが魅力的だと褒めてくれたのだから」

「ああいうことには虫酸《むしず》が走るんだ」彼は乱暴な口調で言った。

どういうつもりなのかと、僕は彼の顔をまじまじと見つめた。本物の不快感をあらわにしていたが、それでいて、がさつで好色な男の顔であるのも確かなのだ。女が惹《ひ》かれたのは、もしかすると、彼のある種の残忍性のせいなのかもしれない。

「その気になれば、ロンドンでいくらでも女をものにできたんだ。そんなことのためにわざわざパリに来たんじゃない」

## *14*

イギリスに戻る途中、ストリックランドのことをずいぶん考えた。夫人に報告すべきことを順序立てて話す必要もある。どう話しても、報告の内容は納得のゆかぬもので、夫人が僕に不満を抱くのは分かりきっていた。僕自身も自分に不満だった。ストリックランドは僕には謎だった。動機がまったくつかめない。最初どういうきっかけで画家になろうという気になったのか、それを尋ねたとき、彼は答えられなかったか、あるいは、答えたくなかったようだ。その点が、僕にはさっぱり解《げ》せなかった。何か漠然とした反逆心が、鈍い心の中で徐々に頭をもたげてきて遂《つい》に爆発したのだと一応は推測してみた。しかし、もしそうだとすると、それまで彼が自分の人生の単調さに対する苛立ちを一度も見せたことがなかったという明らかな事実に反する。もし彼が生活の退屈さに耐えかねて、過去の退屈な絆《きずな》を断ち切るために画家になろうと決意したというのなら、理解できるし、世間にもよくあることだ。だが、彼が世間並みの男だとは、どうしても思えなかった。考えあぐねて、当時の僕はロマンティックな考え方をしていたので、ひとつの仮説を立ててみた。非現実的であるのは分かっていたが、何とか納得のゆく唯一の仮説だった。それはこういうものだった。ストリックランドの魂には根深い創造欲があったのに、境遇のためずっと阻害されてきた。しかし、癌《がん》が人体の組織の中で成長してゆくように、創造欲は容赦なく成長を続け、遂に彼の全身全霊を支配し、行動へと駆り立てたのだ。郭公鳥《かっこうどり》は他の鳥の巣に卵を生みつけ、その卵が孵《かえ》ると乳兄弟《ちきょうだい》を巣から追い出し、遂には世話になった巣まで破壊する。これと同じではないか。

それにしても、創造欲がこの平凡な証券会社の経営者に取りつき、彼自身を破滅に追い込むだけでなく、ひょっとすると扶養家族まで不幸に陥れるような結果を生むとは、何とも不思議だ。だがこの世には、他にも不思議なことがあるようだ。例えば、権力と富をほしいままにしていた男の心を、とつぜん神がとらえて昼夜を問わず執拗に追いつめ、遂には男が神に従い、世俗的な喜びも女との快楽もいさぎよく投げ棄て、僧院の苦行の生活へと入ってゆく。およそ回心というものは、宗教的、芸術的なものと様々なものがあり、回心の訪れ方も様々である。人によっては、岩が激しい奔流によって粉々に砕かれるように、大激動を要する場合もあろう。また人によっては、岩が絶え間ない水のしずくによって浸食されるように、徐々に来る場合もあろう。ストリックランドの回心には、狂信家のひたむきさと、使徒の激しさとがあった。

しかし問題は、彼をとらえて離さぬ創造欲から売れる絵が生まれるかどうかだ。実利面も気になる質《たち》の僕としては、その点が気にかかった。ロンドンで夜間に通っていた教室で、仲間の画学生が彼の作品をどう思っていたのかを彼に聞いてみた。ストリックランドはニヤリとして言った。

「冗談扱いにされたね」

「こちらでも、アトリエへ行っているのでしょう?」

「ああ。今朝、あいつが——先生のことだ——回って来たとき、俺の絵を見ると、ピクリと眉《まゆ》をあげて、そのまま行っちまった」

ストリックランドはくすりと笑った。失望した様子はない。他人の意見など少しも構わないのだ。

じつは、彼との交渉で僕がもっとも当惑したのはこの点であった。他人がどう思おうと少しも構うものかと言う人は多いが、だいたいは嘘だ。本当のところは、自分が変なことをやっても他人には分からぬと思い込んで、勝手気ままに行動しているにすぎない。あるいはせいぜい、仲間の賛同によって支持されているので、安心して大多数と反対の行動を取っているにすぎない。非常識な行動を取っても、それが仲間の間では常識であるのなら、決して難しいことではない。むしろ、過度の自惚《うぬぼ》れを抱いてしまうことさえある。つまり、やっかいな危険をおかさずに、自分は勇気ある人間だという満足感が得られるのだ。とはいえ、多くの人の賛同を得たいという願いは、おそらく文明人のもっとも抜き難い本能であろう。社会通念など頭から否定している女にかぎって、立腹した世間の攻撃を浴びるや否や、尻尾《しっぽ》を巻いて世間体という名の避難所に駆け込むのだ。世間の意見などこれっぽかりも気にならないという人を僕は信用しない。無知による空威《からい》張《ば》りだ。世間に分からぬと安心しているので、自分の欠陥が非難されるのを恐れていない、というだけのことだ。

ところが例外中の例外がここにいる。他人にどう思われようと、まったく気にならず、世間の常識をはずれても少しも苦にならないのだ。喩《たと》えてみれば、体一面に油を塗りたくっているので、つかめるとっかかりもないレスラーみたいだ。自由勝手に振る舞い、常識人としては憤慨せざるを得ない。こんなことを彼に言ってやったのを覚えている。

「いいですか、仮に世間の人がみんな、あなたと同じように振る舞ったら、世の中は成り立ちませんよ」

「馬鹿なことを言うな。俺みたいに行動したい奴なんかいるものか。大多数の奴らは、ごく平凡なことをやって満足しているんだ」

一度、嫌味を言ってみた。

「こんな金言など信じていないのでしょうね。汝《なんじ》のすべての行為が世の普遍的な規範となるべく行動せよ、っていうやつを」

「聞いたこともないが、くだらぬ金言だな」

「カントが言ったのです」

「だからといって何だね。くだらん戯言《ざれごと》だ」

こういう彼では、良心に訴えてみても無駄である。蛙《かえる》の面《つら》に水だ。およそ良心というものは、社会が自らを維持する目的でつくった規則が守られているかどうかを監視するために、個人の内部に置いている番人である。個人が法律を破らぬよう監視するために、個人の心の中に配置された警官だとも言えよう。自我なる要塞《ようさい》に潜むスパイなのだ。世間の人に支持されたいという人間の願望はとても強く、世間の非難を恐れる気持はとても激しいので、結局、自分の敵を自分の城内に引き入れてしまったのである。良心は自分が仕える主人たる社会のために、個人を昼夜を問わず見張り、社会から離れようとしようものなら、わずかな兆候さえ押しつぶすのだ。良心は個人の幸せよりも社会の利益を優先させる。良心は個人を社会に結びつける強力な鎖《くさり》である。そして人間は、個人の利益よりも社会の利益のほうが大事だと思い込み、社会に対して奴隷のようにかしずくことになる。社会をいわば玉座に坐らせる。最後には、王様の杖で肩を叩かれて媚《こ》びへつらう廷臣のごとく、自分の良心の鋭敏さを誇るのである。そして良心の支配に従わぬ者には激しい罵声を浴びせる。というのも、社会の一員となった人間は、そういう人間を相手に回すと、自分がじつは手も足もでないことを、抜かりなく自覚しているからだ。僕自身、ストリックランドが自分の振舞いを世間がいかに非難しても、まったく無関心であるのに気づいたとき、とうてい人間とは思えぬ化け物を見たときのように、ぎょっとして引き下がるしかなかった。

別れを告げると、彼は最後に言った。

「俺を追いかけても無駄だと、エイミーに言ってくれ。どっちみち、あいつに見つからぬようにホテルを変えるつもりだがな」

「あなたと別れられれば、奥さんには、そのほうがいいと思います」僕は言った。

「そうなのだ。そのことを、あいつに分からせてくれると有難い。だが、女は馬鹿だからな」

## *15*

ロンドンに戻ると、夕食後すぐにでもミセス・ストリックランドの所に参上して欲しいという催促状が待っていた。行くと、夫人の他にマカンドルー大佐とその妻もいた。ミセス・ストリックランドの姉は、夫人と似ていなくもないが、老《ふ》けていた。てきぱきと物事を処理できる人のようで、あたかも大英帝国を自分が取り仕切っているかのような顔をしていた。上級将校の妻は、上の階級に属しているという自惚《うぬぼ》れから、そんな態度を取る者が少なくない。きびきびと行動し、社交上の礼儀作法は心得ているくせに、男は軍人でなければ小僧にでもなったほうがましだ、という信念を隠そうともしなかった。軍人といっても、近衛《このえ》連隊は別らしく、あの連中は自惚れていると言って、ひどく嫌っていた。特に近衛士官の妻たちなどは、失礼なことに滅多に訪ねてこないらしく、話題にするとしたら、どんな悪口を言い出すか、自分でも分からないくらいだ、と言っていた。高価だが野暮《やぼ》ったい服装をしていた。

ミセス・ストリックランドは明らかに緊張していた。

「いかがでしたか」彼女がまず聞いた。

「ご主人に会いました。もう戻らないと心に決めています」少し間《ま》を置いてから僕は言った。「あの人は絵が描きたいのです」

「え、一体どういうことです？」夫人はすっかり驚いてしまい、大声で言った。

「ご主人が絵に熱心なことを、ご存じではなかったのですか」

「あいつ、完全に頭が狂っている！」大佐が怒鳴るように言った。

ミセス・ストリックランドは少し眉《まゆ》をひそめた。記憶を探っているようだった。

「結婚する前、あの人がよく絵の具箱を持ってあちこちうろついていたのは、覚えています。でもへたな絵でした。みんなでよくからかったものよ。絵の才能なんて、まるでなかったわ」

「もちろん、言い訳にきまってます」大佐夫人が言った。

ミセス・ストリックランドはしばらくじっと考え込んでいた。僕が報告したことがさっぱり飲み込めなかったのは明瞭だった。家の中を眺めると、客間は前のときより片づいていた。主婦としての本能が失望に打ち勝ったのであろう。事件の直後はじめて訪問したときに目撃した、長いあいだ家具付きの貸し家として出されていたような、荒れた様子はもう消えていた。それでも、パリでストリックランドに会ってきた今では、こういう客間にいる彼を想像するのは困難だった。彼に周囲のものとは相容れぬ何かがあったのを、どうしてこの人たちは気づかなかったのか、そんなはずはないのに、と思わざるを得なかった。

「でも画家になろうというのなら、どうしてわたしに相談しなかったのかしら」夫人はようやく口を開いた。「そういう望みなら、わたしは決して冷淡な態度は取らなかったのに」

ミセス・マカンドルーは唇を一文字に結んだ。妹が芸術とやらを専門にしている人種を好んでいるのを、以前から苦々しく思っていたのであろう。文化とか芸術とかいう言葉を口に出すときは、さも馬鹿にしたような口調だった。

ミセス・ストリックランドは言葉を続けた。

「もしあの人に画才があるのなら、誰よりもこのわたしが伸ばすようにしたのに。そのための犠牲なんか厭《いと》わなかったのに。証券業者より画家の妻であるほうが、ずっといいのに。子どもがいなければ、どんな苦労も厭わないくらいよ。チェルシーのわびしいアトリエでも、このマンションにいるのと同じように幸せに暮らせるのに」

「あんたには、もう我慢がならないわ。まさか、こんな馬鹿みたいな話を本当だと思っているんじゃないでしょうね！」大佐夫人は腹立たしそうに声を高めた。

「でも、本当だと思います」僕は穏やかに言った。

大佐夫人は、怒りはしなかったが、さも見下《みくだ》したようにこちらを見た。

「男が四十にもなって、仕事も家庭も投げ出して絵描きになるなんて言い出したとしたら、女が出来たに決まっています。ここに出入りしていた、ほら、芸術家の卵か何かと知り合って、その女のおかげで頭がおかしくなったんでしょうよ」

ミセス・ストリックランドの青白い頰《ほお》がぽっと赤らんだ。

「その女というのは、どんなふうでしたの？」

僕は躊躇《ちゅうちょ》した。爆弾宣言をすることになると承知していたからだ。

「女など誰もいません」

マカンドルー大佐夫妻は、信じられないというような声をあげ、ミセス・ストリックランドは、はじかれたように椅子《いす》から立ち上がった。

「というと、女に会わなかったとおっしゃるの?」ミセス・ストリックランドが尋ねた。

「会うといっても、誰もいないのですよ。ご主人はひとりぼっちです」

「そんな馬鹿な話があるもんですか!」大佐夫人がまた声高に言った。

「だから私が出向けばよかったんだ。私なら、すぐに女を捜し出したものを!」大佐が言った。

「そうです、そうなさったらよかったんです」僕はいささか乱暴に言った。「あなたが想像されていたことが、すべて誤りだったとお分かりになったでしょうから。あの人は綺麗なホテルになんかいません。小さな一室で貧乏生活をしています。家庭を棄てたのは、楽しい生活をしたいからではありません。そもそも、お金など持っていないようです」

「すると何かな、あいつ、私たちの知らぬことでもやって、警察の目を逃れて、隠れてでもいるのかな」大佐が言った。

この憶測で、みんなの心に一条の希望の光が射《さ》し込んだようであった。しかし僕は、そんなくだらぬ意見に付き合うのはご免だった。

「もしそうだとしたらですね、どんな馬鹿でも、住所を共同経営者に教えたりするでしょうか」僕は辛辣《しんらつ》に言った。「とにかく、確実なのは、誰かと駆け落ちなどしていない、ということです。恋などしていません。色恋なんて彼の頭にはこれっぽかりもあるものですか！」

僕の言ったことを、一同かみしめているようで、しばらく間《ま》があった。

「そうね、もしあなたの言うことが本当だとすれば、事態は思っていたよりましかもしれないわ」大佐夫人がようやく言った。

ミセス・ストリックランドは姉をちらっと見ただけで、何も言わない。顔は青ざめ、美しい額《ひたい》は曇り、険しくなった。その顔の変化の意味が、僕には分からなかった。大佐夫人はさらに言った。

「ほんの気まぐれだったのよ。いずれ目が醒《さ》めるわ」

「エイミー、君が彼の所に行ってみたら、どんなもんだろうか」大佐が言った。「一年パリで一緒に暮らしたっていい。子どもたちの世話は私たちがする。あの男、仕事にうんざりしたのかもしれん。遅かれ早かれ、ロンドンに戻る気になるさ。そしたら、今度の事件も丸く収まり、被害はわずかで済むんじゃないかな」

「わたしならそんなことはしませんよ」大佐夫人が言った。「わたしなら、したい放題にさせてやるわ。そうすれば、足の間に尻尾を挟んだ犬みたいな様子で戻って来て、けっこう元気よくまた働きだすわ」そこで言葉を切り、妹を冷やかに見て言った。「もしかすると、あんたもあの人の扱いがへただったんじゃないかしらね。男というものは変な生き物だから、こちらが扱いのコツを心得ていないとね」

大佐夫人は、男というものは、自分を愛してくれる女を棄てるという、けしからぬ動物だが、そんなことをさせる女にも責任があるという、女性に共通の考え方をしていた。「愛情の動きは理性の及ばぬもの《ル・クール・ア・セ・レゾン・ク・ラ・レゾン・ヌ・コネ・パ》」と、かのパスカルと同じ見解だというのである。

ミセス・ストリックランドは僕らを一人ずつ、ゆっくり見た。

「夫はもう戻りません」と彼女は言った。

「何を言うのよ。さっきの報告を聞いたでしょ。あの人はこれまで安楽な生活に慣れ、誰かに世話してもらうのにも慣れていたわ。だから、薄ぎたないホテルの粗末な部屋での生活なんて、すぐに耐えられなくなるわよ。だいいち、一文無しなのよ。戻って来るに決まっています」姉が言った。

「どこかの女と駆け落ちしたのだと思っていたときには、まだ望みがあると思っていました。そういうことが、うまくいくとは思えませんもの。三カ月もすれば、あの人、その女にはうんざりしたでしょう。でも、女のための家出でないというのなら、もうだめね」ミセス・ストリックランドが言った。

「そういう小難しい屁理屈は、私には分からんがね」大佐は、軍人らしい物の考え方とはまったく異質の、持って回った見解に対する侮蔑を、言葉にこめて言った。「そんなふうに考えてはいかん。あいつは必ず戻って来るさ。ドロシーが言ったように、少しばかり好き放題をやって来たって、それで人間が変わるわけでもなかろう」

「でも、わたし、あの人に戻って欲しくありませんのよ」

「何を言うのだ！」大佐が言った。

ミセス・ストリックランドは急に怒りがこみ上げて来たようであった。青白い顔は、突然の冷たい怒りのために、真っ青になった。早口で少し喘《あえ》ぎながら言った。

「どこかの女に夢中になって駆け落ちしたのだったら、許せたと思うわ。無理からぬことだと思ったかもしれない。あの人を責めなかったかもしれない。どうせ誘惑されたのだと考えたでしょう。だって、男って弱いものだし、女には無節操なのが多いのですからね。でもね、それとこれとは違うわ。わたし、あの人が憎い。もう絶対に許さないわ」

マカンドルー大佐夫妻が、同時に妹に反論し始めた。二人は心底おどろいたのだ。あんたは狂ったのよ、さっぱり理解できんな、そう言った。困ったミセス・ストリックランドは、僕のほうを向いた。

「あなたには分かるでしょう?」甲高い声でそう尋ねた。

「さあ、どうでしょうね。こういうことでしょうか。女に目が眩《くら》んで奥様を棄てたのなら許すけど、ある観念で棄てたのなら許さない、そうおっしゃるのですか。つまり、相手が女なら喧嘩もできるが、観念ではかなわない、というお考えですか」

夫人はちらっと僕に視線を走らせたが、そこには友好的なものは感じられなかった。しかし、彼女は押し黙っていた。ひょっとすると、痛いところを突かれたと思ったのかもしれない。彼女は、低い震え声で続けた。

「あの人を憎むほど、人を憎むことがあり得るとは、今まで思ってもみませんでした。こうなのです。家出がどれほど長く続いても、最後にはわたしを必要とするだろうと思って、自分を慰めていました。死に際には、わたしに来て欲しいと言うと信じていました。呼ばれれば、すぐ行ってやる気でいました。行って母親のように世話をしてやり、今際《いまわ》のときには、もういいのよ、いつだって愛していたし、すべて許すわ、と言ってやったと思うのです」

このときに限らないが、愛する者の臨終の床《とこ》で天使みたいに優しく振る舞おうとする女の熱意には、僕はいつだってうんざりしていた。そういう心を打つ場面を演じて見せる機会をなかなか与えてくれないからと、愛する者の長寿を恨んでいるように感じられることすらある始末だ。

「でも、もうすべておしまいよ。あの人がどうなろうと赤の他人も同然よ、知ったことですか！　誰からも見棄てられ、みじめに、お金もなく、飢え死にでもしたらいいわ。何かぞっとするような病気に取りつかれて死んだらいい。もう金輪際《こんりんざい》縁を切ります」

ストリックランドが言ったことを伝えるべきときだ、と僕は思った。

「離婚をご希望なら、離婚訴訟に必要なことは何でもする、とご主人は言っていましたよ」

「あの人に自由を与える義理なんかないわ」

「いえ、ご主人のほうから離婚を望んでいるのではありません。奥様にとって離婚するのが具合がいいのではないかと、そう思っただけのようでして」僕は説明した。

ミセス・ストリックランドはいらいらして肩をすくめた。彼女にはいささか失望した。今と比べると、当時の僕は、人間というものはもっと首尾一貫していると考えていたのだ。だから、あんなに愛らしい女性の中に、あれほど激しい憎悪が存在するのを知って、心が痛んだ。一人の人間を構成している諸要素がこれほど混然としているとは気づいていなかった。今なら、同じ人間の中に、卑小さと偉大さ、悪意と親切、憎悪と愛情が混然と同居しているのが、よく分かっている。

しかし、そのときは、夫人が営《な》めているに違いないつらい屈辱感を和らげるような言葉をかけられないものかと、頭をめぐらせた。とにかく言ってみた。

「あのですね、ご主人は自分の行動に対して、果たして責任があるのかどうか、僕は疑わしいと思っています。本来のご主人とは違うものになっているのです。何か強い力に取りつかれて、振り回されています。がんじがらめになって身動きができないのは、蜘蛛《くも》の巣に捕らえられた蠅《はえ》と同じです。誰かが魔法をかけたのです。本来とは異なる人格が侵入して来て、もともとの人格を駆逐するという、ときどき聞く不思議な話を思い出しますよ。魂は体の中で不安定な状態にあるので、神秘的な変容があり得るのです。昔なら、チャールズ・ストリックランドは悪魔に取りつかれたと言ったところですよ」

ミセス・マカンドルーはドレスのひざのあたりをなで、そのため金のブレスレットが手首までずり落ちた。

「今の話はね、わたしに言わせれば、全部こじつけですよ」大佐夫人の言い方は辛辣だった。「エイミーが夫をあまり大事にしなかったというのは、あり得たかもしれないとは思います。もし自分の趣味のことだけにかまけていなければ、夫の変化に気づいていたと思うわ。うちの主人が一年くらい密《ひそ》かに何かをたくらんでいたとしたら、わたしならきっと探りだしてしまうと思いますよ」

大佐はぽかんと宙を見つめていた。これくらい単純素朴な人間に見える大人が他にいるだろうか、と考えざるを得なかった。

「それにしても、チャールズ・ストリックランドが無情な卑劣漢であるのは確かです」大佐夫人はそう言ってから、僕を睨《にら》みながらさらに言った。「あの男が妻を棄てた理由をあなたに教えましょう。まったくの身勝手からですよ。絶対にそうよ」

「簡単至極な解釈ですね」と僕は言った。しかし、それでは何の説明にもならないと思った。疲れているので失礼しますと言って立ち上がったとき、ミセス・ストリックランドは僕を引き留めようとはしなかった。

## *16*

ミセス・ストリックランドのその後の様子から考えると、彼女はなかなかのしっかり者であった。心の中でどれほど悩んだにしても、あまり表《おもて》には出さなかった。世間の人が、他人の不幸話をくどくど聞かされるのを嫌い、悩む女の姿など見たくないと思うのを、賢明にもすぐ悟ったのだ。不幸への同情心から、随分あちこちの家に招待されたが、どこへ行っても申し分のない態度を見せた。健気《けなげ》にしていたが、それもほどほどにし、明るく振る舞ったが、絶対に図々しくならないようにしていた。さらに、自分の悩みを語ることより、他人の悩みに進んで耳を傾けようとしていた。たまに夫を話題にするときには、いつも哀れむような口調だった。こういう夫人の態度を、最初は不可解に感じた。ある日のこと、彼女はこんなことを言った。

「あのね、チャールズが一人だとおっしゃったけど、あれは絶対に間違いだわ。どこから得た情報かは言えないけど、あの人はイギリスを出たとき、一人ではなかったそうよ」

「だとすると、ご主人は行方をくらます天才ということになりますね」

夫人は視線をそらせて、少し赤面した。

「わたしが申しますのは、もし誰かがあの人のご主人は駆け落ちしたんですわと言ったら、それを否定したりしないで下さい、ということなのです」

「もちろん否定などしません」

すると彼女は、たいしたことではないとでも言わんばかりに、他の話題に移った。しばらくして、奇妙な話が夫人の仲間たちの間で言い触らされていることが判明した。何でもチャールズ・ストリックランドが、エンパイア劇場のバレーで見初《みそ》めたフランス人のバレリーナに夢中になり、パリまで追いかけて行った、というのだ。どうしてこんな噂が生じたのか、さっぱり分からなかったが、驚いたことに、この噂のおかげで夫人に同情が集まり、それに応じて夫人の評判は少なからず高まったらしい。このことは、彼女がやがて始めた仕事に役立ったのである。マカンドルー大佐は、義妹《いもうと》は一文無しになると言っていたが、これは誇張ではなかった。それゆえ、できるだけ速やかに彼女は自分で生計を立てていく途《みち》を探す必要があった。多くの作家と親しいので、それを生かしてさっそく速記とタイプライターを習い出した。教養のおかげで、並みのタイピストよりも優秀なタイピストになれたし、それに例の噂が有利に働いた。友人たちは仕事を彼女に回すと約束し、さらに自分たちの知人すべてに推薦するよう気を配ったのである。

マカンドルー大佐夫妻は、自分たちには子どもがいなくて、裕福だったから、夫人の子どもたちを引き取った。だから、夫人は自分だけ生活できればよかった。マンションを人に貸し、家具類は売り払った。ウェストミンスターの小さな二部屋に落ち着き、新生活を始めた。有能な人だから、始めた仕事はきっと成功すると誰もが思った。

## *17*

それから五年ほどして、僕はしばらくパリで暮らそうと思い立った。ロンドンでの生活にうんざりしてきたからだ。来る日も来る日も、変わりばえのしないことばかりしているのがいやになった。友人たちは、それぞれの道を平々凡々に歩いていた。彼らと会っても、分かり切っているので、何についても意外だと思うことがなかった。会えばどんな話をするか、見当がついてしまう。浮気の話を聞かされても、ありふれたものばかりで、ちっとも面白くない。僕も友人たちも、終点から終点まで決まった所を往復する路面電車のようなもので、短い区間なので何人の乗客を運べるかを数えることさえ可能だった。つまり、万事が決まり切っていて、ぬるま湯につかったような日々だったのだ。気がつくと、僕は恐怖に取りつかれていた。そこで、小さなマンション暮らしをやめ、わずかばかりの所持品をすべて売り払い、初めから出直す覚悟をした。

パリに発《た》つ前にミセス・ストリックランドを訪ねた。しばらくご無沙汰《ぶさた》していたせいか、ずいぶん変わって見えた。以前より老《ふ》け、痩《や》せて皺《しわ》がよったというだけでなく、性質が変わったように思えた。仕事の面では成功し、今ではチャンセリ・レインに事務所を構えていた。彼女はタイプを打つ作業はほとんどせず、四人の若いタイピストを雇って、自分は誤りを直す仕事をしていた。タイプの仕上がりをちょっと綺麗にしようと思い立って、青や赤のインクを多く使用した。また、製本には様々な淡色の厚紙を表紙に用いて、波紋模様の絹のような感じに仕立てた。こうして、綺麗で正確な仕事をするという評判を得た。けっこう儲かっているらしい。けれども、生活費を自分で稼ぐというのは、何となく体裁が悪いという考えから抜け出せず、自分が生まれは淑女なのだということを、折あるごとに匂わせるのであった。ちょっとしたおしゃべりのときにも、さりげなく知人の名を持ち出すのだが、いずれも、彼女の社会階層が低くなっていないことを示すような人の名ばかりだった。仕事において有能なことは少し恥じているのだが、明日の晩サウス・ケンジントンに住む王室顧問弁護士と夕食を共にするという話は、いかにもうれしそうにした。息子はケンブリッジの学生だとさもうれしそうに語る。社交界にデビューしたばかりの娘が、あちこちのダンス・パーティーに引っぱりだこだというのも、得意げに微笑《ほほえ》みながら話した。娘については、僕はつい愚かな質問をしてしまった。

「お嬢さんは奥様の仕事の手伝いをされるのですか」

「いいえ、まさか！　そんなことはさせませんわ。あの子はたいした美人ですので、いい縁組みができるでしょう」

「お嬢さんがご一緒なら、奥様の右腕になると思ったものですから」

「舞台女優になったらどうかとおっしゃって下さる方がいるんですけど、もちろんわたしは同意しません。有名な劇作家ならどなたでもお知り合いですから、その気になればすぐにでも、娘に役をもらえると思います。でも、若い娘がいろんな人たちとまじわるのは、感心しません」

夫人がばかにお高くとまっているのに、僕は少し辟易《へきえき》した。

「ご主人については何かお聞きになっていますか」

「いいえ、少しも。もしかしたら、死んだのかもしれませんわ」

「パリでばったりお会いするかもしれません。そのときは様子をお知らせしましょうか」

夫人はためらった。

「もしあの人が本当に困っていたら、少しなら援助する気持はあります。まとまった金額をあなたに送りますから、必要に応じて徐々に渡して下さいな」

「それはご親切ですね」

そう言ったが、その申し出が親切から出たものでないのは明らかだった。人間について、苦悩が性格を気高くするなどと言うが、苦悩は、一般的には人を狭量に、執念ぶかくするものだ。

## *18*

実際のところ、パリに着いて二週間も経たぬうちにストリックランドに出会った。

僕は到着するとすぐに、ダーム通りのアパートの六階に小部屋を見つけ、古道具屋で必要最低限の家具をととのえ、何とか暮らせるようした。管理人とは、朝のコーヒーの用意と部屋の掃除をしてもらうように取り決めた。これで落ち着いたので、すぐに前からの友人のダーク・ストルーヴを訪問した。

ダーク・ストルーヴは、誰だって思い出しただけで馬鹿にしたように笑い出すか、それとも当惑して肩をすくめるか、個人差はあるだろうが、とにかく彼は生まれついての道化者だった。職業は画家だったが、三流の画家にすぎなかった。ローマで知り合ったのだが、そのころ彼が描いていた絵は今でもよく覚えている。綺麗だが平凡きわまりない絵葉書のような絵を描くことに、真実の情熱を抱いていた。純粋な芸術への愛で胸は高鳴っているのだが、実際に絵筆を振るう段になると、例えば、スペイン広場のベルニーニ設計の階段の周辺でうろついている人物を、あまりに陳腐《ちんぷ》すぎる題材ではないかなどと少しも反省をせずに、せっせと描いていた。彼のアトリエは、とんがり帽をかぶった、口ひげを生やした大きな目の百姓だとか、それらしい襤褸《ぼろ》をまとった腕白坊主とか、派手な色のペチコートをはいた女とかの絵であふれかえっていた。これらの人物が描かれている場面は、教会の石段で休んでいるところ、雲ひとつない紺碧《こんぺき》の空を背景にした糸杉の間で戯《たわむ》れるところ、ルネサンス風の泉のそばで愛をささやくところ、牛車と共にカンパーニャの野原を散歩するところ、などであった。人物も背景も、このうえなく入念に描かれ、彩色されている。細部の正確さでは、写真も及ばぬ出来映えだった。ヴィラ・メディチに住む画家の一人が、彼を「チョコレート・ボックスの巨匠」と呼んだという。彼の絵を見ていると、マネ、モネなど印象派の画家による革新などまったくなかったかのように思えてしまう。

「僕は自分を偉い画家だなんて少しも思ってないよ」彼は言った。「ミケランジェロの天分なんか、これっぽっちもありはしないさ。だけど取り柄はある。まず売れるし、あらゆる種類の人たちの家庭にロマンスを届けている。いいかい、僕の絵はね、オランダだけでなく、ノルウェー、デンマーク、スウェーデンでも売れているんだよ。買い手はだいたい商人で、それも裕福な貿易商だ。北欧の冬が、どんなに長く、寒く、暗いか、とても想像もつかないだろう。だから南国イタリアに憧れ、そしてイタリアは僕の絵のような所だと想像するのが楽しいのだ。僕の絵に憧れのイタリアを見るんだね。僕自身、こちらに来るまでは、イタリアについてそういうロマンティックな夢を抱いていたものさ」

この夢が常に頭にあり、目を眩《くら》ますので、彼は真実を直視できなかったのだと思う。イタリアの厳しい現実に接しても、心の目はロマンティックな山賊やロマンティックな古代の廃墟ばかりを見続けていたのだ。彼が描き続けたのは、ひとつの理想像だった。陳腐で卑俗な理想像ではあるが、やはり理想像だった。そこから彼の性格の独特の魅力が生じていたのは確かである。

この魅力を見出していたから、僕は他の者たちのように彼を単に嘲笑《ちょうしょう》の対象などとは思わなかった。仲間の画家たちは、彼の絵を公然と軽蔑しているくせに、彼の収入がいいのを見込んで、平気で金を借りていた。彼の気前がいいので、金に困った連中は、泣き言をいえば何でも真に受ける彼のお人好《よ》しをいいことに、図々しく借金した。感情が細やかなのはいいが、何にでもすぐ感激してしまい、その感情にどこか愚かしいものがあり、そのため人は彼の親切を受け入れるだけで、感謝の気持を持たない。彼から金を巻き上げるのは子どもを騙すのと同じで、彼があまりにも愚かなので、軽蔑心しか湧《わ》かないのだ。喩《たと》えてみれば、腕のいいスリが、馬車の中にありったけの宝石の入った化粧箱を置き忘れる不注意な女に対して義憤を覚えるようなものだ。ストルーヴは嘲笑の的になるべく生まれついていたのだが、鈍感に生まれついてはいなかった。だから、人に意地悪をされたり、嫌味を言われたり、馬鹿にされたりすると、そのたびにそれをひどく苦にして、悩んだ。それにもかかわらず、まるでわざとするかのように、人の嘲笑に身を曝《さら》すのであった。当然ひっきりなしに心は痛手を受けていたのだが、お人好しの性格なので、恨むということができなかった。たとえ毒蛇に咬《か》まれたとしても懲《こ》りるということがないものだから、傷が癒えるや否やまた胸もとにその蛇をそっと置いてやるのである。彼の生涯は、ドタバタ喜劇に仕立てた悲劇とでも言えようか。僕だけが嘲笑しないので、感謝していた。そして、ときには同情して聞いてやる僕の耳へ、次から次へと愚痴《ぐち》を聞かせた。ところが、彼には気の毒だが、どの話もあまりに馬鹿馬鹿しいので、つらい話になればなるほど、聞く者は吹き出さざるを得ないのだ。

彼は三流の画家なのに、絵の鑑賞力は抜群で、一緒に画廊を訪ねるのは、滅多に味わえぬ楽しみであった。偏らず、繊細な鑑識眼があり、作品の美点は心から褒め、短所は鋭く見抜いた。昔の大家の作品の魅力を正しく鑑賞する一方で、現代絵画にも理解を示した。才能を見出すのが素早く、発見すれば惜しみなく賛辞を呈した。彼ほど的確に判断できる男を、僕は他に知らない。そのうえ、教養の面で大概の画家よりまさっていた。並みの画家は絵画にしか通じていないが、彼は音楽や文学といった他の芸術にも知識があり、それによって彼の絵画鑑賞はいっそう深くなり、変化に富むものとなっていた。僕のような若者にとって、彼の助言と案内はこのうえなく貴重なものであった。

ローマを離れてからも、彼との文通は続いた。二カ月に一度くらい、彼から奇妙な英語で書いた長文の手紙をもらった。それを読むたびに、手振り身振りをまじえた、熱心で急《せ》き込むような彼の独特な話し方をまざまざと思い出したものだ。僕のパリ行きの少し以前にイギリス人の女性と結婚し、今はモンマルトルのアトリエに落ち着いていた。数年間、彼には会っていなかったし、奥さんには一度も会ったことがなかった。

## 19

ストルーヴにはパリに来たことを連絡していなかったので、アトリエのベルを鳴らしたとき、ドアを自分で開けた彼は、一瞬、僕だとは分からなかった。すぐにうれしそうに驚きの声を上げ、中に引き入れた。こんなに歓迎されると気分がよかった。奥さんはストルーヴのそばで縫い物をしながら坐っていたが、僕が入って行くと立ち上がった。彼が僕を紹介した。

「覚えているだろう？　よく話題にしたじゃないか」そう妻に言ってから、僕に向かった。「どうして来ると連絡してくれなかったんだい？　着いてから、どれくらいになる？　いつまでいるつもりだい？　一時間はやく来てくれれば、一緒に食事できたのに」

こんな具合に質問を浴びせてきた。僕を椅子《いす》に坐らせ、僕がクッションでもあるかのように体を軽く叩きながら、やれシガーだ、ケーキ、ワインだと、しきりに勧めた。

僕に構わずにはいられないといったふうだった。ウイスキーが切れているというので心を痛め、コーヒーをいれてくれようとしたり、とにかく僕のために何かしてやれることはないかと頻《しき》りに頭をひねっていた。上機嫌に笑い、僕を大歓迎して興奮したので、体じゅうに汗をかいていた。

「変わってないな」そういう様子を見て、ニヤリとしながら僕が言った。

僕の記憶にある滑稽な感じは少しも変わっていない。デブで背は低く、短足で、まだ若いのに――せいぜい三十歳だろう――若はげだった。顔はまん丸で、血色がよく、肌は白いが、頬《ほお》と唇は赤い。青い目も丸く、大きな金縁眼鏡を掛けている。眉《まゆ》は薄い金髪なので、あるかないか分からない。ルーベンスの描いた陽気なデブの商人を思い出させる。

しばらくパリに滞在するつもりで、アパートも借りたのだと話すと、知らせなかったことをしきりに責めた。知らせてくれれば、いいアパートを探して、家具一式貸してあげたのに――え、君、家具をわざわざ買ったって本当なの？――それから、引っ越しの手伝いもしたのに。こんな調子で、僕の役に立つ機会を彼に与えなかったのは、友情に悖《もと》ると責めた。一方、奥さんは何も口を挿《はさ》まず、おとなしく坐って自分のストッキングを繕《つくろ》ったり、夫のおしゃべりを、口もとに穏やかな微笑を浮かべて聞いたりしていた。

「ごらんの通り、結婚したんだよ。僕のワイフをどう思う？」不意に彼が言った。妻に微笑《ほほえ》みかけ、眼鏡を掛け直した。汗で何度もずり落ちてしまうのだった。

「さあ、一体どう言えばいいのかな？」僕は笑いながら言った。

「あなたったら！」ミセス・ストルーヴがにこにこして言った。

「でもさ、彼女は素晴らしいだろう？　ねえ、君もぐずぐずしてないで、早く結婚したらいいのに。できるだけ早くね。僕はこの世で一番の幸せ者だ。彼女があそこに坐っている姿をよく見たまえ。絵になるだろう？　シャルダン作といったところだ。僕は世界中の美女を見てきたが、マダム・ダーク・ストルーヴにまさる美女にお目にかかったことはないよ」

「あなた、いい加減にしないと、わたし、あっちへ行きますよ」

「僕の可愛い人《モン・プティ・シュ》！」彼が言った。

夫人は、夫の声にこめられた情愛に気づいて恥ずかしかったのか、少し顔を赤らめた。彼の手紙から、彼女を深く愛しているのは知っていたが、一瞬も目を離せないほどの溺《でき》愛《あい》ぶりだとは、このとき初めて知った。彼女のほうも夫を愛しているのかどうかは、分からなかった。彼は道化者だから、女の恋心を掻き立てるのは困難だろうが、彼女の目に浮かぶ微笑は愛情ぶかいものであり、その控え目な態度にはとても深い情愛が隠されていることもあり得た。恋の虜《とりこ》になっている夫が言うほどの、見とれるような美人ではなかったが、上品で端正な顔立ちだった。どちらかというと上背があり、簡素ながらよい仕立ての灰色の服は、よいスタイルを隠していなかった。こういうスタイルは服飾家というより、彫刻家の好むものである。栗色の豊かな髪はあっさりと結ってあり、顔色は青白く、目鼻立ちは、目立つというのではないが、整っていた。穏やかな灰色の目をしていた。美人と言うには少し足りないのだが、では可愛い感じかというと、それとも違う。それでも、夫がシャルダンの絵を引き合いに出したのは、当たらぬこともない。彼女を見ていると、シャルダンの絵筆によって不朽の生命を得た、あの頭巾《ずきん》とエプロンの感じのよい主婦の姿を妙に思い出すのだ。ミセス・ストルーヴが鍋釜の間をかいがいしく動き回り、台所仕事を一種の儀式にまで高め、仕事に道徳的な意味合いが生じるというような情景は、容易に想像できた。夫人が頭がよいとか、面白い話をするとか、そういうことは考えられなかったが、真面目《まじめ》なひた向きさには心を惹《ひ》かれた。また、控え目なところには、どこか謎めいたものが感じられた。どうしてダーク・ストルーヴと結婚したのかも不明だった。イギリス人だというが、どういう人か僕にも分からない。どういう階層の出身なのか、どういう教育を受けたのか、あるいは結婚前はどういう暮らしだったのか、いずれも不明だった。とても口数が少ないが、何か言うと、心地よい声で話すし、人当たりもいい。

ストルーヴに仕事は続けているのか尋ねてみた。

「続けているかだって？　ローマの頃よりいい仕事をしていると思うよ」

僕らはアトリエにいたので、彼はイーゼルにのっていた未完成の絵を手で指し示した。一目みて、ぎょっとした。前と同じなのだ。カンパーニャの農民の衣装をつけた一群のイタリアの農民が、ローマのどこかの教会の石段で一息ついているところが描かれていた。

「こういう絵を今も描いているのかい」

「そうだとも。ローマと同じようなモデルがここでも使えるんだ」

「とても綺麗な絵じゃございませんか？」夫人が言った。

「僕のお馬鹿さんのワイフはね、この僕を偉い画家だと思っているんだ」

彼は照れたように笑ったが、内心では喜んでいるのがありありとしていた。満足そうに自分の絵をじっと見ている。他人の絵に関してはあんなに的確で因習にとらわれない見方ができるのに、こんな陳腐《ちんぷ》で俗悪な自分の絵に満足するなんて、まったく信じられないことだ。

「もっと色々お見せしたら？」夫人が促した。

「うん、そうしようか」

友人たちから随分からかわれて痛い目にあっているのだが、それでも彼は賞賛を求める気持が強く、浅はかな自己満足もあって、つい作品を見せる誘惑を抑えられないのだ。二人の縮《ちぢ》れ毛のイタリアのいたずらっ子がおはじきで遊んでいる絵を出してきた。

「可愛い子どもでしょう?」夫人が言った。

彼はさらに何点も見せた。それで判明したのだが、彼はパリに来てからも、ローマにいたときに長年にわたって描いていたのとまったく同じ生気のない絵葉書のような絵を、描いているのだった。すべて偽りであり、不誠実であり、低俗だ。ところが、ダーク・ストルーヴくらい正直で、誠実で、率直な人間はいないのだ。この矛盾は神にも解けぬ謎であろうか。

次の質問をどうして発する気になったのか、我ながら分からない。

「あのねえ、ひょっとしてチャールズ・ストリックランドという名の画家に出会ってないかい?」

「まさか君の知り合いじゃあるまいね!」ストルーヴが大声を出した。

「あのいやな人!」ミセス・ストルーヴが言った。

ストルーヴは笑った。

「僕の愛しい人《マ・ボヴル・シエリ》！」彼は妻のそばに行って、その両手にキスをした。「ワイフは彼が嫌いなんだよ。それにしても、君が彼を知っているなんて意外だな」

「不作法な人は嫌いですわ」ミセス・ストルーヴが言った。

ダークは笑ったまま、僕を見て説明した。

「じつは、前にストリックランドをここに呼んで、僕の絵を見せたことがあるんだ。で、彼が来たから、描いたものを全部見せた」そこで彼は極り悪そうにためらった。自分の恥になるような話をなぜ始めたのかと僕は思った。話の最後のところを話す段になって、迷ったらしい。「ストリックランドはね、その――僕の絵を見たのだけれど、何も言わないんだ。最後まで見てから判断を下すつもりなのかと思ってね。最後の一枚になったときに『さあ、これで全部だ』と僕が言った。すると彼は、『俺が来たのは、二十フランを借りるためだ』と言うんだ」

「それなのに、この人ときたら、そのお金を渡してやったんですよ」彼女は腹立たしげに言った。

「すっかり驚いたものでね。断るのもいやだったし。彼、金をポケットにしまうと、うなずいて『どうも』とだけ言い、そのまま帰ったよ」

ダーク・ストルーヴはこの話をしながら、間抜けな丸顔に、あっけに取られたような表情を浮かべていたので、こちらは吹き出すしかなかった。

「僕の絵がまずいなら、まずいと言えば、それほど気にならなかったのに。ところが、まったく何も言わないんだ」

「それなのに、あなたはその話を何度でもしゃべるんだから！」

この話を聞いて、ストリックランドのけしからぬ振舞いに激怒するのではなく、ダーク・ストルーヴのぶざまで滑稽な姿を面白がるというのは、困ったことであった。

「あの人とは顔を合わせたくありませんわ」夫人が言った。

ストルーヴは微笑を浮かべ、それから肩をすくめた。どうやらもう元気を取り戻していた。

「彼が大芸術家だということは、何を言おうと確実だな」

「え、ストリックランドが？」僕は大声を出した。「じゃあ、別人だ」

「赤いあごひげの大柄の男だ。チャールズ・ストリックランドという名前だよ。イギリス人だ」

「僕が知っていた頃はあごひげはなかったが、生やしているのなら、赤だというのは、充分あり得るな。僕の言う男はまだ絵を始めて五年にしかならない」

「じゃあ、やはり間違いない。彼は偉大な画家だよ」

「あり得ないよ」

「僕が間違ったことがあるかい？　本当に天分があるんだ。絶対にそうだ。今から百年後、君と僕が世間に記憶されているようなことが仮にあるとすれば、それは僕らがチャールズ・ストリックランドの知り合いだからだ」

僕はすっかりあっけに取られた。また興奮もした。突然、ストリックランドと最後に交わした言葉が思い出された。

「彼の絵はどこで見られるんだい？　多少とも成功を収めているのだろうか？　今どこに住んでいるのだろう？」思わず矢継ぎばやに質問してしまった。

「成功はしていない。絵はただの一枚も売ってないだろうな、きっと。彼のことを話すと、みんなが笑う。だけどね、僕は、彼は間違いなく偉大な画家だと信じるよ。芸術の歴史を振り返ってみたまえ。マネだって笑われた。コローの絵は一枚も売れなかった。彼がどこで暮らしているのか僕も知らないけど、会えるよ。毎晩七時になるとクリシ街のカフェに現れる。よかったら明日連れて行こうか」

「むこうが僕と会いたがるか、自信はないけどね。彼が忘れようとしている過去を思い出させるかもしれないのだ。でも、ものは試しだ、行くよ。彼の絵も見られるだろうか」

「彼に言ってもだめだな。一点だって見せようとはしない。ただ僕の知り合いの、ちょっとした画商が二、三点彼の絵を持っている。だけど、一人で行っちゃだめだ。僕が一緒に行って説明しなければ、彼の絵は理解できないからね」彼が言った。

「ダーク、あなたっていう人は、いらいらするわ！」夫人が言葉を挿んだ。「あの男があなたをあんなひどい目にあわせたのに、よくもまあ、彼の作品をそんなに褒めたりできるわね」そこで彼女は僕のほうを振り向いた。「このあいだオランダの人たちがダークの絵を買うので、ここにいらしたとき、夫はその人たちにストリックランドの絵を買えと勧めたんですよ。そして自分でわざわざ取りに行って、ここでお客さんたちに見せたのです」

「彼の絵を見て、あなたはどう思いましたか」ニヤニヤしながら僕は尋ねた。

「ひどい絵でしたわ」

「ああ、君には分からないのだよ」夫が言った。

「でも、わたしだけじゃなかったわよ。オランダのお客様もあなたに怒っていたじゃないの。あなたにからかわれていると思ったのだわ」

ダーク・ストルーヴは眼鏡をはずして、レンズを拭《ふ》いた。上気した顔が興奮のあまり光っていた。

「およそこの世でもっとも貴重なものである美が、浜辺の石ころのように転がっていて、無頓着に散歩する者でも、漫然と拾い上げられるなどと、どうして考えるんだい。美というものは、芸術家が自らの魂を痛めながら、世の混沌の中から創造する、不思議な素晴らしいものだ。そして、芸術家が創造してからも、誰にでも作品の本質が理解できるわけじゃない。本質が分かるためには、芸術家と同じ魂の痛み、創造の苦悩を体験しなければならない。作品とは、言うなれば芸術家が歌って聞かせるメロディーであり、それを自分の心で正しく聴くためには、知恵と感性と想像力がなくてはならない」

「じゃあ、聞くわ。最初にあなたの作品を見た瞬間から、すぐにわたしは美しいと思ったわ。あれは一体どうしてなの？」

ストルーヴの唇が少し震えた。

「さあ、君はもう寝たまえ。僕はお客さんとそこらを散歩してから戻るよ」

## 20

ダーク・ストルーヴは、明日の晩に君を誘って、ストリックランドがよく来ているカフェに連れて行こう、と約束してくれた。いよいよ同行すると、前回ぼくがストリックランドに会いにパリへ来て、一緒にアブサンを飲んだのと同じカフェだったので面白かった。いまだに同じ店に通っているのは、いかにも彼らしいものぐささの習性を表していた。

「ああ、あそこにいた」カフェに着くと、ストルーヴが言った。

十月であったが、暖かい晩だったので、舗道に並んだテーブルは混んでいた。さっと目を走らせたが、それらしい姿はなかった。

「ほら、あそこの隅のあたりだ。チェスをやっている」

言われてみると、チェス盤の上に屈《かが》んでいる男がいたが、フェルトの大きな帽子と赤ひげしか見えない。テーブルの間を掻き分けるようにして、ようやく男の所に来た。

「ストリックランド!」ストルーヴが声を掛けた。

彼は顔を上げた。

「やあ、デブか。何の用事かね?」

「君に会いたいという、旧友を連れて来た」

ストリックランドは僕をちらっと見たが、見覚えがないという様子だった。すぐまたチェス盤に戻ってしまった。

「そこに坐って、静かにしていろよ」彼が言った。

駒をひとつ動かし、すぐゲームに熱中しはじめた。ストルーヴは困ったような顔でこちらを見たが、僕はそれくらいのことではへこたれなかった。飲み物を適当に注文して、ストリックランドがゲームを終えるのをじっと待った。この機会にじっくり彼を観察できるのを喜んだくらいだ。僕にも彼が誰だか見分けられなかったのは事実だ。まず何よりも、伸び放題の赤ひげが顔を大部分おおっていたし、髪も長かった。だが、一番おどろいたのは極端な痩《や》せ方だった。そのために、もともと大きな鼻がいかつく突き出て見えるし、頰骨《ほおぼね》はいっそう目立つし、目もぎょろりと大きく見えた。こめかみには深い皺《しわ》があった。体はまさに幽霊だった。五年前と同じスーツを着ていた。破れて汚れ、すり切れているし、まるで他人の服を着ているようにだぶだぶだ。手を見ると、汚れていて、爪は伸び放題だった。骨と皮だけの手なのに、頑丈で大きい。こんなに格好のよい手であるのは忘れていた。勝負に集中してそこに坐っている彼は、非常に力強いものを蔵しているという強烈な印象を与えた。不思議なことに、その印象は、痩せているためにかえって一段と強烈であった。

まもなく、駒を動かしてから、彼は反《そ》り身になって、ぽかんとした表情でゲームの相手を見つめた。相手はあごひげを生やした肥《ふと》ったフランス人だった。この相手はじっと形勢を読んでいたが、突然、笑いながら悪態をついた。それから、せっかちな態度で駒を掻き集め、箱の中に放り込んだ。ストリックランドに向かって遠慮のない罵声を浴びせ、ボーイを呼んで飲み物代を支払い、出て行った。ストルーヴが椅子《いす》をテーブルに近づけた。

「さあ、もうしゃべってもいいだろう」

ストリックランドはじっと相手を見ていたが、その眼差しには底意地の悪いものがあった。何か嘲笑《ちょうしょう》することはないかと探しているようだったが、見つからず、仕方なく黙っているのだった。

「君に会いたいという旧友を連れて来た」にこやかな顔でストルーヴが言った。

ストリックランドは一分くらいじっと僕の顔を見ていた。僕は黙っていた。

「この人に会ったことなんて、ないぞ」ようやく言った。

なぜこんなことを言ったのか不思議だった。誰だか思い出したように目が一瞬光ったのを、僕は見逃さなかったのだから。

数年前と違い、今の僕はこれくらいのことで、どぎまぎするようなことはなかった。

「先日、奥さんとお会いしましたよ。奥さんの最近の様子を知りたいでしょう?」平然と言ってやった。

彼は短く笑い声を上げた。目がいたずらっぽく光った。

「一緒に楽しい晩を過ごしたな。あれはどれくらい前かね」

「五年になります」僕が答えた。

彼はもう一杯アブサンを注文した。一方、ストルーヴは、いつもの癖でぺらぺらと自分が僕と知り合った経緯だとか、どういう偶然でストリックランドが共通の友人だと分かったかを、しゃべった。果たしてストリックランドが聞いていたかどうか、きわめて疑わしい。彼は一、二度、僕をじっと見たが、それ以外はもっぱら自分自身の考えごとに没頭しているようだった。ストルーヴがいなかったら、その場はとうてい持たなかったろう。三十分すると、ストルーヴは時計を見て、もう帰らなくては、と言った。僕も帰るか、と尋ねた。ストリックランドが、僕と二人なら、もしかすると口を開くかもしれないと思ったので、僕は残ると答えた。

二人になって、僕が言った。

「ダーク・ストルーヴはあなたを偉大な芸術家だと思ってますよ」

「俺がそんなことを気にすると思うのかね」

「作品を見せていただけませんか」

「何だってそんなことをする必要がある？」

「もしかすると、僕が買う気になるかもしれないじゃないですか」

「ふん、こちらが売りたくないかもしれんよ」

「いい暮らしをしていますか」ニヤニヤして僕は尋ねた。

彼はくすっと笑った。

「そう見えるかね」

「空腹で死にそうに見えますよ」

「腹がへって死にそうだ」

「でしたら、飯を食いに行きましょう」

「どうして誘うんだ?」

「好奇心からではありません」僕は冷やかに答えた。「あなたが飢え死にしようとしまいと、ぜんぜん気になりませんからね」

「じゃあ、行こう。まともな食事がしたくなったところだ」そう言って、彼は椅子から立った。

## 21

彼の選んだレストランに案内してもらったが、僕は途中で新聞を買った。料理の注文が済むと、僕はサン・ガルミエの瓶《びん》に新聞を立てかけて読みだした。二人とも黙々と食べた。彼がときどきこちらを見るのに気づいたが、わざと無視した。むこうに話し出させてやろうと思ったのだ。

「新聞に何か出てるかね」会話のない食事が終わりかけた頃、彼が口火を切った。声にいくぶん苛立っているような響きがあるように感じた。

「いつも演劇批評を読むことにしていましてね」そう言って、僕は新聞をたたみ、脇に置いた。

「うまい料理だった」彼が言った。

「コーヒーはこの店で飲みましょうか」

「ああ」

二人ともシガーに火をつけた。僕は黙ってくゆらせた。ときどき、こちらをじっと見る彼の目が、わずかばかり面白そうに微笑しているのに気づいた。

「このまえ会ってから、君は何をやってきたのかね」とうとう彼が聞いた。

僕が話すことはあまりなかった。必死で仕事をして、ほとんど遊ぶ余裕のない毎日だったのだ。あれやこれやの創作上の実験をやり、書物や人間についての知識を徐々に獲得するというような生き方をした時期だった。ストリックランドが何をやってきたか、こちらから質問しないように注意した。彼のことなど少しも興味がないような顔をし続けて、ようやく報いられた。彼が自分自身について語りだしたのだ。とはいえ、ひどく口べたなので、これまでしてきたことについて、ヒントになることをポツリポツリと漏らすだけだった。聞き手は想像力で間隙《かんげき》を埋めなくてはならない。僕にとってこんなに興味ぶかい人物であるのに、せいぜいヒントしか得られないというのは、いらいらする。引き裂かれた原稿を掻き集めて、何とか意味をたどるのに似ている。彼の話を聞くと、ありとあらゆる困難と激しく戦う生活を送っているという印象を受けた。ただ、たいていの人にはやりきれないものでも、彼は物ともしないとも思った。およそ楽な生活というものに対してまったく無関心だというのが、たいていのイギリス人と彼の異なる点だった。みすぼらしい一室に暮らし続けることも苦ではないのだ。綺麗なものに取り囲まれる必要などまるでないのだ。僕が初めて彼の部屋を訪ねたとき、薄よごれた壁紙にはぞっとしたものだが、おそらく彼自身は気づきさえしなかっただろう。安楽椅子《いす》など要らないのだ。台所の椅子のほうが気楽なのだ。食欲を満たすために食事はするが、料理にはまるで関心がない。ただ飢えをしのぐためにガツガツと食らう食料というだけだった。食料を買えないときは、べつに食べなくても平気だった。この六カ月は、日に一個のパンと一瓶のミルクで食いつないでいたと聞いた。好色な男だったが、女がいなければいないで構わなかった。貧乏をつらいとは感じないようだった。完璧な精神だけの生活を送る、その態度には感銘を与えるところがあった。

ロンドンから持参したわずかな金を使い切ったとき、彼は特に落胆することもなかった。絵は一枚も売れなかった。売ろうという努力は何もしなかったと思う。わずかな金を稼ぐ手段をどうにか見つけたらしい。苦笑いしながら語ったところでは、あるとき、パリの夜の生活を見たいというロンドン子たちの案内をしたらしい。この仕事は彼の皮肉な性格に向いていたので、何度か案内しているうちに、パリのいかがわしい歓楽街については相当の通《つう》になったという。表向きは禁じられているようなショーを見たがるイギリス人の旅行者、それもなるべく酔っぱらいの旅行者を探して、マドレーヌ大通りをいつまでも歩いた体験も話した。いいカモが見つかれば、かなりの金額が得られたという。しかし、彼があまりにもひどい身なりなので、とうとう観光客は怖じ気づくようになり、彼に夜の案内を任せるほど大胆な客など一人もいなくなった。すると今度は、イギリスの薬品業界に宣伝する特許薬の広告文を英訳する仕事にありついた。それから、ストライキ中は家のペンキ塗りもやった。

この間も、絵の修業はたゆまず行なっていた。もっとも、アトリエ通いはやがてあきし、完全に独学で勉強をしていた。金はないが、キャンヴァスや絵の具を買えぬほど貧乏だったことはなく、彼としては、これさえ買えれば他のことはどうでもよかった。僕の見るところでは、絵の制作ではかなり苦労していたようだ。何しろ、人に教わるのを嫌う性分だから、先輩の画家たちが何世代にもわたって解決してきた技法上の問題を、すべて自分一人で解決しようとしていたのだ。彼が絵で目ざしていたものが何か、彼自身もほとんど分かっていなかったのだ。やはり、何かに憑《つ》かれているという印象が強かった。どうも完全に正気とは言いかねた。作品を見せたがらないのは、描いてしまった絵に興味を持たないからのように思えた。いわば夢の世界に生きているものだから、現実はほとんど意味がなかったのだ。自分の心の目で見たものをとらえようと、必死に努力するあまり、他のことはすべて忘れ、あの猛烈な個性をキャンヴァスに向かって叩きつけている。いったん終われば——といっても絵を完成させることはまずないらしいので、絵の制作が済むというのではなく、彼を突き動かした情熱を画面に注ぎ込んでしまえばということであろうが——作品にはいっさいの関心を失う。そのような感じであった。作品に満足することは決してなかった。彼の心をとらえる夢に比べれば、作品などどうでもよいというのであった。

「なぜ絵を展覧会に出さないのです？　世間の人の反応を知りたいでしょうに」僕が言った。

「それがどうしたというのだ？」

この発言にいかばかりの軽蔑がこめられていたことか。

「名声を得たいとは思わないのですか。芸術家はたいてい名声には無関心でいられなかったのですがねえ」

「まるで子どもだな、そんな奴らは。特定の誰彼の意見にも関心がないのに、どこの馬の骨かも分からん群衆の意見に関心を示すなんて、理屈に合わんじゃないか!」

「人間は理屈どおりではありませんから」僕は笑った。

「名声を与えるのは誰だというのだ? 批評家だの、物書きだの、証券業者だの、女だのにすぎんじゃないか!」

「いいですか、あなたが知らない、いや、会ったこともない人たちが、あなたの描いた絵を見て、深い感動を覚えたり、微妙な感化を与えられたりする場面を想像すると、いい気分じゃないでしょうか。誰だって権力を好みます。自分の作品が、人の魂を揺り動かして哀れみを覚えさせたり、あるいは恐怖におののかせたりするくらい、素晴らしい影響力はあり得ません」

「メロドラマだな」

「では、どうして作品の出来不出来を気にするのですか」

「俺は気にしない。自分に見えているものを描きたいだけだ」

「作家の僕が無人島で書いていたとして、誰も僕の本を読んでくれないと知ったら、果たして書き続けられるでしょうか」

ストリックランドはずっと沈黙したままだったが、目だけが異様に光り輝いた。まるで、彼の魂を掻き立てて恍惚境《こうこつきょう》へと導く幻でも見ているかのようだった。

「果てしない海に囲まれた無人島のことが、ときどき頭に浮かぶ。人知れぬ谷間で、珍しい木々の間で、ひっそりと暮らせればなあ！　そうすれば、俺の求めているものが見つかるかもしれん」

断っておくが、彼はここに書いたように話したのではない。彼は修飾語ではなく手振り身振りを用いたし、また、話を中断することもあった。彼が言おうとしたと思うことを、僕の言葉で表現したのだ。

「この五年間を振り返ってみて、それなりのことはあったと思いますか」

意味が飲め込めなかったらしく、こちらを見た。僕は言い直した。

「五年前、あなたは快適な家庭と平均以上の生活を投げ出したでしょう。あなたは以前はかなり裕福だった。パリではみじめな暮らしだったでしょう。もう一度やり直すことができるとしたら、同じことをしますか」

「もちろんだ」

「今夜は、奥さんやお子さんのことを一度も尋ねませんね。ぜんぜん考えないのですか」

「そうだ」

「もっと詳しく答えていただけるといいんですがね。家族の皆さんを、あんなに不幸に陥れたことに、悔いはないのですか」

唇に笑みが浮かんだと思ったら、彼は首を横に振った。

「過去のことを、ときには、ふと思い出すこともあるんじゃありませんか。過去といっても、七、八年前ではなく、もっと前、初めて奥さんと出会い、愛し、結婚なさった頃のことです。奥さんを初めて胸に抱きしめたときの喜びを思い出すことはありませんか」

「過去など念頭にないな。関心があるのは永遠に続く現在だけだ」

この答えがどういうことか、少し考えてみた。あいまいのようではあるかもしれないが、おぼろげながらも意味が分かるように思えた。

「で、今は幸せですか」

「ああ」

僕は黙って、彼をしげしげと見た。彼はしばらく見られるに任せていたが、やがて目には皮肉な笑みが浮かんだ。

「俺の態度に不満なのだろうな」

「とんでもない、そんなことはありません」僕は即座に答えた。「大蛇の態度に不満は持たないのと同じです。それどころか、心の動きに関心がありますよ」

「何かね、君はただ作家として俺に関心があるというのかね」

「そうです」

「それなら、俺に不満はないというのも分かる。君自身が見下げ果てた男だからな」

「もしかすると、それだからこそ、あなたと僕はウマが合うのかもしれませんね」僕は言い返した。

彼は冷やかな微笑を浮かべたが、何も言わなかった。彼のこういう微笑がどういうものなのか、うまく描写できればよいのだが、自信はない。魅力的と言えるかどうかは分からないが、それによって、いつもは暗い彼の表情が変わり、顔が輝き、無邪気とも言えるいたずらっぽさが現れる。目の中に浮かび、ときには目の中だけで消えることもあるが、とにかく長続きする微笑だった。残忍でもないし、優しくもない微笑だが、とても肉感的で、人間というより半人半獣神《サテュロス》の快楽を思わせる微笑だった。この微笑を見ていると、次の質問が口をついて出た。

「パリにいらしてから、恋をしたことはありませんか」

「そういうつまらぬことに費やす時間はない。一生は短い。恋と芸術の両方は無理だ」

「でも、まだ世捨て人という様子ではなさそうですがね」

「色恋沙汰《いろこいざた》など、うんざりだよ」

「男の性《さが》というのは、やっかいなものですねえ」僕が言った。

「君は何で薄ら笑いを浮かべて俺を見るんだ？」

「あなたの言葉を信じないからですよ」

「信じないのは大馬鹿野郎だからだ」

僕は何も言わず、探るような目で彼を見た。

「僕をだましても、しょうがないですよ」

「どういう意味だね？」

僕はニヤリとした。

「では言いましょう。数カ月の間なら、その方面のことが念頭に浮かばないこともあるでしょう。これで面倒なことは永久に終わったと、性の束縛からの解放を謳歌《おうか》することでしょう。これで魂は自分のものだと言うでしょう。そして、天界の星の間に仲間入りして歩いているような、そんな気分を味わうことでしょう。ところが、それから突然また欲望が頭をもたげてくる。途端に、自分が泥沼の中を歩いていたのだと気づきます。

泥沼の中で転がりたいという願望が抑えられなくなります。そこで、下劣に性を売り物にする女を探し始める。そして野獣のように女に襲いかかります。狂ったように、思いの限り性を貪《むさぼ》ることになります」

彼は身じろぎもせず、僕をじっと見据えていた。僕も見返しながら、ゆっくりと言葉を続けた。

「それがすべて終わった後に、不思議としか思えぬことが起こります。自分がこのうえなく純粋であると感じます。肉体の桎梏《しっこく》から解き放たれた霊であるように感じるのです。美というものが、まるで触知できる物であるかのように、美に触れているような気がします。さらに、微風《そよかぜ》や新緑の樹木、五色に光る川などと、親しく心が響き合うような気がします。神のような気持と言えるでしょう。そういう気持を僕に説明できますか」

しゃべり終わるまで、彼はじっとこちらの目を見つめていたが、ようやく横を向いた。その顔には奇妙な表情が浮かんでいた。拷問《ごうもん》にかけられて死んだ人の顔は、こんな顔ではないか、と僕は思った。彼は何も言わない。これで会話は終わったのだと僕は了解した。

# 22

僕はパリに落ち着き、芝居を書き出した。とても規則ただしい毎日を送り、午前中は執筆し、午後はリュクサンブール公園を散策したり、市内をあちこち歩いた。ルーヴルは、いくつもの美術館の中でいちばん親しめるし、考えごとをするのにも最適なので、ここで何時間も過ごした。また、ときにはセーヌ河畔通りをぶらぶら歩いて、買う気もないのに古本に触れた。本を開いて、あちこちページを繰りながら読んでは閉じるというようなことをして、とても多くの作家の名前に馴染《なじ》んだが、こんな漫然とした読み方で事足りると考えたのだ。夜には友人に会いに行った。中でもストルーヴ夫妻をよく訪ね、ときには簡素な夕食を共にすることもあった、ダーク・ストルーヴは、自分のイタリア料理の腕がいいと得意になっていた。事実、彼の作るスパゲッティは、彼の描く絵よりもずっとよい出来映えだったと保証できる。彼がトマト・ソースをたっぷりかけたスパゲッティを大皿に盛って運んで来ると、まさに王侯並みのご馳走であった。僕らはそれをうまい自家製のパンと赤ワインと共に、たらふく食べた。ブランチ・ストルーヴとは次第に親しくなった。僕がイギリス人で、彼女は他にほとんどイギリス人を知らないので、いつも僕の訪問を歓迎した。感じのよい素直な人だったが、いつもどちらかというと口数が少なかった。何かを隠しているような印象だが、なぜそういう印象を受けたのかは分からない。生まれつき無口な性格のところへ、夫が何事も包み隠さずしゃべるものだから、彼女の無口が目立ったのかもしれない。ダークは何事も隠せぬ性分だった。生理的な事柄も、少しも人前を気にせずに語った。これが夫人を赤面させることがときどきあった。一度、彼女が本気で腹を立てた場面に居合わせてしまった。ダークは下剤を飲んだ話をし、微に入り細を穿《うが》った話になった。彼がどんなに大変な目にあったか、それをむきになって話すものだから、僕は腹がよじれるほど笑った。このため、夫人はよけい困惑した。

「あなたという人は、自分を笑いものにして喜んでいるみたいね」彼女が言った。

ダークの丸い目は、愛妻が本気で怒っていると知ると、ますます丸くなり、額《ひたい》には困惑のため皺《しわ》がよった。

「君、怒ったの？　ごめん。もう下剤は飲まないからね。便秘していたものだから仕方がなかったんだ。坐り通しの仕事で、運動不足気味だったんだ。三日間一回も……」

「お願いだから、もうよしてよ」彼女は夫の話をさえぎった。目には恥ずかしさのため涙が浮かんでいた。

ダークはうなだれ、叱られた子どものように、口をとがらせていた。僕にとりなしてくれというように、哀願の目を向けた。だが、こらえきれなくなって、僕はまた吹き出してしまった。

ある日、そこへ行けばストリックランドの絵が少なくとも二、三点は見られるだろうというので、ある画商を二人で訪ねた。ところが着いてみると、絵はストリックランドがみんな持ち去ってしまったと聞かされた。画商は首をひねっていた。

「でも、それだからって、私は気を悪くしておりませんよ。元来、私があの絵をお預かりしたのも、ストルーヴ様のぜひともというご依頼があってのことでした。できればお客を見つけて差し上げましょうとも申しましたが……でも実際のところ」ここで主人は肩をすくめた。「私も若い画家《ヴォワイヨン》にはいつも関心を寄せていますが、ストルーヴ画伯、あの人に才能があるなんて、まさか、お考えではないのでしょう?」

「現在制作中の画家の中で、僕がこれくらい自信をもって才能を認めている画家は他にいないね。絶対に確信がある。君は大物を逃したのだ。いつの日か、あの絵は、この店にあるすべての絵を合わせたよりも価値が出る、これは間違いない。モネの絵に百フラン出そうという買い手すら存在しなかった時代があったのを、思い出したまえ。モネの絵は今いくらすると思う?」

「それはおっしゃる通りです。でも、当時モネと同じくらい良い作品を描いていて、売れなかった画家は大勢いました。その人たちの絵は、今はまったく価値がありません。先のことなど誰に分かるでしょうか。才能がありさえすれば、いずれ成功すると言えるでしょうか。とんでもない！　そのうえ、あの人に才能《デユ・レスト》が果たしてあるかどうか、まだ不明です。あるとおっしゃるのは、ストルーヴ様だけですよ」

「じゃあ聞くが、才能は何で判断するんだね？」

「それは簡単ですよ、つまり売れるかどうかですから」

「芸術の分からん奴め！」ダークが大声を上げた。

「でも、昔の偉大な画家を思い出して下さいよ。ラファエロ、ミケランジェロ、アングル、ドラクロア、こういう先生方はみんな売れましたからね」

「帰ろう。さもないと、こいつを殺しそうだ」ダークが僕に言った。

## *23*

僕は、しばしばストリックランドと会い、ときどきチェスをした。彼は気分にむらがあった。黙って、ぼうっと坐って周囲の誰にも気づかぬときがあるかと思うと、上機嫌のときもあって、持ち前のたどたどしいしゃべり方ではあるが、とにかく口を利くこともあった。気の利いたことは決して言わないが、辛辣《しんらつ》な皮肉を言う癖があり、これを言われた者はかなりこたえた。常に思ったままを話し、他人の思惑にはまったく無関心で、他人を傷つけたときなどは面白がる有様だった。ダーク・ストルーヴを目の敵《かたき》にして、ひどく怒らせてばかりいた。さすがのダークも、もう彼とは絶対に口を利くものかといって席を蹴って出て行くのだが、ストリックランドにはダークを惹《ひ》きつける迫力があるらしく、必ずまた戻って来た。戻って来ても、どうせ例の不快な罵声を浴びせられるだけだと承知しているのに、負け犬のように卑屈になって戻るのだった。

ストリックランドがどうして僕にはそれほど辛辣な態度を取らなかったのか、それは分からない。彼と僕の関係は風変わりだった。あるとき、彼は五十フラン貸してくれと言った。

「そんなこと考えられないですよ」僕が答えた。

「どうしてだ?」

「貸しても、僕にとってべつに面白くないですからね」

「俺はひどく金欠なんだぞ」

「僕には苦になりません」

「じゃあ、俺が飢え死にしても構わないのかね」

「だって、一体全体どうして僕が構う必要があるというのです?」僕は言い返した。

彼は、無精ひげを引っぱりながら、一、二分こちらを見た。僕はニヤリとした。

「何でニヤニヤするんだ？」彼は怒りで目を光らせて尋ねた。

「愚かですね。いいですか、あなたは誰にも恩義を感じていないんでしょう。だったら、あなたに恩義を感じるべきだなんて、ひとに期待するのは愚かというものです」

「俺が部屋代も払えないで家主《やぬし》に追い出され、出て行って首をくったとしたら、君は気分が悪くないかね」

「ぜんぜん平気ですけど」

彼はくすっと笑った。

「口先で偉そうなことを言ってるだけさ。俺が実際に自殺したら、君は申し訳なかったと、ひどく後悔するに決まっている」

「実行してごらんなさいよ。そうすれば分かりますから」

目に微笑を浮かべ、彼は黙ってアブサンを掻き回した。

「チェスをやりましょうか」僕が提案した。

「そうするか」

駒を並べた。並べ終わると、彼は機嫌よく盤面を見ていた。戦いの準備が完了し、これから打って出ようとする部下の兵卒を眺めると、誰もが満足感を味わうのだ。

「僕が頼まれれば金を貸すと、本気で思ったのですか」

「貸さぬこともないと思ったよ」

「あなたには驚きますね」

「どうして？」

「心の奥では案外感傷的なのだから、がっかりしますよ。さっきみたいに、僕の同情心に世間知らずの若者のように訴えるなんて！　あんな真似はして欲しくありませんでしたね」

「もし君があれで心を動かされたとしたら、俺は君を軽蔑したところだ」

「それを聞いて安心しましたよ」

僕らはチェスを始めた。二人ともゲームに熱中した。終了したとき、僕が言った。

「ねえ、もし金に困っているのなら、絵を見せて下さいよ。気に入ったのがあれば、買いますから」

「うるせえ」彼が答えた。

彼は立ち上がり、出て行こうとした。僕はそれを押しとどめた。

「アブサンの代金を払ってないですよ」僕はニヤリとしながら言った。

彼は僕に悪態をつき、金を投げ出して出て行った。

その後数日間は会わなかったが、ある晩、カフェに坐って新聞を読んでいると、彼がひょっこり現れて隣に坐った。

「何のかんの言っても、首はくくらなかったようですね」

「そうだ。仕事が来たからな。二百フランで引退した水道屋の社長の肖像画*を描いている」

「どうやって仕事を得たのですか」

「パンを買っている店のおかみが、俺を紹介したんだ。自分の肖像画を描いてくれる人間を探している男にね。おかみには礼として二十フラン渡す」

「その社長って、どんな人なのですか」

「それが傑作なんだ。羊の脚みたいにでっかい赤ら顔で、右の頬《ほお》にばかでかいホクロがあって、そこから長い毛が生えてるのさ」

* この絵は以前はリールの富裕な製造業者の持ち物であったが、この人物がドイツ軍侵攻に際してリールから逃げ出したので、今はスウェーデン国立絵画館にある。やはりスウェーデン人というのは他人の困難につけこむのがなかなか巧みな国民である。(原注)

その日のストリックランドは張り切っていて、ダーク・ストルーヴがやって来て、僕らのテーブルに坐ると、猛烈な勢いで、からかい始めた。不運なダークがもっとも触れられたくないと思っている箇所を見つけるという、そんなまさかと思うような特技がストリックランドにあるのを、そのとき初めて知った。ストリックランドが攻撃に用いるのは、皮肉という細身の刀でなく、罵倒という棍棒《こんぼう》だった。攻撃は何のきっかけもなく行なわれたので、不意を衝かれたダークは防ぎようもなかった。怯《おび》えた羊が逃げ場を失い、あちらこちらと無意味に走り回っているかのようだった。あまりのことに仰天し、唖然《あぜん》としていた。とうとう涙が流れてきた。しかしこの出来事で一番いけなかったのは、誰だって、ストリックランドはけしからぬ奴であり、ひどく不当な攻撃をしていると思うものの、見ていて笑わずにはいられなかったことだ。ダーク・ストルーヴは、本人が真面目《まじめ》になればなるほど、他人にはますます滑稽に見えるという、あの不運な人間の一人だったのだ。

とはいえ、パリ生活のあの冬をいま振り返ってみると、僕にとって一番たのしかった思い出は、ダーク・ストルーヴに関わるものだった。彼のささやかな家庭には、どこか心を惹かれるものがあった。ダークとミセス・ストルーヴは、いつも思い出していたくなるような好ましい一幅《いっぷく》の絵であった。夫の妻への素朴な愛には奥ゆかしさが感じられた。彼の愚かしさは変わりようもなかったが、妻への誠実な恋心には誰もが感心した。妻が夫をどう思っているか僕にはよく分かったので、彼女の愛情がとても優しいものだと知って、よかったと思った。彼女にはユーモアのセンスがあったと思うので、彼が自分を台座にのせて、偶像崇拝のように真剣に崇《あが》めるのを面白いと感じたのであろう。だが、笑いながらも、うれしく思い、感動もしたに違いない。彼は心変わりを知らぬ恋人であり、彼女が年を取り、丸みを帯びた美しい体形と美しい顔立ちを失っても、彼にとって変化はあり得ない。世界一美しい女性であり続けるのだ。二人のきちんとした毎日の生活には感じのよい風格があった。住居としては、アトリエの他は寝室と狭いキッチンだけだった。ミセス・ストルーヴが家事一切を人手を借りずにこなしていた。ダークが絵を描いている間、妻は買い物、昼食の支度、縫い物で、一日じゅう忙しく蟻《あり》のように働き回った。夜にはアトリエに坐り、また縫い物をしたり、そのあいだ夫は彼女にはよく分からない音楽の演奏をした。味のある演奏ではあったが、無理なところがあって、音楽の中に彼の正直で感傷的な、あふれんばかりの感情を注ぎ込むのであった。

彼らの生活はそれなりにひとつの牧歌であり、独特の美しさを発揮していた。ダーク・ストルーヴに関するどんなものにも付きまとう滑稽味が、解決せぬ不協和音のように牧歌に奇妙な調べを添え、どういうわけか、そのために牧歌は現代的で人間味のあるものとなった。厳粛な場面に投じられた粗野な冗談のように、その奇妙な調べがあるために、二人の生活はかえっていっそう美しいものとなっていたとも言えよう。

## 24

クリスマスの少し前、ダーク・ストルーヴがやって来て、彼の家で一緒に休暇を祝おうと誘ってくれた。彼はこの祝日について、いかにも彼らしく感傷的な考えを持っていて、しかるべき行事を執り行ない、友人たちと共に祝いたいと望んでいた。僕らは二人とも、ストリックランドには数週間会っていなかった。僕はパリにしばらく遊びに来た友人がいて忙しかったし、ストルーヴはいつになくストリックランドと激しい喧嘩をしたので、もう絶縁しようと決心したからであった。いくら何でもストリックランドはひどい、もう二度とふたたび口を利くものか、とダークは断言した。ところが、クリスマスが近づくと、また優しい気持を取り戻し、ストリックランドが一人で祝日を過ごすのは気の毒だと考え始めた。自分と同じようにストリックランドも感じると思って、万人こぞって親睦《しんぼく》をはかる日に、孤独な画家がひとり淋《さび》しく憂鬱《ゆううつ》な気分に陥るのを放っておくことができなくなったのだ。ストルーヴはアトリエにツリーを用意していて、僕の推測では、飾った枝には僕とストリックランドへのささやかで滑稽なプレゼントが、いずれ吊り下げられるだろう。しかし、さすがの彼も、ストリックランドとの再会には抵抗があった。あれだけひどいことを言われたのに、これほど簡単に無礼を許すというのも屈辱的だと思ったらしい。そこで、仲直りすることにはしたけれど、その場に立ち会ってくれないか、と僕に頼むのだった。

というわけで、僕らはクリシ街へ出向いたが、ストリックランドの姿はカフェにはなかった。外の席では寒いので、室内の革の椅子《いす》に坐った。中はむし暑くて、紫煙《しえん》が立ちこめていた。ストリックランドは現れなかったが、まもなく、彼がときどきチェスをしていたフランス人の画家の姿が見えた。この画家は僕と顔見知りになっていたので、僕らのテーブルに坐った。ストルーヴが早速、ストリックランドと会ったかと聞いた。

「病気ですよ。おや、知りませんでしたか」

「重病でしょうか」ダークが聞いた。

「ええ、そういう話です」

ストルーヴは青くなった。

「どうして僕に連絡してくれなかったんだろう。ああ、喧嘩するなんて僕が馬鹿だった。すぐに彼の所へ行こう。世話してくれる人など、いないだろうから。一体どこに住んでいるのかな？」

「見当もつきません」フランス人が言った。

そういえば、誰も彼の居所を知らなかった。ストルーヴはますます心配になってきた。

「死んだらどうしよう。誰にも知られずに死ぬなんて！　ひどい話だな。考えるだけでもぞっとする。すぐ見つけなくては」

何の手だてもなくパリじゅうを探し回っても無駄だ。どうすべきか、まず考えなくては、とようやくストルーヴを納得させた。

「そりゃそうだけど。いつ何時《なんどき》、死ぬかもしれない。ようやくたどりついても、もう手遅れで打つ手がないかもしれない」

「さあ、静かに。落ち着いて考えよう」僕はいらいらして言った。

分かっている住所はオテル・デ・ベルジュだけだったが、もうずっと以前に出て行っただろうから、ホテル側が覚えているはずがない。ストリックランドには居所をくらませてやろうという奇妙な癖があるので、ホテルを出て行く際も、行く先を告げないに決まっている。それに、いずれにしても、もう五年以上前のことだ。ホテルからそう遠く離れた所ではあるまいと思った。ホテルに滞在したときと同じカフェによく顔を出したのは、そのカフェが近所だったからだろう。とつぜん思い出した。肖像画の仕事は、いつも彼が買っているパン屋のおかみから紹介されたものであった。そこで聞けば居所が分かるだろう。さっそく住所録を貸してもらってパン屋を探した。カフェのすぐ近所には五軒のパン屋があった。この全部を訪ねるしかなかった。ストルーヴは僕にしぶしぶ同行した。何しろ、彼の案は、クリシ街から通じている通りのすべてを走り回り、一軒一軒ストリックランドが住んでいるかどうか、聞こうというものだったのだ。僕の常識に基づく案が、結局、効を奏した。訪ねた二軒目で、カウンターにいた女性が、彼なら知っていますよ、と言った。彼女も正確なところは知らないが、向かいの三軒の下宿屋のどれかに住んでいると教えてくれた。幸い、一軒目の管理人が、ストリックランドは最上階にいると言った。

「どうも病気らしいのです」ストルーヴが言った。

「そうかもしれませんな。確かに《アン・エフェ》、ここ数日姿を見ていませんから」管理人は気がなさそうに答えた。

ストルーヴは僕より先に階段を駆け上がった。最上階に僕が着いたときには、ストルーヴは、彼がノックした部屋から出て来たシャツ姿の労働者と話していた。その男は、別の部屋を指さしていた。住んでいるのは画家らしいが、もう一週間くらい姿を見ていないと言っていた。ストルーヴは、教えられた部屋をノックしようとして、急に勇気がくじけた。恐怖心に襲われたのだ。

「もし死んでいたら？」

「彼に限ってそんなことはないだろう」僕は言った。

僕がノックした。返事はない。ドアの取っ手を回してみたところ、鍵はかかっていなかった。僕が中に入って行くと、ストルーヴもついて来た。室内は真っ暗だった。かろうじて天井が傾斜した屋根裏部屋だというのが見分けられた。天窓からかすかな光が漏れてきて、やっと、ぼんやりと物の輪郭が感じられるだけだった。

「ストリックランド！」僕は声を出した。

返事がない。ひどく不気味で、背後に立っているストルーヴが、がたがた震えているのが感じられた。一瞬、灯《あか》りをともすのをためらった。部屋の隅にベッドがあるのは感じで分かったが、灯りをつければ、ここに横たわっているのが死体だと悟ることになると思った。

「マッチを持っていないのか、馬鹿もん！」

ストリックランドの乱暴な声が、とつぜん暗闇から聞こえたので、ぎょっとした。

ストルーヴは大声を上げた。

「驚いたなあ！　死んだのかと思ってたよ」

マッチに火をつけて、ロウソクを探した。小さな部屋がちらりと見えた。半分はアトリエ、半分は居室で、そこにあるのは、ベッド、壁に正面を向けたキャンヴァス、イーゼル、テーブル一卓、椅子《いす》一脚のみだった。床にはカーペットはない。暖炉もない。絵の具、パレット・ナイフ、正体不明のごみがのっかっているテーブルに、使い残しのロウソクがあった。火をともした。ストリックランドはベッドに寝ていたが、小さ過ぎるベッドなので、寝心地が悪そうだった。寒いのか、ありったけの服などを体に掛けていた。高熱であるのは一目で分かった。ストルーヴは駆け寄って話し掛けたが、同情のあまり涙声になっていた。

「気の毒に！　一体どうしたんだい。君が病気だなんて知らなかったよ。知らせてくれればよかったのに。君のためになんでもしてあげたのに。このあいだ僕が君に言ったことを気にしたのかい。あれは本気じゃなかったんだ。僕が間違っていた。君に腹を立てるなんて、僕は馬鹿だった」

「うるせえな」ストリックランドが言った。

「まあまあ、悪いようにはしないから。このままじゃ寝心地が悪そうだな。何とかしてあげよう。誰も世話をしてくれる人はいないのかい」

そう言うと、ストルーヴはうらぶれた屋根裏部屋を当惑したように見回した。そして、寝具の乱れを直そうとした。ストリックランドは苦しそうに息をつきながら、むっとしたように押し黙っていた。彼は僕に怒りの視線を投げかけた。僕は病人を見つめて、じっと立っていた。

「俺のためになにかしたいというのなら、ミルクを買って来てくれ。二日間、外出できなかったのだ」ようやく彼が口を開いた。

ベッドの脇には空《から》の牛乳瓶《びん》があり、新聞紙に包んだパンくずが置いてあった。

「どんなものを食べていたんです？」僕が尋ねた。

「何も食ってない」

「こんなにずっとかい」ストルーヴが大声で言った。「というと、この二日間、飲まず食わずだったというのかい。ひどい話じゃないか」

「水は飲んだ」

彼の目は一瞬、手を伸ばせば届く所にあった大きな缶に注がれた。

「すぐ買ってくるよ。他に何か買ってきて欲しいものはないかい」ストルーヴが言った。

体温計と葡萄《ぶどう》を少しとパンも買って来たらいい、と僕が提案した。ストルーヴは少しでも役に立つことができるので、うれしそうな様子で階段を駆け下りて行った。

「あの間抜け野郎め」ストリックランドがつぶやいた。

僕は彼の脈を取った。脈拍は速く、弱かった。一、二質問してみたが、答えはなかった。しつこく聞くと、彼はうるさそうに壁のほうを向いてしまった。黙って待つしかなかった。十分もすると、ストルーヴが息を切らせて戻って来た。僕が提案したものの他、ロウソク、スープ、アルコール・ランプを買って来た。こまめな彼は、すぐにミルクに浸したパンを用意した。僕は体温を計った。四十度あった。重病であるのは明白だった。

## 25

僕らはまもなく病人を置いて部屋を出た。ダークは夕食をとりに家に戻り、僕は医者を見つけてストリックランドを診《み》てもらおうとした。ところが、通りに出て、むっとする屋根裏部屋にいた後で新鮮な空気を吸うと、ダークは自分のアトリエにすぐ来てくれと僕に言った。いいことを思いついたのだけど、今は言えない。でも、それには君に家までぜひ来てもらいたい、とせがんだ。僕としても、医者に診てもらったところで、今は僕らがやった以上の処置はとれないと考えたので、同行に同意した。着くと、ブランチ・ストルーヴが夕食のためにテーブルに食器を並べているところだった。ダークは彼女に近づき、両手を取った。

「可愛い人、僕のためにぜひしして欲しいことがあるんだ」彼は言った。

そう言われて、彼女が夫を見る目は、真面目《まじめ》でもあるし、明るくもあり、そういう態度が彼女の魅力のひとつであるように、僕には感じられた。ダークの赤ら顔は汗で光り、興奮した表情は滑稽に見えたが、驚いたような丸い目には熱意がこもっていた。

「ストリックランドが重病なんだ。死ぬかもしれない。汚い屋根裏部屋に一人きりで、世話する者は誰もいない。ここに彼を引き取ってもいいだろうか」

彼女は両手をさっと引っ込め――これほど素早い動作は初めて見た――頰《ほお》を紅潮させた。

「絶対いやよ」

「ねえ君、どうか拒まないでおくれ。あんな所に放っておけないよ。心配で一睡もできない」

「あなたが看病するのには反対しません」

彼女の声は冷たく、よそよそしかった。

「でも彼、死んじゃうよ」

「放っておけばいいわ」

ストルーヴは息を飲んだ。そして、顔をぬぐった。僕のほうを向いて、後押しを求めたが、僕には何と言ってよいか見当がつかなかった。

「彼は偉大な芸術家なんだよ」ダークが言った。

「それがどうしたというのよ。あんな人、大嫌い」

「ああ、僕の大事な人、まさか本気で言っているんじゃないだろう。お願いだ、彼をここに連れて来てもいいだろう？　ここなら彼も落ち着ける。もしかすると命を助けられるかもしれない。僕が全部やるから、君には絶対に面倒をかけないよ。アトリエにベッドを置けばいい。みじめに死なせるなんて残酷だ」

「病院に行けばいいでしょう」

「病院だなんて！　彼のことを思う人の世話が必要なんだ。彼の場合は特に懇切《こんせつ》丁寧な扱いが必要なんだ」

彼女がばかに感情を高ぶらせているので、僕は驚いた。彼女は食卓の準備を続けたが、手は震えていた。

「あなたには我慢がならないわ。仮にあなたが病気だとして、あの人があなたのために指一本でも動かすと思う？」

「そんなこと関係ないよ。僕なら君が看病してくれるもの、彼の世話なんか要らないさ。それに、僕は彼とは違う。重要人物じゃないから」

「まるで野良犬みたいな意気地なし！　地面に這《は》いつくばって、踏みつけて下さい、と頼むようなものね」

ストルーヴは小さな笑い声を漏らした。妻の拒絶の理由が分かったと思ったらしい。

「ああ、そうか。君は彼が僕の絵を見に来た日のことを考えているんだね。彼が僕の絵をいいと思わなかったからって、そんなこと、たいしたことじゃないよ。絵を彼に見せたのは、僕が馬鹿だったんだ。本当にいい絵とは言えないのかもしれない」

ダークは無念そうにアトリエを見回した。イーゼルには、黒い瞳の少女の頭上に葡萄《ぶどう》の房を持ち上げている、笑顔のイタリア農夫の未完の絵が立て掛けられていた。

「絵が気にくわなくても、礼儀正しくはできたはずよ。あなたを侮辱することなどなかったのに。あの人は、あなたを軽蔑しているのをはっきり態度で示したじゃないの。それなのに、あなたときたら犬みたいに手を舐《な》めたりするんだから！　あんな人、大嫌い」

「しかし、彼は天才だ。僕が自分を天才だと信じているなんてことはないと、君も分かっているね。もし僕が天才だったらよかったのにとは思うけど、実際は違う。でも、他人のことなら天才かどうか見分けがつく。僕は全身全霊をあげて天才を崇《あが》めるよ。世界でもっとも素晴らしいものだ。天才に恵まれた人は、自分の天分を大きな重荷に感じているに違いない。だから、僕らは天才には極力寛容に、辛抱強く接する必要があるんだ」

夫婦間の口論に付き合わされて、僕はいささか閉口し、彼らとは少し離れて立ち、なゼストルーヴは僕に一緒に来てくれと、しつこく言ったのだろうと考えていた。ブランチが泣き出しそうなのは、もはや明らかだった。

「でもね、彼が天才というだけの理由で、ここに連れて来ていいかと頼んでいるんじゃない。彼が一人の人間で、病んでいて、貧乏だからなんだよ」

「あの人をこの家に入れるのは絶対にいやよ――絶対にいや」

ストルーヴは僕のほうを見た。

「生きるか死ぬかの瀬戸際だと、妻に話してくれないか。彼をあの不潔な穴蔵に置いておくなんて、あってはならないことだ」

「ここで看病してやるほうが、ずっといいのは分かる。でも、ひどく面倒なことになるのは確実だろうな。だって、誰かが昼も夜も付き添ってやらなくてはならないのだからね」僕は言った。

「愛する人、君はちょっとした面倒を厭《いと》うような人じゃないよね」

「あの人がここへ来るのなら、わたしは出て行きます」彼女は激しい口調で言った。

「いつもの君はどこへ行ったの？　いつもはとても優しくて親切なのに」

「ああ、後生だから、好きなようにさせてよ。あなたといると、わたし、気が狂いそうになるわ！」

遂《つい》に涙があふれ出した。彼女は椅子《いす》にどさりと身を投げかけ、顔を両手で覆った。肩が引きつったように揺れた。ダークはすぐに妻の傍らにひざまずき、両手を彼女の体に回し、キスしたり、優しい愛の言葉を浴びせたりした。涙もろい彼のことで、幾粒かの涙が頬に流れ落ちた。ほどなく、彼女は夫の腕から身を振りほどき、目をぬぐった。

「一人にさせて」と言ったが、怒っている口調ではない。それから、微笑を浮かべて僕を見た。「とんだところをお見せしてしまったわ」

ストルーヴは妻を困惑して見つめながら、迷っていた。額《ひたい》には皺《しわ》をよせ、赤い口は突き出ていた。それを見て僕は、奇妙なことだが、興奮したモルモットを思い出した。

「じゃあ、だめだっていうんだね、可愛い人？」思い詰めたように、彼が言った。

彼女は、仕方がないという身振りをした。疲労困憊《こんぱい》していたのだ。

「アトリエはあなたのものよ。何もかもあなたのものだわ。ここにあの人を連れて来るのを、どうしてわたしにとめられるかしら？」

ダークの丸顔が、途端にうれしそうに輝き始めた。

「じゃあ賛成なんだね！　そうしてくれると思っていたよ。有難う、大事な人」

とつぜん彼女は自分を取り戻したようだった。憔悴《しょうすい》した目で夫を見た。心臓の鼓動の高鳴りが苦しいというように、胸の上で両手を握りしめた。

「ダーク、あなたと知り合ってから、わたしは一度もわたし自身のために何かをしてと頼んだことなんてないわね？」

「君のためなら、どんなことだって必ずやるよ」

「じゃあ、お願い。ストリックランドを連れて来るのだけは、やめて！　他の人なら、どんな人でも構わない。泥棒でも、酔っぱらいでも、浮浪者でもいいわ。喜んで、そういう人の面倒をみるわ。でも、ストリックランドだけはやめて、お願いだから」

「でも、どうして？」

「怖いの。なぜだか自分でも分からないけど、わたしを怯《おび》えさせる何かが、あの人にはあるのよ。きっとわたしたち夫婦にひどい害を及ぼすわ。それが分かるの。肌で感じるのよ。もし、あなたがここへ連れて来れば、取り返しのつかないことになるわ」

「でも、何て理不尽なことを考えるんだい！」

「それは違う、違うわ。わたしの言うのは本当よ。あの人が来たら、必ずわたしたち夫婦にひどいことが起こるわ」

「親切な行為の報いにかい？」

彼女は息を切らしており、顔には不可解な恐怖心が表れていた。彼女がいったい何を考えていたのかは分からない。何か捉え難い恐怖心に取りつかれ、自制心を失ったのだろうと僕は感じた。普段は冷静な人だったから、これほど取り乱すのには驚いた。ストルーヴは不可解だというように、茫然《ぼうぜん》として、しばらく妻を見つめていた。

「君は僕の妻だ。世界中でいちばん大事な人だ。君が同意しないのなら、誰もこの家には入れないよ」

彼女は一瞬目を閉じた。気を失うのではないかと思った。僕は少し彼女に腹が立ってきた。こんなノイローゼのような女だとは知らなかったのだ。そうこうしていると、またストルーヴの声が聞こえてきた。それは、沈黙の中で奇妙に軋《きし》んで聞こえた。

「ひどく困っていたときに、ひとに助けられたことはないの？　とても有難く感じるじゃないか。自分も機会があったら、誰かにそういう親切をしたいと思わないかい？」

この言葉はごくありふれたものであったが、僕には馬鹿に教え諭《さと》すように聞こえて、ニヤリとしてしまった。ところが、何と、この教えがブランチ・ストルーヴには効き目があったのだから、驚いた。彼女は、はっとして、夫をじっと見つめた。彼の目は床に向けられていた。どうして彼が恥じたのか分からなかった。ブランチの頬にかすかな色が戻ったかと思ったが、次の瞬間、顔が青白くなった。いや、青白くというより死人のような色になった。体の表面全体から血の気が失せたような感じであり、手にも色がなかった。身震いが走ったようだ。アトリエの静寂がひとかたまりになり、触れられる物と化したかのようだった。僕は狼狽《ろうばい》した。

「ねえ、あなた、ストリックランドをここに連れていらっしゃいな。できるだけの世話はするわ」

「大事な人」ダークがにっこりして言った。

彼は妻を抱きしめようとしたが、彼女はそれを拒んだ。

「お客さんの前で、そんなことはやめて。馬鹿みたいな気がするもの」

彼女の物腰は普段のようになり、ついさっきまで、とても大きな感情の波で動揺していたとは、誰にも分からなかった。

## 26

翌日、ストリックランドを移動させた。移動に同意させるには、決然たる態度と、それ以上に我慢づよさが必要だった。それでも、彼はそのとき病状がかなり悪かったため、ストルーヴの懇願と僕の決意に抵抗することはできなかった。ストリックランドが弱々しい声で罵声を浴びせるのを無視して、僕らは彼に服を着せ、下に運び、馬車に乗せ、ようやくストルーヴのアトリエへと移動させた。到着するまでに病人は疲労しきっていたから、ベッドに寝かせたときには一言も文句を言わなかった。それから六週間、病状はかなり悪かった。あるときなど、数時間しか持たないのではないかとさえ思われた。一命を取りとめたのは、ダークの必死の看病のおかげだと、僕は確信している。僕はストリックランドほど扱いにくい病人に会ったことがない。といって、彼が注文が多いとか文句ばかり言うとか、というのではない。それどころか、いっさい不平を言わないし、何も要求しない。何も言わないのだが、自分が面倒を見られているのに腹を立てているようであった。気分はどうだとか、何か欲しくないか、という問いかけに対して、冷笑や嘲笑《ちょうしょう》や罵声で応じるのであった。僕はこんな病人にはうんざりしたので、彼が危機を脱するや否や、はっきりそう言ってやるのに何の躊躇《ちゅうちょ》も覚えなかった。

「うるせえな」彼は短く答えた。

ダークは、自分の仕事はすっかり投げ出して、ストリックランドを優しく、心をこめて看病した。病人が少しでも快適になるように工夫し、それから、医者の処方する薬をいやがらずに飲ませるために、僕に舌を巻かせるような見事な才覚を発揮した。ダークはいかなる苦労も厭《いと》わなかった。彼の収入は、彼と妻が食べていくには充分であったが、無駄づかいできる余裕はなかった。にもかかわらず、ストリックランドの気まぐれな食欲をそそるような珍味があれば、高価でも、季節はずれでも、いくらでも気前よく散財した。滋養のある物を食べさせようと工夫を凝らし、忍耐づよく病人に勧めていたダークの姿は忘れられない。ストリックランドがいくら無礼でも、決して腹を立てなかった。病人が不機嫌に押し黙っていれば、それに気づかぬ振りをするし、罵声を浴びせたりしてきても、ただ笑っているだけだった。ストリックランドが少し回復してきて機嫌がよくなり、気晴らしにダークにケチをつけようとしたときなど、わざと愚かなことをやって、余計ストリックランドの嘲笑を誘うのであった。そういうとき、ダークはうれしそうに僕を見て、病人の体調がかなり回復したことに気づかせようとした。ダークはまさに驚くべき男だった。

ブランチにはもっと驚いた。看病の腕がよいというにとどまらず、病人に対して常に心のこもった接し方をした。ダークがストリックランドをアトリエに連れて来ると言ったとき、あれほど強く反対したのが、今では嘘のようであった。病人の世話を夫だけに任せず、彼女にできることは進んでした。まずベッドの整え方を工夫して、シーツを代えるときに病人に負担がないようにした。体を洗ってやった。病人の世話がうまいと僕が褒めたところ、いつもの愛想のよい微笑を浮かべて、以前病院で働いたことがあるの、と言った。ストリックランドをひどく憎んでいるという素振りなど、まったく見せない。彼と言葉を交わすことはあまりなかったが、何をして欲しいと望んでいるのか、すぐに気づいた。二週間は徹夜で看病する必要があり、彼女はダークと交代で付き添った。長い夜の間、ベッドの傍らに坐って、いったい彼女は何を考えていたのだろうか。ベッドに横になっているストリックランドは不気味だった。体はすっかり痩《や》せ衰え、赤いあごひげは乱れている。そのうえ、病気のせいで一段と大きくなり、異常に光る目が熱っぽく虚空をじっと見据えているのだ。

「夜は何か言いますか」僕は一度、彼女に尋ねてみた。

「いいえ、何も」

「前と変わらず、彼が嫌いですか」

「どちらかというと、いっそう嫌いになりました」

表情はとても穏やかなので、以前目撃したあの激しい感情を持ち得る女だとは信じ難いほどだった。

「病人は、あなたの世話にお礼を言ったことがありますか」

「いいえ」彼女は微笑《ほほえ》んで言った。

「人間とは言えませんね」

「ひどい人です」

ストルーヴはもちろん、妻に大満足だった。彼は自分が無理やりに押しつけた病人を妻が献身的に世話してくれているのに、いくら感謝してもし足りない感じだった。しかし、ブランチとストリックランドが相互に示す態度には、多少首をかしげていた。

「あのね、二人が何時間も一緒に坐っていて、一言も言葉を交わさないのを僕は見たんだ」ストルーヴが言った。

あるとき、ストリックランドがあと一、二日もすれば病床を離れられるほどにまで回復した頃、僕はアトリエにいた。ダークと僕は話をしていた。ブランチは縫い物をしており、繕《つくろ》っているものがストリックランドのシャツであるのに、僕は気づいた。ストリックランドは仰向けに寝て、黙っていた。一度、彼の目が彼女に向けられているのを見たが、その目には奇妙な皮肉の色があった。彼女は、ストリックランドの視線を感じて、目を上げ、一瞬二人は見つめ合う格好になった。僕には、彼女の表情がやや不可解に思えた。目には奇妙な困惑と、それに加えて、なぜだか分からないが、不安感のようなものもあるように思えた。一瞬の後、ストリックランドは視線をそらし、ぼんやりと天井を眺めたが、彼女は彼を見続けており、今やその目付きはまったく僕には謎であった。

それから数日してストリックランドは起き上がるようになった。骨と皮ばかりで、服は案山子《かかし》に着せた襤褸《ぼろ》きれのように見えた。無精ひげに長髪で、それに加えて、以前から人並みはずれて大きい目鼻立ちが病気で誇張されていたので、異様な感じがした。しかし、奇妙すぎるために、必ずしも醜《みにく》いというのではなかった。不格好なりに堂々たるものがあった。彼が僕にどういう印象を与えたのかは、正確には述べられない。内面を隠す肉体はほぼ透けて見えるようになっていたのだが、霊的な存在というには、顔がとてつもなく官能的だった。矛盾した言い方だが、彼の官能性は奇妙に霊的であるように思えたのである。彼にはどこか原始的なところがあった。古代ギリシャ人が林野の神サテュロスやファウヌスのような半人半獣神の形で擬人化したあいまいな自然力を、彼はそなえているように思えた。僕は、大胆にもアポロン神と音楽の腕を競おうとしたために皮をはがれたあの森の神マルシュアースを思った。ストリックランドは心の中に奇妙な和音と前人未到の思考様式を抱いているようで、それゆえ、この世ではいずれ苦悶《くもん》と絶望の最後を遂げるのを僕は予感した。そして彼が魔神に取りつかれているという感じをふたたび持った。ただし、それが悪の魔神であるか否かは不明だった。というのは、彼に取りついた魔神は善悪以前に存在した原始的な力なのだから。

彼はまだ絵を描き始めるには体力不足で、アトリエに坐って、他人には分からぬ夢に夢中になって沈黙したり、読書したりしていた。読書といえば、彼の好みは変わっていた。ときにはマラルメの詩を夢中で読んでいた。子どもが読むように、一語一語はっきり切って発音しながら読むのだった。マラルメの微妙なリズムとあいまいな語句から、彼はどのような感情を汲《く》み取ったのだろうか、と僕は考えた。そうかと思うと、あるときは通俗的なガボリオの推理小説などを読み耽《ふけ》っていることもあったのだ。読書の選択においても、彼の奇怪な性質の相容れない二面が面白く窺《うかが》われるのだと考えて、興味ぶかかった。体が衰弱しているときでも、体に楽をさせようとは決して考えなかったのは、注目に値する。ストルーヴは安楽が好きで、アトリエには二脚の贅沢《ぜいたく》な安楽椅子と大型のソファーがひとつ置いてあった。ストリックランドはそういうものには寄りつかなかった。禁欲主義を気取るためでない証拠に、ある日、僕がアトリエに行くと、誰もいないのに三脚のスツールに坐っていた。安楽なものは嫌いなのだ。彼が好んで選ぶのは、台所のひじ掛けのない椅子だった。そういう彼を見ると、僕はよく苛立った。あれほど周囲の環境に無関心な男を僕は見たことがない。

## 27

二、三週間が過ぎた。ある午前中、仕事が一段落ついたので、ひと休みしようとしてルーヴルへ出かけた。よく知っている絵を眺めながら歩き、自分の想像力が名画の喚起する感情に呼応して、羽を伸ばすのを楽しんでいた。長く続く陳列室にぶらりと入って行くと、突然ストルーヴの姿が目に入った。僕は思わず微笑《ほほえ》んだ。まるまると肥《ふと》った男がぎょっとした様子は、どうしても笑いを誘うのだ。ところが、近づいてみると、彼はいつになく落ち込んでいるようだった。悲しそうなのだが、滑稽でもあった。服を着たまま水の中に落ち、救われたものの、まだ怯《おび》えていて、自分が愚か者に見えるのを意識している男のようだった。ぐるりと振り向いて、こちらのほうを見たものの、僕だとは気づかなかった。丸く青い目が眼鏡の奥で悩んでいるようだった。

「ストルーヴ、僕だよ」

彼は、はっとし、それから微笑を浮かべた。だが微笑といっても哀れを誘うようなものだった。

「どうして、こんな恥ずべきやり方で、忙しい君が怠けているの？」僕はわざと陽気に言った。

「ルーヴルにはずっと来ていなかったから、何か新しい展示でもあるかと思ってね」

「でも、今週中に一つ仕上げる絵があると言ってたじゃないか」

「僕のアトリエは今、ストリックランドが使っているものだからね」ダークが言った。

「へえ、そう」

「僕のほうからそう言ったんだ。彼が自分の所に戻るのはまだ無理だから。僕のアトリエを二人で使えばいいと思ったんだ。ラテン地区ではアトリエを共同で借りている連中が大勢いるからね。僕は面白いだろうと考えていた。制作に疲れたときなんかに、話し相手がいるのは楽しいだろうと、以前から考えていたくらいだ」

彼はこういうことを、一言ごとに気まずい間《ま》を置いて、のろのろと言った。その間、優しい愚かな目が僕の目と合った。目は涙でいっぱいだった。

「よく分からないな」僕が言った。

「ストリックランドは誰か他の人間がアトリエにいると仕事ができないんだ」

「だって、君のアトリエだろ。あの男、文句を言うのなら、出て行けばいいんだ」僕は言ってやった。

ダークは悲しそうな目を向けた。彼の口もとは、わなないていた。

「で、どうなったんだい？」僕は強い口調で聞いた。

彼はためらい、それから赤くなった。壁に掛かった絵のひとつをしょんぼりと見た。

「僕に仕事をさせないのだ。出て行けと言ったよ」

「お前こそ、とっとと失せろと言い返せばよかったのに！」

「結局、僕は追い出された。背後から帽子を投げつけられ、鍵をしめられた」

僕はストリックランドに無性に腹が立った。また自分にも腹が立った。ダークが滑稽に見えるというだけの理由で、つい笑いそうになってしまったからだ。

「でも奥さんは何と言ったの？」

「買い物に出ていた」

「彼女が戻ったら、あの男、彼女を入れるかね？」

「さあ、分からない」

僕は真意をはかりかねてストルーヴをじっと見た。まるで先生に叱られている子どものように、茫然《ぼうぜん》と突っ立っている。

「君に代わって、ストリックランドを追い出そうか」僕が尋ねた。

彼は少しぎょっとし、てかてかした顔がみるみる真っ赤になった。

「いや。何もしないほうがいい」

僕に会釈して、彼は立ち去った。何か訳があって、問題をこれ以上議論したくないのは明白だった。僕は釈然としなかった。

## 28

真相が判明したのは一週間後だった。それは夜の十時頃だった。僕はひとり、食事をレストランで済ませ、アパートに戻り、居間に坐って読書をしていた。そこに調子はずれの呼鈴《よびりん》の音がしたので、廊下に出てドアを開けると、ダークが立っていた。

「入ってもいいかい」彼が言った。

踊り場は暗くて、顔がよく見えなかったが、声の調子が変なので驚いた。彼があまりアルコールを飲む習慣がないのは分かっていたが、さもなければ酔っていると思っただろう。居間に案内し、坐るように勧めた。

「ああよかった。やっと会えて」彼が言った。

「一体どうしたんだい？」僕に会えたと彼が興奮しているのに驚いた。

ようやく子細に彼を観察できた。いつもは身だしなみがいいのに、今は服装が乱れている。急に薄よごれた姿になっている。これはきっと飲んでいたのだと確信した。もうちょっとで酔っぱらい振りをからかうところだった。

「どこを訪ねたものか、困ってたところなんだ。さっきここに来たら、君はいないし」

「遅い夕飯で外出していたんだ」僕は説明した。

僕の勘違いだと分かった。このように意気消沈しているのは、酒のせいではない。普段は血色のよい顔に斑点《はんてん》が見えるし、両手が震えている。

「何かあったのかい」

「妻に棄てられた」

この言葉は無理して口から出したという感じだった。少し喘《あえ》ぎ、涙が丸い頬《ほお》を伝って流れ落ち始めた。僕は何と言ったらよいのか分からなかった。きっと夫婦喧嘩でもしたのだろう。初めはそう思った。ダークがストリックランドに惚《ほ》れ込んでいるのに、彼女がもう我慢できなくなっているところに、ストリックランドが何か皮肉な発言をしたので、妻が夫に彼を追い出すように迫ったのだろう。彼女は、表面は冷静だが、ときには憤激することもある人だ。もし夫が妻の要求を拒めば、彼女が家を飛び出して行くことは、充分にあり得る。しかし、ストルーヴがあまりにも悩んでいるので、僕はにこりともしないで言った。

「ねえ君、そんな悲しそうな顔をするなよ。奥さんは帰って来るさ。女が怒ったときに言うことなんて真に受けるもんじゃないよ」

「君は分かってない。彼女はストリックランドに恋しているんだ」

「何だって！」僕はそう聞いて愕然《がくぜん》としたが、すぐに愚かしい考えだと気づいた。「何て馬鹿なことを言うんだ。まさか君はストリックランドに嫉妬《しっと》しているんじゃなかろうね」僕はなかば笑いながら言った。「奥さんが彼のことを見るのもいやがっているのは、よく分かっているじゃないか」

「君には分からない」彼はうめくように言った。

「君こそ愚かで狂っているぞ」僕は苛立って怒鳴った。「ハイボールでも飲みたまえ。そうすりゃ、少しは気分が晴れるさ」

何らかの理由から――人間が自虐本能に駆られて、どれほど技巧を凝らすものか呆れるしかない――ダークは妻がストリックランドを恋していると思い込み、しくじりの天才の彼のことであるから、きっと妻を怒らせてしまったのだろう。ひょっとすると、怒った妻が、夫を立腹させるためにわざと疑惑に火を注ぐような行動を取ったのかもしれない。僕はそう想像した。

「さあ、アトリエに戻ろう。君が勘違いしたのなら、素直に非を認めるんだな。奥さんはいつまでも恨む人じゃないから、大丈夫だよ」僕が言った。

「どうしてアトリエに戻るなんてことができる？　二人があそこにいるんだよ。アトリエは二人に明け渡してきたんだ」弱々しい口調で彼が言った。

「それじゃあ、奥さんが君を棄てたんじゃないな。奥さんを棄てたのは君だ」

「後生だから、そんなこと言わないでくれよ」

ここまで来ても、僕はまだ彼の言い分をまともには受け取れなかった。彼の言ったことは信じ難かった。しかし、彼自身はひどく苦悩していた。

「とにかく、その話をしにここへ来たんだ。すっかり話してしまったほうがいい」

「今日の午後、僕はもうこれ以上我慢できなくなったんだ。それでストリックランドの所に行き、もう回復したのだから、君は自分の家に戻れるだろう、アトリエは僕が使いたいのだ、と言ったんだ」

「こちらからわざわざ言って聞かせなくてはならないのは、あの男ぐらいだろうね。で、彼は何て言った？」

「最初は少し笑ったよ。彼の笑い方を知ってるだろう。面白くて笑うんじゃなくて、こちらが愚か者だというように冷笑するのだ。それから、すぐ出て行くと言った。彼は荷物をまとめだした。僕が彼の部屋から必要と思われるものを引っ越しのときに取って来たのを覚えているね。それからブランチに、荷造りするから紙と紐《ひも》をくれと頼んだ」

ストルーヴは息苦しそうに言葉を切った。失神するかと思ったくらいだ。どうも僕の想像していたような話とはかなり違うようだった。

「ブランチは顔面蒼白《そうはく》だったけど、紙と紐を持って来た。彼は無言だった。荷造りを終えると、口笛を吹くんだ。僕らのことなど、目もくれぬ様子だった。彼の目には皮肉な笑いが浮かんでいた。僕の心は鉛のように重かった。何かが起こる予感がして、あんなこと言わなければよかったと悔やんでいた。ストリックランドが帽子を探していたそのときに、妻が口を開いた」

「彼女は、『わたし、ストリックランドと一緒に出て行きます、ダーク。もうあなたとは暮らせないわ』と言ったんだ」

「僕は何か言おうとしたけど、言葉が浮かばなかった。ストリックランドは無言だったよ。自分は無関係だと言わんばかりに、口笛を吹き続けていた」

ストルーヴはまた言葉を切って、顔をぬぐった。僕は黙っていた。今度は彼の言葉を信じたが、ひどく驚いた。信じるといっても、納得できたわけではなかった。

それから、彼は両頬に涙が流れ落ちるに任せたまま、震え声で、妻に近寄ったときのことを話した。両腕で抱きしめようとしたが、彼女は身を引いて、触れないでと頼んだ。彼はどうか棄てないでくれと頼んだ。どんなに深く愛しているかを告げ、これまでどれほど彼女に尽くしたかを思い出させようとした。これまで、自分たちの結婚生活がいかに幸せだったか、とも言った。彼女に腹など立てていないし、責める気もない、と言った。

「ダーク、黙って行かせて」彼の話を聞き終わると、彼女が言った。「わたしがストリックランドを愛しているのが分からないの？　彼が行く所ならどこへだって、わたしはついて行くわ」

「でも彼とじゃ幸せにはなれないよ。君自身のためにも行ってはだめだ。将来がおぼつかないもの」

「ダーク、あなたがいけないのよ。彼をここへ呼ぼうとしつこく言ったのは、あなたじゃないの」

ダークはストリックランドに向かって言った。

「ブランチに情けをかけてくれないか」彼は懇願した。「彼女にこんな馬鹿なことをさせてはいけない。やめさせてくれ」

「好きにすればいいんだ。無理に来いとは言ってない」

「わたしがすることは、もう決まっています」彼女が元気のない声で言った。

ストリックランドの落ち着き払った不快な態度に、さすがのダークも堪忍袋の緒が切れた。怒りに目が眩《くら》み、無我夢中でストリックランドに襲いかかった。ストリックランドは一瞬不意を打たれてよろめいたが、病後でも腕っぷしが強く、ストルーヴは訳も分からぬうちに、気がつくと床の上に転がっていた。

「滑稽なチビ野郎め！」ストリックランドが言った。

ストルーヴは自分で起き上がった。妻がこの間じっと成り行きを見ていたのに気づいた。妻の目の前で面目ないことになり、屈辱感でいっぱいになった。もみ合っているうちに彼の眼鏡は転がり落ち、どこかへ行ってしまった。彼女が拾い上げ、黙って彼に渡した。とつぜん不幸に打ちのめされて、恥の上塗りと知りつつも、泣き出した。両手で顔を覆った。二人は押し黙ってそれを見ていた。二人は立っている場所から一歩も動かなかった。

「ねえ、君、よくもこんなひどい仕打ちができるね」彼女に言った。

「ダーク、自分でもどうしようもないのよ」彼女が答えた。

「僕は君をとても大事にしてきた。これほど大事にされた女はいないよ。気に入らないことがもしあったのなら、そう言ってくれれば必ず直したのに。僕は君のために、できることは何でもしてきたつもりだ」

ブランチは返事をしなかった。表情がこわばっていた。彼は、もう自分が何を言っても、妻をうんざりさせるだけだと気づいた。彼女はコートを羽織り、帽子をかぶった。戸口のほうに行った。すぐに行ってしまうのだ。彼はそう思うと、さっと妻に駆け寄り、両手をつかんで彼女の前にひざまずいた。自尊心はかなぐり棄てた。

「お願いだ、行かないでくれ。君なしじゃ生きられない。さもなけりゃ自殺するしかない。もし何か君を怒らせるようなことをしたのなら、どうか許して欲しい。もう一度チャンスを与えて欲しい。君をもっと幸せにするよう頑張るから」

「ダーク、立ってよ。みっともない真似はやめて」

彼はよろよろと立ち上がったが、なおも彼女を行かせまいとした。

「どこへ行くつもりなんだい？」彼は早口で言った。「ストリックランドがどういう所で暮らしているのか、君は分かってない。あんな所で君が暮らせるはずはない。みじめな生活になるに決まってるよ」

「わたしが構わないのだから、放っておいて下さい」

「一分でいいから、待ってくれ。言いたいことがあるんだ。それくらいの時間をくれてもいいだろう?」

「無駄なことよ。わたしの心はもう決まっています。あなたが何と言おうと、変わらないわ」

彼は息を吸い込み、苦痛を癒《いや》すため、胸に手を当てた。

「考え直してくれとは言わない。ただ、一分だけ聞いてくれ。最後のお願いだ。どうか拒まないで欲しい」

ブランチは例のじっと考え込むような眼差しで彼を見たまま、動かなかった。いつもとはすっかり違った目付きだった。彼女はアトリエに戻り、テーブルに寄りかかった。

「じゃあ聞くわ。何なの?」

ストルーヴは落ち着こうと努めた。

「君はもう少し分別を持たなくてはいけないよ。霞《かすみ》を食っては生きられない。ストリックランドは一文無しだ」

「分かってるわ」

「途方もない貧乏暮らしをすることになる。彼が回復にどうしてこんなに長くかかったか、君だって分かってるだろう。飢餓状態も同然だったからだ」

「あの人のために働くわ」

「何をして?」

「さあ、分からないわ。何か方法はあるわ」

そう聞いて頭に浮かんだ考えに、ダークは身震いした。

「きっと君は気がふれたんだ。一体全体どうなってしまったのだろう」

彼女は肩をすくめた。

「もう行っていい?」

「もう一秒だけ待って」

ダークはアトリエを疲れ切った目でぐるりと見回した。ここが好きだったのは、彼女がいて明るい家庭をつくってくれたからだ。彼は一瞬目を閉じた。それから、まるで彼女の姿を脳裏に焼き付けようとでもするかのように、じっと彼女を見つめた。それから立ち上がり、帽子を握った。

「君は行かなくていい。僕が出て行くから」

「あなたが？」

ブランチはびっくりした。夫の意図が分からなかった。

「君があのむさ苦しい屋根裏部屋で暮らすなんて、考えただけでもぞっとするからね。それに、考えてみれば、ここは僕の家であると同時に君の家でもあるのだから。ここなら気持よく暮らせる。少なくとも、どん底の生活からはまぬかれるよ」

彼は金のしまってある引き出しの所に行き、何枚かの札を出した。

「ここにある金額の半分をあげよう」

金をテーブルの上に置いた。ストリックランドもブランチも何も言わなかった。それからダークは何か他のことを思い出した。

「僕の衣類をまとめて、管理人に預けておいてくれないか。明日取りに来るから」彼は笑顔を見せようと努め、「じゃあ、さよなら。これまで幸せをくれて有難う」と言った。

彼は部屋を出て行き、ドアを閉めた。僕には、ストリックランドがすぐさま帽子をテーブルにぽんと投げ、坐ってタバコを吸い始める様子が想像できた。

## 29

ストルーヴが語ったことを考えながら、僕はしばらく沈黙を守った。彼の軟弱さには我慢ならなかった。僕が批判的なのは、彼にも分かったようだ。

「ストリックランドの暮らしぶりは君だって知ってるじゃないか。あんなひどい状況にブランチを投げ込むなんて、僕にはとうていできないよ」彼は震え声で言った。

「それは君の勝手だ」僕が言った。

「君が僕だったら、どうしただろうか」

「奥さんは、すべてを承知で行動したのだ。たとえ不自由に耐えなくてはならないにしても、そこまで君が面倒をみる必要はないじゃないか」

「その通りだ。だが君は彼女を愛しているわけじゃないからな」

「君はまだ愛しているのか」

「ああ、これまで以上に愛している。ストリックランドは女を幸せにできる男じゃない。すぐ別れることになる。僕が決して失望させないと、彼女には知っていてもらいたいんだ」

「というと、彼女が戻って来たら、受け入れる気なのか」

「ああ、ためらわずにそうする。そのときこそ、彼女はこれまで以上に僕が必要になるだろう。彼女が孤独で、面目を失い、失望落胆したとき、頼る者がいなかったら可哀そうだもの」

彼はおよそ人を恨むということがないらしい。彼の意気地なさをうとましく思う気持が僕にあったのは当然だった。それに気づいたらしく、彼はこんなことを言った。

「僕が愛していたように、彼女が僕を愛してくれるなど、これっぽっちも期待したことはない。僕は道化者だからね。女に愛されるような男じゃない。それは前から分かっている。だから彼女がストリックランドを好きになっても責めはしないよ」

「君ほど自惚《うぬぼ》れを持たぬ人間には、これまで出会ったことがないよ」僕が言った。

「僕は自分のこと以上に彼女を愛している。自惚れが愛情にまさるというのは、人が相手を愛する以上に自分を愛しているからじゃないかな。ねえ、世間でよくある話だと思うが、結婚している男が誰か他の女と恋におちたとき、その恋が終わって妻のもとに戻ると、妻はこれを受け入れる。誰だってこれを当然としているじゃないか。女の場合だって同じでいいんだ」

「おそらく理屈では同じだろう」僕は微笑を浮かべて言った。「だが、たいていの男は君とは出来が違うから、受け入れられないのだ」

ストルーヴと話している間、今度の情事があまりに唐突であるのが気になった。ダークが二人の関係にうすうす感づくことがなかったとは想像しにくかった。僕は、前にブランチの目に見た奇妙な表情を思い出した。彼女はあのとき、彼女自身を驚かせ、どきりとさせるような心の動きを、漠然と意識し始めていたということなのかもしれない。

「今日より前に、二人の間に何かありそうだとは疑わなかったのかね」

彼はしばらく答えなかった。テーブルの上に鉛筆があり、彼は無意識に吸取紙に頭を描いた。

「僕に聞かれるのがいやだったら、そう言ってくれて構わないんだよ」

「しゃべると気が晴れるよ。ああ、君が僕の心にわだかまっていたぞっとする不安感を理解してくれたらなあ!」彼は鉛筆を投げ棄てた。「そうだ、二週間前に気づいていたんだ。彼女自身が気づくより前に、僕は気づいたのだ」

「気づいたときに、一体どうしてストリックランドを追い出さなかったんだい?」

「とても信じられなかったからだ。ありそうもないことだと思ったのだ。何しろ、ブランチは彼を見るのもいやだって言っていたしね。ありそうもない、というより、信じ難かった。僕の嫉妬《しっと》心《しん》にすぎないと思った。じつは、僕という男は生まれつき焼き餅焼きなんだよ。まあ、表《おもて》には出さないように努めているけど。ブランチの知り合いの男すべてに嫉妬した。君にも嫉妬した。僕が愛するようには、彼女が僕を愛してくれないのは承知していた。無理からぬことだから。でも、彼女は僕に愛させてくれたから、僕はそれだけで充分に幸せだった。あの二人のことが気がかりになってからというもの、僕は二人が長時間いっしょにいられるように何時間も外出するように努めた。妙な勘ぐりで嫉妬している自分を罰しようとしたのだ。そうして帰宅すると、自分が歓迎されていないのに気づいた。といっても、嫌な顔をしたのはブランチだった。ストリックランドは、僕がいようがいまいが、少しも気に掛けなかった。妻は、僕がキスしようとすると身震いした。遂《つい》に確信するにいたったが、どうしたらいいのかが分からなかった。問い詰めたりすれば、二人は嘲笑《ちょうしょう》するだろう。何も言わず、見て見ぬ振りをしていれば、万事うまく収まるだろう。争わずに、ストリックランドが出て行くようにし向けようと決心した。どんな苦悩の中で決心したか、君が分かってくれればなあ！」

　次に、ストリックランドに出て行って欲しいと、どう話したかについて語った。切り出すタイミングを考え、さりげなく言うように努めた。しかし声の震えは抑えられなかった。明朗で友好的な言葉に、嫉妬による恨みがましい感情が混じってしまうことに、彼自身気づいていた。それにしても、まさかストリックランドが、ダークの言うことを聞いて、すぐその場で出て行く支度に取りかかるとは、予想していなかった。ましてや、ブランチがその彼に同行すると言い出すとは考えてもいなかった。こんなことなら何も言わなければよかったと、心から後悔した。ブランチとの別れの苦しみに比べれば、苦い嫉妬心のほうが、まだましだと思った。

「ストリックランドを殺してやりたかったのに、醜態を曝《さら》す羽目になってしまった」ダークが言った。

彼はしばし沈黙し、胸中に秘めていたことを口にした。

「忍耐心をもって静観していれば、万事もとのさやに収まったのかもしれない。あんなに焦らなければよかった。僕のせいで、可哀そうに、ブランチを何とひどい境遇に追い込むことになってしまったことか！」

僕は肩をすくめたが、何も言わなかった。ブランチには同情していなかったし、僕の見解を話せば、いたずらにダークを悲しませるだけだと思ったからだ。

疲労困憊《こんぱい》した彼は、しゃべるのをやめられぬ状態だった。ブランチとストリックランドとの最後の別れで交わした言葉を繰り返した。そうだ、これはまだ君に言ってなかったけど、いま思い出したよ。ああ言わないで、こう言っておけばよかっただろうな。僕は盲目になっていたのだ。こんなことをしたのはまずかった。その代わりにあれをすべきだったのに、しなかったのは僕の手落ちだ。彼はこんな調子でくどくどとしゃべり続けた。夜は次第に更けていき、とうとう彼も僕もぐったりしてしまった。

「これからどうする気だい」とうとう僕が尋ねた。

「何も手がつかないだろうな。彼女が僕を迎えに来るまでは」

「しばらく旅にでも出たらどうだい？」

「いや、だめだ、彼女が僕を必要としたとき、近くにいてやらなければ」

今のところ、彼はうろたえるばかりだった。何の計画も立てていなかった。もう寝たらどうだ、と僕が言うと、寝られない、と言う。外出して、夜が明けるまで通りを歩き回りたい、と言う。どう見ても、一人では放っておけない状態だった。家に泊まっていけと言い、僕のベッドに寝かしつけた。居間にはソファーがあり、僕はそこで寝ればよかったのだ。ダークは疲れ果てていたから、僕が強く勧めると、もはや逆らわなかった。数時間眠らせるために適量の睡眠薬を与えた。彼にしてやれる最善の親切だと思ったのだ。

## 30

ところが、僕が自分のベッドにしたソファーは眠り心地が悪くて、どうも寝つけなかった。そこで気の毒なダークが話したことを、じっくりと考えてみることになった。ブランチの行動が不可解だとは思わなかった。ストリックランドに肉体的に惹《ひ》かれた結果にすぎないと思ったからだ。彼女はダークを本当に愛してはいなかったようだ。僕が夫への愛だと勘違いしていたものは、彼の愛撫《あいぶ》と快適な生活に対する女の返礼にすぎなかったのだ。それは真実の愛とは異質のものであった。ところが、たいていの女性は、これが愛だと考えている。それは受動的な感情であり、蔓《つる》がどんな樹木にでも絡《から》まりつくように、どんな対象によっても掻き立てられ得るものだ。こういう感情を尊重するのが世間の知恵なのであろう。愛していないからと、自分との結婚を望む男との結婚をためらう娘に、大丈夫だから結婚しなさい、愛はいずれ生まれるから、と世間は説くが、その愛とはこういう感情である。それは、安定した生活への満足感、財産への誇り、愛されている喜び、主婦である充実感などから生じる感情である。女性がそれに精神的価値を認めるのは、善意から出ているにせよ虚栄心にすぎない。こういう感情は、いったん情熱と競えば敗北を喫するのが常である。ブランチ・ストルーヴがあれほどストリックランドを嫌っていたのは、漠然とではあるが性的に惹かれていたからだと、僕は見抜いていた。複雑で神秘的な性について解明しようとするのは、僕などの手にあまるので、これから述べることはあくまでも推測にすぎない。ダークの情熱はブランチの欲望を刺激しただけで、満たしてはいなかったのかもしれないのだ。彼女があれほどストリックランドを嫌ったのは、彼には自分の求めるものを与える力があると感じたからなのかもしれない。ダークがストリックランドをアトリエに連れて来ると言い出したとき、あれほど反対したのは、嘘いつわりのない気持からだったのだろう。自分でもなぜだか分からぬが、直感的にストリックランドに恐怖を覚えたのであろう。彼が来たら災難がきっと起こると彼女が言っていたのを、僕は思い出した。ストリックランドが奇妙に彼女の心を掻き乱すので、彼女は自分に対して恐怖を覚え、その恐怖が妙にねじれてしまい、彼に対する恐怖に転じたのではないかとも考えられる。彼の外観は荒々しく、野性味を帯びていた。目付きは超然としていて、口もとは官能的だった。大柄だし、頑丈だった。内に秘めた情熱家の印象があった。ひょっとすると、有史以前の野生の生物を思わせるあの不気味な要素を、彼女も彼の中に感じたのかもしれない。その時代には物質が大地と密接な関係を持ち、それ自身の霊が存在するように感じられていた。もしストリックランドがブランチに多少とも影響を及ぼしたとするならば、彼女は愛するか、さもなければ、憎むかのいずれかしかあり得なかった。そして彼女は憎んだのだ。

その後、病人を日々親しく看病しているうちに、彼女に予想外の影響が表れたのであろう。食事の際に彼の頭を持ち上げると、手にずっしりと重く感じられた。食事が済むと、彼の肉感的な唇と赤毛のひげをぬぐってやった。手足を洗ってやった。手足は毛深かった。手を拭《ふ》くと、病気で弱っていても、頑丈で筋骨たくましかった。彼の指は長く、絵描き特有の創造能力を持つ指であった。その指がどんなに悩ましい思いを彼女の内部に引き起こしたことであろうか。彼は寝るときには、死んでいるのかと思うほど、身じろぎもせずにぐっすりと眠った。それは、森に住む野生の動物が長い追跡の後に休息をとっている姿に似ていた。どんな夢を見ているのかしら、とブランチは考えた。ニンフが、サテュロスにしつこく追い回されて、ギリシャの森の中を飛ぶように走っているところを夢見ているのかしら。ニンフは足ばやに、必死で逃げたが、彼は一歩一歩接近し、遂《つい》に彼女は彼の熱い息を首に感じる。それでも、彼女はなおも無言で逃げ、彼も無言で追いかける。とうとう捕まったときに、彼女の心を満たすのは、恐怖なのか、それとも、恍惚《こうこつ》なのか？

ブランチは、逃れるすべもなく欲望の虜《とりこ》になっていた。ひょっとすると、彼女はまだ憎んでいたのかもしれないが、強く彼を求めた。それまで彼女が人生で得たものすべてが無価値になった。彼女はもはや人間であるのをやめた。親切だったり、不満だったり、思慮ぶかかったり、無思慮だったりする、複雑な女であるのをやめた。彼女は今やニンフの一人、メナードだった。欲望のかたまりだった。

以上のべたことは、僕の空想にすぎないのかもしれない。彼女はただダークにうんざりして、単なる好奇心からストリックランドに近づいたのかもしれない。彼に対して特別な感情など抱いていたのではなく、彼の誘いに応じたのも、身近にいたからとか、他にすることがなかったからであったのかもしれない。ただ、そのあげく、彼女自身の仕掛けた罠《わな》にはまって逃げられなくなったのかもしれない。彼女の晴れ晴れとした額《ひたい》と冷静な灰色の目の奥に、一体どのような考えや感情が秘められていたのか、僕には不可解だった。

人間という不可解な生き物を相手にする以上、何についても確実な断定はできないにしろ、例えばブランチ・ストルーヴの振舞いについては、おおよその見当はつく。ところが、ストリックランドとなると、まったくお手上げだった。いくら頭をひねってみても、僕の考える彼の人物像からひどくかけ離れた今回の行動を解明することは不可能だった。彼が友人たちの信頼をあれほど非情に裏切ったとか、他人を不幸に陥れてでも自分の気まぐれを満たすのを少しもためらわぬとか、こうしたことは不思議ではなかった。そういう性格だったのだ。彼はおよそ感謝の念のない男だった。憐《あわ》れみの情にも欠けていた。普通の人間と共通の性質が彼にないからというので彼を責めるのは、獰猛《どうもう》で残忍だといって虎を責めるのと同様に愚かなことである。しかし、僕が何としても理解できなかったのは、彼の気まぐれだった。

彼がブランチを恋するようになったとは、僕には信じられなかった。彼に恋ができるとは思えなかった。恋というのは、優しさを必要とする感情であり、ストリックランドは自分にも他人にも優しさを持っていなかったのだ。恋心には、弱気、庇護《ひご》したいという意欲、善を為《な》し、喜びを与えようとする熱意がある。さらに、他人思いとは言わぬまでも、利己心を見事に隠すという傾向がある。恋にはある種の内気がつきものだ。ところが、恋のこういう特徴がストリックランドにあるとはとても想像できなかった。恋は人を夢中にさせる。だから、恋する者は普段の自分とは異なる存在となる。いかに頭脳明晰《めいせき》であれ、自分の恋がいずれ終わることは、理性では分かっていても、実感できないものだ。恋は人が幻影だと頭で分かっているものに肉体を与え、幻影にすぎぬと知りつつも、幻影を真実よりも好ませるのである。恋は人を本来の自分よりも少し大きくするが、同時に少し小さくもする。平常の自分ではなくなるのだ。個性を持った人であるのをやめ、物と化す。自分の自我とは無関係な目的のための道具になるのだ。恋には感傷的な部分も存在するのだが、ストリックランドほど感傷癖のない人間を僕は知らない。恋によって自分が征服されるのに、彼が耐えられるとは信じられない。彼は外からの支配には我慢がならなかったのだと思う。彼にあっては、自分でも分からぬ何物かに向かって、常に彼を駆り立てている不可解な渇望が最優先され、そのため渇望と自分との間に割り込んでくるいかなる物をも、心の中から排除することができたのだと、僕は信じる。排除には苦痛を伴うかもしれず、彼は打ちのめされ血だらけになったこともあったが、意に介さなかった。以上、ストリックランドが僕に与えた複雑な印象を伝えることができたとすれば、彼は、恋をするには偉大すぎたと同時に卑小すぎたと言っても、突《とっ》飛《ぴ》には感じられないであろう。

しかし、恋についての考え方は各人の個性に基づいて形成されるものであろう。とすれば、おのずと各人によって違ったものとなる。ストリックランドのような人間は、彼特有の仕方で恋をするのだろう。彼の感情の分析を試みるのは無駄である。

## 31

翌日、僕が引き留めたにもかかわらず、ダークは出て行った。僕はアトリエから彼の所持品を取って来てやろうと申し出たが、彼は自分が行くと言い張った。彼の荷物はまだまとめられていないだろうから、それを口実に妻と会えると思ったのだろう。自分の所に戻るように説得しようと考えた可能性もある。しかし、実際には管理人室で彼の荷物は待っていて、奥さんは外出したと聞かされた。管理人に事情を打ち明けたいという誘惑に、彼は打ち勝つことができなかったのではないかと想像する。彼は悩みを知り合いの誰彼に構わず話しているらしかった。彼としては、みんなからの同情を期待したのだが、ただただ嘲笑《ちょうしょう》を買うのみであった。

彼の苦難への対応は見苦しかった。ブランチが買い物に出かける時間を知っていたので、ある日、会えないのに耐えきれなくなって、通りで待ち伏せした。彼女は口を利くのを拒んだが、彼はどうしても話そうと頑張った。何か悪いことをしたのなら許して欲しい、献身的に愛しているから、ぜひ戻って欲しい。こう言ったのだが、彼女は返事もせずに、顔をそむけて足ばやに立ち去りかけた。彼が短く太い脚で追いすがろうとする姿を僕は想像した。急いだので、少し喘《あえ》ぎつつ、自分がどれほど不幸であるかを告げ、慈悲をかけてくれと懇願した。もし許してくれれば、君の望むどんなことでもすると約束した。旅行に出ようと申し出た。ストリックランドはじきに君に飽きるだろうとも言った。こういうみじめな場面を彼がくどくどと話すのを聞いて、僕は苛立った。威厳もないし、最低の口説《くど》き方だったからだ。これでは、女に軽蔑されるのを待っているようなものだ。愛してもいない男に言い寄られるときほど、女が残酷になれることはない。優しさなどは微塵《みじん》も見せぬし、寛容さもまったくなく、ただ怒りで頭に血が上《のぼ》るばかりだ。ブランチはとつぜん歩みを止め、夫の顔を力いっぱい叩いた。彼が狼狽《ろうばい》しているすきに、さっさとアトリエに通じる階段を駆け上がった。一言も口を利かなかった。

この話をしたとき、ダークは叩かれた痛みをまだ感じるかのように、頰《ほお》に手を当てた。目には同情を禁じ得ぬ苦悩があり、その一方、動転した目付きは滑稽であった。彼には学童がそのまま大人になったようなところがあり、僕は同情しつつも失笑せざるを得なかった。

その後、彼は妻が買い物の際に必ず通る道を歩くようになった。彼女が通るときには、離れた角に立って見ていた。もう話しかける勇気はなかったが、心中の哀願を丸い目にこめて、じっと彼女を見つめた。自分の不幸な姿を見れば、彼女も心を動かされるだろうと考えたのであろう。彼女は夫の姿が見えるという素振りをいっさい見せない。外出の時間を変えるでもなし、歩く道順を変えるでもなかった。その冷淡さには残酷なところがあると僕は感じた。ひょっとすると、夫に拷問《ごうもん》の苦しみを与えることで、楽しんでいたのかもしれない。なぜダークをそれほど憎むのだろうか、僕には不思議だった。

ストルーヴにもっと賢明に振る舞うように助言してみた。彼の意気地のなさは腹立たしかった。

「こんなことを続けてても無駄だよ。棒で彼女の頭を殴りつけてやったほうが、まだましだ。殴ってやっていれば、これほど君を馬鹿にはしなかったろうに」僕は言った。

それから、しばらく故郷に戻ったらどうかと言ってみた。オランダ北部のどこかにある、静かな町の話をよく聞いていたからだ。両親がまだ健在だということだった。貧しい家だという。父親は大工で、よどんだ水を湛《たた》えた運河の端の、こざっぱりした古くて小さな赤煉瓦《あかれんが》の家に暮らしていた。そのあたりの道は広々としていて、人気《ひとけ》がない。かれこれ二百年間、町は寂れっぱなしだが、家々は質素ながら昔の風格を保っている。遠くインド諸島に商品を送って財をなした裕福な商人たちが、そういう家で、穏やかで快適な生活をしていた。寂れてきたといっても見苦しいようなことはなく、過去の栄光の雰囲気をいまだに残している。運河沿いに歩を進めると、あちこちに風車が見え、黒や白の牛がのんびりと草を食《は》む広々した草原に出る。こういう環境に身を置いて、少年の頃のことなどを思い出していれば、ダークも身の不幸を忘れるだろう、と僕は思った。だが、彼は僕の助言に耳を貸そうとはしなかった。

「彼女が僕を必要とするときに、ここにいてやりたいのだ。何かひどいことが起きて、僕がすぐ近くにいなかったら、可哀そうだからな」

「どんなことが起きると思っているんだい」僕が尋ねた。

「分からないが、とにかく何かが起きそうな気がする」

僕は肩をすくめた。

ダークはこれほどの苦悩にもかかわらず、相変わらず滑稽な男であった。憔悴《しょうすい》した様子でも見せれば同情を引いたかもしれないが、まったくそうではなかった。痩《や》せもせず、肥《ふと》ったままで、丸くて赤い頬は熟れたリンゴのようになめらかだった。身だしなみのよい男で、少し窮屈になっていたが、こざっぱりした黒のコートと山高帽を粋《いき》に着こなしていた。少し腹が出て来ていたが、苦悩は何の影響も及ぼしていなかった。これまでにもまして、裕福な外交員のように見えた。人の外面は内面と食い違うことがままあるが、当人にはつらいことだ。ダークの場合、外見はデブで陽気なサー・トービー・ベルチそっくりのくせに、ロミオと同じ恋心を抱いていたのだ。優しい寛大な性質なのだが、常に失態を演じてしまうのだ。美についてまともな鑑識眼を持ちながら、低俗なものしか描けない。繊細な感受性を持ちながら、物腰はがさつである。他人のことなら如才なく振る舞えるのに、我がこととなると無能なのだ。矛盾する様々な性質をごちゃ混ぜに持つ人間を創造したあげく、その人間を宇宙の対処できぬ冷酷さと直面させるとは、創造主も何とひどい悪戯《いたずら》をしたことだろうか。

## 32

ストリックランドとは数週間会わなかった。彼にはうんざりしていたから、機会があれば、そう言ってやりたかった。だからといって、その目的で彼を探す気にもなれなかった。ひとつには、僕は道徳面での義憤を表すことにいくぶん気恥ずかしさを覚えるからだ。そもそも義憤には、自分は正しいという自己満足の要素が必ずあるので、ユーモアの感覚がある人間は、ひとを非難するのが照れくさくなる。自分が笑われても構わないと覚悟を決めるには、よほど腹が立っていなくてはならない。ストリックランドには、他人が誠実か否かを皮肉に見抜く勘があるものだから、多少とも格好をつけていると疑われそうなことをする場合、こちらはどうしても慎重にならざるを得なかったのだ。

しかしある夜、クリシ街を歩いていると、ストリックランドがよく行っていたので今は避けていたカフェの前で、ばったり彼に出くわした。ブランチと一緒で、彼のお気に入りの隅の席へ行こうとしているところだった。

「久しぶりだな。一体どこへ行っていたのだ？　パリから離れたのかと思ってたよ」彼が言った。

愛想がいいので、僕が彼とは口を利きたくないと思っているのに気づいていないのは明白だった。礼儀上、言いつくろう必要のない相手だったので、「いや、パリにいましたよ」と答えた。

「じゃあ、どうしてここに来なかった？」

「暇つぶしのできるカフェなら、パリにはここ以外にもいくらでもありますからね」

ブランチが握手の手を差し出して、こんばんは、と挨拶《あいさつ》した。僕はなぜか、彼女がもっと変わっているものと予想していた。ところが、以前と同じだった。いつも着ていた、こぎれいで、よく似合う灰色のドレス、額《ひたい》は曇らず、目にも陰りはなく、以前アトリエで家事にいそしんでいたのを見かけた姿と変わらなかった。

「さあ、来いよ。チェスをやろうじゃないか」ストリックランドが誘った。

そのとき、どうして断る口実を思いつかなかったのかは分からない。僕はむっつりと二人の後について、彼がいつも坐っていたテーブルへ向かった。彼はすぐにチェス盤と駒を持ってこさせた。彼らはしごく当然のように振る舞っていたので、僕もこだわるなんて愚かしいと感じた。僕らのゲームを眺めるブランチの表情からは、何も読み取れなかった。無言だが、以前からそうだった。何を考えているのか知ろうと、口もとを見た。じっと目の表情を観察して、内面の秘密を漏らす一瞬のひらめき、あるいは失望や苦悩の徴候を見出そうとした。額をじろじろ眺め、ときどき浮かぶ一筋の皺《しわ》に、彼女の今の心境を暗示するものが何かないかと探った。しかし彼女の顔は何も示していなかった。ひざに置いた両手は重ね合わされていた。ダークの話で、彼女は感情的だと知っていた。また、妻を献身的に愛するダークに乱暴な平手打ちを浴びせたのだから、激情に駆られる気性であり、残酷さもあったのは明らかだ。夫の愛情ぶかい庇護《ひご》のもとでの安全で快適な生活を棄て去り、代わりに得たものが危険きわまりない生活だと、今はもう思い知らされているに違いない。大胆な熱意と、貧乏生活への覚悟が窺《うかが》えるのだが、家庭を大事にし、主婦業を愛していた過去との相違に少なからず驚かされた。よほど複雑な性格の女に違いないが、一見、平凡で物静かなので、その落差は劇的と言わざるを得ない。

僕は二人と出会って興奮しており、チェスに集中しようとしても、色々と想像をたくましくするばかりだった。ストリックランド相手にゲームをするときは、いつも勝とうと僕は頑張った。何しろ、彼は負かした相手をこっぴどく罵《のの》しるのだ。勝つとばかに喜ぶので、負かされると悔しさが込み上げてくる。もっとも、彼の負けっぷりはとてもいい。勝つと威張って不愉快な相手だが、負けるとさっぱりした好漢である。チェスをすると、人の本性がはっきり出る、とよく言うが、ストリックランドの例はもっと微妙である。

僕の負けでゲームが終わり、ボーイを呼んで僕が飲み物の代金を支払い、彼らと別れた。ありふれた出会いだった。僕があれこれ考えをめぐらすような発言は一言もなかった。僕が二人について何かを憶測したところで、何の根拠もなかっただろう。好奇心をひどく掻き立てられた。二人の間柄がどうなのか、まるっきり分からなかった。隠れ蓑《みの》でもつけて、アトリエで二人だけでいるところを目撃したり、二人が話し合っているのを聞いたりできたら、どんなに満足できたであろうか。想像の翼を伸ばしたくても、彼らは何のヒントも与えてはくれないのだ。

## 33

二、三日すると、ダークが訪ねて来た。
「ブランチに会ったそうだね」さっそく彼が聞いた。

「どうして分かったんだい？」

「君が二人とカフェで一緒にいるのを見た人が教えてくれたんだ。どうして話してくれなかったんだい」

「君を苦しめたくなかったからだ」

「構わないよ。彼女のことなら、どんな些細《ささい》なことだって聞きたいのに」

僕は彼のほうから質問してくるのを待った。

「様子はどうだった？」

「ぜんぜん変化なしだ」

「幸せそうかい？」

僕は肩をすくめた。

「そんなこと分からないよ。カフェで彼とチェスをやっていたのだから。奥さんと言葉を交わす機会もなかったよ」

「でも、顔色で分からなかったかい？」

僕は首を横に振った。彼女はいささかも内面を見せるような言葉や、意味ありげな身振り手振りも示さなかった、と説明するしかなかった。彼女の自制心の強さは、君のほうがよく知っているだろう、と僕は言った。彼は興奮のあまり両手を握りしめた。

「ああ、恐ろしい。きっと何かいやなことが起こる。でも、ああ、僕にはとめることなどできやしない」

「一体どんなことが起こるというのだい？」

「さあ、分からない」彼は両手で頭を抱えるようにして、うめくように言った。「何かとてつもなく恐ろしいことが、起こりそうな予感がする」

ストルーヴは元来興奮しやすい男だったが、今はもう半狂乱状態だった。理屈を説いても無駄だった。ブランチがストリックランドとの生活に次第に耐えられぬようになるだろうというのは、充分に想像された。だが、自分で蒔《ま》いた種《たね》は自分で刈り取るものだ、という諺《ことわざ》は誤りである。世の中を見ていると、災難にいたると分かっているようなことをしている者が大半だが、何かの偶然で、愚かしい選択の結果から何とか逃れているようだ。ブランチの場合も、ストリックランドと喧嘩したら、さっさと別れればいいのだ。すべてを水に流そうとしているダークがおとなしく待っているのだから。そんなわけで、彼女にはあまり同情する気になれなかった。そう言うと、「それは、君が彼女を愛していないからだ」と彼は言った。

「彼女が不幸だと証明するものなんてないんだよ。もしかすると、あの二人も結構それなりに落ち着いてきたかもしれないじゃないか」

ストルーヴは悲しそうな目で僕をじっと見た。

「もちろん、君にとっては大した問題じゃあるまい。でも、僕にとっては非常に深刻な問題なのだ」

僕の態度が苛立っているか、軽はずみに見えたのなら、済まなかった、と僕は詫《わ》びた。

「ねえ、ひとつやって欲しいことがあるんだが」ダークが言った。

「何でも喜んでするよ」

「僕に代わってブランチに手紙を書いてくれないか」

「どうして自分で書かないんだい？」

「もう何度となく書いたさ。返事は期待できないのだ。だいいち僕からの手紙は読んでいないと思う」

「女がどんなに好奇心が強いか、忘れているんじゃないか。手紙を読まずにいるなんて、女にはできないと思うけど」

「彼女はね、僕からの手紙は読まないんだ」

すぐに彼をちらっと見た。すると、彼は目を伏せた。彼の答えは妙に屈辱的だと感じられた。彼女は彼に対してひどく無関心なので、彼の筆跡を見ても何の感慨も湧《わ》かないと認めているのだ。

「いつか君のもとに戻って来ると、本気で思っているのかい?」

「もし破局にいたったら、僕を当てにしていいのだと、彼女に知らせておきたいのだ、手紙で」

僕は一枚、紙を取りだした。

「さあ、何と書こうか?」

僕は次のように書いた。

親愛なるストルーヴ夫人へ
ダークの依頼で書きます。いつ何時《なんどき》でも、もしあなたがダークに用があれば、彼は喜んでお役に立つつもりでいます。今までのことで、彼があなたに対して悪感情を抱いているようなことは一切ありません。あなたへの愛は変わっていません。次の住所に連絡して下されば、いつでもいます。

## 34

ストリックランドとブランチの関係は時間の問題だと、僕もダーク同様に予想していたものの、あれほど悲惨な形で終わるとは、思ってもいなかった。むし暑く、息苦しい夏が訪れた。夜になっても涼しくならず、疲れた神経は癒《いや》されなかった。太陽に焦がされた街路は、日中てりつけられたので、夜になると熱を返そうとするかのようだった。通行人は大儀そうに足を引きずって歩いた。ストリックランドとは数週間、顔を合わせていなかった。彼がどうしているかなど、他のことで忙しかったこともあって、考えなくなっていた。ダークに関しても、いたずらに悲しんでばかりいて、もううんざりだったので、付き合いを避けていた。こんなみじめな話にこれ以上かかわるのは、もうたくさんだと思った。

ある朝、仕事をしているときのことだった。僕はパジャマ姿のままだった。ぼんやりと空想を楽しんでいた。ブルターニュの日の当たる海岸と新鮮な海風に思いを馳《は》せていたのだ。傍らには管理婦がカフェ・オレを入れてきた空《から》のカップと、食欲がなくて食べ

残したクロワッサンがあった。隣の部屋で管理婦が風呂の水を掻き出している音が聞こ

えた。僕の部屋の呼鈴《よびりん》が鳴ったので、彼女にドアを開けさせた。すぐに、僕が在宅かと

尋ねるストルーヴの声が聞こえた。僕はその場にいて、入って来るように大声で言った。

彼は足ばやに入って来て、僕の坐っているテーブルに駆け寄った。

「彼女が自殺した」彼の声はしゃがれていた。

「一体どうして？」驚いて、僕はさけんだ。

彼は何か言おうと口を動かしたが、声にならなかった。白痴のように、訳の分からな

いことをしゃべった。それを聞くうちに、僕は心臓の動悸《どうき》が激しくなり、なぜだか分か

らないが、無性に腹が立ってきた。

「頼むから、おい、落ち着けったら。いったい何を言っているんだ？」

彼は両手で絶望の身振りをしたが、相変わらず言葉は口から出ない。まるでとつぜん

話す能力を奪われたかのようだった。僕は我を忘れて彼の両肩をつかみ、乱暴に体を揺

さぶった。思い返すと、なぜこんなひどいことをしたのか分からないが、数日間の睡眠

不足で気がつかぬうちに神経がかなり参っていたとしか思えない。

「坐らせてくれ」ようやく彼が言った。

サン・ガルミエをグラスについで、飲むように差し出した。子どもにするようにグラ

スを口もとまで持っていった。彼はごくりと飲み、少しシャツにこぼした。

「自殺したって、誰がだい?」分かっているのに、どうしてこんな質問をしたのか、自分でもよく分からない。ダークは何とか落ち着こうとしていた。

「昨日の夜、喧嘩したらしい。彼が出て行ったんだ」

「彼女は死んだのかい?」

「いや、病院に運んだ」

「じゃあ、いったい君は何を言いたいのだ? どうして彼女が自殺したなんて言ったんだい?」僕はいらいらして乱暴に言った。

「怒らないでくれよ。そんな言い方をされては、何も話せないよ」

僕は苛立ちを抑えようとして、両手を握りしめた。それから無理して微笑《ほほえ》んで見せた。

「悪かった。ゆっくり話してくれればいい。あわてることはないよ」

眼鏡の後ろに見える丸い目が、恐怖のため死人のようだった。レンズが分厚いので、その目がゆがんで見えた。

「管理婦が今朝、手紙を届けようと呼鈴を鳴らしたのに、応答がなかったんだ。誰かがうめいているようだった。ドアには鍵がかかっていないので室内に入ったら、ブランチがベッドに倒れていた。吐瀉物《としゃぶつ》でいっぱいだった。テーブルには蓚酸《しゅうさん》の瓶《びん》があったそうだ」

ストルーヴは両手で顔を覆い、うめき声を上げながら前後に体を揺すっていた。

「意識はあったのかい？」僕が聞いた。

「うん。彼女がどれほど苦しんでいるか、とても君には分かるまい。僕には耐えられないよ」

彼の声は悲鳴に近かった。

「何を言うのだ。君が耐えることはない。耐えるのは彼女だ」僕はいらいらして怒鳴った。

「どうしてそんなにひどいことが言えるんだ」

「君には何の責任もないじゃないか」僕が言った。

「医者と僕が呼び出された。警察にも連絡した。管理婦には前に二十フラン渡して、何かあったら連絡するように頼んであったのだ」

彼はそこで口をつぐんだ。これから話すことが、とても話しづらいのが分かった。

「僕が入って行くと、ブランチは口を利きたくないと言った。僕を追い出してくれと言った。すべてを許すと誓ったけど、ほとんど聞いていなかった。彼女は壁に頭を叩きつけようとした。医者が、僕がいると病人にまずい、と言った。彼女は、『追い出して！』と繰り返し言った。僕はその場を出て、アトリエで待った。救急車が来て彼女を担架に乗せたときには、僕の姿が見えないように、キッチンに隠れるように言われたよ」

ストルーヴがすぐ病院に同行してくれと言うので、着替えをしていると、彼は妻が汚くてやかましい共同病室ではなく、個室で休めるようにしてやったと話した。病院への道すがら、僕に同行を求めた理由を説明した。妻が彼と会うのを拒んでも、僕ならもしかすると会うかもしれない。そのときは彼の愛が少しも変わっていないと告げてくれ、と彼は頼んだ。何があろうと、非難する気はない、君を助けたいだけだ、君に対して何の権利も主張する気はないし、回復したら戻ってくれと頼むつもりもない、君は完全に自由なのだ、と。

しかし病院に着くと、病人とは面会謝絶だと分かった。一目みて、気の滅入るような、うらぶれた冷たい感じの病院で、中に入って、いくつかの窓口をたらい回しにされて、いくつも階段を昇り降りし、敷物のない長い廊下を通り抜け、ようやく担当医に会えた。そこでもまだ、面会謝絶ですと言われた。白衣を着た医師はあごひげを生やした小男で、無愛想だった。患者を症例としかみなさず、心配する家族をうるさい輩《やから》と捉え、厳しい態度で臨むべきだと考えているようだった。そのうえ、ブランチの事件など、医師にはありふれたものだった。ヒステリー女が愛人と喧嘩して毒を飲んだというだけのことだった。よくある事件だった。最初、医師はダークが服毒の原因だと思い込んだので、不必要なほど邪険だった。僕が、ダークは女の夫であり、すべてを許そうとしているのだ、と話すと、急に好奇の目で探るように彼を見た。いささか嘲笑《ちょうしょう》気味に取れた。確かにストルーヴは妻に裏切られる亭主の顔をしていた。医師はちょっと肩をすくめた。

「今すぐどうという危険はありません」僕たちの質問に答えて医師は言った。「どれくらいの量を飲んだのか分かりませんからね。騒ぎを起こしただけで、回復するかもしれません。女は惚《ほ》れたの振られたのと言って自殺しますがね、大体は死なないで済むように気をつけます。愛人に同情なり恐怖心なりを引き起こそうというつもりなのですよ」

その言い方には冷淡な軽蔑心が感じられた。ブランチ・ストルーヴは、医師にしてみれば、今年のパリでの自殺未遂者の統計表に書き加える、一症例にすぎないのは明白だった。忙しい医師はそれ以上僕たちを相手にする余裕はなかった。明日、これこれの時間にいらっしゃれば、病人が回復していればの話ですが、ご主人は面会できるかもしれません、と告げられた。

## *35*

その日をどう送ったか、ほとんど覚えていない。ストルーヴは一人でいるのには耐えられなかったので、僕は何とか彼の気持をまぎらわせようと気を使い、ひどく消耗した。ルーヴルに連れて行ったが、彼は絵画を見ている振りをしただけで、思いはいつもブランチのほうにあった。食事を無理にさせ、昼食の後、横にならせたが、眠ることができなかった。僕のアパートに数日泊まっていけと誘うと、喜んで応じた。本を数冊わたしてやったが、一、二ページ読むと下に置き、みじめな顔で虚空を見つめた。夜は二人でなかった。僕のアパートに…

何度となくトランプをした。彼は僕を失望させまいとして、健気《けなげ》にも興じているような態度を見せた。とうとう僕は睡眠薬を与え、彼は不安な眠りについた。

翌日、病院に行くと、看護婦を務めているシスターが応対してくれた。ブランチは多少よくなっているという話で、夫と会う気があるかをシスターが聞きに行ってくれた。病室で何か話している声が聞こえ、しばらくしてシスターが出て来て、患者さんはどなたともお会いしたくないとおっしゃっています、と伝えた。もしダークがいやというのなら、僕ではどうかと尋ねて欲しい、と言ってあった。しかし、これも断るということであった。ダークの口もとが震えた。

「強くは申せません」シスターが言った。「何しろ、まだまだお加減がよくないのですから。ひょっとすると、一、二日すれば、お気持が変わるかもしれませんわ」

「妻が会いたがっている者がいるでしょうか」ダークが、ささやくような小声で尋ねた。

「放っておいて欲しいだけだ、とおっしゃっています」

ダークの両手が、体から独立しているかのように奇妙な動きを見せた。

「もし誰か会いたい人がいるなら、連れて来る、と伝えてくれませんか。僕は彼女の幸せだけを願っているのだと言って下さい」

シスターは、落ち着いた、思いやりのある目で彼を見た。彼女の目は世の苦痛と恐怖のすべてを見てきたのだが、罪のない世界を常に夢見ているため、晴れ晴れとした目であった。

「奥さんがもう少し落ち着かれたら、そうお伝えしましょう」

ダークは、妻が哀れでたまらなかったのか、今すぐ伝えていただけませんか、と懇願した。

「それで妻は治るかもしれないのです。お願いです。いま伝えて下さい」

気の毒にというように、ちょっと微笑《ほほえ》みながら、シスターはふたたび病室に戻った。彼女の低い声が聞こえ、それから、僕には聞き覚えのない声が聞こえてきた。

「いやよ、いや、いや」

シスターが出て来て、首を横に振った。

「あれは奥さんの声ですか。とても奇妙に聞こえましたが」僕が聞いた。

「声帯が酸で焼けただれたようです」

ダークが低いうめき声を上げた。僕は、玄関に行って待っているように、彼に言った。シスターに聞きたいことがあるから、と説明した。何を、と彼は尋ねもせずに、黙ったまま玄関に向かった。まるで素直な子どもみたいで、意志の力を喪失したようだった。

「彼女は自殺の理由を何か言いましたか」僕が尋ねた。

「いいえ。何もおっしゃいません。じっと仰向けに寝ているだけです。何時間も身動きをしないときもありますよ。でも、いつも泣いています。枕がびっしょりです。ハンカチを使うだけの体力もないので、涙が頬《ほお》を流れるだけです」

これを聞くと、僕にも深い同情心が湧《わ》き、胸が痛んだ。そのときなら、そんな目にあわせたストリックランドを絞め殺してやることもできただろう。シスターに別れを告げたとき、僕の声は涙声になっていたと思う。

ダークは病院の玄関の階段で待っていた。彼の目にはもう何も映らなくなってしまったようで、僕が近づいたのも、腕に触るまで気づかなかった。僕らは沈黙したまま歩いた。可哀そうなブランチが自殺にまで追い込まれた原因は何だったのだろうか、あれこれ想像してみた。ストリックランドは事件をもう知っていると思った。警察から問い合わせがあったろうから、彼も説明をしたに違いない。彼が今どこにいるのか、不明だった。おそらく、アトリエにも使っていた、元のみすぼらしい屋根裏部屋に戻っているのだろう。ブランチが彼とも会いたがらないのは奇妙だった。もっとも彼女は、たとえ呼び出しても、彼が断ると知っていたのかもしれない。彼女が生きる意欲を失ったのは、一体どんな底知れぬ絶望の淵《ふち》を覗き込んだ結果なのであろうか。

## 36

次の週は悪夢のようだった。ストルーヴは日に二回病院に妻を見舞い、やはり面会を断られていた。それでも初めの頃は、回復しつつあると聞いてほっとし、前途に希望を抱いたのであるが、後になって、医師が恐れていたように余病が出て来て、回復は無理だと分かると、絶望してしまった。ダークの苦悩に対してシスターは同情的であったが、彼を慰めるような言葉をかけることはできなかった。何しろ、ブランチは口を利くのを拒み、目をじっと凝らして、まるで死の到来を待っているかのようであったからだ。あと一、二日もつかもたぬかだった。ある夜遅くにダークが訪ねて来たとき、僕は彼女の死を知らせに来たと悟った。彼は憔悴《しょうすい》しきっていた。さすがにもう饒舌《じょうぜつ》ではなく、無言でどさりとソファーに倒れ込んだ。慰めの言葉など無駄だと思い、そのまま休ませておいた。読書なんかしていると、冷たい奴だと思うかもしれないので、窓辺でパイプをふかしながら、彼がしゃべる気になるのをじっと待った。

「君はとてもよくしてくれたな」ようやく彼が言った。「誰も彼もとても親切だった」

「そんなこと」僕は少し照れて言った。

「病院ではね、待ってても結構ですと言われたんだ。椅子《いす》をくれたので、病室の外で待った。彼女の意識がなくなると、どうぞ入って下さい、と言われた。彼女の口とあごは酸で焼けただれていた。綺麗だった皮膚が醜《みにく》くなったのを見るのは、つらかったよ。とても穏やかに息を引き取ったので、シスターに言われるまで、死んだことに気づかなかったくらいだ」

ダークは疲れ過ぎていて、泣くこともできなかった。ぐったりと仰向けに寝て、まるで体中から力が抜けてしまったようで、やがて寝込んでしまった。睡眠薬なしで寝ついたのは一週間ぶりだった。自然の女神は、残酷なこともあるが、ときには慈悲ぶかいこともあるのだ。布団を掛け、明かりを消した。朝、僕が起きたとき、彼はまだ寝ていた。体を少しも動かさなかったらしい。金縁の眼鏡は鼻の上にきちんとのっていた。

# 37

ブランチ・ストルーヴの死は、状況があういう状況だったために、埋葬許可を取るのに不愉快な手続きが色々とあったが、ようやく埋葬できた。ダークと僕と二人だけで、霊柩車《れいきゅうしゃ》について墓地まで行った。馬車は、行きは歩くような足取りだったが、帰りは速度をあげ、霊柩車の御者が馬にやたらと鞭《むち》を当てるのに僕はショックを受けた。肩をすくめて、一丁あがりとばかりに死者をやっかい払いしているような感じだった。僕らの前を行く霊柩車の揺れるのが、ときどき見えたが、僕らの馬車の御者も遅れまいとして、馬に鞭を当てた。じつは僕自身もこの件をきれいさっぱり忘れたいと願っているのに気づいた。僕には直接関係のない悲劇にうんざりし始めていた。ダークの気をまぎらわせるために別の話題に話を向けたときには、正直ほっとした。

「ねえ、しばらくパリを離れたらどうだい？　もうここに留まっている理由なんてないじゃないか」僕が言った。

彼は返事をしなかったが、僕は容赦なく続けた。

「これからの計画は何か立てたのかい？」

「いや、べつに」

「何とか気を取り直して、生きてゆくように努力をしたほうがいいよ。イタリアに行って仕事を再開したらどうだい」

彼は今度も答えなかったが、御者がダークを持て余している僕を救ってくれた。一瞬速度を緩めて、体を乗り出して何か言った。よく聞こえないので、僕が窓から顔を出した。どこで僕らを馬車から降ろしましょうか、というのだった。僕はちょっと待ってくれと言った。

「一緒に昼食をとろうよ、ダーク。ピガール広場で降ろしてくれと言うからね」

「せっかくだけど、むしろアトリエに行きたいんだ」

僕は一瞬躊躇《ちゅうちょ》した。

「僕も一緒に行こうか」

「いや。一人になりたい」

「分かった」

御者に住所を告げ、ダークと僕はふたたび無言のまま馬車に揺られていた。ダークは、ブランチを病院に運んだあの悲惨な朝以来、アトリエに戻っていなかった。彼が僕の同行を断ったのは、有難かった。彼と戸口で別れたときには、ほっとしてその場を離れた。パリの街路を眺めて新鮮な喜びを感じ、忙しく通り過ぎて行くパリの男女を、微笑を浮かべて眺めた。よく晴れた暖かい日で、自分が、前にもまして生きているという強烈な喜びを覚えるのが分かった。喜びは抑えられなかった。ストルーヴと彼の悲哀は忘れようとした。僕は楽しみたかった。

## *38*

ダークとは一週間ばかり顔を合わせなかった。やがて、彼がある日の夕方、七時をちょっと過ぎたころ迎えに来て、僕を食事に誘った。彼は折目ただしく喪《も》に服していて、山高帽には幅広の黒いリボンが巻かれていた。ハンカチまで黒縁だった。彼がこれほどまで喪服にこだわっているので、大災害でこの世のあらゆる親類縁者、義理の従兄弟《いとこ》、又従兄弟《またいとこ》にいたるまで、一人残らず亡くした人物を思わせた。ただ、丸々と肉づきのよい赤い頬《ほお》が、悲哀と少なからず不釣り合いだった。不幸のどん底にいるのに、どこか滑稽味を帯びるという宿命はむごたらしいものだ。

パリを去ることに決めたが、僕の提案したイタリアではなく、オランダにした、と言った。

「明日出発する。これで君と会うのも、もしかすると最後になるかもしれないね」

僕は適当な返事をし、彼は淋《さび》しそうに微笑《ほほえ》んだ。

「故郷に帰るのは五年ぶりだ。もうすっかり忘れてしまったみたいだ。親父《おやじ》の家からあまりに遠くまで来てしまったので、再訪するのも気が引けたけど、今はそこしか逃げ場がないように思うんだ」

身も心も深く傷ついた今、彼は母親の優しい愛情をしきりに思い出した。何年ものあいだ耐えてきた他人からの嘲笑《ちょうしょう》が今や重くのしかかり、ブランチの裏切りで最後の止《とど》めを刺され、さすがの彼も快活さを失ってしまった。彼を笑う者と一緒に、自分も明るく笑っていたのだが、もはや、そんな元気はなかった。仲間はずれになっていると自覚したのだ。オランダのこぎれいな煉瓦《れんが》造りの家で過ごした子ども時代の話をした。特に母親がいかにきれい好きであったかを語った。キッチンはすべてが清潔で、磨かれ、輝いていて、よく整頓され、ひとかけらのゴミもない。おふくろは潔癖症だった、と彼は評した。話を聞いて、リンゴのような頬をした、小柄なこざっぱりした老婦人を思い浮かべた。長い年月、朝から晩まで働いて家を完璧に磨き、ちりひとつ落ちていないようにしてきたのだ。父親は瘦《や》せた老人で、生涯、大工の仕事をしてきたので、節《ふし》くれだった手をしている。口数は少なく正直者だ。夜には新聞を声に出して読み、これを妻と娘(今は小型漁船の船長の妻)が、寸暇を惜しんで針仕事に励みながら聞くのだった。文明の進歩から取り残されたその小さな町では、何事も起こらず、一年また一年と同じように過ぎ、やがて勤勉に働いた人たちに休息を与えるために、遂《つい》には死が友人のごとく訪れるのだ。

「親父は僕を自分と同じ大工にしたかったんだ。五代にわたって、父から子へと同じ職業に従事してきた。そのように迷わずに父と同じ道を歩むのが、生活の知恵なのかもしれないな。僕は子どもの頃、隣の馬具職人の娘と結婚すると言っていた。青い目と亜麻色《あまいろ》のお下げ髪の少女だった。あの娘《こ》なら、家を新品のピンみたいにぴかぴかに磨き上げただろうな。そして、僕の仕事を継ぐ息子も生まれただろう」

ストルーヴはちょっとため息をつき、黙った。大工として母国で過ごせばどうなっていたか、それを思い描いていた。彼が拒んだ安定した生活を思って、望郷の念に駆られたようだ。

「世の中はつらく厳しい。どうしてここにいるのか誰も知らず、どこへ向かうのかも、誰も知らない。人は控え目であるべきだ。控え目な生き方の美に目覚めるべきだ。運命の女神の目に触れぬほど、目立たぬように人生を送らねばならない。素朴で無知な人々に愛されるように努めようではないか。彼らの無知は僕たちの知識より優れている。僕らも、彼らと同様、片隅の人生で満足し、口を閉ざして素直に穏やかに生きよう。それが人生の知恵というものだ」

こんなことを言い出したのは、彼の失意のせいだろう。このような諦観《ていかん》には大いに抵抗感を覚えたが、意見は心の内に抑えておいた。

「なぜ絵描きになろうと決めたんだい?」僕は尋ねた。

彼は肩をすくめた。

「たまたま絵を描くコツに恵まれていたのだ。小学校では絵の賞を色々もらったものさ。おふくろは貧しい中で、水彩絵の具をプレゼントしてくれたよ。僕の絵を牧師だの、医者だの、判事だのに見せに行った。みんな感心して、僕をアムステルダムへやって、奨学金の試験を受けさせるように取り計らってくれたんだ。そして、僕は奨学金を得た。おふくろは僕のことをとても誇りにしてくれていてね、別れるのは胸の張り裂ける思いだったろうに、笑顔を浮かべて、悲しみは僕には見せなかったよ。息子が芸術家になるのをとても喜んだんだ。両親は節約を重ねて、僕に送金してくれていたよ。初めて僕の絵が展覧会に出たとき、親父とおふくろと妹が揃《そろ》ってアムステルダムまで見に来てくれた。おふくろは泣いて喜んだよ」そこまで話すと、目には涙が浮かんだ。「今はね、実家のどの壁面にも僕の絵が綺麗な金縁の額に収まって飾られているんだ」

彼は誇らしげに顔を輝かせた。だが僕は、農夫や糸杉やオリーヴの樹をいかにもまことしやかに、冷たい色調で描いた彼の絵を思い浮かべた。ああいう絵が、オランダの農家の壁に派手な額に入れられて飾られているというのは、さぞ奇妙なものであったろう。

「おふくろは、僕を絵描きにして、僕のために素晴らしいことをしたと思っていたけどね、いま振り返ってみると、果たしてどうかな？　もし親父の意見が通って、僕がまっとうな大工になっていたら、そのほうがよかったのかもしれないな」

「絵画が何を与えてくれるか、それを知った君が人生を変えるだろうか。絵画が君に与えてくれたものを見棄てるなんて、そんなことが君にできただろうか」僕が言った。

「絵画はこの世でもっとも偉大なものだ」しばらくして彼が言った。

それから僕をしげしげと眺め、何か躊躇《ちゅうちょ》しているようだった。が、口を開いた。

「僕がストリックランドに会いに行ったのを、知ってたかい？」

「君が会いに行った？」

僕は仰天した。ストリックランドなんて、一目見るのもいやだと思っていたからだ。ストルーヴはかすかに微笑《ほほえ》んだ。

「僕には人並みのプライドがないのは、君ももう知っているだろう」

「それはどういう意味だい？」

彼は次のような奇妙な話を聞かせた。

## 39

　ブランチの埋葬の日、僕と別れたダークは重い気持で家に入った。何となく、すぐにアトリエへと急がねばならないような気がした。それは漠然とした自虐本能からかもしれないが、一方で、アトリエでは心痛の種《たね》が見つかりそうで、恐れてもいた。足を引きずるようにして階段を昇った。足が彼を運ぶのをいやがっているかのようだった。ドアの前まで来ると、中にはいる勇気を奮い起こそうとして、長い間ためらっていた。ひどく胸が悪くなった。階段を駆け下りて、僕を追いかけ、一緒に家に入るように頼もうという衝動すら覚えた。家の中に誰かいるような気がしたのだった。ブランチと生活していた頃、帰宅して階段を上がった後、踊り場で息をととのえるのにドアの前で数分まったこととか、ブランチの顔を見るのが待ちきれなくて、胸が高鳴ったことなどを思い出した。彼女の顔を見る喜びは決して弱まらず、たった一時間外出していただけでも、ひと月会わなかったときのように胸が高鳴った。突然、彼女が死んだなんて信じられなくなった。起きたことは夢、恐ろしい夢にすぎないのだ。鍵を回してドアを開ければ、あの見事なシャルダンの「食前の祈り」に描かれた婦人と同じ上品な姿勢で、テーブルの上に少し身を屈《かが》めたブランチがいるのだ！　彼は急いで鍵をポケットから取りだして、ドアを開け、中に入った。

家には荒廃したところはまるでなかった。妻のきれい好きは、彼を非常に満足させた長所のひとつだった。母親がきれい好きだったせいで、整理整頓を歓迎する気持が彼にはあり、ブランチがごく自然に、どんな物でも決まった場所にしまうのを見たときには、それだけでほのぼのと温かい気持になったものであった。寝室は彼女がたったいま出て行ったままであるかのように思えた。洗面台には、ブラシが櫛《くし》の両側に一本ずつきちんと置かれていた。彼女がこの家で最後の夜を過ごしたベッドは誰かによって整頓されていた。パジャマは小さな箱に入れて枕の上に置かれていた。彼女がもうこの部屋に戻って来ないなんて、とても信じられない。

だが、彼は喉が渇いたので、水を飲みにキッチンへ行った。ここもきちんと整頓されていた。ラックには、ストリックランドと喧嘩した夜の夜食で使用した皿が、きれいに洗って置かれていた。ナイフとフォークは引き出しに片づけてあった。チーズの食べ残しには覆いがかぶせられ、パンはブリキの容器に入っていた。彼女は毎日、買い物に出かけ、その日に必要なものだけ買っていたから、翌日まで食品が残るということはなかった。ストルーヴが警察の聞き込みから知ったところでは、ストリックランドは夕食の直後に家を出たということだった。ブランチが夕食のあと片づけをいつも通りにしたのを知り、ダークはぎょっとした。妻の几帳面さから、自殺が冷静に考えた末のことであるのが一段と明白になった。彼女の落ち着きぶりは恐ろしいほどだった。とつぜん心痛に耐えかねて、ひざから力が抜け、彼はもう少しで倒れそうになった。寝室に戻り、ベッドに体を投げ出した。彼女の名を声を上げて呼んだ。

「ブランチ、ブランチ」

彼女の苦しみを思うと耐え難かった。彼女がキッチン――物入れくらいの狭い所だった――に立っている姿が急に頭に浮かんだ。皿とグラス、フォークとスプーンを洗い、ナイフはナイフ研《と》ぎ台でさっと磨き、全部かたづけ、流しを擦《こす》り洗いし、ふきんを乾かすために吊す――灰色の襤褸《ぼろ》きれがまだ吊ってあった――そこまで済ませて、すべてが清潔に片づいたのを確認する。彼女がたくし上げた袖《そで》を元に戻し、エプロンを取り――エプロンはドアの背後のフックにまだ掛かっていた――それから蓚酸《しゅうさん》の瓶《びん》を手にして寝室に入る、その様子を彼は想像した。

あれこれ考えると、胸が張り裂けそうになり、彼はベッドから降り、寝室を出た。アトリエに入った。大窓のカーテンが閉められていたから暗かった。彼はすぐにカーテンを開いた。さっと見渡したとき、以前はここでどれほど幸せであったかを思って、涙があふれた。ここも元のままだった。ストリックランドは仕事の環境などにまったく無関心だから、他人のアトリエで仕事をしても、模様替えなど考えもしなかった。そこは意識的に芸術家の仕事場らしくととのえられていた。それは、ストルーヴが芸術家にとっての適切な環境と考えたものだった。壁面には昔の錦織の切れはしが飾られ、ピアノには古びた美しい絹布が掛けてあった。片隅にはミロのヴィーナスの複製が、別の隅にはメディチのヴィーナスの複製があった。デルフト陶器が上に置いてあるイタリアの飾り戸棚がところどころに置かれ、浅浮き彫りの作品もところどころに飾られていた。またベラスケスの「インノケンティウス十世像」の複製が綺麗な金縁の額に入っていたが、これはストルーヴがローマで作製したものだった。さらに、装飾的な効果を出す目的で飾られていたのは、ストルーヴ自身の何点かの絵で、すべて豪華な額縁に収まって、あちこちに置かれていた。ストルーヴは趣味のよさを誇っていた。アトリエをロマンティックな雰囲気にしようと、ずっと努めてきた。今はアトリエの様子を目にすると、胸がえぐられるような気がしたが、無意識にルイ十五世時代のテーブルの位置を直した。これは彼の宝物のひとつだったのだ。突然、彼は表面を壁に向けて立てかけてあるキャンヴァスに気づいた。彼がいつも使っていたのよりずっと大きく、不思議に思った。絵の所まで行き、画面が見えるようにキャンヴァスを自分のほうに向けた。ヌードだった。すぐにストリックランドの絵だと思ったから、胸が高鳴りだした。腹を立てて、元通り乱暴に壁にもたせかけようとした。こんな所に置くなんて、一体どういうつもりなのか。しかし、彼が手荒に触れたので、絵は画面を下にして床に倒れた。誰の作品であれ、そのように埃《ほこり》まみれにしておくのは好まないので、その絵を持ち上げた。一瞬好奇心が湧《わ》いた。ちゃんと見てみようという気になり、イーゼルまで運んで立てかけた。落ち着いて見ようとして、数歩うしろにさがった。

はっと息を飲んだ。ソファーに横になっている女の絵だ。腕の一方は頭の下に、もう一方は体に沿って伸ばしている。片ひざを立て、もう一方の脚は伸ばしている。古典的なポーズだった。ストルーヴは眩暈《めまい》を覚えた。ブランチだった。彼は嫉妬《しっと》、怒り、悲しみに襲われ、しゃがれ声でさけんだ。何をさけんでいるのか不明だった。拳《こぶし》を握りしめ、殴りかかろうと差し上げた。声の限りさけんだ。逆上した。もう我慢できない。あまりといえば、あまりじゃないか。何か打ち据える道具はないかと、あたりを見回した。絵を破ってやるぞ。こんな絵は一分たりとも許しておけぬ。その目的にかなう道具がない。絵の道具箱を掻き回したが、なぜか何も見つからない。死に物狂いで探した。とうとう探していたものが見つかった。大型の絵の具落とし《スクレーパー》だった。勝鬨《かちどき》を上げて飛びついた。まるで短剣を手にしたように握りしめ、絵に突進した。

ストルーヴがこの部分の話を僕にしたとき、彼は事件が起こったときと同じように興奮し、彼と僕の間にあったテーブルの上の食事用のナイフをつかんで振り回した。斬《き》りつけようと絵に向かって腕を振り上げたのだが、それから手を開いてしまった。ナイフはガラガラと音を立て、床に転がった。彼は、神経質にかすかな微笑を浮かべて僕を見た。何も言わない。

「言ってしまえよ」僕が促した。

「僕にどういう変化が起きたのか、自分でもよく分からないのだ。絵に大きな穴を開けてやろうとしていた、打ちかかるべく、腕を振り上げた。するとその瞬間、見えたんだ」

「見えたって、何がだい?」

「絵だ。芸術作品だ。斬りつけることなど、とてもできなかった。恐ろしくなったんだ」

ストルーヴはまた口を閉ざした。それから、やおら口を開いてこちらを見た。丸い青い目は顔から飛び出さんばかりだった。

「じつに見事な絵だった。畏敬の念に打たれた。もう少しで恐ろしい罪を犯すところだった。もっとよく見ようとして近づくと、何かにぶつかった。絵の具落としだった。身震いしたよ」

これを聞いて、僕にもダークの感激と興奮が感染したような気がした。異様な感動を覚えた。価値観のまるで違う世界にとつぜん移住したかのようであった。見慣れた物に対する反応が、自分の慣れ親しんだものとはまったく異なる国に来て、途方にくれている異国人のように、茫然《ぼうぜん》と立ちすくんでいた。ストルーヴは僕にその絵について述べようとしていたのだが、首尾一貫せず、彼の言わんとするところをこちらが推測するしかなかった。ストリックランドは、束縛の絆《きずな》を全部はじき飛ばしてしまったのだ。その結果、彼は発見したのだ。といっても、よくあるように自分自身を発見したのではない。思いもよらぬ力を持った新しい魂を発見したのだ。新しい作風には、とても豊かで独特な描線の大胆な単純化、肉体を奇跡的とも言える熱烈な官能性をこめて描く絵の具の使い方、肉体の重量感を異常なまでに感じさせる立体感があった。しかもそれだけでなく、新しい、心を不安にさせるような霊的なものが加えられていた。この霊的なものは想像力を誰も足を踏み入れていない道へと誘い、永遠の星の光しかない虚空の空間の存在を暗示した。この空間において、赤裸々《せきらら》な魂は新しい神秘の発見に向かって、おずおずと乗り出してゆくのだった。

僕がここで柄にもなく大袈裟《おおげさ》な表現を用いたとすれば、それはストルーヴが誇張した表現を使ったからだ（人は興奮すると低俗な小説風の表現に陥りがちなのをご存じだろうか）。ストルーヴはこれまで経験したことのない感情を表現しようとしたが、日常の言葉での表現法を知らなかったのである。口にするのも憚《はばか》られることを何とか伝えようと努力する神秘家と同じだったのだ。だが、彼が僕に明らかにしてくれたことがひとつある。それは、これだ。一般の人は美について軽々しく語る。そもそも言語感覚がないから、美という語も不注意に用いるため、言葉が迫力を失ってしまう。言葉が表す「美」も、ありふれた陳腐なものでさえ美しいと言われるので、尊厳を奪われてしまうのだ。人はドレスでも犬でも鮭《さけ》でも美しいと言う。大文字で書くような「美」と対面しても、それと認識できない。陳腐なものの修飾に「美しい」という言葉を使用するのに慣れ過ぎて、感受性が鈍ってしまっているからだ。ときどき感じるだけの霊力を用いてあざむく霊能者にも似て、人は濫用し過ぎて美の感性を失うのである。しかし、ストルーヴは違う。度し難い道化者ではあるが、彼の美への愛情と理解は、誠実で正直な人柄と同じく、誠実で正直なものであった。美は彼にとっては、信者にとっての神を意味した。それゆえ、美を目撃したときには恐怖を覚えた。

「ストリックランドに何と言ったんだい？」僕が聞いた。

「一緒にオランダに来る気はないかと尋ねたよ」

これを聞いて呆れてしまった。ただただ茫然とダークを見つめるばかりだった。

「彼も僕も共にブランチを愛した。僕のおふくろの家には彼を置く余地くらいはある。素朴な貧しい人たちと付き合えば、彼の心にも何か得るところがあるのじゃないかと考えたのさ。何か彼にとても役立つことが学べるんじゃないかってね」

「彼は、何と言った？」

「ニヤッとしたよ。僕のことをじつに愚かな奴と思ったに違いない。自分には他にもっと重要なことがある、と言った」

断るにしても、もっと他に言い方があろうものを、と僕は思った。

「ブランチの絵をくれたよ」ダークが言った。

どうしてそんなことをしたのか理解できなかったが、黙っていた。しばらく沈黙があった。

「君の家財道具はどうした？」とうとう僕が言った。

「ユダヤ人の業者にぜんぶ見積もらせたら、相当な金額になった。自分の絵は故郷に持って帰るよ。今は、絵以外には、一箱の衣服、わずかな書物を除いて、この世で持っているものは何もない」

「君が故郷に帰るのはよかったと思うよ」

過去をすべて忘れれば、彼にもまだチャンスがあると僕は思った。今は耐え難い悲哀も、時とともに薄れるだろうし、慈悲ぶかい忘却のおかげで、もういちど元気に生きてゆく勇気を見出せるだろう。まだ若いのだから、数年もすれば、今の苦難の日々を振り返ってみて悲しみも感じるだろうが、それとともに、多少の懐かしさも覚えるようになるだろう。いずれオランダで誰かいい人と結婚するだろう。きっと幸せになるに違いない。彼が死ぬまでに、数え切れない点数のまずい絵を描くだろうと考えると、思わず苦笑が浮かんできた。

翌日、アムステルダムに向かう彼を見送った。

## *40*

その後ひと月というもの、自分の仕事で手いっぱいだったので、この悲しい出来事に関係のある人とは誰とも顔を合わせず、僕はもうこの件を考えるのをやめてしまった。ところが、ある日、ちょっとした用事で通りを急いでいると、チャールズ・ストリックランドとすれ違った。彼の姿を見るなり、なるべく忘れてしまいたい恐ろしい出来事がよみがえってきて、その張本人への嫌悪の情がふつふつと沸き起こってきた。知らぬ振りをするのも大人げないので、会釈だけはして、通り過ぎようとした。ところが、一分もしないうちに肩に手が触れるのを感じた。

ない。

「ばかに急いでいるじゃないか」彼が愛想よく言った。自分と顔を合わせたがらぬ人間に対して愛想よくするのは、いかにもストリックランドらしかった。僕の冷やかな態度から、僕が彼を避けているのがすぐに分かったに違いない。

「急ぎますから」僕は素っ気なく言った。

「一緒に行こうじゃないか」

「どうして？」

「君といるのが楽しいからだ」

僕はこれには返事をしなかった。彼は黙ってついて来た。そのまま、おそらく四分の一マイルくらいは歩き続けたろう。何だか少し可笑《おか》しくなってきた。ようやく文具店の前に来た。用紙をここで買ってもいいな、彼を追い払う口実にもなる、と思いついた。

「この店で買い物をしていきます。では失礼」僕が言った。

「待っているよ」と彼。

僕は肩をすくめて店に入った。入ってから、フランス製の用紙は質が悪いし、いずれにしても、彼を追い払えないのなら、すぐに要る訳でもないものを買う必要はないと考えた。そこで、その店にはないと分かっている品を頼み、一分してから店を出た。

「欲しかった物はあったかい」彼が尋ねた。

「いや、ありませんでした」

黙ったまま歩き続け、やがていくつかの通りが合流している角に出た。僕は縁石の所で足を止めた。

「どちらの方角に行くのです?」僕が尋ねた。

「君の行く方角さ」ニヤリとして彼が言った。

「僕なら、帰宅しますが」

「じゃあ、一緒に行ってパイプでもくゆらすかな」

「そういうことは、まず誘われてからじゃないですか」冷やかに言ってやった。

「俺だって、誘われる見込みがあれば、そうしたよ」

「目の前に壁があるのが見えますか」僕は指さしながら尋ねた。

「見えるよ」

「それなら、僕があなたと付き合いたくないのだって見えるでしょう」

「そうらしいとは、だいたい想像できたよ、正直いうと」

僕は含み笑いをせざるを得なかった。僕を笑わせてくれる人を心底から嫌えないのが、僕の欠点だ。しかし、気を取り直した。

「あなたはいやな人だ。これまで遺憾《いかん》ながら知り合ったおぞましい人間の中でも、最低だ。あなたを憎み、軽蔑している人間と一体なぜ付き合おうとするのです?」

「おい君、君が俺をどう思っているかなんて、ぜんぜん構わんよ」

「まったくいやになる！　とにかく、僕はあなたとこれ以上つき合うのは、ご免ですよ！」自分の動機が決して褒められたものでないと気づいていたので、僕は余計に乱暴な口を利いた。

「俺が君を堕落させるとでも思うのか」

彼の口調のせいで、少し滑稽な気がしてきた。彼が僕を斜めから皮肉な笑みを浮かべて見ているのが分かった。

「金に困っているんでしょう?」僕は横柄な言い方をした。

「手ごわい君から金を借りる可能性があるなんて思ったとすりゃあ、俺もよっぽど阿呆《あほう》だな」

「わざわざお世辞を言うなんて、あなたも落ちぶれたもんですね」

彼はニヤリとした。

「気の利いた嫌味を言う機会をときどき君に与えてやる以上、君が俺のことを本気で嫌う訳はないだろう」

笑い出しそうなのを抑えるために、僕は唇を嚙《か》まねばならなかった。彼は癪《しゃく》に触ることを言ったが、それは真実だ。僕と同等にやり合える相手がどれほど堕落した人間であろうと、付き合うのを楽しむのが、これまた僕の欠点だ。ストリックランドを嫌うなんてことは、僕が意地を張る以外、これ以上つづけられないと感じた。自分に道徳面で欠陥があるのは分かっているし、それに彼に対する非難には一種のポーズがあるのにも気づいていた。僕が気づくくらいだから、敏感な彼はまず見抜いていたに違いない。きっと腹の中で嘲笑《ちょうしょう》していただろう。彼に結論めいたことを言わせたまま、僕はあえて反論せず、ただ肩をすくめて見せた。

## 41

僕らは家に着いた。一緒にどうぞと言う気がしないので、僕は無言で階段を上がった。彼はついて来て、すぐ後から部屋に入った。ここには一度も来ていなかったのだが、僕が苦労して体裁をととのえた部屋の様子には目もくれなかった。テーブルに刻みタバコの缶があったので、彼はパイプを取り出して詰めた。それから、一脚しかない肘掛けのない椅子《いす》を選んで坐り、椅子の後ろ脚に重心をかけて、反《そ》り返った。

「楽にしたければ、肘掛け椅子に坐ったらどうです?」僕は苛立って言った。

「俺が楽かどうかなど、なぜ気にするんだ?」

「気になどしていませんよ」僕は言い返した。「こちらの気分の問題ですよ。そんな坐り心地の悪い椅子にひとが坐っているのを見ると、不愉快になりますからね」

彼はくすりと笑ったが、移動しなかった。黙ってタバコをふかしていた。もう僕のことなど念頭になく、どうやら自分の考えに没頭している様子だった。どうしてここへ来たのだろう?

作家というものは、長年の習慣で感覚が麻痺《まひ》している者でもないかぎり、特異な人間に興味をそそられ、そのため道徳心が留守になってしまうものだ。これには、我ながら困惑する。悪の観察に芸術的満足感を持つ自分に気づくと、はっと驚く。悪を糾弾《きゅうだん》しようという心よりも、その行為の動機に対する好奇心のほうがまさっていると、作家は正直に認めざるを得ない。論理的で完全なる悪人というものは、法と秩序の立場からは有害であるが、創造する作家にとっては無我夢中になるほど興味ある存在である。悪人イアーゴーを創造したときのシェイクスピアは、月光と空想を混ぜ合わせて清純なデズデモーナを描いたときには感じなかった心底からの喜びを覚えたに違いない。ひょっとすると、作家というものは、文明社会の風俗習慣の故に潜在意識の神秘的な領域に押し込められている自分の暗い衝動を、悪人を描くことで満足させているのかもしれない。自分の創造した悪人に血と肉を与えることで、作家は、他の方法では表現できぬ自分自身のある部分に生命を与えるのである。作家の満足感とは解放感なのだ。

作家は裁くより、知ることに関心がある。

僕の心には、ストリックランドに対する強い憎悪があったが、同時に、彼の動機に対して冷静な好奇心もあった。僕には彼が理解できなかった。あれほど親切に遇した人びとの生活を蹂躙《じゅうりん》したことを、彼が今どう思っているのか、それをぜひとも知りたかった。僕は単刀直入に探りを入れた。

「ストルーヴの話だと、あなたがブランチを描いた作品は、これまでの最高傑作だということですがね」

ストリックランドはパイプを口からはずした。その目には微笑が浮かんでいた。

「あれを描くのはとても楽しかったよ」

「どうしてダークにやってしまったのです?」

「完成したからな。完成すれば、もう用はない」

「ストルーヴがもう少しでずたずたに引き裂くところだったのを、知っていますか」

「まあ、完全に満足という出来でもないしな」

彼は一、二分黙っていたが、やおら口からパイプをはずし、含み笑いをした。

「あの小男が俺に会いに来たのを、知ってるかい」

「ダークがあなたに言ったことで少しはこたえましたか」

「いや、べつに。馬鹿馬鹿しい、感傷的な話だと思ったまでだ」

「あの男の一生を台無しにしたのを、もう忘れたのですか」僕は言ってやった。

彼はひげのあるあごを考え深げにこすった。

「奴はへたくそな画家だ」

「しかし人柄はいいですよ」

「それに料理の腕は一流だ」ストリックランドは嘲笑的《ちょうしょうてき》に付け足した。

この冷淡さはあまりにも非情で、僕は憤慨したので、ずけずけと言ってやった。

「単なる好奇心から尋ねるのですが、ブランチ・ストルーヴの死に、ほんのわずかでも良心の呵責《かしゃく》を覚えたことはありますか」

彼の表情に何か変化でも起きないかと見守ったが、無感動のままだった。

「俺にそうしなくちゃならんという理由でもあるのかね」

「じゃあ、事実を羅列しますよ。あなたは死にかけていた、そこにダークが来て、自分の家に引き取った。彼はあなたを母親のように看病した。彼はあなたのために、時間も、楽しみも、金も犠牲にして、死地にいたあなたを救った」

ストリックランドは肩をすくめた。

「他人に尽くすのが、あの愚かな小男の楽しみなのだ。それが奴の生き甲斐さ」

「ダークに恩を感じる義理はなかったにせよ、わざわざ彼の奥さんまで奪う必要はなかったでしょう？　あなたが現れるまで、あの二人は幸せだったのに。どうして手を出したのです？」

「奴らが幸せだったと、なぜ思うのだ？」

「そんなことは一目で分かりますよ」

「それでも顔に目がついているのかね。奴があんなことをしたのに、ブランチが許しておくと思うかね」

「どういう意味ですか」

「奴がなぜあの女と結婚したか知らんのか」

僕は首を横に振った。

「あの女はローマのある公爵家で住み込みの家庭教師をしていたんだが、そこの息子があいつをたらし込んだのだ。あの女は相手が結婚してくれるものとばかり思い込んだ。だが実際には、いきなり邸《やしき》から追い出されたのさ。妊娠していたし、ブランチは自殺を図った。ストルーヴがその彼女を見初《みそ》めて結婚したのだ」

「いかにも彼らしいですね。彼ほど同情ぶかい男はいないと思いますよ」僕が言った。

あの不釣り合いな夫婦がどうして結婚したのか考えてみたことはあったが、まさかそういう事情だったとは思ってもみなかった。ダークの妻への愛に独特なものがあったのは、このためだったのかもしれない。確かに単なる恋心ではない何かがあるような気がしていた。また、ブランチの控え目な態度には、何か秘められたものがあるといつも想像していたのも、思い出された。しかし今はじめて気づいたが、あの態度には、恥ずべき秘密を隠そうという気持以上のものがあったのだ。あの物静かさは、ハリケーンに襲われた島にたれこめる、うっとうしい静けさに似ていた。彼女の快活さは自暴自棄から出たものだったのだ。このようにあれこれ考えていると、ふいにストリックランドが口を開いた。言う言葉がひどく皮肉なので、僕は思わず、はっとした。

「女は、男が自分を傷つけた場合には相手を許すことができる。ところが、男が自分のために犠牲を払った場合には、相手を許せないのだ」と言ったのである。

「そういう理屈なら、あなたの場合、接触した女に許されるばかりで、女に恨まれる可能性はゼロですね」僕が言った。

彼の口もとにかすかな微笑が浮かんだ。

「君は気の利いた嫌味を言うためなら、平気で主義主張を犠牲にするんだな」彼が言った。

「子どもはどうなったのです？」

「早産だった。奴らが結婚して三、四カ月の頃だ」

その次にした質問は、僕にはいちばん不可解だったことだ。

「一体どうしてブランチに手を出したのです？」

彼があまり長いあいだ返事をしないので、もう少しで質問を繰り返すところだった。

「俺にも分からん。俺を見るだけでも、ひどくいやがっていたんだからな。それに興味をそそられたのかな」彼がようやく言った。

「なるほどね」

それから、とつぜん彼の目が怒りでギラリと光った。

「くそ、いまいましいな。だが、あの女を抱きたかったんだ」

しかし、すぐに怒りは治まり、僕を見てニヤリとした。

「あの女、最初は驚いたようだ」

「気持を打ち明けたのですか」

「そんな必要はなかった。あいつには通じたからな。俺は一言もいってない。あいつ、怯《おび》えていたよ。結局ものにしちまったがな」

なぜだか分からないのだが、この告白の仕方で、彼の欲望の激しさが異様なほどひしひしと伝わってきた。僕は面食らったし、少しぞっとした。彼の生活は奇妙なほど物質的なものから切り離されていたが、そのために、ときどき肉体が精神に恐ろしい復讐《ふくしゅう》を加えるかのようだった。彼の内にある好色性がとつぜん頭をもたげ、彼は原始的な迫力を持つ横暴な性欲の虜《とりこ》となり支配されてしまう。それは完全な強迫観念なので、彼の心には気配りとか感謝といったものの占める余地などないのだ。

「しかし、なぜ彼女を連れて行こうなどと思ったのです？」

「俺が連れ出したんじゃない」彼は眉《まゆ》をひそめて言った。「あの女が一緒に行くと言ったんで、俺はダークと同じくらい驚いた。お前に飽きたら追い出すぞ、と言ったのだが、あいつは危険は覚悟の上だと言った」ここで一息ついた。「いい体をしていた。ヌードを描きたくなった。絵が完成したときには、あんな女にはもう興味はなかった」

「しかし彼女のほうは心からあなたを愛していたんですよ」

彼はさっと立ち上がると、小さな部屋を歩き回った。

「俺は愛など要らぬ。そんな暇はない。愛は人間の弱点だ。俺は男だから、女が欲しいこともあるさ。だが欲望が満たされれば、他のことに向かう。性欲は克服できんが、そいつを憎んでもいるのだ。精神を虜にするからだ。あらゆる欲望から解放され、邪魔なしで仕事に没頭できるときを、いつだって待ち望んでいる。女は恋以外に何もできないから、滑稽なほど恋を重要視するのだ。そして、恋こそ人生のすべてだなどと男にも思い込ませようとする。恋など人生の瑣末《さまつ》な部分にすぎん。情欲なら分かる。正常で健康的なものさ。だがな、恋は病《やまい》だ。女は快楽の道具だ。『伴侶《はんりょ》』だの、『仲間』だの、『連れ合い』だのという主張には我慢ならんよ」

ストリックランドが一度にこれほどしゃべるのを聞いたのは、これが初めてだった。彼は憤怒《ふんぬ》に駆られてしゃべった。しかし、ここでも他の箇所でも、僕は彼の発言をそのまま伝えている訳ではない。彼の語彙《ごい》は限られていたし、彼には文章作成の能力など皆無だったからだ。感嘆詞、顔の表情、身振り手振り、陳腐《ちんぷ》な語句などをつなぎ合わせて、だいたい彼が意味することをまとめるしかないのだ。

「あなたは、女が奴隷で男が主人だった時代に生きればよかったですね」僕は言った。

「たまたま俺が、どこから見ても正常な人間だってことにすぎんな」

こんなことを真顔で言い出すのを聞いて、僕は吹き出さずにはいられなかった。彼はまるで檻《おり》の中の獣のように部屋中を歩き回り、自分の考えを何とか伝えようともがいていたが、筋道を立てて表現するなど、彼にはどだい無理だった。

「女は、男を愛すると、相手の心を自分のものにするまで満足しない。女は、自分が弱い存在なので、男を支配しようと必死になり、支配しないと満足しない。知性が低いので、自分の理解できぬ抽象的な話を嫌悪する。物質的なもので頭がいっぱいなので、観念的なものに対して妬《ねた》みを抱く。男の心は宇宙の最果てまでさまようのだが、女はそれを出納簿《すいとうぼ》の範囲に留めようとする。君は俺の女房を覚えているだろう？　あれがいい例だよ。ブランチも同様で、だんだん何かと策を弄《ろう》するようになってきた。俺を捕まえて、閉じ込めようと、さんざん骨を折っていたよ。俺を自分のレヴェルに引きずり下ろそうとしたのだ。俺の世話をするのでなく、ただ俺を自分の所有物にしておきたがった。あいつは俺のためなら何でもしようとしたが、俺が実際に望んだこと、つまり俺を放っておくことだけは絶対にしなかった」

僕はしばらく無言だった。

「彼女を棄てたら、どうなると思っていたのですか」

「ストルーヴの所に戻れたはずだ。奴は喜んで迎え入れただろうよ」いらいらした口調だった。

「ずいぶん冷酷な人ですね、あなたも。こんな話をしてみたところで、生まれながらの盲人に色彩を論ずるのと同じで、無駄ですね」

彼は僕の椅子《いす》の前で止まり、僕を見下ろしたが、目には軽蔑と驚きが浮かんでいた。

「ブランチの生死など、君は本気で、これっぱかりでも気にしているのかね?」

彼の質問をじっくり考えてみた。少なくとも自分の気持に正直に答えたいと思ったのだ。

「彼女が死んでもべつに構わないとすれば、僕には同情心が欠如しているせいかもしれませんね。彼女は、生きていれば色々と人生を楽しむこともできたでしょう。あんなに残酷にそうした機会を奪われるなんて、ひどいと思います。それなのに、僕がたいして気にならないというのは、恥ずかしいとは思いますよ」

「君は、確かだと思っていることでも、断言する勇気がないんだな。人生に価値なんかない。ブランチが自殺したのは、俺が棄てたせいではない。あいつが馬鹿な情緒不安定な女だったからにすぎんよ。まあ、もうブランチの話はやめにしようじゃないか。話題にするほどの女じゃない。さあ、俺の絵を見せようじゃないか」

彼はまるで子どもでもあやすように言った。僕は腹を立てていた。彼に対してというより、自分自身に対してだった。ストルーヴ夫妻のモンマルトルの居心地のよいアトリエでの幸福な生活とか、二人の素朴さ、親切心、寛大さなどを思い出していた。それが残酷な運命によって無惨に打ち砕かれたのは酷だと思った。だが、何よりも酷なのは、この事件が世間に何の影響も及ぼさなかったことだ。世間は移り変わり、ストルーヴ夫妻が不幸になったからといって、そのことで少しでも不幸になった者など一人もいないのだ。ダークにしても、情が深いというよりは感情的に強い反応を示す性質であったから、やがて忘れるであろう。ブランチの一生は明るい希望や前途への夢で始まったのであろうが、今となってみると、生きようと死のうと何の変わりもなかったことになる。すべては空《むな》しく、無意味だったのだ。

ストリックランドは帽子を取り、僕を見ながら立ち上がった。

「いったい来るのか、来ないのか」

「どうして僕と付き合おうとするのですか。あなたを嫌い、軽蔑しているのは分かっているでしょうに」

彼は上機嫌に笑った。

「君が俺を嫌う理由は、君が俺のことをどう思おうと、俺がぜんぜん気にしないからだけだろう?」

僕は憤怒のあまり頰《ほお》が紅潮したのが自分でも分かった。彼の冷酷な身勝手さに対して憤慨する者がいるのを、彼に分からせることが、どうしてもできない。徹底した冷淡さという鎧《よろい》を突き破りたいのに、それができない。とはいえ、結局、彼の言ったことは真実だと悟らざるを得なかった。人というものは、相手についてのこちらの批評を相手が気にするものだと、おそらく無意識ながらも考えているものである。それを歯牙《しが》にもかけぬ相手がいると、無視されたといって憤慨するのだ。こちらのプライドが、ひどく傷つくからだ。しかし、僕はストリックランドに怒りを隠した。

「相手を完全に無視するなんて、いったい可能でしょうか」彼にというより、自分に対して言った。「人間は他人に依存せずには生きられません。一人で生きようとするなんて、とんでもない思い上がりです。いずれは病を得て、疲れ果て、老い、結局は仲間の所に戻るに決まっています。そのときになって、慰めや同情を求める自分を恥じることになりませんかね。あなたは無理なことに挑戦しているのです。遅かれ早かれ、あなたの内なる弱い人間が、人類共通の絆《きずな》を求め始めるに決まっていますよ」

「俺の絵を見に来いよ」彼が言った。

「死について考えたことはありますか」

「なぜそんなことをする必要がある？　くだらん」

僕は彼を凝視した。彼は、冷笑的な目付きをして、僕の前に立ちはだかっているだけだ。それにもかかわらず、肉体に縛られた人間には想像もつかぬ何か崇高《すうこう》なものを目ざしている、燃えるような、苦悩する魂がそこにあるように、僕は感じた。言葉で表現できぬ神聖な何かをひたむきに追求する姿を、一瞬かいま見たような気がした。僕の前に立つ、みすぼらしい服を着た、大きな鼻、キラキラ輝く目、赤いあごひげ、乱れ髪の男を見ていると、奇妙な感覚を覚えた。目に見えているのは外側の覆いにすぎず、まるで肉体から離れた霊魂を相手にしているような感覚だった。

「じゃあ、あなたの絵を見に行きましょう」僕は言った。

## 42

なぜストリックランドが僕に作品を見せる気になったのかは分からなかった。しかし有難い機会だった。作品は作者の内面を表す。社交の場では、作者は世間向けの姿しか見せない。作者の真実の姿は、無意識のちょっとした行為とか、知らず知らず顔をよぎる一瞬の表情などからしか推し量ることはできないのだ。ときには、作者の仮面のつけ方があまりに完璧なので、それがいつしか真実の顔になってしまうこともある。だが、書物や絵画では、作者は真実の姿を無防備に曝《さら》け出す。格好をつければ、愚かしさが露呈するばかりである。鉄に見えるように描かれた木片は、木片にすぎないのが露見する。いくら独自性をよそおってみたところで、凡庸さは隠せない。作者というものは、どんな小品においても、鋭敏な観察者から見れば魂の深奥の秘密を露呈しているものである。白状してしまえば、ストリックランドの住むアパートの長い階段を昇りながら、僕は少し胸が踊るのを覚えた。驚くべき冒険にいよいよ乗り出す気分だったのだ。彼の部屋に入ると、もの珍しそうにあちこちに目をやった。覚えていた以上に狭く、飾り気のない部屋だった。僕の知り合いの画家の中には、広いアトリエを要求し、自分の気に入った環境でなければ制作できないと断言する者がいるが、そういう連中は、ここを見たら、いったい何と言うだろうか。

「そこに立っていてくれ」これから見せる絵がもっとも効果的に見える場所だと判断した所を、彼は指さした。

「感想なんて言わないほうがいいのでしょう?」そう聞いてみた。

「もちろんだ。余計なことは言わんでくれ」

彼はイーゼルに一枚の絵をのせ、一、二分、僕に見させ、それから次の絵と代えた。およそ三十点ばかりはあったと思う。この六年間の成果だった。一枚も売らなかったのだ。大きさは様々だった。小さいのは静物、大きいのは風景だった。肖像画は六点ほどあった。

「これで全部だ」彼が最後に言った。

作品の美しさと並みはずれた独創性を僕はたちどころに認めた、と言えればよいのだが、残念ながらそうではなかった。その後、同じ絵を何回も見て来たし、複製で馴染《なじ》みになった絵も多いので、その日はじめて見たとき、あれほど失望したことに、今では驚かざるを得ない。真の芸術が見る者に当然与える、独特の胸の高鳴りをまったく感じなかったのだ。ストリックランドの絵が僕に与えた印象は、戸惑いだけだった。どれひとつ買いたいとは思わなかったのを、僕はいつも残念に思う。またとない機会をみすみす逃したのだ。あの絵のほとんどは、今では美術館入りし、残りは裕福な個人収集家の大切な宝物になっている。僕は言い訳を探してみた。僕の絵の趣味はまあまあだが、独創性がないことは認めなければならないだろう。絵の知識に乏しく、他人が先鞭《せんべん》をつけた評価に従うのみだ。その当時の僕は印象派が大好きだった。シスレーとドガを一点は所有したいと望み、マネを崇拝していた。マネの「オランピア」を近代絵画の最高傑作だとみなし、「草上の昼食」に深い感銘を受けていた。これらが絵画における最高のものだと思っていたのだ。

ストリックランドが見せてくれた絵がどういうものであったか、ここで述べるつもりはない。そもそも絵の説明は退屈だし、それに、絵画に関心を持つほどの人にはいずれも馴染みの深い作品ばかりなのだ。今では彼は近代絵画にあまねく影響を及ぼしているし、かつまた、彼が先駆者の一人として切り開いた領域には後続の画家たちが参入しているので、たとえ初めて彼の絵を見たとしても、心の準備は出来ているといえよう。しかし、僕の場合はそうではなく、それ以前にストリックランドのような作風の絵を一点も見たことがなかったのだ。最初は、あまりに不器用に思える描き方にショックを受けた。僕は昔の巨匠の作風に慣れていたし、近年はアングルをもって最高の画家だとみなしていたので、ストリックランドはひどく稚拙だと思った。彼の狙いが単純化にあるとは、ぜんぜん思いもよらなかった。皿の上にのったオレンジの静物画を覚えているが、皿が丸くなく、オレンジがゆがんでいるのが不快だった。肖像画は実物よりやや大きく、見た目が醜悪だった。僕の目には、その顔が戯画に見えた。肖像画は僕にはまったく未知の作風で描かれていた。風景画はさらに不可解だった。フォンテンブローの森の絵が二、三点、パリの通りの絵が数点あったが、酔っぱらったタクシー運転手が描いたらこうもなろうかというのが、僕の第一印象だった。とにかく、すっかり戸惑ってしまった。どの絵の色使いも異常なほど稚拙に見えた。彼の絵全体が、途方もない、理解を絶する茶番ではないか、という思いが頭に浮かんだ。いま振り返ってみても、ストルーヴの鋭い鑑識眼にはほとほと感心する。彼は最初から、ストリックランドが絵画の革命児であると見抜き、現在世界中が認めている天分をごく初期に発見したのであった。

けれども、困惑し面食らった僕も、強烈な印象を受けたのは確かだ。我ながら呆れるほどの無知ではあったが、これらの絵には、自らを表現しようと試みている真の強い迫力があることだけは、実感せざるを得なかった。胸が高鳴り、関心をそそられた。これらの絵は何か僕の知るべき重要なことを伝えている、と感じられたが、それが何であるのかは、まったく分からなかった。絵は僕には醜《みにく》く思えたが、このうえなく重要な秘密を、それとなく暗示しているようだった。いったい何を暗示するのか不明で、妙にじらされる思いがした。ある感動を与えるのだが、僕にはそれが分からないのだ。言葉では伝え得ぬ何かを語っていた。おそらく、ストリックランドは物質的なものの中に、漠然とではあるが、何か精神的な意味を見つけたのであろう。それがあまりに奇怪な意味なので、それを伝えるには、あやふやな象徴を用いて暗示するしかなかったのだろう。宇宙の混沌《こんとん》の中に新たな意匠を発見し、不安感にさいなまれながらも、それを表現しようと不器用に試みているかのようであった。表現による解放を必死に求める、苦悩する魂を眼前にしている思いがした。

僕は彼をまっすぐに見て言った。

「表現の手段を間違えたのではありませんか」

「一体どういう意味だね？」ストリックランドが尋ねた。

「僕にはそれが何であるのか分かりませんけど、あなたは何か大事なことを伝えようとしていると思います。でも、伝えるのに最適の手段が絵画であるかどうか、それは疑問です」

彼の絵を見れば、彼の風変わりな性格を理解する糸口が得られるだろうと思っていたのだが、これは誤りだった。絵を見たことで、彼に対する驚嘆の気持は増すばかりだった。ますます困惑は深まるばかりだった。はっきりしていると思われたのは――いや、もしかするとそれさえ僕の空想かもしれないが――彼が自分を虜《とりこ》にしている何らかの力から自由になろうと必死でもがいているということだった。しかし、それがいかなる力であり、自由への道がどこに存在するかは不明だった。人間はこの世でそれぞれ孤独である。人間は鉄の塔の中に閉じ込められていて、他の人間とは符号によってしか交流できない。ところが、符号は人間同士共通の意味を伝えないので、その意味はあいまいで不確かである。人は心の中の大切なものを他者に伝えようと苦闘するが、他人は受け取るだけの力を持たない。だから、人は他者を知ることも、他者に知られることもできずに、並んでいても一緒にではなく、孤独に歩むのだ。喩《たと》えて言えば、言葉の通じない外国に来て、せっかく美しいことや意味ぶかいことをたくさん言えるのに、会話教本にあるような陳腐《ちんぷ》なことだけしか言えないのと同じである。頭には高邁《こうまい》な考えがいっぱいあるのに、言えるのは「庭師の伯母の雨傘《あまがさ》は家にあります」くらいなのだ。

結局、彼はある魂の状態を表現しようとして途方もない苦闘をしている、という印象を受けたのであった。そして、どうやらそこにこそ、人をすっかり困惑させるものの秘密が見出されるべきだったのだ。ストリックランドにあっては、色彩や形が彼独特の意味合いを持っていたのは明らかである。自分の感じている何かを伝えることが彼には絶対に必要であったから、色彩も形もその意図だけから創造したのである。求めている未知な物に一歩でも近づけるなら、単純にしたり歪曲《わいきょく》したりするのを躊躇《ちゅうちょ》しなかった。事実がどうであるかなど、彼はまったく無関心だった。どうでもいいような多くの事実の奥に、彼は自分にとって意義ぶかいものだけを探し求めたのであった。宇宙の心のようなものを発見し、それを表現せざるを得なかったかのようだ。彼の絵は僕を当惑させ混乱させたが、絵の中に明白に認められる情緒に対しては無感動ではあり得なかった。それゆえ、ストリックランドに対して感じるなどとはまったく予想もしていなかった感情を覚えた。非常に深い憐《あわ》れみの感情であった。

「あなたがどうしてブランチ・ストルーヴに対する気持に負けたのか、僕には分かったと思いますよ」僕が言った。

「ほう、なぜだと言うのだ?」

「あなたの勇気がくじけたのでしょう。肉体の弱さが精神に伝染したのです。どんな無限の憧れにあなたが取りつかれているのかは分かりませんが、あなたを苦しめてやまない力からの最終的な解放が得られる目標に向かって、あなたは危険で孤独な探求へと駆り立てられています。ひょっとすると存在しないかもしれぬ、どこかの聖地に向かう永遠の巡礼だと、僕はみなします。いかなる不可解な極楽をあなたが目ざしているのかは分かりません。ご自分では分かっているのですか。もしかすると、あなたが探し求めているのは、『真実』と『解放』かもしれません。そして、一瞬『愛』において解放を見出せるかもしれないと思ったのでしょう。思うに、あなたの疲労した魂は、女の腕の中に休息を求めたのであって、そこに休息を見出せないと分かるや、女を憎み始めたのです。自分を憐れむことのないあなたなので、女にも憐れみなどかけなかった。そして、あなたが女を殺したのは、自分がかろうじて逃げ出した危険にあなたがまだ怯《おび》えていたからなのです」

彼は冷淡な微笑を浮かべ、あごひげをなでた。

「君はひどくセンチメンタルだな、まったく」と言った。

一週間後、ストリックランドがマルセイユに行ったのを偶然耳にした。彼とはもう会うことはなかった。

## 43

振り返ってみると、これまでチャールズ・ストリックランドについて書いてきたことは、あまり満足のいくものではない、と我ながら思う。僕が知るにいたった出来事を記してきたのだが、どういう経緯でそうなったのか、僕自身わかっていないのだから、明白に書きようがなかったのだ。ストリックランドが画家になる決心をした理由というのも、どうやら身勝手なものだったようだ。理由を探し求めれば、それまでの人生の過程のどこかには見つかるかもしれないが、僕はあいにくそれを知らない。彼の話からは、それらしい理由など何も発見できなかった。僕は今、不可解な人物について知っている事実を述べているのだが、仮に小説を創作しているのであれば、主人公の突然の変化を読者に説明すべく、しかじかの理由を考案できたと思う。例えば、少年時代に絵画には目覚めていたが、父親の意志で踏みにじられたとか、あるいは生活が貧しくて断念したということにして、芸術への道を歩めぬ環境に苛立つ姿を描くこともできたであろう。絵画への情熱と一家の長としての責任の板ばさみになっている主人公に、読者の同情を呼び覚ますこともできただろう。そうすれば、彼をもっと威厳のある人物として描けただろう。もしかすると、彼を新しきプロメテウスにすることもできたかもしれない。つまり、人類のために神に呪われてしまった、苦痛に身を曝《さら》す現代版の英雄像をつくりあげる機会があったかもしれない。これは常に読者の感動を呼ぶテーマである。

また、絵描きになるきっかけを、彼が結婚生活のおかげで見出したことにしてもよかったかもしれない。具体的な形はいくらでも考えつく。妻が画家や作家との交友を好み、彼もこういう芸術家たちと知り合い、潜在能力が開花したとも考えられるだろう。あるいは家庭不和のせいで自分自身の道を進む動機が与えられたとも考え得る。不倫が彼の心にくすぶっていた火に油を注いだのかもしれない。このような設定にするなら、ミセス・ストリックランドをまったく違った人物に仕立てる必要が出てくる。実像を放棄して、小うるさい、不快な女にするか、あるいは、人間の精神的な願望などまったく理解しないような、したたかな女にしなくてはならない。そして、ストリックランドの結婚生活を長期にわたる拷問《ごうもん》とし、それから逃れるには蒸発しかなかったことにしなくてはならないだろう。性格の合わぬ結婚相手への忍耐を強調するとか、妻への憐憫《れんびん》の情から思い切って苦痛の絆《きずな》を断ち切ることができなかったとか、書けばよかったのだろう。この際、子どもの登場は不要であろう。

ストリックランドと老画家との接触も、印象的な話になったかもしれない。この画家は若い頃は天才の誉《ほま》れが高かったが、貧窮のため、あるいは金儲けのために、生来の才能を浪費してきた。ストリックランドに出会い、彼の中に自分が無駄にした天分を発見し、すべてを放棄して芸術の厳しい道に精進すべきだと忠告する。世俗的な成功を収め、裕福で社会的に地位の高い老人が、より良い道とは知りつつも、自分は放棄した真の芸術家の厳しい人生を、得々と他者に忠告する姿は、相当皮肉っぽく描けたであろう。

事実は小説より面白みに欠ける。ストリックランドは学校を出て、何の抵抗の気持もなく証券取引会社に入社した。結婚して身を固めるまで、同僚たちと同じ普通の生活を送った。証券取引所で少額の投機をしたり、ダービー競馬とか、オックスフォード対ケンブリッジのボート・レースなどに、せいぜい金貨一、二枚を賭けたりした。余暇には少しボクシングもした。暖炉にはミセス・ラントリとかメアリ・アンダスンとか、当時の英米の美人女優の写真が飾ってあった。雑誌は『パンチ』や『スポーティング・タイムズ』を読み、ハムステッドに踊りに出かけていた。

彼の生涯の大半を僕がまったく知らないというのも、ストリックランドの場合には、あまり問題にはならない。パリに来てから絵の技法を必死で身につけようと苦労していた数年にしたところで単調なものだったし、生活のため様々な半端《はんぱ》仕事をしたのだが、そういう面でも取り立てて書くようなことは何もなかったようだ。仮に書いても、ストリックランドが周囲の人の身に起こるのを目撃したのと同じことを書くことになろう。つまり、それは彼自身の性格にいささかの影響も及ぼさなかったのだ。現代のパリを舞台にする悪漢小説を書くための豊富な材料となるような経験は、彼とて積んだに違いないが、彼は常に超然としていた。そして彼の話から判断する限り、とりわけ強い印象を与えるようなものは、その数年の間には何もなかったようだ。ひょっとすると、周囲の華やかさに幻惑されるには、もう年を取り過ぎていたのかもしれない。奇妙に思えるかもしれないが、彼は実際的というだけでなく、いつでも非常に散文的な人物という感じがした。パリでの修業時代の生活は、ロマンティックなものではあっただろうが、彼自身はそこに何らロマンスを見出さなかったのは確実だ。思うに、人生にロマンスを感じるには、人は多少とも演技をしなくてはならない。自分の行動を距離を置いて冷静に眺めると同時に、情熱をもって惚《ほ》れ込むような目がなくてはならないのであろう。ところが、ストリックランドほど一途《いちず》な人はいない。彼ほど自意識を持たぬ人はいない。けれども、何といっても残念なのは、彼が絵の技法を大変な苦労を重ねて徐々に習得していった過程を僕が述べられないことだ。失敗にめげず、たゆまぬ勇気をもって絶望を乗り越え、芸術家の最大の敵たる自信喪失と戦いながら、執拗に頑張り通した姿を読者の胸に焼き付けることができれば、どう贔屓目《ひいきめ》に見ても愛すべき点のないストリックランドに対して、読者の同情を喚起できるかもしれないからだ。しかし、じつのところ僕にはそのための材料が何もない。制作中の彼を見たことは一度もないし、見た人もいない。彼は苦闘の秘密をすべて自分の胸にしまい込んだままであった。アトリエに一人でいるとき、聖書のヤコブよろしく天使と格闘したにしても、苦悩を誰にも漏らさなかった。

彼とブランチ・ストルーヴの関係を考えてみても、利用できる材料があまりにも少なく、断片的なものしかないのに腹立たしくなるくらいだ。僕の語る話を一貫したものとするには、彼と彼女の悲劇的な結びつきの進行状況を述べるべきであるのは分かっているのだが、二人が同棲していた三カ月のことは、何も分かっていないのだ。二人が互いにどのように振る舞い、どのような話をしたのか、分からないのである。考えてみると、一日は二十四時間あり、感情が高揚するのは、ほんの一時《いっとき》のことである。それ以外の時間に二人がどのように過ごしたかについてなら、何とか想像は可能だ。昼の光がまだあり、ブランチの体力が続く限りは、ストリックランドは描き続けたであろう。そして、彼が仕事に没頭しているのを見て、ブランチは苛立ったに違いない。そういうときは、彼の目には愛人としての彼女は存在せず、ただモデルとしての彼女だけが存在したのだった。言葉を交わすこともなく何時間も一緒にいることがよくあった。彼女は怖くなったに違いない。彼女がストリックランドに身を任せたのは、絶望の淵《ふち》にあったときダークが救ってくれたことへの復讐なのかもしれない、とストリックランドが前にほのめかしたことがある。もしそうであるならば、人間について暗い想像をせざるを得ない。ひど過ぎる話なので、真実でなければよいと思う。とはいえ、人間の複雑な心理など、いったい誰に測り得ようか。心には上品な感情と正常な情緒だけしかないなどと考えている連中には、断じて推し量れまい。ストリックランドがときとして彼女を情熱的に愛するようなことがあるにしても、通常は彼女に無関心なのを知り、彼女はいたく失望したであろう。しかも、その情熱に燃える瞬間においてすら、彼にとって自分が一人の女性ではなく、単に快楽の道具にすぎぬと悟ったに違いない。彼は相変わらず他人のままなので、彼女は哀れにも手練手管《てれんてくだ》を用いて自分の虜《とりこ》にしようと努力した。快適さを提供して彼を陥落させようとしたが、彼が快適さなどに何の意義も認めぬのを理解しようとしなかった。彼の好物を食べさせようと骨を折り、彼が食べ物に無関心なのを分かろうとしなかった。彼を一人にしておくのを嫌った。世話を焼いて付きまとい、彼の情欲が燃え上がらない場合は、何とか掻き立てようと夢中になった。そのときだけは彼を完全に自分のものとしたという、はかない幻想を抱けたからである。もしかすると、彼女は利口だったので、鎖《くさり》で彼を自分に縛りつけるようなことをすれば、ガラス窓を見ると石ころを握りたくなってしまうのと同じで、彼の破壊本能を刺激すると分かっていたのかもしれない。だが、彼女は恋心のために、理性を忘れ、致命的とは知りながら、その道をたどったのである。ブランチはひどく不幸だったに違いない。しかし恋は盲目ゆえ、彼女は自分が願うことを現実だと信じようとし、また、自分の愛がとても強いので、その愛が報われないはずはないということも信じたのだ。

しかし、僕のこのストリックランドの性格研究には、多くの事実についての僕の無知よりも、もっと重大な欠陥がある。彼の女性関係は、判明しているし、際だっていたので、比較的詳しく述べたが、彼の生涯においては些細《ささい》な部分でしかないのだ。それが周囲の者たちにひどく悲劇的な影響を与えたのは、皮肉と言わざるを得ない。実際の彼の生涯は、夢と想像を絶する過酷な仕事のみで成り立っていたのだ。

この点、小説というものは現実に反すると批判されるであろう。というのは、一般の男の場合、恋愛は日常の中のひとつの出来事にすぎない。小説では恋愛が極端に強調されていて、男の人生において、さも重大な地位を占めているかのようだ。世間には、恋愛が人生での最大関心事であるという男もいないではないが、こういう連中は、あまり興味ある存在ではない。恋愛に人生における最高の地位を与える女たちからでさえ軽蔑されるほどだ。女たちはこういう連中にお世辞を言われ、いい気分を味わい、胸をときめかせもするが、くだらない奴だという疑念をぬぐえないのだ。普通の男は、短い恋愛期間ですら、気晴らしに他のこともするものである。生活費を稼ぐために仕事だってするし、スポーツに熱中したり、芸術に興味を寄せたりもする。男は様々な分野で色々と活動を継続できる。どれかひとつの活動に従事している間、他の活動は一時的に休止することもあり得る。当面のひとつのことに心を集中させることができるので、それが他の活動で邪魔されると苛立つ。恋愛における男女の差異は、女は一日じゅう愛していられるが、男はときどきしか愛せない、ということである。

ストリックランドの生涯で、性欲はごく些細な地位しか占めていなかった。とにかく重要なことではなかった。退屈ですらあった。彼の魂は他のことを目ざしていたのだ。激しい情欲を抱くこともあり、ときには欲望に駆られて性に耽溺《たんでき》することもあったが、理性を奪うような性本能を憎んだ。そして享楽相手の女まで憎んだようだ。冷静に戻ったときには、抱いていた女を見るだけでもぞっとしたのである。情欲が満たされ、落ち着いた気分で天界を思うとき、相手の女に対して抱く嫌悪感は、花の間を飛び回る蝶が、自分が抜け出した醜《みにく》い蛹《さなぎ》に対して抱くものと同じなのかもしれない。思うに、芸術というものは、性本能のひとつの表れであろう。美しい女に出会ったり、黄色い月光のもとでナポリ湾を眺めたり、ティツィアーノの傑作「埋葬」を見たりして、心に掻き立てられる感動は、みな同じである。ストリックランドが通常の性の解放を嫌ったのは、芸術的な創造から得られる満足と比べて、それが野卑だと感じたからかもしれない。これまで、残忍で、身勝手で、野卑で、好色な男として描いてきたストリックランドを、今さら大変な理想主義者だなどと呼ぶのは、僕でさえ奇妙だと思う。だが、事実はそうなのである。

彼は職人よりも貧しい生活をした。しかし職人よりも懸命に働いた。たいていの人が人生を上品に快適にすると考えているものには、まったく無関心だった。金銭にもまるで興味がなかった。名声にも無頓着だった。ただし、普通人とは異なり、世俗と妥協しようという誘惑に負けなかったからといって、褒めることはできない。何しろ、彼はそんな誘惑を覚えなかったのだから。妥協などあり得ないと常に思っていた。パリで暮らしても、テーベの砂漠の隠者よりも孤独だった。他人には、自分をほっといてくれという以外には何も求めなかった。自分の目標に向かってまっしぐらに進み、そのために自分を犠牲にするだけでなく――そこまでならできる人もいるが――他人をも犠牲にして憚《はばか》らなかった。彼にはヴィジョンがあったのだ。

ストリックランドは不愉快な男だったが、それでもなお、偉大な人物であったと僕は思う。

## 44

画家の絵画論は、ある程度重要視されているので、過去の偉大な画家についてのストリックランドの見解を、僕の知っている限りで述べるには、ここらあたりが適当であろう。だが、伝えるに値するような見解などあまりないのだ。彼は口べただし、自分の意見を聞き手の記憶に留めさせるような印象的な表現の才もなかった。機知もなかった。彼のユーモアは、彼のしゃべり方を本書で再現することに多少とも成功しているのならお分かりだろうが、皮肉なものであった。彼の当意即妙の応答は低俗なものだった。彼はときに本当のことを言って人を笑わせることもあったが、これは、そんなことを言う人が珍しいというので受けるユーモアにすぎず、みんながこぞってやり出したら、それこそ何の面白みもなくなってしまう。

ストリックランドはとりたてて知性の優れた人ではなかったと思う。彼の絵画論にしても、特に変わったものではない。彼の絵とある種の類似性を持った絵を描いた画家、つまりセザンヌやファン・ゴッホについて、彼が語るのを聞いたことがない。果たしてこれらの画家の絵を見たことがあるのかどうかも非常に疑わしい。彼は印象派にはあまり関心がなかった。技巧の面では感心することもあったが、総じて平凡だと思っていた。ストルーヴがモネ賛歌をくどくどとやったとき、「俺はヴィンテルハルターのほうがましだと思う」と彼は言った。嫌がらせでそう言ったのだとは思うが、そうだとすれば大成功だった。

昔の巨匠について、彼が何か突飛《とっぴ》な意見を述べたと報告できないのを残念に思う。彼の性格には並みの人とは違う部分が多いのだから、絵画論も常識と異なるものであれば、首尾一貫するだろうにと思う。前の世代の画家について、普通は思いつかないような説を彼が唱えていると述べなくてはならないとは感じるのだが、実際には、興ざめするほどありきたりの見解しか言わなかったのである。エル・グレコは知らなかったと思う。ベラスケスに対しては、いくぶん苛立ちを覚えながらも、多大の敬意を抱いていた。シャルダンには喜びを感じ、レンブラントには心からの感動を覚えた。レンブラントが彼に与えた印象を、とてもここでは再現できぬような粗野な言葉で述べた。彼を感心させた巨匠の中で、多少とも意外だと思われるのはブリューゲル父子の父のほうだった。当時の僕はブリューゲルのことはほとんど知らず、ストリックランドも自分の見解を伝える表現力を持たなかった。彼がブリューゲルについて言った言葉が忘れられないのは、それがあまりにも的はずれのものだったからだ。

「彼はいいと思うな。彼にとって描くことは地獄だったろう」ストリックランドは言った。

後にウィーンでピーテル・ブリューゲルの絵を数点みたとき、どうしてストリックランドがあれほど注意を引かれたのか、分かったような気がした。ブリューゲルもまた、世界について独特のヴィジョンを持つ画家だったからだ。僕はいずれブリューゲルについて書くつもりで、かなりの量のノートを取ったのだが、その後紛失してしまったので、今はそのときの印象を思い出して書くしかない。ブリューゲルは周囲の人間を奇怪なものとして見たようであり、奇怪なるが故に人間に腹を立てていたようだ。人生は滑稽でみじめな出来事が混然と混じり合ったものであり、笑うのに適した対象であったが、笑うことは彼を悲しませたのであった。ブリューゲルからは、他の媒体で表現するほうが適切な感情を、絵画という媒体で表現すべく格闘したという印象を受ける。ストリックランドが共感を覚えたのも、おそらくこの点に漠然と気づいたからであろう。もしかすると、この二人は、文学という媒体で表現したほうがふさわしい考えを、絵画で表現しようと努力していたのかもしれない。

このときすでにストリックランドは、四十七歳近かったはずだ。

## *45*

すでに述べたように、たまたまタヒチに旅行するということがなかったなら、間違いなくこの本を書くことにはならなかったであろう。あちこちを彷徨《ほうこう》したあげく、チャールズ・ストリックランドが赴《おもむ》いたのはタヒチであり、そこで描いた絵によって彼の名声が確立したのである。自分につきまとっている夢を完璧に実現する画家は一人もいないと思うが、これまでストリックランドは技法上の問題で常に苦しみ続けてきたため、心の目で見たヴィジョンをうまく表現するのが、もしかすると他の画家ほど成功していなかったのかもしれない。しかし、タヒチに行ってからは、状況は彼にとって好転した。霊感を実現するのに必要な条件が周囲に見つかったのである。だから後期の作品群は彼の求めていたものが何であったかを、少なくとも示唆はしている。見る者の想像力に、これまでにない不思議な何かを提供する。彼の魂は、居場所を求めながら肉体を離れてさまよい続けてきたが、今ようやくこの遠隔の地で、求めてきた肉体を得たと言えようか。陳腐《ちんぷ》な言い方をすれば、この地で彼は本当の自分を見出したのである。

タヒチというイギリスから遠く離れた島を訪ねたら、ストリックランドへの僕の関心がすぐさま復活するのが当然だと、人は思うかもしれない。だが、実際は、僕自身従事していた仕事が忙しく、仕事以外のことには注意を向けられなかった。ストリックランドがこの島と関係があったことすら忘れていて、ようやく思い出したのは、滞在して数日たってからのことだった。考えてみれば、彼と最後に会ったのは十五年前だし、彼が死んでからでもすでに九年たっていた。しかし、タヒチに来るというのは、人をわくわくさせる大事であるから、すぐに取りかかるべき重要な仕事を抱えていたにしても、そんなものはぜんぶ忘れてしまったとしても不思議はない。事実、僕の場合、到着一週間たってからでも普段の落ち着いた生活を始められぬほど興奮していた。今も覚えているが、最初の朝、僕は早起きした。ホテルのベランダに出たが、人の動きがまるでなかった。キッチンにぶらりと行ってみたら、まだ閉じていて、外のベンチで原地人のボーイが寝ていた。これでは当分朝食は無理だと思い、海岸地区まで散歩した。シナ人がすでに店で忙しくしていた。空はまだ夜明けの薄暗さで、礁湖《ラグーン》は静まりかえっていた。十マイル離れた所には、モーレア島が、聖杯を守ってそびえ立つ要塞《ようさい》のように、その神秘を守っていた。

自分の目にするものすべてが信じられぬほどの驚きであった。ウェリントンの港を出てからの数日は、まったく驚異と珍奇の連続であった。ウェリントンは、よく整備され、こぎれいで、イギリス風だった。南英海岸の海港に似ていた。出航後の三日間、海は荒れた。灰色の雲が次から次へと空を流れていった。その後、風はやみ、海は凪《な》いで、青かった。太平洋は他の海よりもわびしく、茫洋《ぼうよう》としている。そのせいか、ありふれた船旅でも、まるで冒険でもしているような気分になる。吸い込む大気までが、思いがけぬものへの期待に胸を掻き立てる霊薬となる。タヒチ島に近づくと、どこよりも夢に見る極楽浄土に近づくかのような気分に誘われるのだが、一体なぜなのだろうか。まずタヒチ島の姉妹島、モーレア島の見事に切り立った岩山が目に入る。この島は、まるで魔法の杖のひと振りで生まれた幻のように、砂漠のような海原《うなばら》から神秘的に忽然《こつぜん》と現れるのだ。山のぎざぎざの稜線から、太平洋に浮かぶモンセラット（バルセロナ郊外にあるぎざぎざの多い岩山）と言えよう。あの山中でポリネシアの騎士が、聖杯を守る円卓の騎士よろしく、異様な儀式で、よそ者には計り知れぬ奇怪な秘密を守っているのであろうか。船が近づき、美しい山頂がくっきり見え出すと、島の美しさが眼前に現れる。しかし船が近くを通っても、島はその不気味な謎を秘めたまま、いかめしい岩山によって、断固として人を寄せつけずに身を守っているかのようだ。珊瑚礁《さんごしょう》の入口を求めて近づくと、島が突如として視界から消え、残るのは太平洋の青いわびしい広がりだけになったとしても、人は驚きもしないのではなかろうか。

タヒチは、濃い緑の山襞《やまひだ》が幾重にも重なり合い、その間に静かな谷間のありそうな、高い山のそびえ立つ緑の島である。冷たいせせらぎが流れ落ちてゆく薄暗い谷間には神秘が宿るようであり、あたりのほの暗い土地では、太古の昔から、少しも変わらぬ人々の生活が営まれてきたのだと感じる。ここにも、どこかもの悲しい、恐ろしげなものがある。だがその印象は束《つか》の間《ま》のものだから、かえって今現在をいっそう楽しめるのだ。土地のもの悲しさは、道化師のおどけに陽気な観客が笑い興じているときに、その道化師の目に浮かぶ悲しみに似ている。観客の陽気な拍手喝采の中で彼自身はいっそう耐え難い孤独を覚えるが故に、いっそう笑顔を見せ、いっそう冗談を飛ばすのと似ているのだ。僕がこんなことを言うのも、タヒチが笑顔を絶やさず、親しみ深い土地だからだ。喩《たと》えて言えば、美女が魅力と美を優雅に惜しげもなく振る舞うのと同様だ。パペーテの港に入港するときほど心の安らぎを与えてくれるものは、他には求め難い。波止場に繫《けい》留《りゅう》されている縦帆船はスマートで、湾沿いの小さな町は白く、洗練されている。澄み切った青空を背景に深紅《しんく》の花を咲かせる鳳凰木《ほうおうぼく》は、情熱の叫びを上げるように色彩を誇示している。その大輪の花は、羞恥《しゅうち》を知らぬ激しさで見る者を息苦しくさせるほど官能的である。船が波止場に横づけになったとき、群がり集まって来る人々は、みな陽気で屈託がない。騒々しく、快活で、身振り手振りを盛んにする。見渡す限りどの顔もどの顔も褐色である。紺碧《こんぺき》の空をバックに色彩が躍動しているかのようだ。荷物の積みおろしであれ、税関の検査であれ、万事が大騒ぎの中に為《な》される。とても暑い。色彩に圧倒される思いだ。

## *46*

タヒチに着いてまだ日の浅いある日、ニコルズ船長に出会った。ある朝、ホテルのテラスで朝食をとっているときに彼はやって来て、自分から名乗り出た。僕がチャールズ・ストリックランドに興味を持っていると聞いて、あの男についてしゃべりたいから来たのだという。タヒチでも、イギリスの村と同様、人びとはゴシップ好きときているので、僕がストリックランドの絵について二、三問い合わせたのが、もう知れ渡っていたのだ。朝食は済ませたのかと船長に聞いてやった。

「ええ、コーヒーを朝早く飲むもので。ただ、ウイスキーなら少々いただいてもいいですな」彼はそう答えた。僕はシナ人のボーイを呼んだ。

「ウイスキーにはまだ早すぎますかな」船長が尋ねた。

「それは、あなたとあなたの肝臓が相談して決める問題でしょう」

「わっしは酒はあんまりやらんほうなのだが」彼は「カナディアン・クラブ」をタンブラーに半分ほどなみなみと注ぎながら言った。

この男が笑うと見える歯は、欠けたり、変色したりしていた。ひどく痩《や》せていて、身長もせいぜい平均程度であり、白髪は刈り上げで、口ひげは短くて太い。二、三日ひげを剃《そ》っていない様子だ。顔には深い皺《しわ》があり、長年にわたって太陽に曝《さら》されてきたため、浅黒く焼けている。小さな青い目は、驚くほどよく動く。僕のちょっとした手振り身振りに敏感に応じて動く。この素早い目の動きのせいで、したたかな悪漢だと人には思わせる。だが、今は上機嫌で愛想もいい。カーキ色の薄よごれたスーツを着て、手は洗ったほうがよさそうに見えた。

「ストリックランドとは昵懇《じっこん》の仲だったんでさ」椅子《いす》にもたれて、僕の勧めたシガーに火をつけながら、船長が言った。「彼が、この島にやって来ることになったのも、わっしの世話なんで」

「どこで知り合ったんです？」

「マルセイユです」

「そこで何をしてたんですか」

こちらに取り入るように、男は笑った。

「まあ、仕事にあぶれてた、というところです」

彼の身なりから察するに、今も同じような境遇にあるらしい。それならそれで、こちらも気持よく付き合おうと心構えをした。白人浮浪者と仲良く付き合うには、少し心構えが要るのだが、必ず得るところもある。彼らは近づきやすいし、愛想のいいことを口にする。連中は滅多に気取らず、酒を一杯おごれば、心を開くのだ。連中と親しくなるのに骨を折る必要などない。身を入れて彼らの話を聞いてやれば、信頼されるだけでなく、感謝もされる。彼らは会話を人生最大の喜びと心得ているのだが、その点はそれなりに文化人だという証拠であろう。そして、大部分の連中が、聞いていて楽しくなるような話をする。経験の範囲と想像力の豊かさとがほどよく釣り合っているからだろう。といって、彼らに狡猾《こうかつ》さがないとは言えない。それでも、法が権力によって守られている場合には、ほどほどに法を尊重する。連中とポーカーをやるのは危険だが、じつに巧妙な手を使うので、この世界一面白いゲームが一段と胸躍るものとなるのだ。僕はタヒチを去るまでにニコルズ船長と親しくなったが、そのおかげで得るものがたっぷりあった。僕のおごりで彼はシガーを吸い、ウイスキー(自分は酒はやらぬほうだからといって、いつもカクテルは断った)を飲み、僕から数ドル借りるのに、まるでこちらに親切をほどこしているような態度を取った。だが、そんなものは、彼が提供してくれた娯楽の代金に充分だったとは、僕は考えない。むしろ、こちらに借りがあるくらいだ。ストリックランドが本書の主人公だからというので、船長についての記述は数行に留めざるを得ないというのが、著者としての義務だとしたら、大変に残念であろう。

ニコルズ船長がそもそもどうしてイギリスを離れねばならなかったのか、それは分からない。その点について彼は口が重く、単刀直入に聞くのは、ああいう気質の人間が相手のばあい賢明ではない。彼自身は、身に覚えのない災難に見舞われたというようなことを、それとなく言ったことがあった。とにかく、自分が社会不正の犠牲者だと思い込んでいるのは確かだ。詐欺《さぎ》とか暴力沙汰《ざた》とか、そういう事件なのかと想像してみた。彼が、イギリスの役人どもはひどく形式にこだわり過ぎると言うので、それには僕も双手《もろて》をあげて賛成した。母国で受けたそういう不快な出来事にもかかわらず、彼が熱烈な愛国心を失わずにいるのは快かった。イギリスは世界一の国ですよ、間違いない、と何度もきっぱり言い、アメリカ人、植民地人、南欧人、オランダ人、カナカ人に対して優越感をはっきり持っていた。

しかし、船長は幸せな男ではなかったと思う。消化不良に悩み、よくペプシンの錠剤を飲んでいるのを見たし、朝など食欲がなかった。でも、それだけが原因で彼がしばしば落ち込んでいた訳ではなかったようだ。彼は八年前に早まった結婚をしていたのだ。世の中には、慈悲ぶかい神が一生独身生活を送るようにとはっきり命じたのに、わがままからか、それとも追い込まれてしまったのか、とにかく神の配慮にそむいてしまった者がいる。結婚しながら独身同様の生活をする男くらい同情に値する者はいない。ニコルズ船長はまさにこれだった。相手の女は二十八歳だったと思うが、いわゆる年齢不詳のタイプで、おそらく二十歳《はたち》のときも今と同じだったろうし、四十歳になっても変わらないだろう。ひどく頑丈な印象を与える女だった。薄い唇の平凡な顔はいかついし、皮膚は骨の上にいかつく張られているし、微笑も服もいかつく、着ている白い麻布の服はどう見ても喪服にしか見えない。ニコルズ船長がどうしてこの女と結婚したのか、結婚後なぜ逃げ出さないのか、想像もつかなかった。もしかすると、何度も逃げ出したのだが、失敗し、それで落ち込んでいたのかもしれない。どんな遠方まで逃げても、どんな秘密の場所に隠れても、ミセス・ニコルズは、運命のごとくがっちりと、良心のごとく容赦なく、たちどころに彼を捕まえてしまうに決まっているのだ。ちょうど、原因と結果が離れられぬように、彼は妻から逃れることができなかったのである。

　ごろつきというのは、芸術家と同じ、あるいは紳士と同じと言ってもよいかもしれないが、特定の階級には属さない。浮浪者の無遠慮に辟易《へきえき》することもないし、貴族の礼節にあわてることもない。ところが、ミセス・ニコルズは判然とした階級、つまり最近台頭してきた、いわゆる下層中産階級に属していた。実際、彼女の父親は警察官だった。さぞかし有能な警官だったのだろう。なぜ彼女が船長をとらえていたのか僕には分からないが、愛情からではないと思う。彼女が話すのを聞いたことはないが、夫と二人のときは口が達者であったに違いない。とにかく、船長は女房のことをひどく恐れていた。ときどきホテルのテラスで一緒に坐っているときなど、外の道を彼女が歩いているのに気づくことがある。彼女は夫に声を掛けないし、夫がいるのに気づいている素振りすら見せず、落ち着き払って、ただ道をぶらぶら歩いているだけである。そういうとき、彼は妙な不安に襲われ、時計を眺めて、ため息をつくのだ。

「ええと、もう行かなくては」と彼は言い出す。

そうなったら最後、どんなに気の利いた話をしても、ウイスキーを勧めても、止められない。ハリケーンや台風には敢然と立ち向かう男なのに、また、一ダースの丸腰の黒人とならピストル一丁で戦うのさえ躊躇《ちゅうちょ》しない男なのに、このざまであった。女房は、ときに、七歳の青白い、むっつりした娘を、父の迎えにホテルまでやることもあった。

「母ちゃんが用があるってさ」娘が泣き出しそうな声で言った。

「よし、分かった」船長が答える。

すぐに立ち上がり、娘の後から道に出る。これは精神力が物質に勝った見事な実例と見ていい。とすれば、僕のこの脱線にも、ひとつの教訓を示したという効用があったことになるのではないか。

## 47

ニコルズ船長はストリックランドについてとりとめなく話すので、僕は何とか前後を関連づけようと試みた。だからここでは、できるだけ整理した形でお伝えすることにする。そもそも二人が知り合ったのは、僕がパリで最後にストリックランドに会った後の、冬の終わりであった。その間の数カ月をどのようにして食いつないでいたかは不明だが、相当困窮していたに違いない。何しろ、船長が彼に最初に会ったのは無料宿泊所であった。ちょうどその頃マルセイユでストライキがあり、ストリックランドは所持金も尽き、何とか生きてゆく金を稼ぐこともできなくなったらしい。

無料宿泊所は大きな石造りの建物で、浮浪者や貧窮者が身元証明書を持ち、さらに労働者であると係の修道僧に認めてもらえさえすれば、一週間宿泊できるのであった。船長は、この建物の戸口で開所を待つ大勢の人混みの中に、目立って大柄で変わった風体の男がいるのに気づいていた。みんなそのへんをぶらぶら歩いたり、壁に寄りかかったり、溝に足を突っ込んで縁石に坐ったりして、所在なさそうに待っていた。ようやく連中が並んで中に入って行ったとき、先ほどの大男の身元証明書を読んだ修道僧が英語で話し掛けているのを船長は耳にした。しかし船長には男に話し掛ける機会がなかった。というのも、集会室に入ったときには、修道僧が両腕に巨大な聖書を抱くようにして持ちながら入場し、部屋の端の説教台に上がり、礼拝を始めてしまったからだ。気の毒にも宿泊の代償として、宿泊者はこの礼拝に辛抱して出なくてはならなかった。ニコルズ船長と大男はそれぞれ別の寝室を割り当てられた。翌朝五時に、頑丈な修道士にベッドから追い立てられ、洗面を済ませたときには、すでに男の姿はなかった。船長はひどい寒さの中、一時間ばかり通りをあちこち歩き回り、それから船乗りたちがよく集まるヴィクトール・ジェリュ広場に行ってみた。すると銅像の台座に寄りかかって、例の大男がうとうとしていた。船長は蹴とばして男を起こした。

「おい、朝飯を食いに行こうぜ」ニコルズが声を掛けた。

「犬にでも食われろ！」男が答えた。

これは、まぎれもなくストリックランドの数少ない口癖のひとつだ。これを聞いて、僕はニコルズ船長の話を信用しようという気になった。

「一文無しか？」

「うるせえ！」がストリックランドの答えだった。

「わっしと一緒に来い。朝飯にありつけるから」

少し躊躇《ちゅうちょ》してから、ストリックランドはよろよろと立ち上がり、二人は無料パン配給所に行った。飢えている者は一切れのパンを与えられるが、すぐその場で食べなければならず、持ち出しは禁じられていた。そこから無料スープ配給所に行った。ここでは一週間、十一時と四時に薄い塩からいスープを一杯もらえた。ただし、この二つの配給所は遠く離れているため、両方とも利用しようとするのは、よほど飢えている者だけだった。二人はこうして朝食をとり、チャールズ・ストリックランドとニコルズ船長の奇妙な交友が始まった。

彼らはマルセイユで四カ月くらい一緒に暮らしたらしい。その生活ぶりたるや、もし冒険という言葉が予期せぬ出来事とか、わくわくする事件を意味するのであれば、「冒険」に欠けていた。毎日、一夜の宿代と、飢えをしのぐ粗末な食料を買う金を手に入れるだけだった。それでも、ニコルズ船長はその生活を生き生きと語ってくれたので、聞いている僕は、想像をめぐらし、色彩ゆたかで面白い暮らしぶりを思い浮かべることができた。読者のために彼の語り口をもしここで再現できたら、さぞかし興味を掻き立てられることであろう。二人がマルセイユの下層の生活の中でどのような発見をしたか、それを語る船長の話術のおかげで魅力的な書物が生まれただろうし、また、二人が出会ったもろもろの生彩ある悪党どもを材料にすれば、研究者なら一冊の完璧な「ごろつき図鑑」を編むことだって可能だったと思われる。だが、今はその一端を紹介するに留めざるを得ない。とにかく、そこでの人生が、いかに強烈で、残忍で、野蛮で、多彩で、活気にあふれているか、鮮明に心に焼き付いた。これと比べると、僕の知っていた、裕福な連中の集まる高級ホテルやレストランのあるマルセイユ――のんびりと身振り手振りをまじえながら会話を楽しむようなマルセイユ――などは、平凡でつまらないものに映った。ニコルズ船長が活写した光景を自らの目で目撃した人たちに、僕は羨望《せんぼう》を覚えた。

無料宿泊所を追い出されると、二人はタフ・ビルという男の世話になった。ビルは、腕っぷしの強い、ばかでかい白黒混血児《ムラート》で、船乗り宿のあるじだった。仕事にあぶれた船乗りは、ここへ行けば、次の職が見つかるまで食事と寝泊まりが無料であった。ここで彼らは一カ月滞在し、スウェーデン人、黒人、ブラジル人など一ダースのよそ者と一緒に、ビルが居候に割り当てた二つのがらんとした部屋で寝泊まりした。そして毎日、船長たちが船員を捜しにやって来るヴィクトール・ジェリュ広場にタフ・ビルと共に出かけた。ビルの女房というのは、肥《ふと》った、だらしないアメリカ女だった。どう転落して今の境遇にいたったのか、まったく不明だった。宿泊人たちは交代でおかみの家事を手伝っていた。だが、ストリックランドはタフ・ビルの肖像を描く仕事をするので、家事はまぬかれていたから、ニコルズ船長は、奴めうまくやりやがった、と思っていた。タフ・ビルはキャンヴァス、絵の具、絵筆の代金を支払っただけでなく、密輸の刻みタバコ一ポンドまでストリックランドに与えた。もしかすると、この絵は今もジョリエット埠頭《ふとう》ちかくのどこかの荒れ果てた家の客間に飾られているかもしれない。いま売れば一千五百ポンドの金になるであろう。ストリックランドは、いずれはオーストラリアかニュー・ジーランドに行く船に乗り込み、そこからサモアかタヒチに向かおうと考えていた。なぜ南海諸島に行こうという考えを抱いたのかはよく分からないが、彼が以前から、緑に覆われ、さんさんと陽光が注ぐ、北の緯度では見られぬ青々とした海に囲まれた島に憧れていたのは、僕も覚えている。彼が船長と離れずに付き合っていたというのも、船長がそういう島々によく通じていたからだと思う。事実、ニコルズ船長がタヒチに行けば居心地がいいと彼に勧めたのである。

「タヒチはフランス領ですからね」船長が僕に説明した。「フランス人はうるさいことは言いませんからな」

船長の言わんとするところは分かった。

というのは、ストリックランドは船員免許証を持たなかったのだ。しかしタフ・ビルは金儲けになりさえすれば(船に斡旋《あっせん》した船乗りの一カ月分の給料を受け取っていたのだ)、そんなことは気にせず、たまたま具合よく死んだイギリス人の火夫の免許証をストリックランドに譲ってやった。ところが、ニコルズ船長もストリックランドも東方に行くつもりであるのに、乗船契約が可能な船はたまたますべて西行きのものしかなかった。結果として、ストリックランドはアメリカ合衆国に向かう貨物船を二度、ニューカッスル行きの石炭船を一度ことわった。タフ・ビルは自分の損になるようなわがままに腹を立て、ついに二人を宿から追い出してしまった。彼らはふたたび放浪生活を始めた。

タフ・ビルの所で出される食事が充分なことはまずなかったから、食事のあと食卓を立つときも、食卓についたときと同じ空腹状態のままだった。それでも数日間、彼らはその食事を懐かしく思った。無料スープ配給所にも無料宿泊所にも行く資格がなくなっていたから、食事としては無料パン配給所でもらう楔形《くさびがた》のパンひと切れだけだったのだ。夜寝る所もなく、ときには駅近くの待避線に置いてある空《から》の無蓋《むがい》貨車に潜り込み、ときには倉庫裏の荷馬車を利用した。ところがひどい寒さなので、眠れぬままに一、二時間うとうとしてから、またとぼとぼと通りを歩いた。一番つらかったのはタバコが手に入らないことで、とりわけニコルズ船長は禁断症状になり、前夜の散歩者が棄てた巻きタバコの吸い殻やシガーの吸いさしを手にいれようと、カヌビエール(訛《なま》って「缶ビール」と言ったが)大通りを探し回った。

「もっと変なものをパイプに詰めて吸ったこともありましたからな」と船長は仕方がないというように肩をすくめて言い、それから僕の差し出したシガーを二本取り、一本は口に、もう一本はポケットに入れた。

そんな生活でも、ときにはわずかながら金が入ることもあった。郵便船が入港することがあり、ニコルズ船長は前から作業時間係の親方と仲良くなっていたので、彼ら二人を荷揚げ人夫として雇ってもらった。船がたまたまイギリス国籍であれば、水夫部屋にまんまと忍び込み、水夫たちから腹いっぱい朝食を分けてもらっていた。こういうとき、運わるく上級船員に出くわし、長靴のつま先で蹴とばされ、あたふたとタラップを駆け下りることもあった。

「腹がくちくなっていりゃ、ケツくらい蹴とばされたって平気ですよ」船長は言った。「それに、恨んだりはしません。上級船員は規律のことを考えねばならんので」

腹を立てた上級船員の蹴り上げるつま先を逃れて、船長たちが狭いタラップを転げるように駆け下りる姿を、僕ははっきり思い描くことができた。生粋《きっすい》のイギリス人らしく、イギリス商船魂を称《たた》えるというのも、いかにも彼らしかった。

これ以外にも、魚市場で何かしら半端《はんぱ》仕事にありつくことが結構あった。波止場に陸揚げされた無数のオレンジの箱を貨物に積み込んで、各自一フラン稼いだことも一度あった。ある日、幸運にも、ある宿泊所の主人がいい話を持って来てくれた。マダガスカルから喜望峰を回って入港した貨物船の、ペンキの塗り替え作業だった。数日間、二人は舷側からぶら下げられた板に乗り、錆《さ》びた船体にペンキを塗った。こういう状況は、ストリックランドの皮肉なユーモア感覚をくすぐったに違いなかった。そこで、そういう苦労をストリックランドがどう受け止めたかを船長に尋ねてみた。

「文句を言うのは一度も聞かなかったですよ」船長が答えた。「ときには不機嫌なこともありましたがね。朝から食う物が何もなくても、それから、『チャンコロ宿*』に泊まる金がなくても、奴はけっこう陽気でしたよ」

* 原語の'Chink'は、中国人は目が細いという西洋人の固定観念に由来する蔑称であるが、他に適当な訳語がないため、やむなくこのように訳した。〔訳注〕

そう聞いても驚くことはなかった。ストリックランドは普通の者なら気落ちするような状況に平気で立ち向かうことのできる男だったのだ。だが、これが心の平静さのせいなのか、それともつむじ曲がりのせいなのかは、判断できない。

「チャンコロ宿」というのは、ブテリ通りの奥にある、片目のシナ人が経営するひどく粗末な宿屋に、浮浪者たちのつけた渾名《あだな》だった。そこなら、六スー出せば簡易ベッドに、三スー出せば床に寝られた。この宿で、二人は自分たちと同様に困窮している連中と親しくなった。一文無しで、夜が凍《ここ》えるほど寒ければ、みんなお互いに金を都合し合った。日中にはした金を稼いだ者がいれば、とにかく屋根の下で寝る金を喜んで借りた。こういう浮浪者たちはけちではなくて、自分がたまたま金を持っていれば、喜んで他の者に分けてやるのだった。泊まっている連中の国籍は様々であったが、それは親しくなるのに何の妨げにもならなかった。というのも、彼らはみんな国境なき国、いわば「逸楽の国」の自由な民だったからだ。

「だけど、ストリックランドはいったん怒ると手がつけられなかったですね」船長は思い出すように言った。「ある日、広場でタフ・ビルに出くわしたんです。ビルはチャーリーに、前にやった船員許可証を返すように言いました」

「するとチャーリーが『要るのなら、あんたが取りに来るがいい』と言い返しました」

「タフ・ビルは頑強な男でしたが、チャーリーが手強い相手だと思ったのか、罵声を浴びせ始めました。タフ・ビルは知ってる限りの悪口を並べ立てたのです。奴の罵声は相当なものでしたよ。で、チャーリーのほうは、しばらく我慢して黙っていましたが、それから一歩前進して、『薄ぎたねえ豚野郎、消え失せろ！』とだけ言いました。その言葉より、言い方にすごくドスが利いていたんで、タフ・ビルは一言も言葉を返さなかったんですよ。顔が黄色くなっていくのが分かりました。そして、何か約束を思い出したような振りをして、立ち去りました」

ニコルズ船長の話では、ストリックランドはここに記した罵声とはいささか違う言葉を用いたそうだが、本書は一般家庭向きの本なので、僕は正確さをあえて犠牲にして、家庭人でも用いる程度の言葉にしておいたのである。

さて、タフ・ビルは平水夫ごときに馬鹿にされて、おとなしくしている男ではなかった。何しろ威厳が失われては権力が振るえないからだ、そこで、彼の宿に泊まっている船乗りたちが、一人また一人というように、タフ・ビルはストリックランドをやっつけると息巻いている、と二人の所に言いに来たらしい。

ある夜、ニコルズ船長とストリックランドは、ブトリ通りの、あるバーに坐っていた。ブトリ通りというのは、一間《ひとま》しかない平屋建ての家がずらりと並んでいる細長い通りだった。それらの家は、混雑した市《いち》の屋台とかサーカスの動物の檻《おり》に似ている。どの家の戸口にも女が立っている。女たちの中には、大儀そうに柱にもたれて鼻唄を歌ったり、耳障りな声で通行人を呼んだりしている者もいるし、しょんぼりと何か読んでいる者もいる。女たちは、フランス人、イタリア人、スペイン人、日本人、黒人というように様々だった。肥《ふと》ったのもいれば痩《や》せたのもいる。顔に白粉《おしろい》を厚く塗り、眉《まゆ》を濃く引き、唇には真っ赤な口紅をつけているが、年齢を刻む皺《しわ》と放埓《ほうらつ》な生活の傷跡は隠しようもなかった。黒い下着に肌色のストッキングをつけている女もいれば、金髪に染めた髪を巻き毛にし、少女のように短いモスリンのワンピースを着ている女もいた。開けてある戸口からは、赤いタイルの床、大きな木製のベッド、水差しと洗面器を置いた松材のテーブルが見える。通りにはありとあらゆる群衆がそぞろ歩いていた。東洋航路定期船のインド人船員、スウェーデン帆船の金髪の北欧人船乗り、日本軍艦の水兵、イギリス人船員、スペイン人船員、フランス巡洋艦の陽気な水兵、アメリカ貨物船の黒人船乗りなど、国籍も色々だった。この通りは、昼間はただ不潔な感じがするだけだが、夜になると、小さな店に点々と灯《とも》る明かりにだけ照らされて、不気味な美しさを呈する。あたり一帯に立ちこめる濃厚な情欲が重苦しくて不快だが、どこか神秘的なところもあって、この光景は瞼《まぶた》に焼き付いて離れない。よくは分からないが、何か原始的な魔力が支配していて、不快を覚えながらも魅せられるのだ。一見上品な文明の仮面は剝《は》がされ、人間が暗い現実と向かい合うのが感じられる。強烈な、しかも悲劇的な雰囲気が充満しているのだ。

ストリックランドとニコルズ船長がいたバーでは、自動ピアノがやかましくダンス音楽を奏でていた。部屋のまわりでは、客たちがテーブルについていたが、こちらでは六人の水兵が、あちらでは一群の兵隊が、酔っぱらって騒いでいた。部屋の中央で、何組もの男女が、ぶつかり合いながらダンスをしていた。日焼けした顔にあごひげを生やした水夫たちが、大きな頑丈な手でダンス・パートナーの女をしっかりと抱き寄せて踊っている。女たちは下着しか身につけていない。ときには二人の水夫が男同士で踊ることもある。騒音は耳をつんざかんばかりだった。みんな歌い、さけび、笑っていた。ある客がひざに女を坐らせて長々とキスをしていると、イギリスの水兵どもがそれを冷やかし、大声で野次を飛ばして一段とやかましくなった。男どもが重いブーツで床を踏み鳴らすので、埃《ほこり》が舞い上がり、タバコの煙が充満して、空気はよどみ切っていた。ひどくむし暑かった。カウンターの向こう側で赤ん坊に乳を与えている女がいた。のっぺりしたニキビ面《づら》の背の低いボーイが、ビールのグラスをのせた盆を持って、忙しそうに動き回っていた。

しばらくすると、巨漢の黒人を二人連れたタフ・ビルが入って来た。すでにかなり飲んでいるのは一目で分かった。何か喧嘩でも売りそうな様子だった。三人の兵隊のいるテーブルによろめきかかり、ビールのグラスをひっくり返した。すぐに怒鳴り合いが始まり、バーの主人が出て来て、タフ・ビルに出て行けと言った。主人は屈強な男で、客のふざけた真似は許さぬので知られていたから、タフ・ビルもためらった。主人は警察を味方にしていることもあって、タフ・ビルとしては相手にしたくなかった。そこで、悪態をついただけで出て行こうとした。そのときふと、ストリックランドに目を留めた。つと近寄ったが、何も言わない。口の中で唾《つば》をため、それをストリックランドの顔めがけて吐きつけた。ストリックランドがグラスをつかみ、タフ・ビルに投げつけた。踊っていた者たちは急に動きを止めた。一瞬あたりは静まり返った。しかし、次の瞬間タフ・ビルがストリックランドに飛びかかって行ったとき、居合わせた者ぜんぶが戦闘意欲に取りつかれた。あっという間《ま》に敵も味方もない混戦が始まった。テーブルはひっくり返され、グラスは床に叩きつけられて粉微塵《こなみじん》になった。殴る蹴るの乱闘になった。女たちは戸口やカウンターの後ろに逃げた。通りをぶらついていた者たちが店の中にどんどん入り込んで来た。各国語で罵声が飛び交い、殴り合う音や悲鳴が聞こえ、部屋の中央では、一ダースほどの男がここぞとばかりに殴り合っていた。そこに突然、警察がなだれ込んで来たので、逃げられる者は皆、戸口へと走った。ようやく騒ぎが一段落したときには、タフ・ビルは頭がざっくりと割れた状態で意識を失って床に倒れていた。ストリックランドは、腕の傷口から出血し、服はぼろぼろに破れていた。その彼をニコルズ船長は通りまで引きずって行った。船長自身も鼻を殴られ、鼻血で顔は血だらけだった。

「タフ・ビルが病院から出て来る前に、マルセイユからずらかったほうがいいぞ」チャンコロ宿に戻って体を洗っているとき、船長がストリックランドに言った。

「野次馬どもには、闘鶏よりよっぽど面白かっただろうな」ストリックランドが言った。

彼の皮肉な微笑が目に浮かぶようだった。

しかし、ニコルズ船長は本気で心配した。タフ・ビルの復讐心を知っていたのだ。ストリックランドはこの白黒混血児《ムラート》を二度も倒してしまったが、素面《しらふ》のときのタフ・ビルは、ストリックランドの敵《かな》う相手ではない。タフ・ビルはじっと機会が来るのを狙っている。決して焦らない。だが、ある晩、ストリックランドは背中をぐさりと刺され、その一、二日後、身元不明の浮浪者の死体が港の汚水から引き上げられるのだ。船長は次の日の夜、タフ・ビルの家に行き、様子を探ってみた。彼はまだ入院中だったが、見舞いに来た女房の話では、退院したらすぐにも、ストリックランドの野郎を殺す、と息巻いているとのことだった。

一週間たった。

「わっしがいつも言ってることなんですがね。誰かをやっつけるからには、徹底的にやっちまえってね。そうしておきゃ、うまく逃げる手を考えることもできるんですがね」ニコルズ船長はしみじみとした口調で言った。

それから、ストリックランドに好都合なことが起きた。オーストラリア行きの船で、火夫の代わりが要ると船員ホームに照会があったのだ。何でも、ジブラルタル沖で精神錯乱の発作のため投身自殺した火夫がいたということだった。

「港にすっ飛んで行って、契約するんだ。免許はあるんだから」船長がストリックランドに勧めた。

ストリックランドはさっそく契約しに行った。そしてこれが、船長がストリックランドを見た最後となった。船は六時間しか港に停泊しなかったから、その夜ニコルズ船長は、冬の海を東方に向かう船の煙突の煙が次第に薄れてゆく姿をじっと見守ることになった。

以上のエピソードをできる限り正確に述べてきたのは、ストリックランドの昔の生活との対照が面白かったからである。アシュリー・ガーデンズに住み、証券会社員として株や証券のことで夢中だった頃の彼を僕は見ていたのだ。もっとも、僕とてニコルズ船長が大ほら吹きであるのは知っているから、もしかすると、船長から聞いた話はすべて、まったくのでたらめなのかもしれない。そもそも船長がストリックランドにただの一度も会ったことがなく、またマルセイユに関する情報がすべて、ある雑誌から得たものであったとしても、驚くには及ばないのかもしれない。

## *48*

じつを言うと、ここで本書を終えるつもりでいた。最初の考えでは、まずストリックランドのタヒチでの晩年の数年間と悲惨な死を描き、それから年代をさかのぼって、僕の知っている初期の頃のことを書くつもりだった。このように考えたのは、僕のつむじ曲がりのせいではなく、孤独な主人公が様々な思いを抱いて、憧れてやまぬ未知の島に赴《おもむ》くところで物語を終えたいと思ったからであった。四十七歳という年齢では、たいていの人は決まり切った人生に満足しているというのに、その年になって新たなる世界を求めて旅立つというストリックランドの生き方に、僕は魅力を覚えた。北西の風に波立つ灰色の海上で、次第に遠ざかるフランスの海岸をじっと見つめる彼の姿が目に浮かんだ。この海岸を彼がふたたび目にすることは遂《つい》になかった。彼の態度には雄々《おお》しいところがあり、魂には不屈なものがあった。だから、僕としては物語を前途に希望を残して、終えたかったのである。そうすれば人間の不屈の精神を強調できると思えたのだ。しかし、どうもそういうふうに話を運べなかった。どういうものか話が進まないのだ。一、二度こころみたあげく、あきらめざるを得なかった。結局、時間の順序に従うという普通の書き方で書き出した。そして、ストリックランドの生涯について知っていることを語るには、それぞれの事実を知った順序で語るしか他に方法はないと悟ったのである。

彼の生涯で僕の知っている事実というのは、すべて断片的である。古生物学者は、一本の化石となった骨から、絶滅した動物の外観のみならず習性まで再現しなければならないが、僕は今それと同じ立場にいる。ストリックランドは、タヒチで接した人びとに特にこれといった印象を残さなかったようである。人びとから見れば、彼は金に始終こまっていた浮浪者にすぎず、絵を描いているという点のみが他の浮浪者と違うのだが、その絵は人びとには馬鹿げたものに見えたのであった。自分たちの近くに重要人物が暮らしていたのだと島民が知ったのは、彼の死後数年して、パリやベルリンから画商の代理人がわざわざやって来て、島に残っている作品がないかと探し始めたときからである。そのときになって初めて、今なら相当の金額になる絵を二束三文《にそくさんもん》で入手できたのに、機会を逃したと口惜《くや》しがったのだった。コーエンという名のユダヤ系の貿易商で、ストリックランドの絵を一枚奇妙な方法で手に入れた男がいた。小柄な年配のフランス人で、穏和な目をした、愛想のいい微笑を浮かべた男だった。貿易商と船乗りを兼ねていて、所有している快速帆船でパウモトゥー群島、マルケサス群島のあたりを大胆に行き来して、雑貨類を売りさばき、コプラ、貝殻、真珠などを入手して来た。僕が会いに行ったのも、彼が大粒の黒真珠を安く売ると聞いたからだった。安いといっても、手の出せる価格ではないと分かったので、僕はストリックランドについて聞いてみた。よく知っていたということだった。

「こうなんですよ。私が興味を持ったのは、あの男が画家だったからです。このあたりの島には、画家なんぞ、あまりいるわけがない。とてもへたなので、彼を気の毒に思いましてね。ここで彼に最初の仕事をやらせたのは私でしょう。半島に農園を持っていまして、そこに白人の監督が必要だったのです。白人の監督がいませんと、土地の連中は働きません。『農園では、絵を描く時間もたっぷりあるし、いくらか金もはいるし』と私はあの男に言ってやりました。彼は食う物に困る状態なのは分かっていましたから、安い賃金でも働いたでしょうが、報酬ははずんでやりました」

「彼が監督としてちゃんと務まったとは信じられませんが」笑いながら僕が言った。

「大目に見ましたよ。芸術家にはいつだって好意を持っていましたから。そういうのは民族の血なのでしょう。でも、結局、彼は数カ月しかいませんでした。絵の具とキャンヴァスを買う金が出来ると、辞めてしまいました。その頃までにこの土地に心を奪われてしまい、島の奥地に行って住みたいと言っていました。でも、その後もときどき会っていましたよ。数カ月に一度くらいパペーテに出て来て、しばらく滞在していました。誰かから金を借りると、また奥地に戻りました。こういう折に、いちど私の所に来て、二百フランの借金を申し込みました。そのときの彼は一週間なにも口にしていないという様子だったものですから、断るにも断れませんでした。もちろん返済など期待していませんでした。すると、一年ほどして、また訪ねて来て、今度は絵を一枚もって来ました。借金のことには触れず、『これはあんたの農場の絵だ。あんたにやるつもりで描いた』と言います。絵を見ましたが、どう言ってよいか困りました。それでも礼を言い、彼が帰ってから女房に見せました」

「どんな絵でしたか」

「そう聞かれましてもね。私にはぜんぜん分からぬ代物《しろもの》でしたから。あんな絵は見たことがありませんでした。『どうしようか』と女房に言いますと、『家に飾るなんてとんでもない。人様に笑われるもの』と言われました。で、屋根裏部屋に運び、いろんながらくたと一緒にしてしまいました。女房は物を棄てられず、取っておくのが趣味なのですよ。ところが驚いたことに、大戦勃発《ぼっぱつ》の直前の頃、パリにいる兄から手紙が来たんです。『タヒチに住んでいたイギリス国籍の画家について何か知らないか。その男はどうやら天才だったようで、絵があれば大儲けができるらしい。もし入手できたら、送ってくれ。金になるぞ』そこで私は女房に言いました。『ストリックランドが置いていった例の絵はどうだろう？　あれは、まだ屋根裏部屋にあるだろうか』『もちろんあるわ。わたしが何でも取っておくのを知ってるでしょ。わたしの癖だもの』屋根裏に上がってみると、ありました。三十年住んでいた間にたまったがらくたに混じって、ちゃんとありました。私は改めてしげしげと見てみましたが、『半島にあった私の農場で監督をやっていたあの男が、二百フラン貸してやったあの男が天才だなんて、いったい誰が思うだろう。この絵が天才の描いたものに見えるかね？』としか言えませんでしたよ。『そんなこと、あるもんですか！　だいいち、うちの農場に少しも似てないし、青い葉の椰《や》子《し》なんて見たこともないわ。でもね、パリの人はみんな狂ってるわ。だから、もしかするとストリックランドに貸してやったのと同じ二百フランで、お義兄《にい》さんは売ることができるかもしれないわよ』という次第で、とにかく梱包《こんぽう》して兄に送りました。そうしたら、しばらくして手紙が届きました。驚いたことに、兄はこんなことを言ってきたんですよ。『絵は届いた。正直な話、お前にからかわれたのかと思ったよ。送料がもったいないと思った。絵のことを話してくれた紳士に見せるのはやめておこうかと思ったくらいだ。結局みせたら、何と傑作だと言うのだ。いやあ、たまげたよ。しかも、三万フランでどうだと申し出るのだ。もしかすると、もっと高額だって出したかもしれないのだが、何しろ、そのときはすっかりあわてていたから、冷静さを取り戻す間《ま》もなく、結構ですと言ってしまったよ』」

そのとき、コーエン氏はなかなか気の利いたことを言った。

「ストリックランドがいま健在だったらと思いますね。もし私が、二万九千八百フランをあの絵の代金だと言って渡したら、あの男は何と言ったでしょうなあ」

## 49

僕が滞在していた「オテル・ド・ラ・フルール」の経営者ミセス・ジョンソンは、コーエン氏とは逆で、機会をみすみす逃したという気の毒な話を聞かせてくれた。ストリックランドの死後、彼の所持品の一部がパペーテの市場でせりに出されたので、彼女も出かけたのだ。がらくたの中に、自分の欲しかったアメリカ製のストーヴがあったからだった。彼女はそれを二十七フランで買った。

「一ダースの絵もあったわ。でもね、額縁に入っているわけじゃないし、そんなものを買おうとする人なんて、誰もいなかったわね。一点十フランのもあったけど、大部分は五、六フランだったわ。ちょっと考えてみてよ、もしもね、あのとき買っていたら、今ごろ大金持よ」

しかし、このティアレ・ジョンソンという女は、どういう状況でも金持になれる人ではなかった、と思う。何しろ金を貯めることなどできないのだから。土地の女とタヒチに住み着いたイギリス人の船長との間に生まれた娘だった。僕が知り合った頃は五十歳だったが、ずっと老《ふ》けて見え、ひどく肥《ふと》っていた。背は高いし、おそろしく体格がいいので、もしもこの善良そうな顔に親切心以外の感情を表すことなどあり得ないという印象がなかったなら、きっと人は圧迫感を覚えたであろう。腕は羊の脚のようだし、乳房は巨大なキャベツのようで、平らで肉づきのよい顔はみだらなほど赤裸々《せきらら》という感じを与え、大きなあごは二重、三重になっている。ひょっとすると四重、五重だったかもしれない。重なりあったあごが、とてつもなく大きな乳房の上に垂れ下がっている。普段はピンク色のだぶだぶのガウンを着て、一日じゅう大きな麦わら帽をかぶっていた。彼女は髪が自慢だったから、ときどき帽子をとって髪を垂らすこともあり、そういう折には、長くて黒く、カールした髪が見えた。目は若々しく、生き生きとしている。彼女の笑い方ほど魅惑的なものはない。喉もとで低く、くすくす笑い始め、それが次第に大きく響く声になり、とうとう体全体を揺する大笑になるのだ。彼女には三つ好きなものがあった。冗談とワインと美男子だった。彼女と知り合いになるのは、このうえなくうれしいことだった。

ティアレの料理の腕前はタヒチで最高だった。美味《おい》しい物が大好きだった。朝から晩までキッチンの低い椅子《いす》に坐り、コックと二、三人の土地の娘に指示を与え、誰とでも仲良くあれやこれやのおしゃべりをし、自分の考案した美味しい料理を賞味して過ごした。友人に敬意を表したいと思ったときは、自分が直接腕を振るった。人を歓待するのが大好きだったから、オテル・ド・ラ・フルールに食べ物がある限り、そこで何か食べさせてもらえない島民は一人もいなかった。泊まり客にしても、宿泊代を払えないというので追い出される客は一人もいなかった。払えるときに払えばいいんですよ、と言っていた。例えば破産した男がいたが、数カ月にわたって彼女は食事つきで宿泊させていた。シナ人の洗濯係が無料でその男の洗濯をするのを拒むと、男の洗濯物を彼女自身のものと一緒に洗わせた。男が汚れたシャツを着て外を歩いてはいけない、と彼女は言った。それだけでなく、男はタバコを吸わなければならないというので、タバコ代として毎日一フラン渡していた。この男への接し方は、毎週きちんと宿泊代を払っている客に対するのと同じで、愛想がよかった。

年齢と肥満のせいで、色恋沙汰《いろこいざた》の当事者ではあり得なかったが、若い連中の情事には並々ならぬ興味を抱いていた。性行為を男女にとって当然の関心事だと思っていて、自分の幅広い経験に基づく実例と教訓を好んで語るのであった。

「わたしに愛人がいるって父にばれたとき、わたしはまだ十五歳にもなっていなかったわ」彼女が言った。「極楽鳥号っていう船の三等航海士だったけど、いい男でね」

彼女は少しため息をついた。世間では、女は最初の愛人を懐かしく覚えているというが、そうでない女もいるらしい。

「父は物わかりのいい人だったわ」

「お父さんはどうしましたか」

「わたしのことを死ぬほどぶん殴ってね、それから、ジョンソン船長と結婚させたわ。わたし、いやじゃなかったの。もちろん年上だけど、いい男だったからね」

ティアレという名前は、土地の香りの強い白い花になぞらえて父親のつけたものだったが、この花は一度その香りをかいだ者は、どれほど遠くまで放浪したとしても、最後にはタヒチに戻って来ると言われていた。ストリックランドを彼女はとてもよく覚えていた。

「あの人、ときどきこのあたりに現れていたものよ。パペーテのあたりを歩いている姿をわたしもよく見かけたもの。ひどく痩《や》せているし、お金もないみたいなので、気の毒に思ってね。あの人が町に来たと聞くと、ボーイをやって探させて、ここに食事に呼んだものよ。一、二度仕事を世話したのだけど、長続きしなくてね。しばらくすると奥地に戻りたがって、ある朝ふらっと出て行ってしまう。そんなふうだったわ」

ストリックランドはマルセイユを出てからおよそ六カ月してタヒチに着いたらしい。オークランドからサン・フランシスコに行く帆船で働いて、船賃にしたのである。島に着いたときには、絵の具箱、イーゼル、一ダースのキャンヴァスしか持っていなかった。しかしシドニーで仕事を見つけ、そのときに稼いだ数ポンドの所持金があった。それで町はずれの現地人の家の一室を借りることができた。タヒチに着いた途端に彼は心地よさを覚えたらしい。ティアレに次のような話をしたという。

「俺が甲板を洗っていたらな、突然『ほら、あれだぞ!』という奴がいた。そこで、ひょいと顔を上げると、島がぼんやりと見えた。途端に、ここここそ俺が生涯ずっと探し求めてきた所だと悟ったのだ。だんだん近づくにつれて、見覚えがあるような気がしてきた。今も島を歩いていると、どこもかしこも知っている場所のような気がする。この島に以前住んでいたと誓えるくらいだ」

「タヒチに心を奪われる人は他にもいるみたいね」ティアレが言った。「わたしの知っているだけでも、船に荷を積み込むあいだ数時間ここに上陸していただけなのに、船に戻らない男が何人かいるわ。それから、こんな人たちもいたのよ。この連中、本社から一年の約束で島にやって来て、島の悪口ばかり言って、帰国のときには、こんな所にはどんなことがあっても二度とふたたび来ないぞ、と啖呵《たんか》を切ったわ。それなのに半年もしたら舞い戻って来て、他の土地にはもう住めない、なんて言うのよ」

## 50

生まれる場所を間違える人もいる、僕はそんな気がする。偶然によってある土地に生まれ、そこで暮らすことになるのだが、自分の知らぬ本来住むべき場所が他にあると信じ、そこへの憧れの気持をずっと胸に秘めて暮らす。生まれた土地ではよそ者なのだ。子どもの頃から知っている樹木の多い小道も、あるいは、よく遊んだ人通りの多い街路も、彼らには人生の通過点にすぎない。親類縁者の間でよそ者として暮らし、自分の知る唯一の土地に馴染《なじ》めぬまま一生を終えることもある。このようなよそ者意識のために、自分が本来所属するはずの場所を探し求めて、世界中をあちらこちらと漂泊の旅に出る者もいるのかもしれない。ひょっとすると旅人は、根深い先祖返りの血のせいで、自分の遠い先祖が人類の出現した大昔に後にした土地へと戻ろうとするのかもしれない。そして幸運にも、ここここそ自分の本来の居場所だと、なぜだか分からぬままに本能的に感じる場所にたどり着くこともときにはあろう。ここここそ憧れていた故郷だと思い、そこに落ち着く。その環境も隣人も誕生いらい慣れ親しんできたものであるかのように、実際には見たこともなかった環境の中で、それまで会ったこともない隣人に溶け込んで暮らし始める。ここで初めて休息を見出すのだ。

僕が以前、聖トマス病院で知っていた男の話をティアレにしてみた。それはエイブラハムという名のユダヤ人で、金髪の、どちらかというと体格のがっちりした男で、内向的で控え目だったが、注目すべき才能の持ち主だった。奨学金で医学校に入り、五年の在学中に取れる賞はすべて取った。卒業と同時に病院づきの内科と外科の両方に採用された。その優秀さは誰もが認めるところだった。とうとう若くして医局の正式スタッフに加えられ、将来が保証された。およそ人間の将来についての予測が可能な限り、彼が医者として最高の地位に昇るのは確実であった。名誉も富も約束された。ところが、新しい役目につくに先立って、休暇を取りたいと言い出し、貯金もないので、不定期貨物船の船医として地中海東部沿岸の国に行った。普通は船医の乗り合わせない船だったが、病院の先輩の外科医がその航路の船会社の重役を知っていたので、特別に乗せてもらったのであった。

数週間後、彼から病院に、誰もが羨《うらや》む医局の正式スタッフの地位を辞退するという連絡があった。これには関係者すべてが驚嘆した。あらぬ噂が取り沙汰された。予想外の行動を取る者がいると、仲間たちはすぐにけしからぬ動機をあれこれ想像するものである。しかし、彼に代わってその役目につきたい者は当然いたので、エイブラハムのことは忘れ去られた。彼についての情報はいっさい耳にすることはなかった。どこかに姿をくらましたのである。

それからたぶん十年後のことだったと思う。ある朝、アレクサンドリアに上陸する前、船上で身体検査があるというので、僕は他の乗客と共に並ばされた。担当の医師は、みすぼらしい服の、がっしりした体格の男で、帽子を脱いだのを見ると、はげ頭だった。前に会ったことがあるような気がした。急に記憶がよみがえった。

「エイブラハム！」僕が声を掛けた。

彼は訝《いぶか》しげな顔で僕を見て、僕だと分かると握手をしに来た。お互いに驚いた。久しぶりの挨拶《あいさつ》が済んだ後、僕がその夜はアレクサンドリア泊まりだと知ると、イギリス人クラブでの夕食に招待してくれた。クラブで会い、こんな所で再会して驚いた、と僕は言った。今の彼の地位は低く、いかにも貧しそうな雰囲気を漂わせていた。やがて彼は打明け話をした。地中海の休暇に出発したときは、聖トマス病院での役目につくためにロンドンに戻ることしか考えていなかった。ところが、ある朝、貨物船はアレクサンドリアの波止場に着き、甲板から陽光で白く輝く街と、波止場にむらがる群衆を眺めていた。薄ぎたないギャバジンの服の現地人、スーダンの黒人、ギリシャ人とイタリア人の騒々しい群れ、トルコ帽をかぶった生真面目《きまじめ》なトルコ人、陽光と青い空を眺めていた。すると、そのとき何かが身に起こった。それが何であるかを彼はうまく説明できなかった。雷に打たれたみたいだ、と言った。それから、その説明に不満だったのか、神のお告げみたいだった、と言い直した。何かが胸を締めつけてくるようであったが、それから突然、歓喜が、そう、自由になったような素晴らしい感覚があった。まるで故郷に帰ったようだった。一分も経たぬうちに、そのときその場で、生涯ここアレクサンドリアで暮らそうと決意した。船医を辞するのは何の問題もなく、決意した二十四時間後にはもう上陸していた。

「船長は君のことを頭のいかれた奴だと思ったろうね」僕は笑って言った。

「誰がどう思おうと、そんなことは気にならなかったよ。だって、行動しているのはいつもの自分ではなく、僕の内部の強力な何かだったのだ。港をぶらぶらしているうちに、どこか小さな、ギリシャ人経営のホテルに行こうと思った。そこへの道を知っているような気がしたのさ。実際、どんどん歩いていくと、ホテルが目に入った。着いてみて、驚いたことに、それが探しているホテルだったのだ」

「それまでにアレクサンドリアへ行ったことはあったの？」

「いや、ない。そもそも、イギリスから一歩も出たことがなかったのだ」

やがて彼は役所に入り、ずっとそこにいる。

「後悔したことは一度もなかったかい？」

「絶対にないね。食っていけるだけの収入しかないけど、それで不満はない。死ぬまでここにいられたら、それ以上のぞむことなどない。素晴らしい人生だったよ」

僕は次の日アレクサンドリアを発《た》ち、それからエイブラハムのことはずっと忘れていた。ところが、今から少し前に、やはり医学校時代の昔の仲間、アレック・カーマイケルの家で晩餐《ばんさん》を共にしたときにエイブラハムのことを思い出すことになった。アレック・カーマイケルは短い休暇でイングランドに来ていたのだが、僕は偶然通りでばったり出会い、彼が戦時中の功労でナイト爵を授けられたことに祝いの言葉を述べた。昔を思い出して一晩一緒に過ごそうという話になり、彼の邸《やしき》で食事をすることに同意すると、水入らずでしゃべりたいから他の客は呼ばないでおく、と言ってくれた。彼の家は、アン女王通りにある、由緒ある美邸で、趣味のいい男だったから、見事に装飾がほどこされていた。食堂の壁には素晴らしいベロット(十八世紀のイタリア画家)の絵が一点、それからほれぼれするようなゾファニー(十八世紀ドイツ生まれのイギリス画家)の絵が二点かざられていた。食事が済み、金色の服を着た背の高い夫人が引き上げたとき、君の今の生活は昔の医学生時代と比べるとものすごい変わりようじゃないか、と僕は笑いながら言った。あの頃は、ウェストミンスター橋通りのみすぼらしいイタリア料理屋で食事すれば、それが贅沢《ぜいたく》だと思っていた。今では、アレック・カーマイケルは六つくらいの病院で主任医師を務め、年収は一万ポンドはある。ナイト爵は今後さずかると思われる栄誉のほんの手始めにすぎない。

「自分なりに努力はしてきたつもりだ。でも奇妙なのは、これもすべてある幸運のおかげだということだ」

「どういう意味だい?」

「君はエイブラハムという男を覚えているかい。輝かしい将来を嘱望《しょくぼう》されていた男だ。学生の頃は、すべての科目で奴には負けた。彼は僕が望んだ賞だの奨学金だのを、ぜんぶ独り占めにしたよ。僕はいつだって彼の次だった。もし彼が残っていたら、僕は今の地位にはいられなかっただろう。あの男は外科手術の天才だった。誰ひとり敵《かな》う者はいなかっただろう。彼が聖トマス病院の医局スタッフになっていたら、僕にはまずチャンスはなかった。開業医になるしかなかったな。開業医になっていたら、人から抜きんでることなど無理なのは、君も知っているだろう。でも、エイブラハムが抜けてくれたおかげで、僕が取って代わった。彼のおかげで運がまわってきたんだ」

「そうかもしれないな」

「運がよかった。おそらくエイブラハムには妙な性分があったのだ。気の毒に、今はすっかり落ちぶれてしまった。何でもアレクサンドリアで、医者は医者でもくだらぬ仕事をやっているらしい。検疫医か何かじゃないかな。年とった醜《みにく》いギリシャ人の女と暮らしていて、瘰癧《るいれき》病みの子どもを五、六人かかえているそうだ。実際の話、成功するには頭がいいというだけじゃだめだね。重要なのは精神力だ。奴にはそれがない」

精神力だって？　だが、より有意義な生き方を見つけたからというので、人も羨む地位を三十分かんがえただけで投げ棄ててしまうというのは、精神力のなせる業《わざ》なのではないだろうか。突然の方向転換を決して悔やまぬというのは、強い精神力を要するのではなかろうか。そう思ったが、黙っていた。するとアレック・カーマイケルが、過去を振り返るように言った。

「エイブラハムの決断を僕が残念がるなんて、もちろん偽善的だろうな。そのおかげで得をしたんだから」彼は吸っていた長いコロナ葉巻をうまそうに吹かした。「だが、僕に関係がなかったのなら、無駄を気の毒に思うところだな。一生を棒に振るなんて、もったいないよ」

果たしてエイブラハムは一生を棒に振ったのだろうか。自分の気に入った土地で、自分がぜひともやりたいことを心安らかにやるというのは、人生を棒に振ることだろうか。著名な外科医となって年収一万ポンドを稼ぎ、美人を妻にすることが、成功なのだろうか。それは結局、人が人生に何を期待するか、社会に何を期待するか、個人に何を期待するか、によるのだろう。だが、僕は依然として黙っていた。なぜなら、ナイト爵を持った相手に向かって、僕ごときが反論しても仕方がないではないか！

## 51

この話をティアレにすると、黙っていたのは賢明よ、と彼女は言った。僕たちはしばらく無言でエンドウ豆のさやむきを続けた。キッチンで働く者の仕事ぶりにいつも目を光らせている彼女なので、そのときシナ人のコックのある行動を見て、けしからんと思ったらしい。早速ものすごい罵《ののし》りの言葉を浴びせ始めた。相手も黙ってはおらず、自己弁護を始めたので、たちまち派手な口喧嘩が始まった。二人は島の言葉でやり合い、僕には数語しか分からないので、激しいやり取りを聞いていると、この世の終わりが来たかのようであった。それでも、やがて仲直りができたらしく、ティアレはコックにタバコを一本あたえた。二人はおいしそうに吸った。

「女房を探してあげたのはわたしだって、知ってる?」彼女が大きな顔に笑みを湛《たた》えて、とつぜん言った。

「コックの女房ですか?」

「いいえ、ストリックランドのことよ」

「でも、彼には奥さんがいましたよ」

「あの人もそんなことを言ったわ。でも、わたし、その女はイギリスにいるんだから、ここから見れば、地球の裏側よ、って言ってやったの」

「その通りだ」

「あの人、絵の具とかタバコとか金が欲しくなると、二、三カ月に一度くらいパペーテに現れたけど、そういうときは野良犬みたいにあちこちうろつき回っていたのよ。気の毒だったわ。その頃、うちにアタという、部屋の掃除をする娘がいたの。わたしの遠縁で、両親を亡くしたので、わたしがここに住まわせて面倒を見ていたのよ。ストリックランドはときどき、まともな食事をしにここにやって来て、ボーイの誰かれとチェスをしていたわ。そういうとき、アタが彼のほうをよく見ていたのよ。そこで、あの男が好きなの、と聞いてみたというわけ。そしたら、けっこう気に入っているって言うの。島の娘は白人と暮らすのが好きなのよ」

「その娘《こ》は土地の娘だったの？」

「そう、白人の血は一滴も混じってなかったわ。で、あの娘《こ》の気持が分かったので、わたしはストリックランドを呼びにやったの。彼にこう言ったわ。『身を落ち着けたらどうなの。あんたのようないい年をした男が、波止場の娘たちを相手に遊ぶなんておかしいわ。性悪の女どもだから、困った事態になるかもしれない。あんたは金がないし、仕事となると、ひと月もすればやめてしまう。今では誰も雇ってくれないわね。島の女と奥地で暮らせるって、あんたは言うけどね、それはあんたが白人だから家に置いてもらえるだけのことよ。でも、白人がそんなことをするのは、みっともないわ。それでね、いい、わたしの言うことをよく聞くのよ』」

ティアレはしゃべるとき、英語とフランス語を混ぜる。両方を同じように巧みに操れるのだ。しゃべり方は歌をうたうような調子なので、聞いていて耳に快い。もし小鳥が英語をしゃべれたら、こんなふうにしゃべるのではないかという感じだ。

「わたし、言ってやったの。『あんた、アタと結婚したらどう？　いい娘《こ》で、年もまだ十七よ。島の他の娘たちのように誰とでも寝るなんてことはしない娘よ。船長とか一等航海士とは寝たでしょうけど、土地の男には体を触れさせてないわ。自分を大事にして《エル・ス・レスペクト・》いるのよ《ヴオワ・チュ》。オアフ号の事務長も、このまえ寄港したとき、このあたりの島じゃ最高の娘だって褒めてたわ。アタだってもう身を固めたほうがいいのよ。船長や一等航海士にしたって違った女を相手にしたがるんだから、わたしも同じ娘をあまり長くは置かないようにしているの。アタはタラバオの近く、半島の少し手前のあたりにちょっとした土地を持っているのよ。今はコプラの値が上がっているから、二人で楽に暮らせるわ。住む家もあるし、絵を描く時間はたっぷりあるわ。この話、どう？』ってね」

ティアレはそこで一息いれた。

「そのときよ、女房がイギリスにいるだなんて言ったのは。『あのねえ、ストリックランドさん、男は誰だってどこかに女房がいるものよ。島に来る理由はたいていそれよ。アタは物わかりのいい娘《こ》だから、正式の結婚なんかにこだわらないわ。あの娘はプロテスタントだから、カトリックみたいに気にしたりしないのよ』

「すると、彼が尋ねたわ。『だが、アタの気持はどうなんだ？』それで、『あんたに惚れてる《ベガン》みたいよ。あんたさえよければ、あの娘《こ》は結婚する気よ。いま呼びましょうか?』と言ってやったの。そしたら、あの人、いつもの癖で、妙な素っ気ない笑い方をしたわ。わたし、アタを呼んだわ。あの娘ったら、わたしのブラウスを洗って、それにアイロンをかけている振りをしながら、全身を耳にして、それまでの話を盗み聞きしてたのよ。横目で見て、わたしはそれに気づいていたけど、今どきの娘は抜け目がないわね。で、呼んだらすぐ来たわ。笑ってたけど、少し恥ずかしがっていたわね。ストリックランドは何も言わずにあの娘を見てたわ」

「アタは美人でしたか」

「まあまあね。でも、わたしに聞かなくても、あの娘《こ》の絵はきっと何枚も見ているはずよ。ストリックランドはアタをモデルにして何度も何度も描いたわ。腰布《パレオ》をつけたのも、つけてないのも。そうね、なかなかの美人だったわ。それに、料理がうまかったわ。わたしが教えたのよ。ストリックランドが考えているようなので、わたし、言ってやったのよ。『ここではいい給料を出したし、あの娘はそれを貯金したわ。それに、あの娘が付き合った船長や一等航海士がときどきいくらか金を渡していたし。数百フランは貯めているわね』って」

「あの人ったら、大きな赤ひげを引っぱって、ニヤニヤしてたわ」

「それから、『なあ、アタ、お前は俺を夫にする気があるかい』って聞いたのよ」

「アタは何も答えず、ただ、くすくす笑ったわ」

「わたし、彼に『言ったでしょ、この娘《こ》はあんたに惚れてるってさ』って言ってやったわ」

「彼はアタのほうを向いて、『俺はきっとお前を殴るぞ』って言うのよ」

「すると娘《こ》は、『殴らなきゃ、あんたがあたしを好きだって、分かんないじゃないの』って言うじゃない」

ティアレは話を中断し、自分の過去を語り出した。

「わたしの最初の亭主だったジョンソン船長は、よくわたしをぶん殴ったものよ。男らしい人だった。ハンサムで、身長は六フィート三インチあったわ。酔っぱらうと抑えの利かない人でね。殴られると、全身紫色の跡がついて何日も消えなかった。それでも、あの人が死んだときは、わたし、声を上げて泣いたわ。ショックから立ち直れないかと思ったくらい。でも、失ったものの大きさが本当に分かったのは、ジョージ・レイニーと再婚したときね。一緒に暮らしてみないと、男の本当の姿なんて分からないものよ。ジョージ・レイニーはまったくの食わせ物だったわ。あの人も立派なすらっとした男だったし、最初の亭主と同じくらい背が高くて、とても頑丈に見えたんだけどね。でも、それは上っ面《つら》だけ。酒は飲まなかったし、わたしを殴ることなんて、まったくしなかった。まるで宣教師みたいなのよ。わたしは島に入港する船の上級船員の誰かれと浮気したのに、ジョージはいっさい文句を言わなかったのよ。しまいに、わたしのほうがうんざりして、離婚したわ。あんな男、亭主としちゃ何の役にも立たない。女の扱いを知らない男もいるんだから、まったくいやになるわ」

僕はティアレに、それはいけませんでしたね、と慰めてやり、男の中にはだます奴もいて困ったものだ、と同情するように言ってやった。それから、ストリックランドとアタの結婚の話を続けるように頼んだ。

「わたしは彼に言ってやったのよ。『べつに急がなくてもいいのよ。ゆっくり考えたらいいわ。アタは家の離れにいい部屋を持っているから、そこでひと月くらい一緒に暮らしてみて、うまくやっていけそうかどうか見たらいいわ。食事はここでとっていいわよ。一カ月たって、あんたが結婚する気になったら、アタの土地に移ったらいいわ』って」

「じゃあ、それでいい、と彼は言ったわ。アタはここの仕事を続け、彼には約束通り、わたしが三食だしてあげたわ。アタには、彼の好物の料理法を教えたの。ストリックランドはあまり絵を描くことはなかったわね。丘を散歩したり、小川で水浴びをしたりしていたわ。海岸に行って礁湖《ラグーン》を眺めたり、夕暮れどきには、もっと先まで行ってモーレア島をじっと眺めていたものよ。よく珊瑚礁《さんごしょう》に釣りに出かけていたわ。港のあたりをぶらついて土地の人たちとしゃべるのも大好きだったみたいね。彼って、気のいい穏やかな人だわ。毎晩、夕食が済むとアタと一緒に離れに引き上げて行ったわ。奥地に移りたがっているのは見え見えだったから、ひと月たったとき、どうするつもりかって聞いたのよ。アタさえよければ結婚する、と答えたわ。そこで、二人のために結婚祝いの晩餐《ばんさん》会《かい》を開いてやったわ、わたしの手料理でね。エンドウ豆のスープ、ポルトガル風のロブスターの一品、カレーとココ椰子《やし》サラダ。ココ椰子サラダといえば、まだあなたにはご馳走してなかったわね？　お発《た》ちになる前に、ぜひ試してもらうわ。晩餐会にはアイスクリームも作ったのよ。シャンパンも飲み放題にしたし、食後のリキュールもね。二人のために、きちんと形をととのえてやろうと決めていたからね。食後はサロンでダンスをしたわ。あの頃はわたしもデブじゃなかったし、ダンスは大好きだから」

オテル・ド・ラ・フルールのサロンはこぢんまりしていて、竪型《たてがた》ピアノが置かれ、押し型模様のベルベットを掛けたマホガニー家具一式が壁に沿ってきちんと並べられていた。円形テーブルにはアルバムが置いてあり、壁にはティアレと最初の亭主ジョンソン船長の大きな写真が掛かっていた。ティアレは年を取り肥満体になったけれども、今でもときどきこの部屋で、床のベルギー製のカーペットを巻いて片づけ、メイドとティアレの友人を呼んでダンスをやっていた。もっとも今は蓄音機の雑音の多い演奏に合わせて踊るだけであったが。ベランダではティアレの花の濃厚な香りが漂い、頭上の雲ひとつない空には南十字星が輝いていた。

今は昔となったストリックランドのためのパーティーの楽しさを思い出して、ティアレは懐かしそうに微笑《ほほえ》んだ。

「朝の三時まで踊っていたかしら。床《とこ》についたときには、素面《しらふ》だった人は誰もいなかったと思うわ。新婚の二人には、ホテルの馬車を使って、道がある所まで行きなさいと勧めたの。だって、その後に歩く道のりが相当あったからね。アタの家は山の間の奥地にあったの。二人は明け方に出て行ったけど、一緒に行かせたボーイは翌日まで戻らなかったわ」

「そう、これがストリックランドの結婚のいきさつよ」

## 52

その後の三年間は、ストリックランドの一生でもっとも幸福な時期だったと思う。アタの家は島をめぐる道路からおよそ八キロの所にあった。そこにたどり着くには、うっそうと茂った熱帯の樹木が覆いかぶさる、曲がりくねった小道を行かねばならない。白木造りのバンガローで、二室あり、外にはキッチンとして使う小さな小屋がある。家具はほとんどなく、ベッドに使うゴザがあり、それとロッキング・チェアがベランダに置いてあるだけだ。家の近くにはバナナの木があって、大きな破れた葉は、不幸に見舞われた女帝のみすぼらしい礼服を思わせる。家のすぐ裏手にはアボカドの生《な》る木があり、周囲一帯に土地の収入源となっているココ椰子《やし》が植えられている。アタの父親が土地の周囲にクロトンを植えておいたので、輝くばかりに色あざやかな葉が生えそろい、まるで美しい炎が土地を取り囲んでいるようだった。家の前面には一本のマンゴーの木が繁り、開拓地の端には二本並んだ鳳凰木《ほうおうぼく》があり、その深紅《しんく》の花がココ椰子の黄金色《こがねいろ》の実と美しさを競い合っていた。

ストリックランドはここで暮らし、土地で採れるもので足りるので、パペーテに出て来ることは稀《まれ》になった。家から遠からぬ小川で水浴びをしていたが、ときどき魚の群れが現れることがある。そんなとき、土地の人はヤスを手にして集まり、ガヤガヤ大騒ぎしながら、驚いた大きな魚が海に逃げてゆくところを突き刺した。ストリックランドはときどき珊瑚礁《さんごしょう》まで行き、色彩の美しい小魚を籠《かご》いっぱい持ち帰ることがあり、そんなときはアタが魚をココ椰子油でフライにする。ロブスターを捕まえてくることもあった。

ときにはアタが足もとからこそこそ逃げる大きな岡蟹を捕まえてきて、美味《おい》しい料理を作った。山へ行けば野生のオレンジの木があり、アタがときどき村の数人の娘と一緒に出かけて、緑の甘いみずみずしい実を籠いっぱいに持ち帰った。やがてココ椰子が熟し収穫する時期になると、アタの従兄弟《いとこ》たちが(土地の者は皆そうだが、アタにも大勢の親類がいた)木によじ登り、大きな熟した実を下に投げた。これを割って天日に曝《さら》して乾燥させる。次にコプラをえぐり出し、袋に詰め、女たちが礁湖《ラグーン》ちかくの村の商人の所まで運ぶ。商人はコプラと交換に、米、石鹼《せっけん》、肉の缶詰、少額の現金などを渡す。ときには近所で宴会があり、豚を一頭つぶすこともある。みんな気分が悪くなるほどたらふく食べ、ダンスをし、賛美歌をうたう。

しかしアタの家は村から遠く、タヒチの人はものぐさだ。連中は旅が大好きだし、ゴシップも好むけれど、歩くのを嫌う。そこで、ストリックランドとアタは何週間も二人だけでいることがあった。彼は絵を描き、読書した。夕闇が迫ると、ベランダに一緒に坐り、タバコを吸い、夜景を眺めた。やがてアタに赤ん坊が出来た。出産の世話をしに来た婆さんが、そのまま家に居着いた。やがて婆さんの孫娘が泊まりに来て、それから若者が一人あらわれた。若者がどこの出身だとか、どういう縁者なのか、誰も知らなかったが、気にかけず住みついてしまった。こういう連中がみな一緒に暮らした。

# 53

「ほら、ブリュノ船長だわ《トウネ・ヴォワラ・ル・カピタン・ブリュノ》」ある日、僕がティアレから聞いたストリックランドの色々なエピソードをまとめようとしていると、彼女が言った。「あの人はストリックランドをよく知っていたわ。アタの家まで訪ねたくらいよ」

見ると、中年のフランス人がいた。大きなごま塩のあごひげを生やし、日焼けした顔に大きな目がキラキラ光っている。こざっぱりしたズックの服を着ていた。この人のことは、昼食のときに僕も気づき、シナ人のボーイのアー・リンに尋ね、その日に着いた船でパウモトゥー群島から来たのだと知っていた。ティアレが僕を紹介し、彼は「ロン・クール号船長ルネ・ブリュノ」とある大きな名刺をよこした。ティアレと僕はキッチンの外の小さなベランダに坐り、彼女はホテルで働く娘の一人のためにドレスの裁断をしているところだった。船長も一緒にそこに坐った。

「ええ、ストリックランドをよく知っていました」彼が話し出した。「私はチェスが大好きなんですよ。あの男もいつも一勝負したがっていました。私は仕事で年に三、四回タヒチに来ましてね、そのとき彼もたまたまパペーテに来ていれば、このホテルにやって来て、二人してここで勝負をしたものですよ。彼が結婚したとき」そこで船長はニヤりとし、肩をすくめた。「結婚というか、つまり、ティアレが世話した娘の家に行ったとき、家に遊びに来いと彼は私に言うのです。私も披露宴の客の一人だったのです」そこでティアレを見やって、二人は愉快そうに笑った。「奥地に行ってからは、パペーテに出て来なくなりましてね。一年ほどしたとき、たまたま島のそちらの方面に、何かの用事で――どういう用事か忘れましたが――出かけることになりました。仕事が済んだので、「さて《ヴオワイヨン》、ここまで来たからには、ストリックランドを訪ねぬ手はない」と思いました。土地の者に聞いてみると、そこから五キロくらいの所に住んでいるのが分かりました。そこで出かけたのです。あのときの印象は決して忘れられません。私自身の住んでいるのは、環状珊瑚島《さんごとう》、つまり礁湖《ラグーン》を丸く囲む帯状の低い島なのですが、そこの美しさといえば、海と空の美しさと礁湖の様々な色合い、それにココ椰子《やし》の優雅な姿です。ところが、そこと比べても、ストリックランドの住んでいる場所は、まさにエデンの園でした。あそこの魅力はあなたにもお見せしたいくらいですよ、まったく！　浮き世を離れ、頭上には青い空、あたりは色あざやかに生い茂る樹木！　色彩の饗宴《きようえん》です。芳香が漂い、ひんやりとした空気！　まさに筆舌に尽くし難いものです。この土地で、彼は世事にわずらわされず、世間からも忘れられて暮らしていました。ヨーロッパ人の目には、呆れるほどどみすぼらしく映るかもしれません。家は崩れかけ、決して清潔とは言えませんでした。私が立ち寄ったときには、ベランダに数人の現地人が横になっていました。あの連中は群れたがるのですよ。ごろりと体を横たえ、タバコを吸っている若者がいましたが、彼はパレオしか身につけていませんでした」

パレオというのは、細長い粗木綿《あらもめん》の布で、色は赤か青で、白の型押し模様がついている。腰のまわりにまとい、裾《すそ》はひざまで垂らす。

「十五歳くらいの娘がパンダナスの葉を編んで帽子を作っていました。老婆が一人しゃがんでパイプをくゆらせていました。それからアタに気づきました。赤ん坊に乳房をふくませていました。その足もとで素っぱだかの子どもが遊んでいました。アタは私を見ると、ストリックランドを呼び、彼が出て来ました。彼もパレオしか身につけていません。赤いあごひげ、乱れた髪、毛深い広い胸ですから、異様な姿でした。足はいつも素足で歩くせいで傷だらけで硬く頑丈になっていました。まさしく現地人並みになっていました。私の顔を見て喜んだようで、アタに、夕食をご馳走するから鶏をつぶすように言いました。私を家に招き入れ、描いていた絵を見せました。部屋の隅にはベッドがあり、中央にはキャンヴァスの置かれたイーゼルがありました。前から彼に同情して、わずかな額で何点か彼の作品を買っていましたし、何点かを預かってフランスの友人に送ったりしていたのです。元来は気の毒なので買ってやっていたのですが、家に置いて毎日ながめていると、愛着を覚えるようになりました。実際、私は絵に風変わりな美を発見したのです。周囲の者はそういう私を狂っていると思ったようですけど、やっと私の考えが正しかったと判明した訳ですな。私は、彼の絵の最初の愛好者になったのです」

船長はティアレをからかうように見た。彼女は、ストリックランドの遺品が売りに出されたとき絵を買い損ね、アメリカ製のストーヴを二十七フランで買った話を残念そうに繰り返した。

「今も絵を所有なさっていますか」僕が聞いた。

「ええ。一人娘が結婚適齢期になるまで取っておいて、売って娘の持参金《ドット》にします」

それから、訪問の話を続けた。

「あの晩の、彼の家でのことは忘れられません。せいぜい一時間ほど滞在する気だったのですが、ぜひ泊まっていけと勧めるのです。私は迷いました。寝るようにと勧められたゴザはとても使う気のしない代物《しろもの》だったのです。でも仕方がないと思い、肩をすくめるだけにしました。というのも、パウモトゥー群島の家を建てていたときなどは、ゴザよりも硬いベッドで、頭上には繁った灌木《かんぼく》だけという状態が何週間も続きましたからね。害虫が出ても、私の皮膚は硬いので、虫もあきらめたのでしょう」

「アタが食事の支度をしている間、二人で小川に泳ぎに行きました。食事の後、ベランダに坐りました。タバコを吸い、雑談をしました。若者が小型アコーディオンを持ち出し、ミュージック・ホールで十年以上も前に流行《はや》っていた曲をひきました。文明社会から何千マイルも離れた熱帯の夜にそういうものを聴くのは不思議な気分でした。ストリックランドに聞いてみたんですよ、こんな色々な連中と一緒に暮らしていて不快じゃないのか、と。とんでもない、と彼はすぐ否定しました。モデルが手の届く所にいて好都合だというのです。まもなく、土地の人たちは、大きなあくびをして寝に行き、彼と私だけになりました。あそこの夜のしんとした深い静寂は何と言ったらいいでしょう。パウモトゥー群島では完全な静寂などありません。浜では無数の生き物の動く音がします。小さな貝類が絶え間なく這《は》い回るし、岡蟹がやかましく走り回りますからね。ときどき礁湖で魚のはねる音がしますし、褐色のサメが必死に逃げ回る魚を追いかける慌《あわただ》しい水の飛び散る音もします。それに、珊瑚礁に砕ける波の鈍く低い響きが、時の流れと同様に絶え間なく続きます。ところが、あの奥地では物音ひとつしません。そして空気は夜の白い花の香りでかぐわしい。あまり美しい夜なので、魂は肉体の牢獄に閉じ込められているのにもはや耐えられなくなり、空中に飛び出して行きたいと感じ、死をとても身近なものに感じるのです」

ティアレがため息をついた。

「もういちど十五歳になれたらどんなにいいかしら！」

そのとき、彼女はキッチンのテーブルにあった車エビを狙っている猫に気づき、素早い手振りで、勢いよく罵声《ばせい》を浴びせながら、逃げて行く猫の尻尾《しっぽ》めがけて本を投げつけた。

「アタとの生活が幸せかと彼に聞いてみました」

「すると、『あの女は俺をほっといてくれる。飯を作り、赤ん坊の世話をする。俺の命じた通りにする。俺が女に望むすべてを与えてくれるのだ』と答えました」

「それで、『ヨーロッパが恋しくなることはないのかい？　パリやロンドンの街灯とか、友人や仲間との交友とかはどうだい？《ク・セ・ジュ》　劇場、新聞、小石の舗道を走る乗合馬車の快い響きが懐かしくなることもあるだろう？』と言ってみました」

「しばらく黙っていました。それから、『ここで死ぬつもりだ』と言いました」

「私は、『だが、退屈したり、淋《さび》しくなったり、そんなことはないのかい』とさらに尋ねました」

「彼はくすりと笑い声を立てました」

「そして、『ねえ君《モン・ボヴル・アミ》、君には芸術家というものが分かっていないようだな』と言いましたよ」

ブリュノ船長は、穏やかな微笑を浮かべて僕を見た。彼の黒い優しい目はキラキラ輝いていた。

「ストリックランドは私を誤解していました。私だって夢を抱くとはどういうことかくらい知っていますからね。私にも夢はあります。これでも私なりに、自分を芸術家だと思っているのですよ」

僕らは皆しばらく沈黙した。ティアレが大きなポケットから、ひとつかみのタバコを取りだし、一本ずつ渡した。三人とも吸った。ようやく彼女が口を開いた。

「あのねえ、この人《ス・ムシュー》はストリックランドにとても関心を持っているのだから、クートラ先生の所に連れて行ってあげたらどうかしら。先生なら、あの人の病気のことと死んだときのことも、話してあげられるでしょ」彼女は船長に言った。

「いいですとも《ヴォロンテイエ》」船長は僕のほうを見ながら答えた。

僕が礼を言うと、彼は時計を見た。

「ああ、六時過ぎか。よろしかったら、今すぐ訪ねれば先生はご在宅でしょう」

そこで、さっそく出かけることにした。クートラ医師の家までの道を歩き始めた。彼は郊外に住んでいたが、オテル・ド・ラ・フルールも町はずれにあるので、すぐ郊外に出られた。広い道は、胡椒木《こしょうぼく》の並木に覆われており、道の両側にはココ椰子やヴァニラの栽培園が並んでいる。トウゾクカモメが椰子の葉の間でキイキイ鳴いていた。やがて小川に架かる石橋にいたり、ここで一休みして、泳いでいる土地の子どもたちを眺めた。子どもたちは追いかけっこをして騒いでおり、褐色の濡れた体が陽光の中で光っていた。

## *54*

道すがら、最近ストリックランドについて聞いた話からいやでも注目せざるを得ない、ある状況を考えていた。この遠隔の土地では、故郷で白眼視されていた彼が、嫌われもせず、どちらかといえば好感を持たれていたということである。彼の奇行もここでは寛大な態度で受け入れられたのだ。現地人であれヨーロッパ人であれ、タヒチに住む人びとから見て、彼は一風かわった男だった。それでも人びとは彼をあるがままに受け入れた。世間には変人奇人はいくらでもいると考えているようだった。それに、人は自分がなりたいものになれるわけではなく、生まれつきで決まった人間になるものだ、と心得ているのだろう。イギリスやフランスでは、ストリックランドはいわば丸い穴の中の四角い釘《くぎ》であったが、ここでは穴の形など決まっていないので、釘もどんな形でも構わないのだ。タヒチに来て以来、彼が多少とも穏やかになったり、身勝手でなくなったり、乱暴でなくなったりしたとは考えにくいが、周囲の目が寛大になったのだ。仮に彼がこの環境で一生を送ったとしたならば、ごく普通の人間として通用したのかもしれない。彼はこの地で初めて、生まれ育った国で与えられると期待もせず、望みもしなかったものの――共感――を得たのだ。

ストリックランドがこの地で共感を得たという考えに、僕は我ながら驚いてしまったので、ブリュノ船長の意見を聞いてみた。船長はしばらく答えなかった。それから、ようやく言った。

「他の人はともかく、私が彼に共感を持つのは不思議でも何でもありません。というのも、彼も私も気づかなかったけれど、二人とも同じものを目ざしていましたからね」

「あなたとストリックランドのように、およそかけ離れた二人が目ざす共通のものって、いったい何ですか」微笑を浮かべながら僕は聞いた。

「美ですよ」

「それはまた高邁《こうまい》なことで」僕はつぶやいた。

「恋に狂うと世の中のもの一切が目にも耳にも入らなくなるというのを、ご存じでしょう？　恋に狂った者は、ガレー船の座席につながれた奴隷と同じで、自由が利かないのです。ストリックランドに取りついた情熱は、恋と同じく暴君でした」

「あなたがそうおっしゃるなんて、偶然の一致ですね！」僕は驚いて言った。「ずいぶん前から、僕は彼が悪魔に取りつかれていると思っていましたから」

「彼に取りついた情熱は、美を創造しようという情熱でした。その情熱のせいで、心の安まるときがありませんでした。あちらこちらと移動を繰り返すことにもなりました。神聖な憧憬に取りつかれた永遠の巡礼で、内部の悪魔は暴君でした。世間には真実を追求するあまり生活の基盤さえ台無しにする人がいますが、ストリックランドも同様です。彼の場合は美が真実に代わっただけなのです。私は彼に深い同情を覚えるばかりです」

「いま言われた言葉も偶然に一致します。彼にひどく傷つけられた男がいたのですが、その男も、ストリックランドに深い憐憫《れんびん》の情しか持たない、と言いました」そこで僕は一瞬ことばを切った。「お話をうかがって、これまでどうも不可解でならなかった彼の謎が解明されたように思えます。どんなふうに謎解きをされたのですか」

船長はこちらに笑顔を向けた。

「私も自分なりに一種の芸術家なのだと、先ほどお話ししたでしょう？　ストリックランドに取りついたのと同じ美への情熱を、私も追い求めたのです。ただし、彼は絵を描くことで、私は人生を生きることで、という違いはありますが」

それからブリュノ船長は身の上話をしてくれた。それをここに書き留めるのは、ひとつには対比によってストリックランドの姿を幾分でもはっきりさせられるからだが、この話はそれ自体うつくしいと思えるからでもある。

ブリュノ船長はブルターニュの生まれで、フランス海軍にいた。結婚に際して除隊し、キンペ近くに所有していた土地で穏やかに余生を過ごすつもりだった。ところが、ある弁護士の落ち度から、とつぜん一文無しになってしまった。それまで一目置《いちもく》かれていた土地で貧乏暮らしするのを、夫妻は好まなかった。海軍時代にいちど南海の島々を巡回したことがあったので、そこへ行って、もういちど運を試そうと決意した。まずパペーテで数カ月すごし、この間に計画を立て、経験を積んだ。それからフランスの友人から借りた資金でパウモトゥー群島のひとつの島を購入した。深い礁湖《ラグーン》を取り囲む環状の無人島で、雑木と野生のグアヴァで覆われているのみだった。物怖じせぬ夫人と数人の現地人と一緒に島に入り、家の建築と、ココ椰子《やし》を栽培するために雑木の除去にとりかかった。二十年も前のことで、かつては不毛の島だったのが、今では庭園になっていた。

「最初は、困難な気苦労の多い作業でしたが、家内も私も必死になって働きました。毎日、夜明けとともに起き出し、雑木を切り倒し、椰子を植え、家造りに励み、夜ベッドに体を投げ出すと、朝まで死んだように眠っていました。家内も同じく懸命に働きました。そのうちに子どもが生まれました。最初が息子で、次が娘でした。子どもの教育は、家内と私が持てるだけの知識で精いっぱい教えました。ピアノをフランスから取り寄せ、家内が音楽と英語を、私がラテン語と数学を教え、歴史は家族全員で勉強しました。子どもたちは帆船を操れますし、泳ぎは現地人並みです。島については子どもたちの知らぬことは何もないほどです。ココ椰子は無事に生育しましたし、珊瑚礁《さんごしょう》では貝類が採れます。今回タヒチに来たのはスクーナー船を買うためなのです。貝類を採るのは充分に採算が合いましてね。それに、うまくいけば、真珠が採れるかもしれないのです。まあ、無から有を生み出した、と言えましょうか。私なりに美を創造したのです。あの丈の高い元気な椰子の林を眺め、一本一本すべて自分の手で植えたのだという満足感は、あなたにはお分かりにならんでしょう」

「あなたがストリックランドにしたのと同じ質問をさせて下さい。フランスや故郷のブルターニュを思い出し、そこを離れたことを後悔されたことはありませんか」

「いつの日か、娘が結婚し、息子が嫁をもらって、農園の仕事を引き継いでくれるようになったら、家内と私は生まれ故郷の家に帰り、余生を送るかもしれません」

「ここでの幸せな日々を思い返すのでしょうね」僕が言った。

「島の生活は、むろん刺激《エヴイドマン》はないし、何しろ世間から隔絶していましてね。タヒチに来るだけで丸四日かかるのですから！　でも、そう、あそこで満足しています。事業を興し、成功を収めるというのは滅多にない幸せですよ。島での生活は素朴で罪のないものです。野心に踊らされることもないし、たまに自慢することがあるとすれば、手を使って成し遂げた仕事を振り返るときだけです。悪意による実害もないし、妬《ねた》みで攻撃されることもありません。そうなのですよ、世間では『労働の尊さ』といったら、無意味な言葉だという人がいますが、私たちにとっては充分に実感できる大切な言葉なのです。私は幸せな男ですよ」

「あなたはそれに値するだけのことをなさったのです」僕は微笑《ほほえ》んだ。

「自分でもそう思えるといいのですが。立派な妻を持つのに値したかどうか、心許ないのです。何しろ、家内ときたら非の打ち所のない友人で協力者でしたし、完璧な女主人で、完璧な母親でもありましたからね」

船長のこの言葉を聞いて頭に浮かんだ人生について、僕はしばらく考えていた。それから、「そのように生きて、大成功されたのは、ご夫妻がよほど強い意志と決然たる性格を持っていらしたからですね」と言った。

「そうかもしれませんな。でも、もうひとつのものが欠けていたら、成功しなかったでしょう」

「いったい何でしょう？」

船長はやや芝居がかったふうに立ち止まり、片方の腕を伸ばした。

「神への信仰です。それがなければ失敗したでしょう」

まもなくクートラ医師の家に着いた。

## 55

クートラ医師は、非常に大柄で堂々たる高齢のフランス人だった。体は巨大なアヒルの卵に似ていて、鋭く、善良そうでもある青い目で、自分の大きな腹をいかにも満足気に、ときどき見ていた。血色がよく、髪は白かった。誰でも一目《ひとめ》見て好きになるような、そんな人だった。僕らを通してくれた部屋はフランスの地方都市の家と変わらぬようなものであったから、ポリネシアの民芸品が一つ二つ飾られているのが不釣り合いに見えた。医師は僕の手を両手でつかみ——その手の大きかったこと——歓迎するような眼差しで見つめたが、その目には抜け目なさもあった。ブリュノ船長と握手してから、奥さんと子ども《マダム・エ・レ・ザンファン》たちはお元気かな、と丁寧に尋ねた。しばらく挨拶《あいさつ》だの島の噂話だの、コプラとヴァニラの収穫見込みなどを話題にした。それから、訪問の目的を持ち出した。

クートラ医師の話を彼の言葉でそのまま伝えるのは断念して、僕自身の言葉で語ることにする。あの活気に満ちた話しぶりは、第三者に再現できるものではない。医師は堂々たる体軀《たいく》にふさわしく、よく響く太い声のうえに、話を盛り上げるコツを心得ていた。芝居を観るように面白いという言葉があるが、彼の話を聞くのはまさにそれだった。いや、大方の芝居より楽しかったくらいだ。

クートラ医師は、ある日、病気になった女酋長《おんなしゅうちょう》の往診でタラバオまで出かけたという。ひどく肥満した老女が巨大なベッドに横たわり、タバコを吸い、黒い肌の家来たちがベッドを取り囲んでいる様子を、医師は目に見えるように生き生きと語った。診察が済むと、別室に案内させ、ここでご馳走を出させる。生魚、揚げたバナナ、鶏肉——これが現地人《アンディジェンヌ》の代表料理といったところでしょうか《ク・セ・ジュ》。これを食べている最中に、若い娘が泣きながら戸口から追い払われているのが目に入った。特に気に留めずにいたが、帰宅しようと馬車に乗ったとき、先ほどの娘が少し離れた所に立っていた。悲しそうな顔で医師を見ていたが、涙が頰《ほお》を伝っていた。近くの者に、あの娘はどうしたのだと聞くと、病気の白人の往診を医師に頼むために山を下りて来たのだという話だった。先生は忙しいから、無理だと娘には話したという。医師は娘を呼び、直接、用向きを聞いてやった。もとオテル・ド・ラ・フルールで働いていたアタの使いで来ました、赤ひげが病気です、と言うと、娘は医師に新聞紙に包んだものを渡した。開けてみると、百フラン紙幣が出て来た。

「赤ひげというのは誰だね?」彼はそばにいた者の一人に聞いた。

それはイギリス人の画家のことで、ここから七キロ離れた渓谷の奥地でアタと暮らしていると聞き、すぐにストリックランドのことだと分かった。だが、そこへは徒歩で行くしかない。医師が行くのは無理だ。それで娘は追い払われていたのだった。

「正直なところ、私も迷いましたよ」医師は僕を見て言った。「悪路を往復十四キロなんてとんでもない。それに、出かけたとしても、その夜のうちにパペーテに戻れる見込みなどないのですから。おまけに、ストリックランドには好意など持っていませんでした。怠け者で役立たずで、私たちのように生活のために働くのでもなく、土地の女と暮らすような男でしたからな。まったくの話《モン・デュー》、後に世間から天才と認められるなんて、まったく思いもしませんでしたしね。その男は、山を下りて、診察してもらいに来られないのかね、そもそもどこが悪いんだね、と娘に聞きましたが、答えはありません。私がしつこく乱暴に尋ねたせいでしょうか、娘はうつむいて、とうとう泣き出してしまいました。そこで、私は肩をすくめました。えい、仕方がない、行ってやるのが医師の務めだろうよ。そう思って、不機嫌なまま、娘に、それでは行くから道案内しなさい、と命じました」

大汗をかき、ひどく喉が渇いたので、ようやく着いたとき、医師は不機嫌だった。アタが待ちきれず、迎えに出ていた。

「診察する前に、まず何か飲み物をくれ。喉が渇いて死にそうだ」医師は大声で言った。「頼むから、椰子《やし》の実をくれ《ブル・ラムール・ド・デュー》」

アタが呼ぶと、男の子が駆けて来た。木にするすると登り、まもなく熟したココ椰子の実をひとつ投げ落とした。アタがそれに小さな穴を開けて、医師はさもうまそうに、ごくごくと飲んだ。それからタバコを巻いて、ようやく人心地がついた。

「さてと、赤ひげはどこかな？」

「家の中で描いています。先生を頼んだって、あの人には言ってません。中に入って、診《み》て下さい」アタが答えた。

「だが、どこが悪いのだね？　絵が描けるくらい元気なら、自分でタラバオまで山を下りて来ればいいのに。私がわざわざ険しい山道を登って来ないでも済んだものを！　私の時間だって、あんたの夫の時間と同じくらい貴重なんだよ」

アタはそれには答えず、少年と共に、医師の後から家に入った。医師を道案内して来た娘は、このときにはもうベランダに坐っていた。ベランダには老女も壁を背にして横になり、こちらに背を向けて、土地のタバコを巻いていた。アタが戸口を指で示した。医師は、現地人たちの奇妙な態度にいらいらしながら部屋に入った。ストリックランドがパレットを洗っているところだった。イーゼルに絵があった。ストリックランドはパレオ一枚の姿で戸口に背を向けて立っていたが、靴音に気づいて振り返った。医師を見て、おやという顔をした。ずかずか入り込んで来たので驚き、腹を立てたらしい。だが、医師のほうは、はっと息を飲み、その場で動けなくなってしまった。ぎょっとして大きく目を見開いた。こんなことはまったく予想外だった。恐怖にとらわれた。

「礼儀をわきまえぬ訪問ですなあ」ストリックランドが言った。「いったい何の用だね」

医師はようやく我に返ったが、どうしても声にならない。苛立ちは消え去り——ええ、嘘は申しませんよ《エ・ビアン・ウイ・ジュ・ヌ・ル・ニ・パ》——同情の念でいっぱいになった。

「私は医師のクートラだ。女酋長の往診でタラバオに行ったら、アタがあんたを診てくれと、使いの者をよこしたのでね」

「あいつは間抜けだ。俺は最近、体のあちこちが痛んだり、うずいたりするし、熱も少しあるが、何でもないんだ。すぐに治る。こんど誰かがパペーテに出るときにキニーネでも買ってこさせようと思っていたのだ」

「鏡で自分の顔を見たまえ」

ストリックランドは医師をちらりと見て、ニヤリとし、それから壁に掛かっている、小さな木枠に入った安物の鏡のほうに行った。

「で、どうだっていうんだね？」ストリックランドが尋ねた。

「顔に奇妙な変化があるのに気づかないかね？　目、鼻、口がむくんだようになっているし、それから――どう言ったらいいかな――専門書には『獅子顔《ししがお》』と書いてあるが、そういう顔つきに気づかないかね？　ねえ君《モン・ポヴル・アミ》、どうやら私の口から恐ろしい病気だと伝えなければならないようだね」

「この俺が？」

「鏡を見れば、典型的なハンセン病だと分かるだろう」医師が言った。

「冗談だろ？」ストリックランドが言った。

「そうだったら、どんなにいいかと思うよ」

「俺がハンセン病だなんて、本気かね？」

「残念ながら、疑いの余地はないのだ」

クートラ医師は、多くの患者に死の宣告をしたことがあったが、常に患者からひどく憎まれるのを感じていた。死の宣告を受けた者は、医師が自分より健康で、命という素晴らしい特権を持っているので、羨望《せんぼう》のあまり憎むのである。ストリックランドは無言で医師を見ていた。恐ろしい病《やまい》のせいですでに醜《みにく》くなった顔には、何の感情も現れない。

「あいつらは知っているのだろうか」ベランダにいるアタたちを指さしながら、彼はようやく口を開いた。今日のアタたちは、普段と違い、なぜかじっと黙りこくっていた。

「土地の者は病気の症状をよく心得ている。あんたに言うのを恐れたのだろう」医師が答えた。

ストリックランドは戸口まで歩き、外を見た。その顔に何かよほど恐ろしい表情が浮かんでいたのだろうか、彼らはとつぜん大声を上げて泣いたりさけんだりしだした。何か大きな声で言っては涙を流している。ストリックランドは黙っていた。しばらくその様子を眺めてから、部屋に戻った。

「寿命はあとどれくらいだね?」

「誰にも分からない。ときには二十年も生きていられることもある。だが、病気の進行が早いほうが、むしろ幸せだろう」

ストリックランドはイーゼルに近寄り、置いてある絵をしげしげと眺めた。

「長い道のりをよく来てくれた。重要な知らせをもたらした者は報いられるのが当然だ。この絵を受け取って欲しい。今は何の価値もないかもしれんが、いつか持っていてよかったと思うだろう」

クートラ医師は、往診に礼など要らぬと辞退した。百フラン紙幣だってもうアタに返したのだし、と言ったが、ストリックランドは頑として聞かず、絵を持って行ってくれと言った。それから、二人いっしょにベランダに出た。アタたちはみな打ちひしがれ、激しくすすり泣いていた。

「おい、静かにしてくれ。涙を拭《ふ》け」アタに向かってストリックランドが言った。「そんなに困ったことにはならん。俺はもうすぐ消えてやるから」

「まさか、あんた、連れて行かれるんじゃないでしょうね？」アタが大きな声で言った。

当時はこのあたりの島ではハンセン病の厳しい隔離は行なわれていなかったので、患者は、もし望めば自由にしていられた。

「俺は山に入るつもりだ」ストリックランドが答えた。

するとアタが立ち上がり、彼と面と向かい合った。

「去りたい者は去ればいい。でも、あたしはあんたから離れないよ。あんたはあたしの夫だし、あたしはあんたの妻だもの。もしあんたがあたしと別れるのなら、あたしは家の裏の木で首を吊って死ぬわ。神に誓って、そうするわ」

アタの話し方には、梃子《てこ》でも動かぬといった迫力があった。彼女はもう従順な、柔和な土地の娘などではなく、決然たる一人の女だった。すっかり変貌《へんぼう》を遂げていたのだ。

「どうして俺なんかと一緒にいる必要があるものか。お前はパペーテに戻れば、すぐに別の白人を見つけられる。子どもの世話は婆さんが見てくれるし、ティアレはお前が戻れば歓迎するよ」

「あんたはあたしの夫、あたしはあんたの妻よ。あんたの行く所なら、どこでも一緒に行くわ」

人を寄せつけぬストリックランドも、さすがに一瞬こころを揺さぶられた。両方の目に一しずくの涙が浮かび、ゆっくりと頰を伝って流れた。しかしすぐにいつもの彼らしく皮肉な微笑を浮かべた。

「女って奴は、奇妙な可愛いものだな」彼は医師に言った。「奴らを犬並みに扱い、自分の腕が痛くなるほどぶん殴っても、愛してるなんて言うんだからな」ここで彼は肩をすくめた。「もちろん、女に魂があるなんていうのは、キリスト教のひどく間抜けな幻想だがな」

「あんた、先生に何て言ってるの?」アタが不安そうに聞いた。「あんた、行かないわね?」

「お前がいいのなら、俺はここにいるさ」

アタは彼の前に身を投げ出し、両腕で彼の脚を抱きしめ、キスをした。ストリックランドはかすかに微笑《ほほえ》んで医師を見やった。

「最後はこっちの負けだ。女の手にかかっちゃ、勝ち目はない。白だろうと、褐色だろうと、女はみんな同じだ」

クートラ医師は、これほど重病の場合には同情の言葉など無意味だと感じて、そのまま帰ることにした。ストリックランドはボーイのタネに医師を村まで案内するように命じた。医師はここで一瞬、話を切った。それから僕に向かって語りだした。

「彼を好きにはなれなかったのです。彼とは性《しょう》が合わないと前にも言いましたね。ところが、タラバオへとゆっくり下りて行くうちに、疾病《しっぺい》の中でもおそらくもっとも怖い病気に耐えている不屈の勇気に対して、我にもあらず畏敬《いけい》の念を覚えるのを、いかんともし難くなりました。タネと別れるとき、後で薬を送る、役に立つかもしれん、と言ってやりました。でも、ストリックランドがそれを飲む気になるとは思えないし、それに、たとえそうしたところで、効き目があるとは、とうてい思えませんでした。連絡してくれれば、いつでも往診するとアタに伝えるように、タネには言いました。人生とは厳しいもので、自然の女神は自分の子どもを苦しめて奇妙な楽しみを得ることが、ときとしてあるのですな。私は重い気分でパペーテの快適な家に戻って来ました」

しばらく、誰も口を利かなかった。

「しかし、アタは私を呼び出すことはありませんでした」ようやく医師が言葉を続けた。「それにたまたま、私も長い間、島のあの地域に出かける機会がありませんでした。ストリックランドの噂は聞こえてきませんでした。アタがパペーテに絵の具類を買いに来たと一、二度聞きましたが、私はたまたま出くわしませんでした。それから二年以上たって、私はふたたびタラバオに行きました。いつもの女酋長の往診でした。ストリックランドの消息を聞いてみました。この頃までには、彼がハンセン病であるのは、知れ渡っていました。こんな話を聞かされました。まずボーイのタネが出て行き、それから、その少し後、婆さんとその孫が消えた。ストリックランドとアタの二人だけが、自分たちの赤ん坊と残った。アタの栽培地に近づく者は誰もいない。土地の人たちはハンセン病をひどく恐れていて、昔は発病が分かると患者は殺されていたそうです。村の少年たちが山で遊んでいると、ときには赤ひげの白人がうろうろ歩いている姿を目撃することもあったそうで、そういう場合は、みんな恐怖に駆られて一目算に逃げたそうです。アタが夜に村にやって来て商人を起こし、何とか頼んで生活必需品を売ってもらうこともあったようですね。村人はアタのことも、ストリックランドと同じように恐れて避けていたので、彼女はできるだけ隠れていました。あるとき、こんなことがありました。数人の女たちがいつもより栽培地に近づいてみたところ、アタが小川で洗濯をしていました。それを見て、連中はアタに石を投げつけたのです。その後すぐ、例の商人はアタへの言伝《ことづ》てを頼まれました。もしまた小川で洗濯なんかしたら、村の男たちが家に押しかけて火をつけてやる、というのでした」

「ひどいですね」僕が言葉を挿《はさ》んだ。

「いや、あなた《メ・ノン・モン・シエル・ムシュー》、当然ですよ。人間なんてそんなものです。恐怖に駆られると残忍になりますしね。私はストリックランドに会おうと思いました。そこで女酋長の診察が済むと、道案内を誰か男の子に頼もうとしました。ところが、誰も応じてくれません。やむを得ず、私ひとりで道を探して行くことになりました」

　医師が栽培地に着くと、何か不安感に襲われた。歩いて来たので体はほてっているのに、身震いした。大気に敵意が潜み、目に見えぬ力が自分の行く手をはばむような気がした。目に見えぬ手が自分を引き戻そうとしているようだった。収穫する者もいないので、椰子の実が腐って地面に転がっている。一面に荒廃の跡があった。灌木《かんぼく》が押し寄せていた。さんざん苦労して、原始林を切り倒して人間がつくった栽培地を、今ふたたび原始林が奪い返そうとしているかのようだった。医師には、ここに苦痛に満ちた住処《すみか》が存在するという感じがした。いよいよ家に近づくと、この世ならぬ静寂に打たれ、最初は無人なのかと思った。それからアタに気づいた。キッチンに使っている物置小屋にぺたんと坐り、鍋で何かが煮えるのを待っていた。近くでは幼い男の子が泥にまみれておとなしく遊んでいた。アタは医師に会っても、にこりともしなかった。

「ストリックランドに会いに来たのだが」医師が言った。

「そう言ってみます」

アタは家に向かい、ベランダにいたる数歩の階段を昇り、屋内に入った。クートラ医師は後について行ったが、彼女の手振りに従い、外で待った。アタが戸を開けたとき、ハンセン病患者特有の、周囲を不快にする、あの吐き気を催すような甘い病的な臭気が感じられた。アタが何か言うのが聞こえ、それからストリックランドの返答が聞こえたのだが、声が違っていた。しゃがれた、はっきりしない声だった。医師は眉《まゆ》をしかめた。病気が声帯まで冒しているのだろうと判断できた。やがてアタが出て来た。

「会わないそうです。お引き取り下さい」

クートラ医師はぜひ会いたいと言ったが、彼女が頑として拒んだ。医師は肩をすくめ、ちょっと考えてから戻り始めた。アタは途中までついて来た。彼女まで医師を追い払いたがっているようだった。

「やってあげられることは何もないかね?」医師が尋ねた。

「絵の具を送って下さい。他には何も要りません」

「まだ絵が描けるのかね?」

「家の壁面に絵を描いています」

「あんたも気の毒だね、こんなことになってしまって」

彼がそう言ったとき、アタは初めて微笑んだ。彼女の目には超人的な愛の表情があった。医師はそれに気づき、心を打たれた。畏敬の念さえ覚えた。言葉がなかった。

「あの人はあたしの夫です」彼女が言った。

「もう一人の子は？　このまえ来たときは二人いたと思ったが」

「死にました。マンゴーの木の下に埋めました」

アタは彼と一緒に少し歩いていたが、戻らなくてはと言った。村人に出会うのを恐れているのだろうと見当がついた。医師はアタに、何か必要があったら連絡してくれればいい、すぐに来るからね、とふたたび言った。

## *56*

それから二年以上、あるいは三年が経過した。何しろタヒチでは、時間は気づかぬうちに過ぎて行き、正確な長さを覚えていられないのだ。が、それはともかく、ストリックランドが危篤《きとく》だという情報が遂《つい》にクートラ医師のもとに届いた。アタが、郵便物をパペーテに運ぶ馬車を待ち伏せして、御者にすぐ医師の所へ行って欲しいと懇願《こんがん》したのだった。しかし、医師はあいにく外出中で、知らせを受けたのは夜だった。そんな時刻では出発できないので、翌日、夜が明けるとすぐに出かけた。タラバオに着き、これが最後になる七キロの道をアタの家まで登って行った。坂道は草が生い茂り、もう何年もの間、ほとんど誰ひとり歩いた者がいなかったのは明白だった。進むのは難儀を極めた。ときには河床を躓《つまず》きながら進み、また、ときには密生した、とげだらけの灌木《かんぼく》を掻き分けねばならなかった。頭上の樹木からぶら下がっているクマバチの巣を避けて、岩場を這《は》い上がることもたびたびだった。あたりはしんと静まり返っている。

ようやく小さな白木の家の前に出たときには、ほっとした。今ではすっかり荒れ放題になっていた。だが、ここでも耐え難いほどの静けさが支配していた。医師は家に近づいた。日差しの中でのんびり遊んでいた男の子が、医師が来たのを見ると、驚いて逃げ去った。子どもには見知らぬ人は敵だったのだ。クートラ医師は、子どもが木の背後からこっそりこちらを窺《うかが》っているような気がした。家の戸は開けっぱなしになっていた。医師が声を掛けたが、返事はない。中に一歩足を踏み入れた。部屋の戸をノックしたが、返事はない。取っ手を回し、中に入った。例の臭《にお》いが鼻をつき、思わず吐き気を催した。ハンカチを鼻に当て、入った。部屋の中は暗く、明るい日差しの中にいた後なので、しばらくは何も見えなかった。それから、はっとした。自分が一体どこにいるのか分からなくなった。とつぜん魔法の世界に迷い込んだ気がした。自分が巨大な原始の森の中にいて、樹木の間を裸の人たちが歩いているような、そんな漠然とした印象を受けた。それから、壁面に絵が描かれているのに気づいた。

「これはこれは《モン・デュー》、暑さのせいで頭がおかしくなったのではなかろうな」彼はつぶやいた。

わずかに人が動く気配があり、注意して見ると、アタが床に横たわって泣きじゃくっていた。

「アタ」と呼びかけた。「アタ」、とまた呼んだ。

彼女は反応しなかった。彼はまたひどい悪臭に気を失いそうになり、あわててシガーに火をつけた。目がしだいに暗さに慣れて、絵の描かれた壁面を見つめると、全身から心を揺さぶられるような感じに襲われた。クートラ医師は絵画については無知であったが、ここに見る絵には、強烈な感銘を与えるものがあった。床から天井まで、壁面すべてが奇妙で丹念な構図で覆われていた。筆舌に尽くし難い不思議な構図であった。彼は息を飲んだ。とても理解できぬし、分析もできぬ、ある感動で心が満たされた。天地創造を目撃した者が感じたであろうと想像される、畏怖《いふ》と歓喜を覚えた。とてつもない、官能的な、情熱的な絵だった。しかしまた、人を慄然《りつぜん》とさせる何かがあり、彼は恐怖感にとらわれた。これは、自然の隠れたる深淵にまで侵入し、美しくもあり、かつ恐ろしくもある秘密を発見した男の作品だ。人間が知るには罪深すぎる秘密を知った男の作品だ。どこか原始的で慄然《りつぜん》たるものがあった。人間の描いたものとは思えなかった。彼は以前うわさに聞いた黒魔術を思い出していた。美しく、かつ淫《みだ》らでもあった。

「やれやれ《モン・デユー》、まさに天才だ！」

心の奥底から、我しらず飛び出した言葉であった。

やがて部屋の隅にあるゴザのベッドがふと目に入った。近づくと、かつては確かにストリックランドであった、ぞっとする、崩れた、おぞましい物体があった。死体となっていた。クートラ医師は勇を鼓して、すでに形の崩れた醜悪な物体の上に屈《かが》み込んだ。その瞬間、誰かが背後にいるのを感じ、飛び上がった。恐怖のあまり心臓が爆発しそうになった。アタだった。彼女が起き上がるのが聞こえなかったのだ。彼女は医師が目にしている物を見ながら、そばに立っていた。

「ああ驚いた！　神経にこたえるな。あんたのおかげで、もうちょっとで気を失うところだったよ」

医師は、かつては人間であった遺体をよく見た。そして、驚きのあまり、身をのけぞらせた。

「目が見えなくなっていたのだな」

「そうです。かれこれ一年くらい、目が見えなかったのです」

## *57*

そこまで話を聞いたとき、誰かを訪問していて留守だったマダム・クートラが帰宅したので、話が中断した。彼女は、満帆に風を受けた船といった雰囲気で現れた。背が高く体格のいい人で、豊かな胸と肥《ふと》った腹を、前部がまっすぐのコルセットできつく締め上げていた。際立ったかぎ鼻で、三重あご、背筋はぴんと反《そ》り返っていた。熱帯の魔力のせいで人は気だるく無気力に陥るものだが、夫人は例外で、温帯に住む者と比べても負けぬほど活発で、世事に通じ、黒白をはっきりさせる人だった。一見して相当多弁な人だと分かったが、このときも様々な逸話だの俗な感想を立て板に水としゃべりたてた。おかげで、僕たちの先ほどまでの会話は、迂遠《うえん》で非現実的なものに思われる始末だった。

やがてクートラ医師が僕に向かって言った。

「ストリックランドから贈られた絵は、今でも診察室《ビユロー》に飾ってあります。ご覧になりますか」

「ぜひお願いします」

僕たちは椅子《いす》から立ち上がると、医師は先に立って家を取り囲むベランダのほうに案内してくれた。そこで立ち止まり、庭に咲き乱れる強烈な色彩の花々を眺めた。

「ストリックランドが壁面一面に描いた、あの驚嘆すべき飾り絵の記憶が焼き付いて、長いあいだ消し去ることができませんでしたよ」彼がしみじみと言った。

僕もその絵のことを考えていたところだった。ストリックランドは遂《つい》にそこで自己の全表現を完成したような気がした。それが最後の機会だと知りつつ、黙って制作にいそしみ、その絵において、人生について知ったこと、予知したことの、すべてを表現したのだ、と僕は想像した。おそらくそこで彼も遂に心の平穏を見出したのであろうと想像した。彼の魂に取りついていた悪魔がようやく追い払われ、苦難の一生を通じて準備してきた大作の完成によって、苦しみ抜いた孤高の魂に永遠の休息が訪れたのだ。目的を達成したのだから、彼も喜んで死んでいったことであろう。

「絵の主題は何だったのですか」僕は尋ねた。

「私にはよく分かりません。不可思議な空想的なものでした。天地創造、アダムとイヴ——そう言《ク》えば当《セ》たっているでし《ジ》ょうか《ユ》——のいるエデンの園、男女を問わず人間の肉体美への賛歌、それから、崇高《すうこう》で、冷淡で、美しく、残忍な大自然の賛美を描いたとは言えましょう。宇宙は無限で、時は永遠だという強烈な意識を与える絵でした。彼が描いた樹木はふだん目にしているものばかりですが、椰子《やし》であれ、ベンガル菩提樹《ぼだいじゅ》であれ、鳳凰木《ほうおうぼく》であれ、アボカドの木であれ、あの壁画に接して以来、私は違った目で見るようになりました。今では、それらの樹木には霊が宿っていて神秘的なのに、私はそれを感じ取る寸前まで来ていながら、永遠に逃していたような気がします。色彩についても、見慣れているつもりでしたが、違っていました。独自の意義を持っていたのです。それから裸の男女ですが、彼らは地上の人たちでしたが、しかしどこか違うのです。神が人を創《つく》る材料とした土の要素を持ちながら、同時に神と類似のものをそなえているように見えました。原始的な本能を赤裸々《せきらら》に示す人間だったのです。恐れを感じたのは、自らの姿をそこに見たからです」

ここでクートラ医師は肩をすくめて笑った。

「お笑いになるかもしれませんね。私は物質主義者だし、低俗な肥《ふと》った男――シェイクスピア描くところのフォールスタッフというところでしょうか――なので、抒情的だというのは似つかわしくありませんね。自分を物笑いの種《たね》にしていることでしょう。しかし、あの壁画ほど私の魂をゆさぶった絵は、いまだかつて見たことがありません。ほら、ヴァチカン《トゥネ》のシスティナ礼拝堂でもまったく同じ感動を経験しましたよ。あそこでも天井画を描いた人の偉大さに畏敬《いけい》の念を覚えました。類《たぐい》まれな天才だと感じました。

自分がどんなに卑小だと感じたことか。でも、ミケランジェロの偉大さは、周知の事実です。その点、ストリックランドの最後の絵の与える衝撃は、まったく不意打ちでした。文明から遠く離れた、タラバオの奥地の山の峡谷にある現地人の小屋に、そのような宝があるなどと、誰が想像できましょうか。ミケランジェロなら正気で健全です。彼の偉大な作品には崇高さの持つ穏やかさがあります。ところが、ストリックランドときたら、美の中にも何か不安を感じさせるものがあります。それが何なのかは分かりません。彼の絵は私を不安にさせました。自分の坐っている部屋の隣には誰もいないと分かっているのに、なぜだか分からないけれど、誰かがいるような奇妙な感覚を持つことがありますね。あんな感じでした。気のせいにすぎないと反省するのですが、やはり恐ろしい。しばらくすると、恐怖に耐えきれず、目に見えぬ恐怖で金縛りにあったようになります。そうなのですよ。ですから、白状しますとね、あの傑作が焼かれてしまったと聞いたとき、あまり惜しいとは思わなかったのです」

「え、焼かれた？」僕は驚いて言った。

「ええ、そうですとも。ご存じなかったのですか」

「だって知る訳がないでしょう。確かに、その絵のことは聞いたことがありませんでしたが、ひょっとすると個人のコレクターの手に渡ったのかもしれない、とついさっきまで考えていたのです。今でも、ストリックランドの絵については完全な作品目録がありませんしね」

「彼は視力を失うと、壁画を描いた二つの部屋に何時間も坐って、見えぬ目で自分の絵を見ていたそうです。もしかすると、生涯でそれまでにないほど多くのものを見ていたのかもしれません。アタの話では、彼は自分の運命を呪わなかったそうで、勇気がくじけることもなかったそうです。最後まで平穏で澄み切った心を維持したのですね。しかし、ひとつだけ彼がアタに約束させたことがありました。自分を埋葬したら――そう、埋葬のことをまだお話ししていませんでしたね。村人が伝染病患者のいた家には近寄ろうとしないので、アタと私で墓穴を掘り、三枚のパレオを縫い合わせて遺体をくるんで、マンゴーの木の根もとに埋めました――家に火を放ち、最後の棒きれが焼けるまで見届けるように命じたのです」

僕は考え込んでしまい、しばらく黙っていた。それから言った。

「では、彼は最後まで気が確かだったのですね」

「誤解のないように申し上げておきますが、私はアタに絵を焼かないように言ったのです。それが義務だと思ったからです」

「でも、焼けても残念ではないとおっしゃったじゃありませんか」

「それとこれとは別です。天才の傑作があると分かっているのに、それを世の中から奪う権利などないと思ったのです。でも、アタは頑として聞き入れませんでした。夫との約束だというのです。私は留まって野蛮な行為を目撃する気にはなれなかったので、アタがどう処理したかは後になってから聞いただけです。彼女は乾燥した床とパンダナスのゴザに灯油をまき、それから火をつけたのです。あっという間《ま》に家は燃え上がり、後には、燃えさしが煙っているだけでした。偉大な傑作は消え去りました」

「ストリックランドはそれが傑作だと分かっていたのだと思います。彼は望んだものを得たのです。彼の一生は完璧でした。ひとつの世界を創造し、それが傑作だと確認しました。それから、誇りと侮蔑の相なかばした気持で、抹殺《まっさつ》したのです」

「さて、絵を見ていただきましょうか」医師は言って、進んで行った。

「アタと子どもはどうなりましたか」

「マルケサス群島に行きました。アタの親族がそこにいたのです。子どもは今はキャメロン社のスクーナー船のどれかで働いていると聞いています。噂では、外見はストリックランドにそっくりだそうです」

ベランダから診察室に続いている戸口で医師は立ち止まり、微笑した。

「果物の絵なのですよ。医師の診察室に掛けるにはふさわしくないと思われるかもしれませんね。でも、妻が応接室に掛けるのはいやだと言うのです。あからさまに卑猥《ひわい》だと言います」

「え、果物の絵が?」僕は驚いて聞いた。

診察室に入った。すぐに絵が目に入った。じっと長いこと見ていた。

マンゴー、バナナ、オレンジ、その他、知らない果物を盛り合わせた絵だった。一見したところでは、何の変哲もない絵だった。後期印象派の画展で、不注意な人なら、この流派の秀作だが、特に注目すべき作でもないとして、見過ごすかもしれない。だが、後になってから記憶によみがえってくるので、なぜなのかと思うことだろう。記憶によみがえったならば、二度と忘れることはあり得ない、そういう絵だった。

色の使い方がとても奇妙なので、見た者の心に生じる混乱は、言葉で言い表すのがまず不可能に近い。くすんだ青は、ラピス・ラズリーを精巧に刻んで作った盃《さかずき》のように不透明でありながら、同時に、神秘的な生命を暗示するような光沢があって、かすかに震えている。紫は腐敗した生肉のようでたじろいでしまうが、それでいて、かの放蕩者《ほうとうもの》のヘリオガバルス皇帝のローマ帝国の記憶を漠然と彷彿《ほうふつ》させる、官能的な情熱で輝いている。赤はヒイラギの実のように刺激的な深紅《しんく》であり、イギリスのクリスマス、雪、陽気さ、子どもの喜びなどを想起させるが、同時に、魔法によってでもあるかのように、柔らかな色合いに変わり、遂《つい》に鳩の胸毛のうっとりするような柔らかさを帯びるのだ。さらに濃い黄は、異常な官能を思わせていたのに、いつか消えて緑に変わり、春のように香《かぐわ》しく、山の渓流のキラキラ光る水のように透明になる。しかし、これらの果実は、一体いかなる苦悩を経たうえでの想像の産物なのであろうか。果実はすべて、ポリネシアのヘスペリスたち*の守る楽園で採れた果実だった。果実には異常なほど生き生きとしたところがあった。事物がまだ一定の決まった形をとる前の、地球の歴史の混沌《こんとん》たる初期に創造されたかのように思われた。並みはずれて豊潤な果物であった。熱帯の香りでむせかえるようだ。独特な暗い情念を抱いているように見える。魔法の果物で、味わった者に、いかなる魂の秘密や想像の神秘的な宮殿への門が開かれるのか、それは神のみぞ知るである。予期せざる危険を孕《はら》んでいるがゆえに暗く陰気である。味わえば人は獣になるか神になるか、それは不明だ。およそ健全で自然な者たち、幸福な関係や素朴な人間の素朴な喜びに執着する者たちは、これらの果実を見て不安に駆られて尻込みする。だが、恐ろしい吸引力が潜んでいて、「善悪の知恵の木」に生《な》る果物と同じく、未知なるものの可能性を秘めて、見る者の心を脅《おびや》かした。

＊ ギリシャ神話で、ヘラがゼウスにもらった黄金のリンゴの番を命じられた姉妹たち。果物一般の管理もする。〔訳注〕

ようやく僕は絵の前を離れた。ストリックランドはその秘密を明かさず墓まで持って行ったように感じた。

「さあ、さあ、あなた《ヴォワイヨン・ルネ・モナミ》」マダム・クートラの明るい大きな声が聞こえてきた。「今までどうしていらしたの？　さあ、食前酒《アペリティフ》が出ましたよ。お客様《ムシュー》にキンキナ・デュボネを少し召し上がるかどうか、うかがってみて下さい」

「喜んでいただきます《ヴォロンティエ・マダム》」ベランダに出ながら僕は言った。

絵の魔力は消え去ってしまった。

## *58*

タヒチを離れる時がやって来た。島のうるわしい伝統により、ここで親しくなった人びとから色々な贈り物をもらった。ココ椰子《やし》の葉で作った籠《かご》、パンダナスのゴザ、扇子《せんす》など。ティアレは小粒の真珠三つと、自分の肉づきのよい手で作ったグアヴァのゼリー三瓶《びん》をくれた。ウェリントンからサン・フランシスコに行く途中で二十四時間だけタヒチに寄港する郵便船の乗船合図の汽笛が鳴ると、ティアレとの別れとなった。彼女が僕を大きな胸に抱きしめたので、波立つ海中に沈んだような気がしたが、最後に赤い唇を僕の唇に押しつけてきた。涙が彼女の目に光った。船が珊瑚礁《さんごしょう》の出口を用心ぶかく抜け、礁湖《ラグーン》からゆっくり出て、大洋へと舵《かじ》を取ったとき、僕も淋《さび》しさに襲われた。微風《そよかぜ》は、島の快い香りをたっぷり含んでいた。タヒチは遠隔の地だから、ふたたび訪れることは、まずあるまい。自分の人生のひとつの章が終わり、避け難い死に一歩ちかづいたのだ。

それから一カ月もしないうちに僕はロンドンにいた。すぐに片づけなくてはならない仕事が済んでから、ミセス・ストリックランドの最後の数年について僕が調べたことを知りたいだろうと思って、ミセス・ストリックランドに手紙を出した。大戦のずっと前からご無沙汰していたので、住所を電話帳で調べなくてはならなかった。夫人は約束の日時を決めてくれた。今はキャムデン・ヒルのこざっぱりした家に住んでおり、僕はそこを訪ねた。もう六十歳近いはずだが、年齢の割に若く見え、五十歳を越えていると思う人は誰もいなかっただろう。彼女は、細面《ほそおもて》で、皺《しわ》が少なく、美しく年齢を重ねていく質《たち》であったから、若いときはさぞ綺麗だったろうと――実際に美しかったがそれ以上に――想像する人が多かった。髪もまだあまり白髪にならず、よく似合う髪型に結い上げていた。黒いドレスは流行のものだった。姉のミセス・マカンドルーが夫の後を追うように数年後に亡くなり、財産を妹に残したという話は、僕も聞いていた。家の様子や、玄関の扉を開けてくれたこざっぱりしたメイドなどから判断して、夫人には控え目ながら安楽に暮らすには充分な資産があると、僕は見当をつけた。

応接室に招じ入れられたとき、先客がいるのが分かった。その男性客の職業を知ったとき、僕の訪問日時はこの人と顔を合わせるようにとの意図から決められたのだと想像できた。ヴァン・ブッシュ・テイラーというアメリカ人で、夫人は彼の身分を紹介するとき、彼に謝るように美しい微笑を浮かべた。

「わたしどもイギリス人というのは、ひどく無知でしてね。著名なあなた様のことをご紹介する必要があるなんて、恥ずかしいことですわ」と言った。それから僕のほうを向いて「ヴァン・ブッシュ・テイラーさんはアメリカの著名な批評家なのです。もしテイラーさんのご本をお読みになっていないのなら、あなたの教養が足りないということになります。すぐに補って下さいね。テイラーさんは、夫のことについてご本を書いていらして、わたしに力になって欲しいというので、わざわざおいで下さいましたのよ」

テイラー氏は、痩《や》せた非常に小柄な人だったが、よく光るいかついはげ頭が不釣り合いに大きい。あまりに頭が大きいので、皺の多い黄ばんだ顔がとても小さく見えた。物静かで、極めて丁重だった。ニュー・イングランド訛《なまり》の英語を話し、物腰に堅苦しい冷淡さが見受けられ、どうしてこのような人がチャールズ・ストリックランドなどに関心を持つのか、僕には不可解だった。ミセス・ストリックランドが夫の名を口にするときの、ものの柔らかな口調を聞くと、可笑《おか》しく感じられた。二人が話している間、僕は部屋の装飾を見渡した。夫人の好みが年代で変化しているのが分かった。アシュレー・ガーデンズの応接間を飾っていたモリス風の壁紙も、渋いクレトン更紗《さらさ》も、アランデルの複製画も、姿を消していた。代わりに、部屋全体が奇抜な色彩に満ちていた。夫人は単に流行に従っただけなのだろうが、こういう多様などぎつい色彩の流行は、南海の島に暮らした一人の貧しい画家の夢がもとになっているのを、果たして知っているのだろうか、と僕は考えた。夫人の次の答えで、無知のほどが知れた。

「なんて素晴らしいクッションでしょう！」テイラー氏が言った。

「お気に召したかしら。バクスト*ですのよ」微笑を浮かべて夫人が答えた。

＊　レオン・バクスト（一八六六―一九二四）は、ロシア生まれの画家、舞台美術家。原色を大胆に用いた。〔訳注〕

もっとも、壁には、ベルリンの出版社の企画による、ストリックランドのいくつかの傑作の原色版の複製が掛かっていた。

「あの絵をご覧になっているのね」夫人は僕の視線をたどって、そう言った。「もちろん原画は高くて手が出ませんけど、複製でもけっこう楽しめます。出版社から送って来ましたのよ。わたしには大きな慰めですわ」

「毎日ご覧になるのは、さぞ楽しいことでございましょうな」テイラー氏が言った。

「そうですの。あの人の絵はもともと装飾的ですから」

「その点は、私も深く確信しております。偉大な絵画というものは常に装飾的でございますよ」テイラー氏が言った。

二人は、赤ん坊に乳を与えている裸の女の絵に目を留めた。女のそばにひざまずく少女が無垢《むく》な赤ん坊に一輪の花を差し出している。さらにこの三人を見渡す位置に皺だらけの、痩せ細った老婆がいる。この絵はストリックランド版の聖家族だった。モデルはタラバオの奥地の彼自身の家族で、女はアタで赤ん坊は長男であろう。夫人は、こういう事実に少しでも気づいているのだろうか、と僕は考えた。

テイラー氏と夫人の会話はよどみなく進んでいた。テイラー氏が、夫人にとって少しでも具合の悪い話題をすべて如才なく避けるのは驚異的だったし、夫人の、真実でないことは言わず、夫婦仲が常に良かったと匂わせる巧みな話術にも、ほとほと感心した。ようやくヴァン・ブッシュ・テイラー氏がおいとまずると言って立ち上がった。夫人と握手しながら、彼は上品に、多少ていねい過ぎる感謝の言葉を述べて、帰った。

「あの人、退屈ではありませんでした?」戸が閉まると夫人が言った。「もちろん、ときには面倒なこともありますけど、チャーリーに関する情報をできるだけお話しするのが、天才画家の妻たる者のいわば義務みたいなものですからねえ」

そう言うと彼女は、あの愛嬌のある目で僕を見た。二十年前と同じように率直で、感じのよい目だった。ひょっとすると僕をからかっているのだろうか、と考えた。

「もちろん、もうお仕事はやめられたのですよね」僕は尋ねた。

「ええ、そうですの」夫人は軽い口調で答えた。「いずれにせよ、趣味でやっていたようなものでしたし。子どもたちが、他の人に譲るように申しました。わたしが働き過ぎて体をこわすのを心配してくれたんですよ」

自分が、かつて生活のために働くというような恥ずべきことをしたのを、すっかり忘れてしまったようだった。他人の金で生活するのが真に上品な生き方だと考える、気取った女特有の本能の持ち主だったのだ。

「子どもたちが来ていますの」彼女が言った。「あの子たちも、あなたから父親の話を聞きたいだろうと思いましてね。ロバートは覚えていらっしゃいますわね？　今度、戦功十字勲章を頂くことになりましたのよ」

夫人は戸口に行って、子どもたちを呼んだ。聖職者の立ち襟《えり》のついた軍服を着た、背の高い青年が入って来た。生真面目《きまじめ》すぎる感じの美青年だったが、率直な目は僕の記憶にある子どもの頃と同じだった。彼の後から妹が入って来た。僕が知り合った頃の夫人と同じくらいの年齢らしく、母親にそっくりだった。彼女も、子どもの頃は実際以上に可愛かったであろうと人に思わせるタイプの女性だった。

「もう二人のことは覚えていらっしゃらないでしょうね」夫人は誇らしげに、微笑を浮かべて言った。「娘は今ではミセス・ロナルドソンと申しまして、夫は砲兵少佐です」

「主人は一流の軍人になる気でおりますのよ。まだ少佐なのも、そのためなのです」

ミセス・ロナルドソンは明るい口調で言った。

ずいぶん前に、この娘は軍人と結婚するのではないかという気がしたのを思い出した。そうするに決まっていたのだ。軍人の妻らしい長所をすべてそなえていた。親切で、愛想がよかった。しかし当人は、自分は他の軍人の妻とは違うのだという心に秘めた自信を隠せないでいた。兄のロバートは快活だった。

「あなたがおいでになったとき、たまたまロンドンにいられて幸運でした。たった三日しか休暇がないのですから」彼が言った。

「この子はね、一日も早く軍隊に戻りたがっていますのよ」母親が言った。

「じゃあ白状しちゃいますけど、僕は前線がとても気に入っています。いい友だちがたくさんできましたよ。最高の生活です。もちろん、戦争にはいろいろ不快な面があるのは知っています。しかし、戦争で人間の持つ最高の部分を発揮できることも、また確かです」

それから、僕はタヒチにおけるストリックランドについて、知り得たことを語った。アタやその子どもについて触れる必要はないと思ったが、それ以外のことは、できる限り正確に話した。悲痛な最後を物語ったところで、話を終えた。一、二分の沈黙があった。それから、ロバートがマッチを擦《す》り、タバコに火をつけた。

「神の臼《うす》はゆるやかなれど、いとも細かく挽《ひ》きたもう」*彼がいくぶんしんみりした口調で言った。

* ドイツのフリードリヒ・フォン・ローガウ(一六〇四―一六五五)の詩「天罰」の一節をヘンリー・ワッズワス・ロングフェロー(一八〇七―一八八二)が英訳して知られるようになった文句。〔訳注〕

ミセス・ストリックランドとミセス・ロナルドソンは、少し敬虔《けいけん》な顔でうつむいたので、きっとロバートが聖書から引用したのだと思ったのであろう。実際の話、ロバートが母や妹と同じ勘違いをしていなかったかどうかも怪しい。そのとき、なぜだか分からないが、急にストリックランドがアタに生ませた息子のことが頭に浮かんだ。噂では陽気で快活な青年だということだった。彼がスクーナー船の甲板で、デニム・ズボンひとつで働いている姿が浮かんだ。夜になり、船は微風《そよかぜ》を受けて順調に進んでいる。水夫たちは上甲板に集まり、船長や上級船員がパイプをくゆらしながらデッキ・チェアにゆったり坐っている。仲間の船乗りと一緒に、ぜいぜい言うアコーディオンの演奏に合わせて激しく踊っている彼の姿が目に浮かぶ。頭上には青い空と星が見え、見渡す限り太平洋の大海原《おおうなばら》である。

聖書からの文句が口まで出かかったが、口をつぐんだ。聖職者というものは、俗人が聖書を引用するのを、自分たちの特権を侵害されたと考え、不敬だと決めつけるからだ。ハリー伯父なども、ホイットステイブルの牧師を二十七年間やっていたのだが、自分以外の者が聖書を引用するたびに、決まって、悪魔でも聖句を自分の都合に合わせて引用できる、*と言ったものだった。この伯父は、ホイットステイブル特産の上等な牡蠣《かき》がわずか一シリングで十三個も買えた時代を覚えている世代の人だった。

＊『ヴェニスの商人』にある句。〔訳注〕

# 解　説

本書は二十世紀前半を代表するイギリスの作家の一人であるサマセット・モーム（一八七四—一九六五）の小説『月と六ペンス』の全訳である。発表されたのは、第一次世界大戦の終わって間もない一九一九年春、作者四十五歳のときであり、当時英米でも評判になりかけていたフランスの画家ポール・ゴーギャン（一八四八—一九〇三）をモデルにした小説だというので、たちまちベストセラーとなり、各国語に翻訳され、小説家としてのモームの地位を不動のものとした。モームの小説の最高傑作といえば『人間の絆』だという評価が今日では定まっているのだが、発表されたのが第一次大戦中の一九一五年であり、その内容が戦時の高揚した気分に合致せず、ほとんど無視されていたのであったが、『月と六ペンス』の人気のおかげで、たちまち注目を浴び、正しい評価を獲得したのであった。『月と六ペンス』も、この作者の膨大な作品群の中で、『人間の絆』に次ぐ高い人気、評価を今日にいたるまで受けている。

原作者の「はしがき」にも述べられているように、この作品の着想を得たのは、彼がパリで暮らし、多くの作家、画家などの芸術家たちに混じって切磋《せっさ》琢磨《たくま》していた一九〇五年頃であった。その頃のモームの姿は自伝的な『人間の絆』の中に描かれている。画家志望のクラトンという青年(ゴーギャンを慕い弟子となったアイルランドの画家ロデリック・オコナーがモデル)が、もと証券業者で相当に裕福で妻子もあったのに、すべてを投げ出して画家になった男について語る場面がある。ブルターニュでせっせと絵を描いていたが、もうタヒチに行ってしまった。妻子にも、援助してくれた友人にも、ひどい仕打ちをして、無礼で傲慢《ごうまん》な態度を取った。彼には画業がすべてに優先した、というのだった。これが一九〇三年に没したばかりのゴーギャンであるのは明らかであり、この話に主人公は興味を抱く。だが、モームが『月と六ペンス』を実際に執筆するまでには十数年の歳月が必要であった。まず、そこにいたるまでの作者の歩みを簡単にたどってみよう。巻末の略年譜も参照されたい。

パリでの長期滞在の後、モームは世界各地を旅行して見聞を広め、またある女優と交際したりしつつ、ときに旅行記や小説を執筆して細々と生活していた。ところが、一九〇七年にいたって、とつぜん数年前から書いていた戯曲が脚光を浴びることになった。『フレデリック夫人』という喜劇が、ロンドンの大劇場で、ほんのつなぎに上演され、これが意外な大成功を収め、ロング・ランとなった。さらに翌年には、書きためていた四つの戯曲が、ロンドンの大劇場で同時に上演されるにいたり、否応なしに流行作家として持て囃《はや》されることになった。充実した人生を送るために、彼が求めていた富と名声は、あっという間《ま》に彼のものとなった。こうして数年間、風俗喜劇を次から次へと書き続ける多忙な生活が続いた。その間にも、イタリアをはじめ各地を旅行し、また彼の芝居が上演されたアメリカへも仕事で出かけて名士として歓迎される経験を味わった。

このような劇作家としての売れっ子時代はいつまでも続きそうであったのだが、一九一二年になると、「過去半生の無数の思い出に取りつかれだし」て、これを洗いざらい書かなくては心の安定が得られぬことに気づく。劇場の支配人たちの希望する戯曲の仕事を全て断り、『人間の絆』となる作品の執筆に取りかかったのであった。読者や観客を楽しませることをモットーとする作家が、自分の魂の解放のためだけに書くというのは、注目に値する。この作品の執筆の間にも、以前書いた戯曲が英米で上演され、作者として巻き込まれたり、あるいは、女優と別れた後に社交界の花形の女性と交際したり、公私とも充実した生活を送った。そして、ようやく『人間の絆』を脱稿したのと時を同じくして、第一次世界大戦が勃発《ぼっぱつ》した。モームは四十歳になっていたが、医師免許を持っていたので野戦病院を志願してフランス戦線に出た。まもなく任務が情報部勤務となり、ジュネーヴを本拠にして諜報活動に従事することとなった。そして前述したように、一九一五年春にようやく『人間の絆』が出版される。その後もスイスで諜報活動を続ける一方で劇作を再開し、その中の一つは彼の劇作の代表作となり、アメリカで上演され、興行的な大成功を収めることになった。一九一六年、健康を害していたモームは、その戯曲上演の打ち合わせを兼ねて静養のため渡米、さらに南海の島々まで足を伸ばした。タヒチ島では、腹案の『月と六ペンス』執筆のためにゴーギャンについて取材した。ゴーギャンがある現地人の家のガラス戸に世話になったお礼に描いたと言われるタヒチ娘の絵を入手するというエピソードもあった。

一九一七年春に『おえら方』がニューヨークで上演され、原作者としてモームは同地に滞在していた。そして、ここで前から関係があり、二人の間には子どもまであったシリーと正式に結婚した。まもなく諜報関係の重大任務を帯びて革命下のロシアに赴《おもむ》いた。ところが肺結核が悪化したので、年末に帰国の途につく。途中でノルウェーの首都オスロに寄り、オスロ国立美術館でゴーギャンの南国の果物の絵(一八九九年作)と遭遇し、強烈な印象を受けた。果物の絵でありながら、それは「魔法の果物で、味わった者に、いかなる魂の秘密や想像の神秘的な宮殿への門が開かれるのか、それは神のみぞ知る」であった。この引用は、本書第五十七章からのものであり、クートラ医師がストリックランドから診察の礼に贈られ、診察室に掛けていた不思議な絵の描写の一部である。帰国したモームは病状が悪化し、すぐにスコットランドのサナトリウムで過ごすこととなった。ここで治療の合間を活用して、すでにある程度書いてあった『月と六ペンス』の原稿に果物の絵のことを書き足したに相違ない。数カ月後ここを退院し、南英サリーで「チャールズ・ヒル・コート」という由緒ある邸《やしき》を借り、シリーおよび彼女との間に出来た幼い娘ライザと共に作者は生まれて初めて家長として自分の家族と暮らしながら、この小説の執筆を続け、遂《つい》にこの邸で完成したのであった。そして一九一九年四月にイギリスで、同年七月にアメリカで、『月と六ペンス』は出版された。

このように、一九〇五年のパリでの着想から、一九一六年のタヒチでの取材を経て、一九一八年のシリーとの夫婦生活の影響を反映させた上で、ようやく出版にいたった『月と六ペンス』は、英米両国で好評に迎えられ、アメリカではたちまちベストセラーとなった。

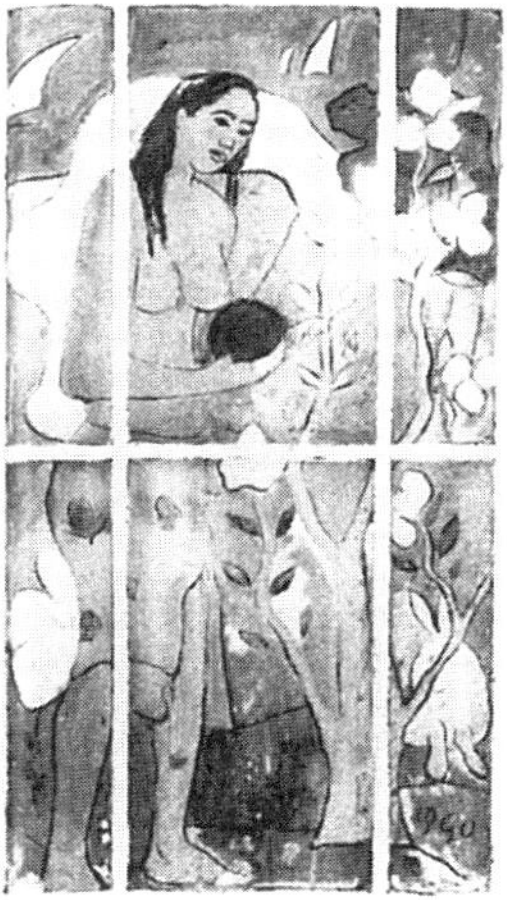

モームがタヒチで入手したゴーギャンの絵

この小説がゴーギャンの作品と生涯に触発されたものであるのは確かだが、主人公ストリックランドはどこまでゴーギャンと共通点があるのか否か。ゴーギャンには標準的な伝記がいくつも出ているのに、ゴーギャンといえば『月と六ペンス』を思い出す人が多いのは事実である。ところが、ゴーギャンの娘が書いた『私の父』という回想記によると、ゴーギャン夫人は『月と六ペンス』を予見なしに読んで、自分の夫がモデルなどとは少しも思わなかったという。ゴーギャンとストリックランドの類似点としては、普通の家庭の家長として証券関係の仕事に中年になるまで従事していたのが画家に転向したこと、非社交的で通常の道徳を無視したこと、大柄などの身体的な特徴、タヒチで現地人の妻を持ち、そこで死んだこと、死の前に最高傑作を完成したこと、絵の手法と主題など。このように挙げてみると、共通点は充分にたくさんあると思えるかもしれないが、違いも多い。もちろん、国籍が違うし、ストリックランドとオランダ人画家夫妻、特にブランチを中心とする話が全作の三分の一強を占めているのだが、これはゴーギャンの生涯にはなかったことである(友人の妻を誘惑したことはあるが、深刻なものではなかった)。また、画業への転向の仕方も、ゴーギャンの場合は以前から絵の修業を始めていた。妻を含めた家族への態度も、ゴーギャンはタヒチに来させようとしたくらいであって、ストリックランドの絶縁とは違う。ストリックランドは絵画論を語らなかったのに対して、ゴーギャンは自作についても他の画家の作品についても、多弁に論じたのである。

ストリックランド像は、ゴーギャン神話とタヒチで自ら収集した噂話などをベースに使いながらも、モームはそれを自由自在に改変し、彼独自の芸術家像を創造したのであった。当然、後で指摘するように、作家としてのモーム自身の姿も投影されていると考えられる。ここでは、盲目のストリックランドが家の壁面いっぱいに描き、死後焼却せよと妻に命じて最後に残す飾り絵が、ゴーギャンの代表作の一つで現在はボストン美術館にある「我々はどこから来たのか　我々は何者なのか　我々はどこへ行くのか」(一八九八年)からヒントを得たものであるのを指摘しておくにとどめる。

流行作家としてのモームは読者の好みを敏感に察知することができたので、大戦を経験した読者が、文明社会に対して幻滅を覚え、文化果つる地である南海の島々に憧れを抱いているのに気づいていた。戦争を経験した読者が、反社会的な芸術家に共感を示すようになったのも熟知していた。事実、『月と六ペンス』とだいたい同じ時期に、欧米の文学界ではいくつもの芸術家を主人公とする作品が刊行されていた。例えば、ジョージ・ギッシング(一八五七―一九〇三)の『ヘンリー・ライクロフトの私記』(一九〇三年)、ロマン・ロラン(一八六六―一九四四)の『ジャン・クリストフ』(一九〇四―一九一二年)、ジャック・ロンドン(一八七六―一九一六)の『マーティン・イーデン』(一九〇九年)、ウィンダム・ルイス(一八八四―一九五七)の『ター』(一九一八年)、ジェイムズ・ジョイス(一八八二―一九四一)の『若い芸術家の肖像』(一九一六年)、D・H・ロレンス(一八八五―一九三

○)の『息子と恋人』(一九一三年)などである。若い頃からの着想をいよいよ小説に仕上げようとするに当たって、モームはこのような条件を考慮したに違いない。

『月と六ペンス』第一章の冒頭には、「初めてチャールズ・ストリックランドと知り合ったときは、これっぱかりも世間一般の人と違うなどとは思わなかった」という文章があるのだが、第一章から第三章までは、文壇の話や伝記論など本筋に無関係な議論ばかりで読者の読書意欲をそぐので、ある訳者は、「早く本筋に入りたいなら、第四章から読むのがよい」と勧めているくらいである。特に第一章では、ストリックランドの数種の伝記、研究書を挙げ、さらに学術論文のような体裁で注をつけたりしている。それらを比較しつつ、芸術家の実像にせまることの困難さを論じている。この部分は、いわばモームの弁明と取れる。ストリックランドは天才的な芸術家であり、自分は偶然、直接身近で観察し、付き合いもあったのだが、どこまでその内面を覗《のぞ》くことができたかといえば、はなはだ心許ない。彼の死後、タヒチで彼と接触のあった人たちから話を聞くことができ、それを整理して、実像にせまろうと試みたものの、やはり間接的な報告にすぎない。それでも、自分はこの天才に魅せられたことは確かであり、読者の前に自分の捉えた姿を、あえて小説家として可能な解釈や説明を排除して示そう、という決意表明でもある。

第四十三章の最初のほうに、「僕は今、不可解な人物について知っている事実を述べているのだが、仮に小説を創作しているのであれば、主人公の突然の変化を読者に説明すべく、しかじかの理由を考案できたと思う」という一文がある。そして、主人公の動機、行為の理由、妻やブランチへの気持の変化の経緯など、小説家なら説明義務があることをあえてしていない、と述べている。つまり、本書は絵空事を描く小説ではなく、実録なのだというのである。もちろん、モームの創作した小説なのではあるが、首尾一貫した物語とするために事実を小説的に歪曲《わいきょく》などしていない、というのである。これは、読者から、主人公の内面を描いていないという批判がある場合に備えて、あらかじめ弁明したのであろう。刊行後、おおむね好評な中で、キャサリン・マンスフィールド（一八八八―一九二三）が、「主人公の心の動きを示すべきだ。『くそったれ！』という口癖では窺《うかが》えない、彼が感じているに違いない、思考と感情をもっと詳細に記述すべきだ」と発言したが、この批判への作者としての解答をあらかじめ準備したとも見られるのだ。

それではモームがこの小説で書きたかったことは何であったのか。そのヒントとなるのが、『月と六ペンス』という風変わりな題名である。これは『タイムズ』の文芸付録に出た、『人間の絆』についての書評の中にあった文句をモームが借用したのだった。その書評には、「多くの他の若者と同じく、主人公のフィリップは『月』に憧れるのに夢中であったので、足もとにある『六ペンス』を見なかった」とあった。「月」は夢や理想を、「六ペンス」は現実を表す。『人間の絆』の末尾で主人公は、長年の夢をあきらめて、地に足のついた現実的な人生を選択するのであるから、この書評は正確ではない。『月と六ペンス』では、主人公は美の理想を追求し続け、そのために、世俗的な喜び、富、名声などを完全に無視し、投げ出す。それゆえ、この小説はただ『月』という題名のほうがふさわしかったとも言えよう。モーム自身は、作家として「月」に憧れを抱きつつも、ストリックランドとは違って、世俗的な喜びを一生断念できなかった人である。ストリックランドが、何の未練もなく「六ペンス」を棄て去る潔さに感嘆しつつも、自分にはできないと感じざるを得なかったと想像される。「月」と「六ペンス」の間にある「と」は、この点、意味深長である。「月」に対立する「六ペンス」を体現するものとして、ストリックランドを理解できない、ミセス・ストリックランドとその親族、凡庸な文壇人などが皮肉っぽく描かれているのだから、「と」を対立と取るのが普通であろう。だが、私にはもう一つの意味が読み取れるように感じられる。モーム自身は、ストリックランドと共通点がないではないが、社交界での評判、富などへの執着から逃れられなかった人間、つまり「月」に憧れながらも、「六ペンス」が念頭から去ることのなかった人間なので、「月」に加えて「六ペンス」も題名に入れざるを得なかったのではないだろうか。

小説形式としては、一人称小説であり、この形式は若い頃『ある聖者の半生』(一八九八年)で試みて以来、本書で用い、これ以後『お菓子とビール』(一九三〇年)、『かみそりの刃』(一九四四年)などの代表的な小説や大部分の短篇で採用することになった。モームの一人称小説では、物語の語り手である作家自身が一人物として作品に登場し、その見聞したところを語るのである。この人物が物語の中でどのような役割を演じるかは作品によって様々であるが、自分の見聞を語るだけであるから、自分の見聞範囲を越えることについては、伝聞を伝聞として報告しさえすればよいわけである。当然、語り手の物の見方を通してのみ語るので、読者が想像を働かす範囲は限定されるが、その一方、神ならぬ身の作者が作中人物について全てを知っているという不自然さが排除できる。『月と六ペンス』を一人称小説にしたおかげで、作者は主人公についての自分の理解が十分でないことを、次のように率直に告白することができた。「振り返ってみると、これまでチャールズ・ストリックランドについて書いてきたことは、あまり満足のいくものではない、と我ながら思う。僕が知るにいたった出来事を記してきたのだが、どういう経緯でそうなったのか、僕自身わかっていないのだから、明白に書きようがなかったのだ」(二七三頁)

常識人の理解を越えた天才として主人公を描くには、一人称が最適であった。「僕」が夫人の依頼でパリに行き、ストリックランドを捕まえた最初の場面(第十二章)で、「絵を描かなくてはならんと言ってるのが分からんのかね。自分でもどうしようもないのだ。いいかね、人が水に落ちた場合には、泳ぎ方など問題にならんだろうが。水から這《は》い上がらなけりゃ溺《おぼ》れ死ぬのだ」と自分の立場を説くストリックランドの話を聞いて、「我にもあらず魂をゆさぶられた」のであった。また、「彼に取りついた情熱は、美を創造しようという情熱でした。その情熱のせいで、心の安まるときがありませんでした。……神聖な憧憬に取りつかれた永遠の巡礼で、内部の悪魔は暴君でした」とブリュノ船長に語らせている(第五十四章)が、これは作者の声と見てよい。悪魔に取りつかれた天才は、常識人などには手にあまるので、距離を置いて、感嘆して眺めるしかない、という態度を取るには、一人称が好都合なのである。

本書の一人称の語り手は、作者とほぼ重ねてよいのだが、この「僕」は同じ人生観、人間観をずっと持ち続けているわけではない。ストリックランドと直接の接触があったのは、ロンドンでの初対面のときと、五年後のパリでストルーヴ夫妻とストリックランドの激烈な愛憎の絡《から》む関係に巻き込まれての一年であり、さらにそれから十五年を経て、ストリックランドの死後に生前交友のあった人たちから思い出を聞くまでの長期にわたる。この間に、二十代前半だった「僕」も年齢を重ね、経験を増し、最後にはこの本を執筆している四十代前半に達する。当然ストリックランドへの見方は変化する。大まかにいえば、初めは批判的であったのが、次第に同情的になるのである。この作品を執筆していた頃の作者が、若い頃の「僕」を観察しているのである。「当時の僕は、未経験で人間の理解が浅くて、そんなふうにしか解釈できなかった」というような記述が、ときどき出て来る。このような言葉を挿入することにより、ここに描かれたストリックランド像が、それぞれの時期の語り手の個性によって色づけされたものではあっても、円熟した経験豊かな「僕」によるチェックを経ているので、可能な限り実像に近いものなのだ、と主張しているのである。

そういう多少変化する「僕」ではあるが、基本的な主人公の捉え方に関しては、エイブラハムの挿話(第五十章)に明確に出ているので、ここで簡単に触れよう。「僕」が医学校を卒業する頃、品行方正で学術優秀な青年がいた。素晴らしいポストに就く前に、休暇で地中海東部に行った。そこの風物に接して「雷に打たれたみたいな……自由になったような素晴らしい歓喜」を覚え、即座に、イギリスに戻らず、アレクサンドリアで貧乏な検疫医の生活を始める。「果たしてエイブラハムは一生を棒に振ったのだろうか。自分の気に入った土地で、自分がぜひともやりたいことを心安らかにやるというのは、人生を棒に振ることだろうか」と「僕」は問いかける。パリでもマルセーユでも、暴れ回り、親切な友人の女房を奪い、用が済めば棄て去り、勝手気ままに反社会的な生き方を貫いたストリックランドは、タヒチでは心安らかに、最後の傑作を描き残すことができた。この一生は、他人の犠牲において送られたものではあるが、彼にとっては、それが唯一の生き方であったがゆえに、大目に見るしかない。これが「僕」の結論であろう。

本書には、執筆当時の「僕」の人生や人間についての見解が、折に触れて披瀝《ひれき》されている。人生には価値がないとか、人生は無意味であるとかいう考えは、『人間の絆』で主人公が最後に到達する結論であるから、とうぜん繰り返し出て来る。一例として「ブランチの一生は明るい希望や前途への夢で始まったのであろうが、今となってみると、生きようと死のうと何の変わりもなかったことになる。すべては空《むな》しく、無意味だったのだ」(二六三頁)が挙げられる。「僕」の人間についての見方となると、第一章から第五十八章にいたる随所に顔を出す。モームの人間観といえば、『月と六ペンス』のおよそ二十年後に発表されることになる随想集『サミング・アップ』(一九三八年)にある、「私は首尾一貫した人など一度も見たことがない。同じ人間の中にとうてい調和できぬ様々な性質が存在していて、それにもかかわらず、それらがもっともらしい調和を生み出している事実に、私は驚いてきた」、「誰もかれも、偉大さと卑小さ、美徳と悪徳、高貴さと下品のごたまぜである」などが有名であるが、これに類似する意見をいくつか拾うと、「一人の人間を構成している諸要素がこれほど混然としているとは気づいていなかった。今なら、同じ人間の中に、卑小さと偉大さ、悪意と親切、憎悪と愛情が混然と同居しているのが、よく分かっている」(一一五―一一六頁)、「人間という不可解な生き物を相手にする以上、何についても確実な断定はできない」(二〇七頁)などがすぐに見つかる。この人間不可解説、矛盾説の実例は、まず誰よりもストリックランドであるわけだが、他の人物も例外ではない。しとやかで上品である一方、したたかな拝金主義者でもあるミセス・ストリックランドは、作者がその矛盾を意地悪く暴いている人物である。同じことは夫人の親族や、夫人が交友する文壇人についても言える。だが、もっと詳細に描かれているストルーヴ夫妻の場合を見てみよう。

まず夫のダーク。善意の人であり、誰よりも早くからストリックランドの天分を発見するような鑑識眼を持ちながら、自分はチョコレート・ボックスの装飾のような、イタリアを舞台とする綺麗な絵、芸術作品としては三流の絵しか描けない。鑑識眼が自分の作品にだけは働かないので自分の画風には無批判である。繊細で優しい心の持ち主なのに、醜《みにく》く肥《ふと》っていて、動作はぎこちなく、人びとの笑いの対象である。魅力的な妻を溺《でき》愛《あい》する一方で、彼女の秘められた欲望を察知することができないでいる。ストリックランドが頭から彼を嘲笑《ちょうしょう》して利用する姿勢に対抗する力に欠け、彼の善意の分かる「僕」よりもストリックランドの発言を尊重する。こういう相反する要素にもかかわらず、存在感があり、読者に鮮明な印象を与える。ダーク像を「出色である」、「鮮明さは、蓋《けだ》し本作品(或《あるい》はかかる一種の芸術家型を描いた世界文学中)の圧巻ではあるまいか」とする上田勤、中野好夫両氏のコメントは的を射ている。文学作品で善人像を、はっきり印象を与えるように描くのは、古来、至難の業《わざ》とされている。よく語られることだが、シェイクスピアの『オセロー』でも心清いオセローより悪漢のイアーゴーのほうがインパクトを与えるし、ミルトンの『失楽園』では悪魔サタンのほうが神より印象的である。大《おお》袈裟《げさ》な例を出したが、とにかくまぎれもない善人ダーク・ストルーヴ像は、「矛盾を蔵しながらも、もっともらしい調和を持つ」モームの描いた人物像の傑作と言えよう。

ダークの妻ブランチは、彼よりも複雑であり、モームの人間論のよい実例として描かれている。しとやかで家庭的な主婦としか見えなかった彼女が、ストリックランドを、礼儀をわきまえぬ野人であり、特に夫に対して失礼な態度を取るというので毛嫌いしていたのに、とつぜん豹変したのには、「僕」と共に読者も最初は仰天することだろう。理性的で、控え目で、内気ですらあったブランチは、じつは激しい情欲を内に秘めていて、その充足のためには、平然と人の善意を踏みにじる。「僕」が彼女の過去を探り、自殺後にストリックランドにあれこれ関係を問い質《ただ》すにつれて、彼女の内部に潜んでいた諸要素が露呈するのだが、それでも、彼女がダークに平手打ちをするような強引さは、納得しにくい。まさに、人間不可解説の見本のような人物であるが、これくらい興味をそそられる複雑な女性像はモームにも少ない。

略年譜でもすぐ分かるように、モームは一生世界中を旅していた人である。自分の理想とする土地を探し回っていた。皮肉屋であり、「善人」の中に悪を見出し、「悪人」の中に善を見出し、人間のあるべき姿を追究し続けた。また、自分の心の平静を保つために過去を洗いざらい吐き出すことには、名声も金儲けも投げ出せる人間であった。しかし、その一方、社交界での名声を喜び、その花形というのであれば、嫌いな女とでも結婚したし、金儲けも大好きであり、読者を喜ばせようと必死に何でもしたし、有名人との交友に憧れる俗物でもあった。前に述べたように、「月」と「六ペンス」の狭間《はざま》にあったのである。ストリックランドを創造することにより、「月」に近づこうとしてやまぬ自分の願望を充足させたと見られる。なればこそ、物語が終わりに近づくと(第五十七章)、主人公に共感するクートラ医師の語る最後のストリックランドは崇高な姿になってくる。現地人の妻アタとのストリックランドの牧歌的な生活は、エデンの園で営まれているかのような錯覚を与える。またハンセン病のため盲目になりながらも原初的な人類の赤裸々《せきらら》な絵を完成し、自分の死後、焼却するように命じて死んでゆく芸術家像は、神々《こうごう》しくさえある。

だが、モームという作家は照れ屋である。感動を恥じるのである。読者を感動の高みに誘ったかと思うと、次には俗なものを見せて、いきなり冷水を浴びせるように感動から目を覚まさせるのだ。「僕」がタヒチからロンドンに戻って、ミセス・ストリックランドを訪問する場面を描く最終章は、徹底した「六ペンス」の世界である。きれいごとしか言わない夫人と成人した子どもたちの姿は、タヒチで伝え聞いたストリックランドの純度の高い生き方との対比で、俗臭が耐え難いほどである。最後に「僕」が口にしそうになる聖書の文句(三八三頁)は、多分「幸福《さいわい》なるかな、心の貧しき者、天国はその人のものなり」(「マタイ伝」第五章三節)であろう。

『月と六ペンス』が着想から完成までに長い歳月を要したことは、見てきた通りだが、南英サリーの「チャールズ・ヒル・コート」邸で原稿の完成が近づいていた時期は、正式な結婚をしてまもない妻と幼い娘と一緒にモームは暮らしていたのであった。妻との関係はすでに険悪なものとなっていて、口喧嘩が絶えず、モームは結婚を心から悔やんでいた。したがって、ストリックランドの口を借りて、女性蔑視の罵声を繰り返させて、鬱憤《うっぷん》を晴らしたということは、充分にあり得ると思う。「僕」が言ったのでは憚《はばか》られることも、非常識な主人公にならら自由に言わせられたわけである。このような意味でも、モームはこの小説を楽しんで執筆したと思える。

＊

『月と六ペンス』の日本での最初の翻訳は、一九四〇年八月、中野好夫氏の訳で中央公論社から出た。定価は一円八十銭であった。同じ年の一月に同氏の訳で出た『雨 他二篇』(岩波文庫)と共に日本の読者に実質的には初めてモームが紹介されたのであったが、大戦中の非常時であったから、本格的なモーム・ブームが到来するには戦後まで待たねばならなかった。第二次世界大戦後には三笠書房から中野氏はじめ他の訳者によって「モーム選集」が刊行された。さらに一時隆盛だった各出版社からの世界文学全集、新潮社からの「モーム全集」などで、ほぼ全作品が翻訳されるという破格の事態が生じた。また、多くの文庫にモームの作品は収録された。一つの作品が複数の訳者によって訳される現象も生まれ、『月と六ペンス』は、今日まで中野好夫氏の他にも、厨川圭子、阿部知二、龍口直太郎、北川悌二の各氏が訳している(今回の訳では、中野、龍口両氏の良訳から学ぶところが多かったことを感謝をこめて記しておく)。しかし、もっとも新しい北川訳でも三十年以上も前に出たのであり、近年英米で盛んに行なわれた辞典の改訂、新辞典の刊行、イディオム辞典の編纂《へんさん》、インターネットなどによる便宜を、どの旧訳も利用できなかった。このような事情を考慮して、あえて私の新訳を加える決意をしたのであった。

翻訳原稿は、平石貴樹氏の強い助言により、生まれて初めてパソコンで作った。そして、翻訳ほどパソコンと相性がいい作業はないという、氏の助言の正しさを実感した。こうして、ある程度のスピードで訳した原稿を妻恵美子が徹底的に検討し、さらに初校の段階で編集部の市こうた氏が多くの助言を出してくださった。モーム研究家で西洋絵画にも詳しい田中一郎氏は原作の初版をくださり、またゴーギャン関係の情報も伝えてくださった。これらの人びとのおかげもあって、正確で分かりやすく、親しみやすく、面白く読める訳を生み出せたのではないかと自負している。

二〇〇五年六月

行方昭夫

# モーム略年譜

可能な限り最新の情報に基づいて作成したので，従来の年譜での年号，日付と違うことがあるが，現時点では，こちらのほうが正しいと考えて頂きたい．

**1874年**(明治7年)　1月25日，パリに生まれる．ヴィクトリア女王の君臨していた時代で，首相はディズレーリであった．父ロバート・モームは在仏英国大使館の顧問弁護士，母は軍人の娘であった．ウィリアムは5人兄弟の末っ子だった．兄の1人は後に大法官となった著名な法律家であった．

**1882年**(8歳)　母が41歳で肺結核により死亡．モームはやさしく美しかった母について懐かしい思い出を持っていて，『人間の絆』(*Of Human Bondage*)の冒頭に，その死を感動的な文章で描いている．

**1884年**(10歳)　父が61歳で癌により死亡．このため，イギリスのケント州ウィットステイブルの牧師だった父の弟ヘンリ・マクドナルド・モームに引き取られ，カンタベリーのキングズ・スクール付属の小学校へ入学．パリでの自由な楽しい生活から，突然，子どものいない厳格な牧師の家庭に引き取られたので，少年モームは孤独と不幸を感じる．叔母はやさしい人であったが，叔父は俗物で，その卑小な性格は『人間の絆』や『お菓子とビール』(*Cakes and Ale*)の中で辛辣に描かれている．

**1885年**(11歳)　キングズ・スクールに入学．フランス語訛りの英語と生来の吃音のため，いじめにあい，学校生活は楽しくない．彼はますます内向的な，自意識の強い少年になってゆく．しかし中等部から高等部に進学する頃には優等生となり，友人も出来た．

**1888年**(14歳)　冬に肺結核に感染していることが分かり，1学期休学して南仏に転地療養する．短期間の滞在であるが，何にも拘束されない楽しい青春の日々を送る．

**1889年**(15歳)　春，健康を取り戻して帰国し，復学するが，勉強に熱が入らず，オックスフォードに進学し聖職に就かせようという叔父の反対を押し切ってキングズ・スクールを退学．

**1890年**(16歳)　前半の冬に再び南仏を訪ねて，春に帰国．ドイツ生まれの叔母の勧めでハイデルベルクに遊学する．風光明媚な古都で，再びのびのびと青春のよき日を楽しむ．正式の学生にはならなかったが，ハイデルベルク大学に出入りして講義を聴講し，学生たちと交際する．絵画，文学，演劇，友人との議論などの与える楽しみを満喫する．キリスト教信仰から完全に自由になったのもこの頃である．演劇ではイプセン，音楽ではヴァーグナーが評判であったので，その影響を受ける．また大学での講義から，ショーペンハウアーの思想に共鳴する．私生活では，慕っていた年長の青年ブルックスと同性愛の経験をする．

**1892年**(18歳)　春，ひそかに作家になろうと決意して帰国．2カ月ほど特許会計士の見習いとしてロンドンのある法律事務所に勤めたが失敗に終わる．10月，ロンドンの聖トマス病院付属医学校へ入学．最初の2年間は医学の勉強は怠けて作家としての勉強に専念する．2年の終わりに外来患者係のインターンになってからは，興味を覚え始める．虚飾を剝いだ赤裸々の人間に接し，絶好の人間観察の機会を与えられたからである．医学生としての経験はモームに，自己を含めて人間を冷静に突き放して見ることを教えた．人間を自然法則に支配される一個の生物と見る傾向が彼につよいのもこの経験の影響であろう．

**1894年**(20歳)　復活祭の休日に，イタリアにいるブルックスを訪ね，初めてイタリア旅行をする．

**1895年**(21歳)　初めてカプリを訪ね，その後もしばしば同地に行く．この年，オスカー・ワイルドが同性愛の罪で投獄された．

**1896年**(22歳) 『作家の手帳』(*A Writer's Notebook*)のこの年の項には次のような記載がある.「僕はひとりでさまよい歩く. 果てしなく自問を続けながら. 人生の意義とは何であろうか? それには何か目的があるのだろうか? 人生には道徳というものがあるのだろうか? 人は人生においていかになすべきか? 指針は何か? 他よりすぐれた生き方などあろうか?」

**1897年**(23歳) 処女作, 長篇『ランベスのライザ』(*Liza of Lambeth*)出版. 医学生時代の見聞をもとにし, 貧民街の人気娘の恋をモーパッサン流の自然主義的な筆致で描いた初期の秀作で, 一応の成功を収める. 聖トマス病院付属医学校を卒業, 医師の免状を得るが, 処女作の成功で自信を得, 文学で身を立てようと決心して, 憧れの国スペインを訪れる. セビリアに落ち着いてアンダルシア地方を旅行する. その後も毎年のようにスペインを訪れる.

**1898年**(24歳) 長篇『ある聖者の半生』(*The Making of a Saint*)出版. ルネッサンスのイタリアを舞台にした歴史小説.『人間の絆』の原形といわれる『スティーヴン・ケアリの芸術的気質』(*The Artistic Temperament of Stephen Carey*)執筆.「腕は未熟だったし書きたい事実との時間的距離も不充分だった」とモームは告白しているが, ともかく, この原稿は陽の目を見ることがなかった. スペインからイタリアまで足を伸ばす.

**1899年**(25歳) 短篇集『定位』(*Orientations*)出版. 戯曲『探検家』(*The Explorer*)を執筆.

**1901年**(27歳) 長篇『英雄』(*The Hero*)出版.

**1902年**(28歳) 長篇『クラドック夫人』(*Mrs. Craddock*)出版. 相反する生活態度の夫婦の葛藤を描いたテーマ小説. 最初の1幕物の戯曲『難破』(*Schiffbrüchig*), ベルリンで上演.

**1903年**(29歳) 2月, 1898年に書いた4幕物の戯曲『廉潔の人』(*A Man of Honour*)出版, 舞台協会(グランヴィル・バーカーを指導者とする実験劇場)の手で上演. 2日間しか続かなかった.『パンと魚』(*Loaves and Fishes*)と『フレデリック夫人』(*Lady Frederick*)の2

つの喜劇を執筆するが，上演されない．

**1904年**(30歳)　長篇『回転木馬』(*The Merry-Go-Round*)出版．手法上興味深い作で，書評はよかったが，あまり売れず，作者は失望した．笑劇『ドット夫人』(*Mrs. Dot*)を執筆．

**1905年**(31歳)　2月，パリに行き，長期滞在をする．モンパルナスのアパートに住み，芸術家志望の青年たちと交際し，ボヘミアンの生活を知る．旅行記『聖母の国』(*The Land of the Blessed Virgin*)出版．アンダルシア地方への旅行の産物．

**1906年**(32歳)　ギリシャとエジプトに旅行．4月，『お菓子とビール』のロウジーの原型となった若い女優スーを知り，親密な関係が8年間続く．モームが心から愛した唯一の異性と言われる．長篇『監督の前垂れ』(*The Bishop's Apron*)出版．

**1907年**(33歳)　10月，『フレデリック夫人』がロンドンのコート劇場でほんのつなぎに上演される．経営者にとってもモームにとっても意外の大成功で，1年以上にわたり，422回も続演された．『作家の手帳』には次のような感想がある．「成功．格別のことはない．1つには予期していたために，大騒ぎの必要を認めないからだ．掛値のないところ，成功の価値は経済的な煩いからぼくを解放してくれたことだ．貧乏はいやだった．」戯曲『ジャック・ストロウ』(*Jack Straw*)を執筆．

**1908年**(34歳)　3月，『ジャック・ストロウ』，4月，『ドット夫人』，6月，『探検家』が上演され，『フレデリック夫人』と合わせて同時に4つの戯曲がロンドンの大劇場の脚光を浴びる．社交界の名士となる．ウィンストン・チャーチルとも知り合い，生涯の友となる．かくして求めていた富も名声も彼のものとなる．しかし，この商業的大成功のために高踏的な批評家からは通俗作家の刻印を押される．長篇『探検家』(*The Explorer*)，長篇『魔術師』(*The Magician*)出版．後者はオカルティズムが主題．

**1909年**(35歳)　4月，イタリアを訪問．その後も毎年のように訪れる．戯曲『ペネロペ』(*Penelope*)，戯曲『スミス』(*Smith*)上演．

**1910年**（36歳） 2月，『10人目の男』（*The Tenth Man*），『地主』（*Landed Gentry*）上演．10月，『フレデリック夫人』以下いくつもの劇が上演されていたアメリカを初めて訪問し，名士として歓迎される．

**1911年**（37歳） 2月，『パンと魚』上演．

**1912年**（38歳） 劇場の支配人がしきりに契約したがっているのを断って，長篇『人間の絆』を書き始める．

**1913年**（39歳） 秋にスーに求婚するが，断られる．この前後に離婚訴訟中の社交界の花形シリーを知る．クリスマスにニューヨークで，戯曲『約束の地』（*The Land of Promise*）上演．

**1914年**（40歳） 2月，『約束の地』がロンドンで上演．スーに拒否された反動でシリーと親密な関係になる．『人間の絆』を脱稿．7月，第1次世界大戦勃発．「戦争が始まった．私の人生の1章がちょうど終わったところだった．新しい章が始まった」とモームは記している．10月野戦病院隊を志願してフランス戦線に出る．まもなく情報部勤務に転じ，ジュネーヴを本拠に諜報活動に従事．長年にわたる秘書兼友人となるジェラルド・ハックストンを知る．

**1915年**（41歳） 『人間の絆』出版．作者自身の精神形成のあとを克明にたどったもので，20世紀のイギリス小説の傑作の1つに数えられる．発表されたのが大戦さなかのことであまり評判にならなかったが，アメリカでセオドア・ドライサーが激賞した．9月，モームとシリーの間の子どもが誕生．諜報活動を続ける一方，戯曲『手の届かぬもの』（*The Unattainable*），戯曲『おえら方』（*Our Betters*）を執筆．

**1916年**（42歳） 2月，『手の届かぬもの』上演．スイスでの諜報活動で健康を害し，静養もあってアメリカに赴き，さらに南海の島々まで足を伸ばす．タヒチ島では腹案の長篇『月と六ペンス』（*The Moon and Sixpence*）の材料を集める．南海の島々は，そのエキゾチックな風物とそこに住む人びとの赤裸々な姿のゆえに，モームの心を魅了する．

**1917年**(43歳)　3月，『おえら方』，ニューヨークで上演．ロンドンの社交界に入ろうとする富裕なアメリカ人を風刺する内容なので，観客の怒りを買ったが，評判となり，興行的には成功だった．5月，アメリカでシリーと正式に結婚．秘密の重大任務を帯びて革命下のロシアに潜入．使命を遂行できる自信はないが，一度行きたいと考えていたトルストイ，ドストエフスキー，チェーホフの国に滞在できるという魅力にひかれて，病軀を押して出かける．しかし肺結核が悪化し，11月から数カ月，スコットランドのサナトリウムに入院．

**1918年**(44歳)　サナトリウムにいる間に，戯曲『家庭と美人』(*Home and Beauty*)を執筆．『月と六ペンス』を執筆．脱稿は南英サリーの邸で家族と暮らした夏．11月に再入院し，ここで終戦を知った．

**1919年**(45歳)　春に退院し，2回目の東方旅行を行なう．シカゴと中西部を見物してからカリフォルニアに行き，そこからハワイ，サモア，マレー，中国，ジャヴァなどを旅行．とくにゴーギャンが最後に住んだマルケサス群島中のラ・ドミニク島で取材する．長篇『月と六ペンス』出版．ゴーギャンを思わせる，デーモンに取りつかれた天才画家の話を一人称で物語ったもので，ベストセラーになり，各国語に訳される．これが契機となって『人間の絆』も読まれ出す．3月，戯曲『シーザーの妻』(*Caesar's Wife*)，8月，『家庭と美人』上演(なお，アメリカでの上演の際のタイトルは『夫が多すぎて』)．

**1920年**(46歳)　8月，戯曲『未知のもの』(*The Unknown*)上演．中国に旅行．

**1921年**(47歳)　短篇集『木の葉のそよぎ』(*The Trembling of a Leaf*)出版．「雨」(*Rain*)，「赤毛」(*Red*)など6篇を収録．1916年の南洋旅行の産物．3月，『ひとめぐり』(*The Circle*)上演．上演回数180回を越える大成功．1921年から1931年の10年間，極東，アメリカ，近東，ヨーロッパ諸国，北アフリカなどを次々に旅行した．

**1922年**(48歳)　旅行記『中国の屏風』(*On a Chinese Screen*)出版．戯曲『スエズの東』(*East of Suez*)上演．共に1920年の中国旅行の産物．翌年にかけてボルネオ，マレー旅行．ボルネオの川で高潮に襲われ，九死に一生を得る．

**1923年**(49歳)　ロンドンで『おえら方』上演．上演回数は548回となり，『ひとめぐり』と共に20世紀における風俗喜劇の代表作．

**1925年**(51歳)　長篇『五彩のヴェール』(*The Painted Veil*)出版．通俗的な姦通の物語で始まるが，後半では作者の代弁者が出て来て女主人公の人間的成長が見られ，前半の安易さを救っている．

**1926年**(52歳)　短篇集『キャシュアライナの木』(*The Casuarina Tree*)出版．「奥地駐屯所」(*The Outstation*)，「手紙」(*The Letter*)など6篇を収録．11月，戯曲『貞淑な妻』(*The Constant Wife*)上演．南仏リヴィエラのカープ・フェラに邸宅「ヴィラ・モーレスク」を買い求める．

**1927年**(53歳)　2月，戯曲『手紙』(*The Letter*)上演．妻と離婚の手続きを開始．正式に認められるのは1929年．この結婚は最初からうまくいかず，モームは『回想』(*Looking Back*)の中で夫人を痛烈に批判している．だが結婚の失敗をモームの同性愛に責任ありとする論者もいる．夫人は，その後，カナダで室内装飾の仕事をしていたが，1955年に亡くなった．

**1928年**(54歳)　短篇集『アシェンデン』(*Ashenden*)出版．諜報活動の経験をもとにした15篇からなる．戯曲『聖火』(*The Sacred Flame*)，ニューヨークで上演．この作から『シェピー』(*Sheppy*)にいたる4作は演劇界引退を覚悟した上で，観客の好悪を念頭に置くことなく自らのために書いたもので，いずれもイプセン流の問題劇である．

**1930年**(56歳)　旅行記『一等室の紳士』(*The Gentleman in the Parlour*)出版．ボルネオ，マレー半島旅行記．長篇『お菓子とビール』出版．人間の気取りを風刺した一種の文壇小説．ストーリー・テラーとしてのモームの手腕をもっともよく発揮した作で，

現在の話に過去のエピソードがたくみに織り込まれる構成には少しも無理がなく，円熟期の傑作といえる．作中の小説家ドリッフィールドが，そのころ死んだトマス・ハーディをモデルにしているというので非難を受ける．小説家の最初の妻ロウジーの肖像は実に魅力的．モームは自作の中で一番好きだと言っている．9月，戯曲『働き手』(*The Breadwinner*)上演．

**1931年**(57歳) 短篇集『一人称単数』(*First Person Singular*)出版．「変り種」(*Alien Corn*)，「12人目の妻」(*The Round Dozen*)など6篇を収録．

**1932年**(58歳) 長篇『片隅の人生』(*The Narrow Corner*)出版．モームには珍しい海を背景にした作．視点が人生の無常さに徹した傍観的な人物にあるので，作者のペシミスティックな人間観が1篇の基調になっている．11月，戯曲『報いられたもの』(*For Services Rendered*)上演．

**1933年**(59歳) 短篇集『阿慶』(*Ah King*)，出版．「怒りの器」(*The Vessel of Wrath*)，「書物袋」(*The Book-Bag*)など6篇を収録．9月，戯曲『シェピー』上演．この劇を最後に劇壇と訣別する．四半世紀にわたって30篇以上の劇を発表したことになる．スペインに絵画を見に行く．

**1934年**(60歳) 短篇集『全集』(*Altogether*)出版．これまでの短篇の大部分を収録．

**1935年**(61歳) 旅行記『ドン・フェルナンド』(*Don Fernando*)出版．たんなるスペイン紀行ではなく，主となっているのは，スペイン黄金時代の異色ある聖人，文人，画家，神秘思想家などの生涯と業績を縦横に論じたもので，モームのスペインへの情熱を解く鍵として面白い．

**1936年**(62歳) 一人娘の結婚式に出席のため，南仏からロンドンに出る．娘夫婦に家を贈った．短篇集『コスモポリタン』(*Cosmopolitans*)出版．『コスモポリタン』誌に発表した，非常に短いもの，「ランチ」(*The Luncheon*)，「物知り博士」(*Mr. Know-All*)など

30篇を収録.

**1937年**(63歳)　長篇『劇場』(*Theatre*)出版. 中年女優の愛欲を心憎いまでの心理描写で描いたもので, 女主人公のジュリアは,『お菓子とビール』のロウジーと共にモームの創造した娼婦型の女性像のなかでも出色の出来である. 12月, 翌年にかけてインドを旅行.

**1938年**(64歳)　自伝『サミング・アップ』(*The Summing Up*)出版. 64歳になったモームが自分の生涯を締めくくるような気持で人生や文学について思うままを率直に述べた興味深い随想. モームを知る上で不可欠の書物である.

**1939年**(65歳)　長篇『クリスマスの休暇』(*Christmas Holiday*)出版. イギリスの良家の青年が休暇をパリで過ごし, そこで今まで知らなかった人生の面に接して驚くという話. 編著『世界文学100選』(*Tellers of Tales*), ニューヨークで出版. 英米独仏露の近代短篇名作100篇の選集. 9月1日, 第2次世界大戦勃発. 英国情報省の依頼で戦時下のフランスを視察に行く.

**1940年**(66歳)　評論『読書案内』(*Books and You*)出版. 短篇集『処方は前に同じ』(*The Mixture as Before*)出版.「ジゴロとジゴレット」(*Gigolo and Gigolette*),「人生の実相」(*The Facts of Life*)など10篇を収録. 1月,『雨 他2篇』, 8月,『月と六ペンス』の日本最初の翻訳が中野好夫氏の訳で刊行され, これを機にモームの本格的な紹介が日本で始まる. 6月15日, パリ陥落の報を聞き, 付近の避難者と共にカンヌから石炭船に乗船, 3週間も費して帰国. 英国情報省から宣伝と親善の使命を受けて, 10月, 飛行機でリスボン経由ニューヨークに向かう. 1946年までアメリカに滞在することになる.

**1941年**(67歳)　中篇『山荘にて』(*Up at the Villa*)出版. 自伝『内緒の話』(*Strictly Personal*), ニューヨークで出版. 第2次大戦開始前後のモームの動静を記したもの.

**1942年**(68歳)　長篇『夜明け前のひととき』(*The Hour before the*

*Dawn*)出版.

**1943年**(69歳)　編著『現代英米文学選』(*Modern English and American Literature*), ニューヨークで出版.

**1944年**(70歳)　長篇『かみそりの刃』(*The Razor's Edge*)出版. ベストセラーとなる. 戦争の体験を通じて人生の意義に疑問をいだいたアメリカ青年が, インドの神秘思想に救いを見出す求道の話だが, 宗教的テーマはモームの手に余るのか, 主人公ラリーの姿は生きていない. むしろ端役の俗物エリオットの性格描写に作者の筆の冴えを感じる. 1937年末から1938年にかけてのインド旅行の経験が織り込まれている. 飲酒その他で性格の破綻していたジェラルド・ハックストンが死亡. モームは一時途方に暮れる.

**1945年**(71歳)　アラン・サールが新しい秘書兼友人となる.

**1946年**(72歳)　長篇『昔も今も』(*Then and Now*)出版. マキャヴェリをモデルにした歴史小説. アメリカ滞在中, 彼および彼の家族に示されたアメリカ人の親切への感謝のしるしとして,『人間の絆』の原稿をアメリカ国会図書館に寄贈. カープ・フェラの「ヴィラ・モーレスク」へ帰る. 邸は戦時中にドイツ兵に占拠されたため英軍の攻撃を受け, 後には英米軍が駐屯した. 大修理が必要であった.

**1947年**(73歳)　短篇集『環境の動物』(*Creatures of Circumstance*)出版.「大佐の奥方」(*The Colonel's Lady*),「凧」(*The Kite*)など15篇を収録.

**1948年**(74歳)　長篇『カタリーナ』(*Catalina*)出版. 16世紀のスペインを舞台にした歴史小説で, モームの最後の小説である. 評論『大小説家とその小説』(*Great Novelists and Their Novels*), ニューヨークで出版. トルストイ, バルザック, フィールディング, オースティン, スタンダール, エミリ・ブロンテ, フロベール, ディケンズ, ドストエフスキー, メルヴィルおよびそれぞれの代表作について論じたもの. シナリオ『四重奏』(*Quartet*)出版.「大佐の奥方」「凧」など4つの短篇のオムニバス映画の台本.

**1949年**(75歳) 『作家の手帳』出版. 若い頃からのノートを年代順にまとめたもので, 人生論や各地の風物, 人物についての感想, 創作のためのメモなどがあり, 興味深い. モームの序文によると, このノートを発表する気になったのは, ルナールの『日記』を読んで, それに刺激された結果だという. 誕生日を祝うためにサン・フランシスコの友人バートラム・アロンソンの家まで出かける.
**1950年**(76歳) 『人間の絆』のダイジェスト版をポケット・ブックの1冊として出版. ストーリーに重点を置いて編集してあるので, 主人公の精神的発展の部分は抜けている. 『ドン・フェルナンド』の改稿新版を出版. シナリオ『三重奏』(*Trio*)出版. 「サナトリウム」(*Sanatorium*)など3つの短篇のオムニバス映画の台本.
**1951年**(77歳) シナリオ『アンコール』(*Encore*)出版. 「冬の船旅」(*Winter Cruise*)など3短篇のオムニバス映画の台本.
**1952年**(78歳) 評論集『人生と文学』(*The Vagrant Mood*)出版. 「バーク読後感」(*After Reading Burke*), 「探偵小説の衰亡」(*The Decline and Fall of the Detective Story*)など6篇のエッセイを収録. 編著『キプリング散文選集』(*A Choice of Kipling's Prose*)出版. オランダへ旅行. オックスフォード大学より名誉学位を受ける.
**1954年**(80歳) B.B.C. で「80年の回顧」と題して思い出を語る. この中で「第1次世界大戦が人びとの生活に大きな変化を与えたとは思えない」と述べた. 評論『世界の十大小説』(*Ten Novels and Their Authors*)出版. 『大小説家とその小説』の改訂版. 誕生祝いとして『お菓子とビール』の1000部限定の豪華版がハイネマン社から出版される. イタリア, スペインを旅行し, ロンドンに飛んでエリザベス女王に謁見, 勲章(the Order of the Companion of Honour)を授かる.
**1957年**(83歳) 楽しい思い出のあるハイデルベルクを再訪.
**1958年**(84歳) 評論集『視点』(*Points of View*)出版. 「ある詩人の三つの小説」(*The Three Novels of a Poet*), 「短篇小説」(*The Short Story*)など5篇のエッセイを収録. 本書をもって, 60年に及ぶ作

家生活に終止符を打つと宣言.

**1959年**(85歳)　極東方面へ旅行，11月には来日，約1カ月滞在し，中野好夫氏などと対談．内気な気配りの人柄を示したといわれる.

**1961年**(87歳)　文学勲位(the Order of the Companion of Literature)を授けられる.

**1962年**(88歳)　『回想』と題する回想録をアメリカの『ショー』(*Show*)という雑誌に連載し評判を呼ぶ．解説付き画集『ただ娯しみのために』(*Purely for My Pleasure*)出版.

**1964年**(90歳)　序文を集めたエッセイ『序文選』(*Selected Prefaces and Introductions*)出版.

**1965年**(91歳)　年頭に一時危篤を伝えられ，その後いったん回復したが，12月16日未明，南仏ニースのアングロ・アメリカ病院で死亡.

月《つき》と六《ろく》ペンス　モーム作

2005年 7 月15日　第 1 刷発行
2023年11月24日　第15刷発行

訳　者　行方昭夫《なめかたあきお》

発行者　坂本政謙

発行所　株式会社 岩波書店
〒101-8002 東京都千代田区一ツ橋 2-5-5
案内 03-5210-4000　営業部 03-5210-4111
文庫編集部 03-5210-4051
https://www.iwanami.co.jp/

印刷・三陽社　カバー・精興社　製本・中永製本

ISBN 978-4-00-322542-4　　Printed in Japan

# 読書子に寄す

――岩波文庫発刊に際して――

岩波茂雄

真理は万人によって求められることを自ら欲し、芸術は万人によって愛されることを自ら望む。かつては民を愚昧ならしめるために学芸が最も狭き堂宇に閉鎖されたことがあった。今や知識と美とを特権階級の独占より奪い返すことはつねに進取的なる民衆の切実なる要求である。岩波文庫はこの要求に応じそれに励まされて生まれた。それは生命ある不朽の書を少数者の書斎と研究室とより解放して街頭にくまなく立たしめ民衆に伍せしめるであろう。近時大量生産予約出版の流行を見る。その広告宣伝の狂態はしばらくおくも、後代にのこすと誇称する全集がその編集に万全の用意をなしたるか。千古の典籍の翻訳企図に敬虔の態度を欠かざりしか。さらに分売を許さず読者を繋縛して数十冊を強うるがごとき、はたしてその揚言する学芸解放のゆえんなりや。吾人は天下の名士の声に和してこれを推挙するに躊躇するものである。このときにあたって、岩波書店は自己の責務のいよいよ重大なるを思い、従来の方針の徹底を期するため、すでに十数年以前より志して来た計画を慎重審議この際断然実行することにした。吾人は範をかのレクラム文庫にとり、古今東西にわたって文芸・哲学・社会科学・自然科学等種類のいかんを問わず、いやしくも万人の必読すべき真に古典的価値ある書をきわめて簡易なる形式において逐次刊行し、あらゆる人間に須要なる生活向上の資料、生活批判の原理を提供せんと欲する。この文庫は予約出版の方法を排したるがゆえに、読者は自己の欲する時に自己の欲する書物を各個に自由に選択することができる。携帯に便にして価格の低きを最主とするがゆえに、外観を顧みざるも内容に至っては厳選最も力を尽くし、従来の岩波出版物の特色をますます発揮せしめようとする。この計画たるや世間の一時の投機的なるものと異なり、永遠の事業として吾人は微力を傾倒し、あらゆる犠牲を忍んで今後永久に継続発展せしめ、もって文庫の使命を遺憾なく果たさしめることを期する。芸術を愛し知識を求むる士の自ら進んでこの挙に参加し、希望と忠言とを寄せられることは吾人の熱望するところである。その性質上経済的には最も困難多きこの事業にあえて当たらんとする吾人の志を諒として、その達成のため世の読書子とのうるわしき共同を期待する。

昭和二年七月

## 《イギリス文学》〔赤〕

- ユートピア　トマス・モア　平井正穂訳
- 完訳カンタベリー物語　全三冊　チョーサー　桝井迪夫訳
- ヴェニスの商人　シェイクスピア　中野好夫訳
- 十二夜　シェイクスピア　小津次郎訳
- ハムレット　シェイクスピア　野島秀勝訳
- オセロウ　シェイクスピア　菅泰男訳
- リア王　シェイクスピア　野島秀勝訳
- マクベス　シェイクスピア　木下順二訳
- ソネット集　シェイクスピア　高松雄一訳
- ロミオとジューリエット　シェイクスピア　平井正穂訳
- リチャード三世　シェイクスピア　木下順二訳
- 対訳シェイクスピア詩集 ―イギリス詩人選(1)　柴田稔彦編
- から騒ぎ　シェイクスピア　喜志哲雄訳
- 冬物語　シェイクスピア　桒山智成訳
- 言論・出版の自由 ―アレオパジティカ　他一篇　ミルトン　原田純訳
- 失楽園　全二冊　ミルトン　平井正穂訳

---

- 奴婢訓　他一篇　スウィフト　深町弘三訳
- ガリヴァー旅行記　スウィフト　平井正穂訳
- ジョウゼフ・アンドルーズ　全二冊　フィールディング　朱牟田夏雄訳
- トリストラム・シャンディ　全三冊　ロレンス・スターン　朱牟田夏雄訳
- ウェイクフィールドの牧師 ―むだばなし　ゴールドスミス　小野寺健訳
- 幸福の探求 ―アビシニアの王子ラセラスの物語　サミュエル・ジョンソン　朱牟田夏雄訳
- 対訳ブレイク詩集 ―イギリス詩人選(4)　松島正一編
- 対訳ワーズワス詩集 ―イギリス詩人選(3)　山内久明編
- 湖の麗人　スコット　入江直祐訳
- キプリング短篇集　橋本槇矩編訳
- 高慢と偏見　全二冊　ジェーン・オースティン　富田彬訳
- ジェイン・オースティンの手紙　新井潤美編訳
- マンスフィールド・パーク　全二冊　ジェイン・オースティン　新井潤美・宮丸裕二訳
- エリア随筆抄　チャールズ・ラム　南條竹則編訳
- デイヴィッド・コパフィールド　全五冊　ディケンズ　石塚裕子訳
- 炉辺のこほろぎ　ディケンズ　本多顕彰訳
- ボズのスケッチ　短篇小説篇　全二冊　ディケンズ　藤岡啓介訳

---

- アメリカ紀行　全二冊　ディケンズ　伊藤弘之・下笠徳次・隈元貞広訳
- イタリアのおもかげ　ディケンズ　伊藤弘之・下笠徳次・隈元貞広訳
- 大いなる遺産　全二冊　ディケンズ　石塚裕子訳
- 荒涼館　全四冊　ディケンズ　佐々木徹訳
- ジェイン・エア　全二冊　シャーロット・ブロンテ　河島弘美訳
- サイラス・マーナー　ジョージ・エリオット　土井治訳
- 嵐が丘　全二冊　エミリー・ブロンテ　河島弘美訳
- アルプス登攀記　全二冊　ウィンパー　浦松佐美太郎訳
- アンデス登攀記　全二冊　ウィンパー　大貫良夫訳
- ジーキル博士とハイド氏　スティーヴンスン　海保眞夫訳
- 南海千一夜物語　スティーヴンスン　中村徳三郎訳
- 若い人々のために　他十一篇　スティーヴンスン　岩田良吉訳
- 怪談 ―不思議なことの物語と研究　ラフカディオ・ハーン　平井呈一訳
- ドリアン・グレイの肖像　オスカー・ワイルド　富士川義之訳
- サロメ　ワイルド　福田恆存訳
- 嘘から出た誠　ワイルド　岸本一郎訳
- 童話集 幸福な王子　他八篇　オスカー・ワイルド　富士川義之訳

分らぬもんですよ　バァナード・ショウ　市川又彦訳
ヘンリ・ライクロフトの私記　ギッシング　平井正穂訳
南イタリア周遊記　ギッシング　小池滋訳
闇の奥　コンラッド　中野好夫訳
密偵　コンラッド　土岐恒二訳
対訳 イエイツ詩集　高松雄一編
月と六ペンス　モーム　行方昭夫訳
人間の絆　全三冊　モーム　行方昭夫訳
サミング・アップ　モーム　行方昭夫訳
モーム短篇選　全二冊　行方昭夫編訳
アシェンデン —英国情報部員のファイル　モーム　中島賢二・岡田久雄訳
お菓子とビール　モーム　行方昭夫訳
ダブリンの市民　ジョイス　結城英雄訳
荒地　T・S・エリオット　岩崎宗治訳
悪口学校　シェリダン　菅泰男訳
サキ傑作集　河田智雄訳
オーウェル評論集　小野寺健編訳

パリ・ロンドン放浪記　ジョージ・オーウェル　小野寺健訳
動物農場 —おとぎばなし　ジョージ・オーウェル　川端康雄訳
対訳 キーツ詩集 —イギリス詩人選(10)　宮崎雄行編
キーツ詩集　中村健二訳
阿片常用者の告白　ド・クインシー　野島秀勝訳
オルノーコ 美しい浮気女　アフラ・ベイン　土井治訳
解放された世界　H・G・ウェルズ　浜野輝訳
大転落　イーヴリン・ウォー　富山太佳夫訳
回想のブライズヘッド　全二冊　イーヴリン・ウォー　小野寺健訳
愛されたもの　イーヴリン・ウォー　中村健二・出淵博訳
対訳 ジョン・ダン詩集 —イギリス詩人選(2)　湯浅信之編
フォースター評論集　小野寺健編訳
白衣の女　全三冊　ウィルキー・コリンズ　中島賢二訳
アイルランド短篇選　橋本槙矩編訳
灯台へ　ヴァージニア・ウルフ　御輿哲也訳
狐になった奥様　ガーネット　安藤貞雄訳
フランク・オコナー短篇集　阿部公彦訳

たいした問題じゃないが —イギリス・コラム傑作選　行方昭夫編訳
英国ルネサンス恋愛ソネット集　岩崎宗治編訳
文学とは何か —現代批評理論への招待　全二冊　テリー・イーグルトン　大橋洋一訳
D・G・ロセッティ作品集　南條竹則・松村伸一編訳
真夜中の子供たち　全二冊　サルマン・ラシュディ　寺門泰彦訳

## 《アメリカ文学》〔赤〕

ギリシア・ローマ神話 付インド・北欧神話　ブルフィンチ　野上弥生子訳
中世騎士物語　ブルフィンチ　野上弥生子訳
フランクリン自伝　松本慎一・西川正身訳
フランクリンの手紙　蕗沢忠枝編訳
スケッチ・ブック 全二冊　アーヴィング　齊藤昇訳
アルハンブラ物語 全二冊　アーヴィング　平沼孝之訳
ウォルター・スコット邸訪問記　アーヴィング　齊藤昇訳
完訳 緋文字　ホーソーン　八木敏雄訳
哀詩 エヴァンジェリン　ロングフェロー　斎藤悦子訳
黒猫・モルグ街の殺人事件 他五篇　ポオ　中野好夫訳
対訳 ポー詩集 ―アメリカ詩人選(1)　加島祥造編
ユリイカ　ポオ　八木敏雄訳
ポオ評論集　八木敏雄編訳
森の生活 (ウォールデン) 全二冊　ソロー　飯田実訳
白鯨 全三冊　メルヴィル　八木敏雄訳
ビリー・バッド　メルヴィル　坂下昇訳

ホイットマン自選日記 全二冊　杉木喬訳
対訳 ホイットマン詩集 ―アメリカ詩人選(2)　木島始編
対訳 ディキンソン詩集 ―アメリカ詩人選(3)　亀井俊介編
不思議な少年　マーク・トウェイン　中野好夫訳
王子と乞食　マーク・トウェーン　村岡花子訳
人間とは何か　マーク・トウェイン　中野好夫訳
ハックルベリー・フィンの冒険 全二冊　マーク・トウェイン　西田実訳
いのちの半ばに　ビアス　西川正身訳
新編 悪魔の辞典　ビアス　西川正身編訳
ねじの回転 デイジー・ミラー　ヘンリー・ジェイムズ　行方昭夫訳
荒野の呼び声　ジャック・ロンドン　海保眞夫訳
ノリス 死の谷 マクティーグ 全二冊　石田英二・井上宗次訳
シスター・キャリー 全二冊　ドライサー　村山淳彦訳
響きと怒り 全二冊　フォークナー　平石貴樹・新納卓也訳
アブサロム、アブサロム! 全二冊　フォークナー　藤平育子訳
八月の光 全二冊　フォークナー　諏訪部浩一訳
武器よさらば 全二冊　ヘミングウェイ　谷口陸男訳

オー・ヘンリー傑作選　大津栄一郎訳
黒人のたましい　W・E・B・デュボイス　木島始・鮫島重俊・黄寅秀訳
フィッツジェラルド短篇集　佐伯泰樹編訳
アメリカ名詩選　亀井俊介・川本皓嗣編
青白い炎　ナボコフ　富士川義之訳
風と共に去りぬ 全六冊　マーガレット・ミッチェル　荒このみ訳
対訳 フロスト詩集 ―アメリカ詩人選(4)　川本皓嗣編
とんがりモミの木の郷 他五篇　セアラ・オーン・ジュエット　河島弘美訳

## 《ドイツ文学》〔赤〕

- ニーベルンゲンの歌 全二冊　相良守峯訳
- 若きウェルテルの悩み　ゲーテ　竹山道雄訳
- ヴィルヘルム・マイスターの修業時代 全三冊　ゲーテ　山崎章甫訳
- イタリア紀行 全三冊　ゲーテ　相良守峯訳
- ファウスト 全二冊　ゲーテ　相良守峯訳
- ゲーテとの対話 全三冊　エッカーマン　山下肇訳
- スペインの太子 ドン・カルロス　シルレル　佐藤通次訳
- ヒュペーリオン —希臘の世捨人　ヘルデルリーン　渡辺格司訳
- 青い花　ノヴァーリス　青山隆夫訳
- 夜の讃歌・サイスの弟子たち 他一篇　ノヴァーリス　今泉文子訳
- 完訳 グリム童話集 全五冊　金田鬼一訳
- 黄金の壺　ホフマン　神品芳夫訳
- ホフマン短篇集　池内紀編訳
- 影をなくした男　シャミッソー　池内紀訳
- 流刑の神々・精霊物語　ハイネ　小沢俊夫訳
- ブリギッタ・森の泉 他一篇　シュティフター　宇多五郎・高安国世訳

- みずうみ 他四篇　シュトルム　関泰祐訳
- 村のロメオとユリア　ケラー　草間平作訳
- 沈鐘　ハウプトマン　阿部六郎訳
- 地霊・パンドラの箱 ルル二部作　F・ヴェデキント　岩淵達治訳
- 春のめざめ　F・ヴェデキント　酒寄進一訳
- 花・死人に口なし 他七篇　シュニッツラー　番匠谷英一・山本有三訳
- ゲオルゲ詩集　手塚富雄訳
- リルケ詩集　高安国世訳
- ドゥイノの悲歌　リルケ　手塚富雄訳
- ブッデンブローク家の人びと 全三冊　トーマス・マン　望月市恵訳
- トオマス・マン短篇集　実吉捷郎訳
- 魔の山 全二冊　トーマス・マン　関泰祐・望月市恵訳
- トニオ・クレエゲル　トオマス・マン　実吉捷郎訳
- ヴェニスに死す　トオマス・マン　実吉捷郎訳
- 講演集 ドイツとドイツ人 他五篇　トーマス・マン　青木順三訳
- 講演集 リヒァルト・ヴァーグナーの苦悩と偉大 他一篇　トーマス・マン　青木順三訳
- 車輪の下　ヘルマン・ヘッセ　実吉捷郎訳

- デミアン　ヘルマン・ヘッセ　実吉捷郎訳
- シッダルタ　ヘッセ　手塚富雄訳
- ルーマニア日記　カロッサ　高橋健二訳
- 幼年時代　カロッサ　斎藤栄治訳
- ジョゼフ・フーシェ —ある政治的人間の肖像　シュテファン・ツワイク　高橋禎二・秋山英夫訳
- 変身・断食芸人　カフカ　山下肇・山下萬里訳
- 審判　カフカ　辻瑆訳
- カフカ短篇集　池内紀編訳
- カフカ寓話集　池内紀編訳
- ドイツ炉辺ばなし集 —カレンダーゲシヒテン　ヘーベル　木下康光編訳
- ウィーン世紀末文学選　池内紀編訳
- チャンドス卿の手紙 他十篇　ホフマンスタール　檜山哲彦訳
- ホフマンスタール詩集　川村二郎訳
- ドイツ名詩選　生野幸吉・檜山哲彦編
- 聖なる酔っぱらいの伝説 他四篇　ヨーゼフ・ロート　池内紀訳
- 暴力批判論 他十篇 —ベンヤミンの仕事1　ベンヤミン　野村修編訳
- ボードレール 他五篇 —ベンヤミンの仕事2　ベンヤミン　野村修編訳

パサージュ論 全五冊　ヴァルター・ベンヤミン　今村仁司・三島憲一・大貫敦子・高橋順一・塚原史・細見和之・村岡晋一・山本尤・横張誠・與謝野文子・吉村和明訳

ジャクリーヌと日本人　ヤーコブ　相良守峯訳

ヴォイツェク ダントンの死 レンツ　ビューヒナー　岩淵達治訳

人生処方詩集　エーリヒ・ケストナー　小松太郎訳

終戦日記一九四五　エーリヒ・ケストナー　酒寄進一訳

第七の十字架 全二冊　アンナ・ゼーガース　山下肇・新村浩訳

## 《フランス文学》〔赤〕

ラブレー 第一之書 ガルガンチュワ物語　渡辺一夫訳

ラブレー 第二之書 パンタグリュエル物語　渡辺一夫訳

ラブレー 第三之書 パンタグリュエル物語　渡辺一夫訳

ラブレー 第四之書 パンタグリュエル物語　渡辺一夫訳

ラブレー 第五之書 パンタグリュエル物語　渡辺一夫訳

ピエール・パトラン先生　渡辺一夫訳

エセー 全六冊　モンテーニュ　原二郎訳

ラ・ロシュフコー箴言集　二宮フサ訳

ブリタニキュス ベレニス　ラシーヌ　渡辺守章訳

ドン・ジュアン ―石像の宴　モリエール　鈴木力衛訳

いやいやながら医者にされ　モリエール　鈴木力衛訳

守銭奴　モリエール　鈴木力衛訳

完訳 ペロー童話集　新倉朗子訳

ラ・フォンテーヌ 寓話 全二冊　ラ・フォンテーヌ　今野一雄訳

カンディード 他五篇　ヴォルテール　植田祐次訳

ルイ十四世の世紀 全四冊　ヴォルテール　丸山熊雄訳

美味礼讃 全二冊　ブリア-サヴァラン　関根秀雄・戸部松実訳

近代人の自由と古代人の自由・征服の精神と簒奪 他一篇　コンスタン　堤林剣・堤林恵訳

恋愛論 全二冊　スタンダール　杉本圭子訳

赤と黒 全二冊　スタンダール　桑原武夫・生島遼一訳

ゴプセック・毬打つ猫の店　バルザック　芳川泰久訳

艶笑滑稽譚 全三冊　バルザック　石井晴一訳

レ・ミゼラブル 全四冊　ユーゴー　豊島与志雄訳

ライン河幻想紀行　ユーゴー　榊原晃三編訳

ノートル＝ダム・ド・パリ 全二冊　ユーゴー　辻昶・松下和則訳

モンテ・クリスト伯 全七冊　アレクサンドル・デュマ　山内義雄訳

三銃士 全二冊　デュマ　生島遼一訳

カルメン　メリメ　杉捷夫訳

愛の妖精（プチット・ファデット）　ジョルジュ・サンド　宮崎嶺雄訳

ボオドレール 悪の華　鈴木信太郎訳

感情教育 全二冊　フローベール　生島遼一訳

紋切型辞典　フローベール　小倉孝誠訳

サラムボー 全二冊　フローベール　中條屋進訳

未来のイヴ 全二冊　ヴィリエ・ド・リラダン 渡辺一夫訳
風車小屋だより　ドーデー 桜田佐訳
サフォ パリ風俗　ドーデ 朝倉季雄訳
プチ・ショーズ ―ある少年の物語　ドーデ 原千代海訳
少年少女　アナトール・フランス 三好達治訳
テレーズ・ラカン 全二冊　エミール・ゾラ 小林正訳
ジェルミナール 全三冊　エミール・ゾラ 安士正夫訳
獣人 全二冊　エミール・ゾラ 川口篤訳
氷島の漁夫　ピエール・ロチ 吉氷清訳
マラルメ詩集　渡辺守章訳
脂肪のかたまり　モーパッサン 高山鉄男訳
メゾンテリエ 他三篇　モーパッサン 河盛好蔵訳
モーパッサン短篇選　高山鉄男編訳
わたしたちの心　モーパッサン 笠間直穂子訳
地獄の季節　ランボオ 小林秀雄訳
対訳ランボー詩集 ―フランス詩人選(1)　中地義和編
にんじん　ルナアル 岸田国士訳

ジャン・クリストフ 全四冊　ロマン・ローラン 豊島与志雄訳
ベートーヴェンの生涯　ロマン・ロラン 片山敏彦訳
ミレー　ロマン・ロラン 蛯原徳夫訳
フランシス・ジャム詩集　手塚伸一訳
三人の乙女たち　フランシス・ジャム 手塚伸一訳
狭き門　アンドレ・ジイド 川口篤訳
法王庁の抜け穴　アンドレ・ジイド 石川淳訳
モンテーニュ論　アンドレ・ジイド 渡辺一夫訳
ムッシュー・テスト　ポール・ヴァレリー 清水徹訳
精神の危機 他十五篇　ポール・ヴァレリー 恒川邦夫訳
ドガ ダンス デッサン　ポール・ヴァレリー 塚本昌則訳
シラノ・ド・ベルジュラック　ロスタン 辰野隆・鈴木信太郎訳
地底旅行　ジュール・ヴェルヌ 朝比奈弘治訳
八十日間世界一周　ジュール・ヴェルヌ 鈴木啓二訳
海底二万里 全二冊　ジュール・ヴェルヌ 朝比奈美知子訳
死霊の恋・ポンペイ夜話 他三篇　ゴーチエ 田辺貞之助訳
火の娘たち　ネルヴァル 野崎歓訳

パリの夜 ―革命下の民衆　レチフ・ド・ラ・ブルトンヌ 植田祐次編訳
シェリ　コレット 工藤庸子訳
シェリの最後　コレット 工藤庸子訳
生きている過去　レニエ 窪田般彌訳
ノディエ幻想短篇集　ノディエ 篠田知和基編訳
フランス短篇傑作選　山田稔編訳
シュルレアリスム宣言・溶ける魚　アンドレ・ブルトン 巖谷國士訳
ナジャ　アンドレ・ブルトン 巖谷國士訳
ジュスチーヌまたは美徳の不幸　サド 植田祐次訳
とどめの一撃　ユルスナール 岩崎力訳
フランス名詩選　安藤元雄・入沢康夫・渋沢孝輔編
繻子の靴 全二冊　ポール・クローデル 渡辺守章訳
A・O・バルナブース全集 全二冊　ヴァレリー・ラルボー 岩崎力訳
心変わり　ミシェル・ビュトール 清水徹訳
悪魔祓い　ル・クレジオ 高山鉄男訳
失われた時を求めて 全十四冊　プルースト 吉川一義訳
シルトの岸辺　ジュリアン・グラック 安藤元雄訳

星の王子さま　サン＝テグジュペリ　内藤濯訳
プレヴェール詩集　小笠原豊樹訳
ペスト　カミュ　三野博司訳
サラゴサ手稿 全三冊　ヤン・ポトツキ　畑浩一郎訳

《別冊》

増補 フランス文学案内　渡辺一夫　鈴木力衛
増補 ドイツ文学案内　手塚富雄　神品芳夫
ことばの花束 ―岩波文庫の名句365　岩波文庫編集部編
ことばの贈物 ―岩波文庫の名句365　岩波文庫編集部編
愛のことば ―岩波文庫から―　岩波文庫編集部編
世界文学のすすめ　大岡信　奥本大三郎　川村二郎　小池滋　沼野充義編
近代日本文学のすすめ　大岡信　加賀乙彦　菅野昭正　曾根博義　十川信介編
近代日本思想案内　鹿野政直
近代日本文学案内　十川信介
ポケットアンソロジー この愛のゆくえ　中村邦生編
スペイン文学案内　佐竹謙一

一日一文 英知のことば　木田元編
声でたのしむ 美しい日本の詩　大岡信　谷川俊太郎編

## 《東洋文学》〔赤〕

楚辞　小南一郎訳注
杜甫詩選　黒川洋一編
李白詩選　松浦友久編訳
唐詩選　全三冊　前野直彬注解
完訳 三国志　全八冊　小川環樹・金田純一郎訳
西遊記　全十冊　中野美代子訳
菜根譚　洪自誠／今井宇三郎訳注
阿Q正伝・狂人日記 他十二篇（吶喊）　魯迅／竹内好訳
魯迅評論集　竹内好編訳
歴史小品　郭沫若／平岡武夫訳
家　全二冊　巴金／飯塚朗訳
新編 中国名詩選　全三冊　川合康三編訳
唐宋伝奇集　全二冊　今村与志雄訳
聊斎志異　全二冊　蒲松齢／立間祥介編訳
李商隠詩選　川合康三選訳
白楽天詩選　全二冊　川合康三訳注
文選　全六冊　川合康三・富永一登・釜谷武志・和田英信・浅見洋二・緑川英樹訳注
曹操・曹丕・曹植詩文選　川合康三編訳
ケサル王物語 ―チベットの英雄叙事詩　アレクサンドラ・ダヴィッド＝ネール、アプル・ユンテン／富樫瓔子訳
バガヴァッド・ギーター　上村勝彦訳
ダライ・ラマ六世恋愛詩集　今枝由郎・海老原志穂編訳
朝鮮童謡選　金素雲訳編
朝鮮短篇小説選　全二冊　大村益夫・長璋吉・三枝壽勝編訳
尹東柱詩集 空と風と星と詩　金時鐘編訳
アイヌ神謡集　知里幸惠編訳
アイヌ民譚集 付 えぞおばけ列伝　知里真志保編訳
アイヌ叙事詩 ユーカラ　金田一京助採集並ニ訳

## 《ギリシア・ラテン文学》〔赤〕

ホメロス イリアス　全二冊　松平千秋訳
ホメロス オデュッセイア　全二冊　松平千秋訳
イソップ寓話集　中務哲郎訳
アイスキュロス アガメムノーン　久保正彰訳
アイスキュロス 縛られたプロメーテウス　呉茂一訳
アンティゴネー　ソポクレース／中務哲郎訳
ソポクレス オイディプス王　藤沢令夫訳
ソポクレス コロノスのオイディプス　高津春繁訳
バッカイ ―バッコスに憑かれた女たち　エウリーピデース／逸身喜一郎訳
ヘシオドス 神統記　廣川洋一訳
女の議会　アリストパネース／村川堅太郎訳
アポロドーロス ギリシア神話　高津春繁訳
ダフニスとクロエー　ロンゴス／松平千秋訳
ギリシア・ローマ抒情詩選 ―花冠　呉茂一訳
オウィディウス 変身物語　全二冊　中村善也訳
ギリシア・ローマ神話 付 インド・北欧神話　ブルフィンチ／野上弥生子訳
ギリシア・ローマ名言集　柳沼重剛編

## 《南北ヨーロッパ他文学》(赤)

- ダンテ 新生 — 山川丙三郎訳
- 夢のなかの夢 — タブッキ 和田忠彦訳
- カヴァレリーア・ルスティカーナ 他十一篇 — G・ヴェルガ 河島英昭訳
- カルヴィーノ イタリア民話集 全二冊 — 河島英昭編訳
- むずかしい愛 — カルヴィーノ 和田忠彦訳
- パロマー — カルヴィーノ 和田忠彦訳
- カルヴィーノ アメリカ講義 —新たな千年紀のための六つのメモ — 米川良夫・和田忠彦訳
- まっぷたつの子爵 — カルヴィーノ 河島英昭訳
- 魔法の庭・空を見上げる部族 他十四篇 — カルヴィーノ 和田忠彦訳
- ペトラルカ ルネサンス書簡集 — 近藤恒一編訳
- ペトラルカ 無知について — 近藤恒一訳
- 美しい夏 — パヴェーゼ 河島英昭訳
- 流刑 — パヴェーゼ 河島英昭訳
- 祭の夜 — パヴェーゼ 河島英昭訳
- 月と篝火 — パヴェーゼ 河島英昭訳
- ウンベルト・エーコ 小説の森散策 — 和田忠彦訳

---

- バウドリーノ 全二冊 — ウンベルト・エーコ 堤康徳訳
- タタール人の砂漠 — ブッツァーティ 脇功訳
- ラサリーリョ・デ・トルメスの生涯 — 会田由訳
- ドン・キホーテ 前篇 全三冊 — セルバンテス 牛島信明訳
- ドン・キホーテ 後篇 全三冊 — セルバンテス 牛島信明訳
- 娘たちの空返事 他一篇 — モラティン 佐竹謙一訳
- プラテーロとわたし — J・R・ヒメーネス 長南実訳
- オルメードの騎士 — ロペ・デ・ベガ 長南実訳
- セビーリャの色事師と石の招客 他一篇 — ティルソ・デ・モリーナ 佐竹謙一訳
- ティラン・ロ・ブラン 全四冊 — J・マルトゥレイ M・J・ダ・ガルバ 田澤耕訳
- ダイヤモンド広場 — マルセー・ルドゥレダ 田澤耕訳
- 完訳アンデルセン童話集 全七冊 — 大畑末吉訳
- 即興詩人 全二冊 — アンデルセン 大畑末吉訳
- アンデルセン自伝 — 大畑末吉訳
- ここに薔薇ありせば 他五篇 — ヤコブセン 矢崎源九郎訳
- フィンランド叙事詩 カレワラ 全二冊 — リョンロット編 小泉保訳
- 王の没落 — イェンセン 長島要一訳

---

- イプセン 人形の家 — 原千代海訳
- イプセン 野鴨 — 原千代海訳
- 令嬢ユリェ — ストリンドベルク 茅野蕭々訳
- アミエルの日記 全四冊 — 河野与一訳
- クオ・ワディス 全三冊 — シェンキェーヴィチ 木村彰一訳
- 山椒魚戦争 — カレル・チャペック 栗栖継訳
- ロボット (R・U・R) — チャペック 千野栄一訳
- 白い病 — カレル・チャペック 阿部賢一訳
- マクロプロスの処方箋 — カレル・チャペック 阿部賢一訳
- 灰とダイヤモンド 全二冊 — アンジェイェフスキ 川上洸訳
- 牛乳屋テヴィエ — ショレム・アレイヘム 西成彦訳
- 完訳千一夜物語 全十三冊 — 豊島与志雄・渡辺一夫・佐藤正彰・岡部正孝訳
- ルバイヤート — オマル・ハイヤーム 小川亮作訳
- ゴレスターン — サアディー 沢英三訳
- 王書 —古代ペルシャの神話・伝説 — フェルドウスィー 岡田恵美子訳
- 中世騎士物語 — ブルフィンチ 野上弥生子訳
- コルタサル短篇集 悪魔の涎・追い求める男 他八篇 — 木村榮一訳

| | |
|---|---|
| 遊戯の終わり | コルタサル 木村榮一訳 |
| 秘密の武器 | コルタサル 木村榮一訳 |
| ペドロ・パラモ | ファン・ルルフォ 杉山晃 増田義郎訳 |
| 燃える平原 | ファン・ルルフォ 杉山晃訳 |
| 伝奇集 | J・L・ボルヘス 鼓直訳 |
| 創造者 | J・L・ボルヘス 鼓直訳 |
| 続審問 | J・L・ボルヘス 中村健二訳 |
| 七つの夜 | J・L・ボルヘス 野谷文昭訳 |
| 詩という仕事について | J・L・ボルヘス 鼓直訳 |
| 汚辱の世界史 | J・L・ボルヘス 中村健二訳 |
| ブロディーの報告書 | J・L・ボルヘス 鼓直訳 |
| アレフ | J・L・ボルヘス 鼓直訳 |
| 語るボルヘス —書物・不死性・時間ほか | J・L・ボルヘス 木村榮一訳 |
| 20世紀ラテンアメリカ短篇選 | 野谷文昭編訳 |
| フエンテス短篇集 アウラ・純な魂 他四篇 | 木村榮一訳 |
| アルテミオ・クルスの死 | フエンテス 木村榮一訳 |
| 緑の家 全二冊 | バルガス＝リョサ 木村榮一訳 |
| 密林の語り部 | バルガス＝リョサ 西村英一郎訳 |
| ラ・カテドラルでの対話 | バルガス＝リョサ 旦敬介訳 |
| 弓と竪琴 | オクタビオ・パス 牛島信明訳 |
| ラテンアメリカ民話集 | 三原幸久編訳 |
| やし酒飲み | エイモス・チュツオーラ 土屋哲訳 |
| 薬草まじない | エイモス・チュツオーラ 土屋哲訳 |
| マイケル・K | J・M・クッツェー くぼたのぞみ訳 |
| ミゲル・ストリート | V・S・ナイポール 小沢自然 小野正嗣訳 |
| キリストはエボリで止まった | カルロ・レーヴィ 竹山博英訳 |
| クァジーモド全詩集 | 河島英昭訳 |
| ウンガレッティ全詩集 | 河島英昭訳 |
| クオーレ | デ・アミーチス 和田忠彦訳 |
| ゼーノの意識 全二冊 | ズヴェーヴォ 堤康徳訳 |
| 冗談 | ミラン・クンデラ 西永良成訳 |
| 小説の技法 | ミラン・クンデラ 西永良成訳 |
| 世界イディッシュ短篇選 | 西成彦編訳 |
| シェフチェンコ詩集 | 藤井悦子編訳 |

## 《ロシア文学》〔赤〕

| | |
|---|---|
| オネーギン | プーシキン 池田健太郎訳 |
| スペードの女王・ベールキン物語 | プーシキン 神西清訳 |
| 狂人日記 他二篇 | ゴーゴリ 横田瑞穂訳 |
| 外套・鼻 | ゴーゴリ 平井肇訳 |
| 日本渡航記 ―フレガート「パルラダ」号より | ゴンチャロフ 井上満訳 |
| 貧しき人々 | ドストイェフスキイ 原久一郎訳 |
| 二重人格 | ドストエフスキー 小沼文彦訳 |
| 罪と罰 全三冊 | ドストエフスキー 江川卓訳 |
| 白痴 全二冊 | ドストエーフスキイ 米川正夫訳 |
| カラマーゾフの兄弟 全四冊 | ドストエーフスキイ 米川正夫訳 |
| 幼年時代 | トルストイ 藤沼貴訳 |
| 戦争と平和 全六冊 | トルストイ 藤沼貴訳 |
| トルストイ民話集 人はなんで生きるか 他四篇 | 中村白葉訳 |
| トルストイ民話集 イワンのばか 他八篇 | 中村白葉訳 |
| イワン・イリッチの死 | トルストイ 米川正夫訳 |
| 復活 全二冊 | トルストイ 藤沼貴訳 |
| 人生論 | トルストイ 中村融訳 |
| かもめ | チェーホフ 浦雅春訳 |
| ワーニャおじさん | チェーホフ 小野理子訳 |
| 桜の園 | チェーホフ 小野理子訳 |
| チェーホフ 妻への手紙 全二冊 | 湯浅芳子訳 |
| ゴーリキー短篇集 | 上田進 横田瑞穂訳編 |
| どん底 | ゴーリキイ 中村白葉訳 |
| ソルジェニーツィン短篇集 | 木村浩編訳 |
| アファナーシエフ ロシア民話集 全二冊 | 中村喜和編訳 |
| われら | ザミャーチン 川端香男里訳 |
| プラトーノフ作品集 | 原卓也訳 |
| 悪魔物語・運命の卵 | ブルガーコフ 水野忠夫訳 |
| 巨匠とマルガリータ 全二冊 | ブルガーコフ 水野忠夫訳 |

## 《歴史・地理》〔青〕

# 岩波文庫の最新刊

谷川俊太郎選
## 永瀬清子詩集

妻であり母であり農婦であり勤め人であり、それらすべてでありつづけることによって詩人であった永瀬清子(一九〇六―九五)の、勁い生命感あふれる決定版詩集。
〔緑二三一―一〕 定価一一五五円

フロイト著／高田珠樹・新宮一成・須藤訓任・道籏泰三訳
## 精神分析入門講義(上)

第一次世界大戦のさなか、ウィーン大学で行われた全二八回の講義。入門書であると同時に深く強靱な思考を伝える、フロイトの代表的著作。(全二冊)
〔青六四二―二〕 定価一四三〇円

ヴィンチェンツォ・ヴィヴィアーニ著／田中一郎訳
## ガリレオ・ガリレイの生涯 他二篇

ガリレオの口述筆記者ヴィヴィアーニが著した評伝三篇。数多あるガリレオ伝のなかでも最初の評伝として資料的価値が高い。間近で見た師の姿を語る。
〔青九五五―一〕 定価八五八円

カール・ポパー著／小河原誠訳
## 開かれた社会とその敵
第二巻 にせ予言者―ヘーゲル、マルクスそして追随者(下)

マルクスを筆頭とする非合理主義を徹底的に脱構築したポパーは、合理主義の立て直しを模索する。はたして歴史に意味はあるのか。懇切な解説を付す。(全四冊)
〔青N六〇七―四〕 定価一五七三円

……今月の重版再開……

今西祐一郎校注
## 蜻蛉日記
定価一一五五円 〔黄一四―一〕

ポオ作／八木敏雄訳
## 黄金虫・アッシャー家の崩壊 他九篇
定価一二二一円 〔赤三〇六―三〕

定価は消費税10％込です

2023. 10